DER BADISCHE KRIMI 15

24.09

Rainer Martin Mittl, geboren 1960 in Stuttgart, aufgewachsen in Berlin, verschlug es 1982 nach Mannheim. Inzwischen lebt er mit Frau und Tochter in Ludwigshafen am Rhein. Er ist ausgebildeter Modellschreiner, Orchestermusiker und Krankenpfleger. Seit 2004 schreibt er Kriminalromane. Im Emons Verlag erschienen »Mannheimer Dreck« und »Brüderchen komm stirb mit mir«.

Dieses Buch ist ein Roman. Handlung, Personen und manche Orte sind frei erfunden. Ähnlichkeiten mit lebenden oder toten Personen sind rein zufällig.

RAINER MARTIN MITTL

DER FRÖHLICHMANN

DER BADISCHE KRIMI

Emons Verlag

Umschlagzeichnung: Heribert Stragholz
Druck und Bindung: CPI – Clausen & Bosse, Leck
Printed in Germany 2008
ISBN 978-3-89705-562-9

Nicht durch unsere Entdeckungen, sondern durch unsere Ahnungslosigkeit bewegen wir uns sicher durch das Leben.

Jean Giraudoux

Die Fichtenholzdielen hatten sich über Nacht abgekühlt. Der kleine Junge wollte liegen bleiben, denn er spürte, dass die Sonne bereits begann, die Luft unter dem Dach des Hauses aufzuheizen. Nicht mehr lange, und es würde hier oben unerträglich heiß werden.

Mit feuchten Augen spähte er zu einem entfernten Winkel des Dachbodens. In unmittelbarer Nähe der Stelle, wo sich Dachschräge und Holzboden trafen und wo sonst immer völlige Finsternis herrschte, hob sich nun ein helles, vom Sonnenlicht trapezförmig ausgeleuchtetes Areal vom Mansardenboden ab. Schwarze dünne Schattenlinien durchbrachen diese Fläche. Sie bildeten ein Gittermuster, denn das Licht drang durch das Sprossenfenster einer Dachgaube herein. Und da es sich durch eine Myriade umherschwirrender Staubpartikel fressen musste, zeichnete es vier milchig weiße Keile in die stickige Luft. Deren Verlauf konnte der Kleine von ihrem Eintritt oben am Fenster bis zum Auftreffen auf den Boden verfolgen.

Der Junge ahnte, dass etwas Außergewöhnliches geschehen sein musste, denn seine Angst war diesmal weit größer als sonst. Nie zuvor hatten er und seine Schwester derart lange auf die Eltern warten müssen. Da er noch nicht zählen konnte, machte er das an den vielen Nächten fest, die sie beide nun schon hier oben verbracht hatten, und daran, dass seit langer Zeit nichts mehr zu essen und zu trinken auf dem Deckel der alten Kartoffelkiste stand. Sonst hatte es immer gereicht. Auch der Eimer, in den sie ihre Notdurft verrichten sollten, war nie so voll gewesen.

Das Herz wurde ihm schwer. Zu schreien oder sich auf andere Weise bemerkbar zu machen hatte keinen Sinn. Das hatten sie früher bereits unzählige Male versucht, aber niemals war jemand gekommen. Außerdem hätte er keinen Ton hervorgebracht. Seine Zunge war dick geschwollen und der Mund fürchterlich trocken. Selbst das Schlucken des Speichels bereitete Probleme.

Den Gestank, der dem Eimer entströmte, nahm er längst nicht mehr wahr. Nur wenn er hineinpinkelte und der kleine Strahl auf den gärenden Inhalt plätscherte, sodass der kurz aufschäumte, stach es für einen Moment unangenehm in der Nase.

Wie schon in den vorangegangenen Tagen kamen auch jetzt, kurz nach Einfall des Morgenlichts, die ersten Fliegen herbei. Mit ansteigender Hitze und vom Geruch der Fäkalien angelockt, würde ihre Zahl im Laufe des Tages stetig zunehmen, bis ihr Gesumme und ihr wirres Herumgeschwirre gegen Abend unerträglich würden.

Seine kleine Schwester war noch immer still. Auf der Seite und mit angezogenen Beinen lag sie in einer dunklen Ecke des Dachbodens. Sie sah blass aus und schwach. Schon am Morgen des vergangenen Tages war es ihr nicht gut gegangen. Da hatte sie mit einem Mal nicht mehr spielen wollen, war quengelig geworden und hatte schließlich den ganzen Tag über geschlafen. Nur ab und an war sie für einen Moment aufgewacht, hatte leise vor sich hin gejammert, war dann aber jedes Mal sofort wieder in einen tiefen Schlaf gesunken. Nicht ein einziges Mal war sie auf den Eimer gegangen, und der Junge sah nun, dass das Höschen der Kleinen verschmutzt und durchnässt war. Auch darüber machten sich die ersten Fliegen her.

Er wollte aufstehen, wollte zu ihr gehen – sie wecken. Aber er war zu schwach. Schon beim Aufsetzen knickten seine Arme ein, und ein furchtbarer Kopfschmerz überfiel ihn. Erschöpft fiel er auf die Holzdielen zurück.

Als das Kopfweh etwas nachgelassen hatte, griff er nach seinem Zeichenblock. Der lag neben ihm auf dem Boden. Am Abend zuvor hatte er versucht, ein Bild zu malen. Es war nicht fertig geworden. Er hatte aufgegeben, als die Nacht hereinbrach und sich die Dunkelheit zunehmend in dichtes Schwarz verwandelte.

Auch die Bilderbücher und Wachsmalstifte lagen noch herum, genauso verstreut, wie er sie vor dem Einschlafen zurückgelassen hatte. Er riss das oberste Blatt vom Zeichenblock, knüllte es zusammen und warf es in Richtung seiner schlafenden Schwester. Er traf nicht, weshalb er es noch mal probierte. Aber auch dieser Wurf ging daneben. Einzig die Fliegen wurden aufgescheucht. Also warf er weitere Papierkugeln – nun genau auf die ekelhaften Biester. Die stoben beim Auftreffen der Geschosse auseinander, kamen aber jedes Mal sofort wieder zurück. Schließlich musste er eine Pause einlegen – das Werfen strengte an.

Alsbald versuchte er es erneut, diesmal mit den Wachsmalstiften. Erst warf er den roten, daraufhin den schwarzen, dann einen hellblauen. Aber auch damit ließen sich die Viecher nicht wirklich vertreiben. Ein paar wechselten lediglich ihr Ziel und ließen sich statt auf dem Unterleib auf den fahlen Lippen des friedlich daliegenden Kindes nieder.

Nun erst fiel dem Jungen auf, dass sich seine Schwester nicht ein einziges Mal gegen die Attacken der zudringlichen Tiere zur Wehr gesetzt hatte. Auch beim Auftreffen der Wachsmalstifte auf ihren Körper hatte sie nie reagiert. Selbst jetzt, da das erste Insekt Anstalten machte, in eines ihrer Nasenlöcher zu kriechen, war in ihrem schmalen Gesicht nicht eine Regung zu erkennen. Bei dieser Entdeckung wurde dem Jungen gleichermaßen heiß wie kalt im Bauch, zumal er erkannte, dass das Gesicht der Kleinen seltsam verändert aussah. Ihre Haut, sonst zartrosa und lieblich glänzend, war nun von hellgrauer Farbe und schimmerte seltsam stumpf. Ein Stein legte sich auf seine Brust. Noch einmal, und diesmal mit der Kraft der Verzweiflung, versuchte er aufzustehen. Aber ein aus den Tiefen seiner Seele herrührendes Schluchzen nahm ihm diese Kraft sofort wieder. Leise wimmernd sank er auf die Dielen zurück.

Anton hingegen war in bester Verfassung. Mit dem Schwung eines zu allem entschlossenen Menschen erhob er sich von seinem Platz. Und als er sich zu voller Größe aufgerichtet hatte, nahm er den Ort, an dem er sich befand, sogleich in Augenschein.

Anton war nicht nur der größte und kräftigste Kerl weit und breit, sondern zudem außergewöhnlich klug und gerecht. Er überblickte jede Situation im Nu, und Menschen durchschaute er auf Anhieb, denn er kannte ihre Stärken und Schwächen wie sonst keiner.

Seinem messerscharfen Blick entging nichts. Deshalb entging ihm auch das kleine Mädchen nicht, das zusammengekauert auf dem staubigen Boden in der Ecke der verdreckten Mansarde lag. Und was der Kleinen fehlte, war Anton ebenfalls beim ersten Hinsehen klar: Ihr fehlte Liebe. Ihr fehlte Geborgenheit, Sicherheit und Wärme. Und ihr fehlten vor allem Eltern – zwei Menschen, die für sie da waren, die sich kümmerten. All das offenbarte sich Anton, weil er ein Weiser war, einer, der erkannte, dass dem Mädchen das Lächeln abhandengekommen war, dieses freudvolle Lächeln, das selbst kranken, ernsten und traurigen Kindern zu eigen war und an dem es all jenen mangelte, die im Stich gelassen oder verstoßen worden waren.

Also sah sich Anton um. Er wusste, dass es auf dem Dachboden irgendetwas geben würde, mit dem man der Kleinen dieses Lächeln zurückgeben könnte.

Er fand gleich, was er brauchte. Alles, was nötig war, lag in unmittelbarer Nähe und musste nur aufgelesen werden. Als er es beisammen hatte, setzte er sich zu dem Kind in den Staub, nahm es in seine kräftigen Arme, legte es behutsam an seine warme, breite Brust und wiegte es mehrere Male sanft hin und her. Schließlich strich er ihm vorsichtig die verklebten Haare aus der Stirn, griff nach dem ersten Wachsmalstift und begann sein Werk.

1

Dienstag, 10. April 2007
Ein Tag nach Ostern

Sie waren noch nicht weit gelaufen, da reichte es dem Mann bereits. Offenbar hatte sich seit ihrem letzten gemeinsamen Ausflug nichts geändert.

»Kannst du nicht ein bisschen schneller gehen?«

Der Junge antwortete nicht. Stattdessen lief er noch langsamer. Der Abstand zwischen ihnen vergrößerte sich.

Der Mann wurde ärgerlich. Er drehte sich nun zum dritten Mal um.

»Ich hab's satt, Michi. Jedes Mal, wenn wir hier sind, machst du Zicken. Es kann nicht sein, dass du der einzige Junge bist, der am helllichten Tag Angst hat, im Wald spazieren zu gehen. Mein Gott, ich würde ja nichts sagen, wenn du hier allein herumlaufen müsstest oder wenn es dunkel wäre. Aber schließlich bin ich dabei. Was soll da schon passieren? Außerdem es ist früh am Morgen. Die Sonne scheint.«

Der Kleine blieb nun sogar stehen, zog einen Schmollmund und stocherte mit einem Birkenast im Gehölz herum.

»Oh Scheiße«, entfuhr es dem Vater. »Du bist echt eine Strafe. Da will man in den Ferien mal was gemeinsam unternehmen, und du bockst nur rum. Hier gibt's weder Trolle noch andere Waldgeister. Das ist ein Stadtwald! Und die Wildschweine befinden sich im Gehege. Los komm jetzt, ich will wenigstens noch bis zum Karlstern kommen. Danach können wir ja wieder umkehren und nach Hause fahren. Damit du zu deiner blöden PlayStation zurückkommst.«

»Die ist nicht blöd.«

»Von mir aus. Aber komm jetzt trotzdem.«

»Die ist nicht blöd.«

Der Vater seufzte und verdrehte genervt die Augen.

»Die ist nicht blöd«, wiederholte der Kleine noch einmal. »Du bist blöd.«

»Ja, ich hab's verstanden. Ich frage mich nur, wann du endlich ein Mann werden willst. Memmen gibt's schon genug.«

Der Junge fing an zu weinen.

Der Vater verschränkte seine Arme vor der Brust und schüttelte den Kopf. Immer die gleiche Masche: Nun würde gleich wieder die *Du-kränkst-meine-zarte-Kinderseele-Nummer* kommen. Heute nicht, dachte er. Diesmal lasse ich mich nicht erpressen. Heute macht er, was ich will. Ich hab mir den Tag nicht freigehalten, um ihn mit einer beleidigten Leberwurst zu verbringen.

Mit energischen Schritten, den Arm nach dem Kleinen ausgestreckt und einer ordentlichen Portion Wut im Bauch, ging er den Weg zurück auf den Jungen zu. Der drehte sich jedoch flugs zur Seite und rannte ins Dickicht hinein.

»Was soll das jetzt wieder, Michi? Komm sofort zurück!«, rief der Mann hinterher und stampfte zornig mit dem Fuß auf. »Meine Güte, ich hab's doch nicht so gemeint.«

Der Kleine hörte nicht auf das Geschrei seines Vaters. Er rannte weiter. Und als er kaum noch zu sehen war, lief der ihm schließlich hinterher. Aber die Wendigkeit des Fünfjährigen, dessen Vorsprung und seine eigene Unsportlichkeit machten es dem Mann schwer, aufzuschließen. Im Dickicht des Mischwaldes musste er sich häufig bücken und, nachdem er zweimal umgeknickt war, auch aufpassen, wo er hintrat. Erst nach einigen Metern holte er allmählich auf. Das Hinterherrufen hatte er bald gelassen, da er außer Atem geriet. So war er doppelt froh, als er erkannte, dass sie nicht tiefer hinein, sondern in Richtung Waldrand liefen. Und zu seiner Erleichterung sah er, dass der Kleine auf einen unbefestigten Pfad zulief. Dieser umsäumte den Wald und trennte ihn von einer Wohnsiedlung ab. Kleinere Einfamilienhäuser boten hier ihre Rückseiten dar, und die hecken- und strächerbewachsenen Umzäunungen ihrer Gärten bildeten eine dichte grüne Mauer.

Nachdem der Junge den Pfad überquert hatte, sah es für einen Moment so aus, als wenn er überlegte, ob er nun nach links oder rechts weiterlaufen sollte. Aber dann blieb er einfach vor einer der Hecken stehen. Als der Vater erkannte, dass der Junge nicht mehr weiterlaufen würde, wechselte er hechelnd in den Laufschritt über und ging die letzten Meter langsam auf ihn zu. Sein Puls raste, und er hatte Seitenstechen. Der Kleine weinte. Traurig und niedergeschlagen ging er in die Hocke, verschränkte die Arme vor der Brust und ließ den Kopf hängen. Der Vater trat schweigend zu ihm. Nach Atem ringend beugte er sich vor. Ihm zitterten die Beine. Mit den Händen auf seinen durchgedrückten Knien abgestützt, versuchte er, Blickkontakt zu seinem Sohn aufzunehmen. Als das misslang, sprach er ihn in ruhigem Ton an.

»Es tut mir leid, Michi. Ich hab mich blöd verhalten. Meinst du, du kannst mir verzeihen?«

Der Junge antwortete nicht. Er hielt seinen Kopf weiter gesenkt. Aber er schien nicht mehr zu weinen.

Um sie herum war es still. Nur ein paar Vögel krächzten irgendwo in der Nähe.

»Ich weiß«, begann der Vater noch einmal, »ich war grob und gemein zu dir. Das mit dem Mann und der Memme ist mir rausgeplatzt, weil ich so enttäuscht war. Ich hab mich so auf unseren gemeinsamen Spaziergang gefreut. Verstehst du das, Michi?«

Der hob den Kopf. »Du hast mich angeschrien.«

Er hat recht, dachte der Mann. Er wusste, dass er eine kräftige Stimme hatte, und im Wald musste es für den Kleinen wie Schreien geklungen haben.

»Ich kann eben einfach nicht verstehen, warum du solche Angst vor dem Wald hast. Die Bäume tun einem doch nichts, und Tiere sind absolut friedliebende Lebewesen, solange man sie in Ruhe lässt.«

Der Junge nickte. »Das weiß ich ja. Ich hab halt trotzdem Angst, dass plötzlich eines aus dem Wald kommt und mich fressen will.«

Milde lächelnd streichelte der Vater seinem Sohn über den Kopf und setzte sich neben ihn auf die Erde. Dann nahm er ihn in den Arm. Jetzt konnte er erkennen, woher die Vogellaute kamen. Sie kamen von jenseits der Hecke, vor der sie beide saßen. Sie war dicht gewachsen, sodass die Erzeuger des Gekrächzes nicht zu sehen waren. Offenbar stritten sie um irgendwas. Ihr dumpf klingendes »Grok, grok« klang erregt.

»Der Käfertaler Wald ist doch kein Dschungel, Michi. Hier gibt's kein einziges Tier, das einem was zuleide tut. Und Menschen fressen die schon überhaupt …« Er unterbrach sich. Hinter der Hecke schien es jetzt richtig rundzugehen. Das Gezeter der Vögel wurde heftiger. Einige von ihnen gaben nun regelrecht schrill klingende Schreie von sich, während das tiefe Gekrächze der anderen nochmals an Lautstärke zunahm.

»Was ist, Papa?«, fragte der Junge.

»Ach nichts. Ich finde nur, dass es hier allmählich laut wird. Komm, lass uns von hier weggehen. Wie wär's mit McDonald's?«

Der Junge strahlte nun zum ersten Mal. »Oh ja.« Dabei stand er auf, reichte seinem Vater die Hand und zerrte daran. Der nahm sie an und tat, als wenn er sich von dem Kleinen hochziehen ließe.

»Aber geschrien hast du trotzdem«, sagte der Junge, als sie nebeneinanderstanden. Dabei erhob er einen Zeigefinger.

»Okay, du hast recht«, antwortete der Vater. »Ich habe geschrien. Ich hab wohl einen Moment lang nicht nachgedacht, und …« Diesmal schreckten beide zusammen. Zwei riesige schwarze Raben schossen, laut miteinander zankend und flügelschlagend, über sie hinweg. Im Flug griffen sie sich gegenseitig an.

»Hoijoijoi. Das sind ja Kerle«, entfuhr es dem Vater.

Auch der Junge sah hoch. Aber ihn schien der Anblick weniger stark zu beeindrucken. Er stieß seinem Vater in die Seite und fragte: »Und was ist passiert, als du nicht nachgedacht hast?«

Der Vater musste sich erst sortieren. Dann verstand er.

»Ach so, ja. Diesen Moment der Schwäche hat mein Mund doch tatsächlich frech ausgenutzt. Er hat sich selbstständig gemacht. Er ist einfach von sich aus aufgegangen und hat lauter Mist in die Welt hinausgeworfen – ohne dass ich ihm das erlaubt habe.«

Diesmal lachte der Junge. Dann deutete er mit dem Zeigefinger nach oben. »Wie bei dem Vogel da, stimmt's?«

Einer der beiden Raben ließ soeben etwas aus seinem Schnabel fallen, als er sich gegen eine besonders heftig geführte Attacke des anderen zur Wehr setzte. Der Gegenstand landete mitten auf dem Weg, unweit der Stelle, an der sich Vater und Sohn aufhielten.

»So ungefähr«, antwortete der Vater schmunzelnd.

Dann zog der Kleine wieder kräftig an seiner Hand. »Komm Papa, lass uns mal nachgucken, was der verloren hat.«

»Okay, machen wir. Auf geht's.« Er war froh, dass der Junge wieder obenauf war. Der Ausflug war gerettet.

Der Kleine flitzte sofort los. Den Birkenast aus dem Wald hielt er noch immer in der Hand. Der Vater folgte normalen Schrittes – gerannt war er heute genug.

Bald sah er, dass sein Sohn anhielt, sich umdrehte und ihm begeistert zuwinkte. Er schien fündig geworden zu sein.

Als der Mann zu der Stelle kam, hockte der Junge bereits vor seinem Fundstück und stocherte schweigend mit dem dünnen Birkenast daran herum.

»Und? Was ist es?«

»Hm. Ich hab keine Ahnung. Guck du mal.«

Der Vater schob den Kleinen ein wenig zur Seite und beugte sich vor. Es war ein Stück Haut oder Leder, mit Sand verklebt und von muschelartiger Form. Der Kleine stupste es mit der Spitze seines Birkenastes an. Seinem Vater war nicht wohl dabei, denn genau in diesem Moment erkannte er, um was es sich handelte.

Vor ihnen lag das Ohr eines Menschen.

2

Schon beim Strecken seiner Gliedmaßen spürte Kriminalhauptkommissar Kindlein, dass etwas nicht stimmte. Dann, als er den Kopf drehte, um auf den Wecker zu schauen, durchfuhr ein stechender Schmerz seine rechte Halsseite. Er versuchte es noch mal, diesmal mit einer langsameren Drehung. Sein Kopf ließ sich kaum bewegen – nur der Schmerz kam wieder. Dasselbe geschah bei der Linksdrehung und dann beim Aufstehen. Damit der Kopf der Aufwärtsbewegung des Körpers folgen konnte, ohne dass es wehtat, musste Kindlein ihn mit einer Hand im Nacken abstützen und sich behutsam aus dem Bett erheben. Dann wandelte er wie ein Gelenkkranker mit langsamen und steifen Schritten auf das Badezimmer zu.

Beim Hochklappen des Klodeckels war er gezwungen, in die Knie zu gehen. Vornübergebeugt schmerzte der Hals besonders. Als er saß, entwich ihm, noch bevor sich seine Blase laut rauschend zu entleeren begann, ein gewaltiger Wind, was ihn unweigerlich an seinen Vater denken ließ. *Kommt der Furz vor dem Strahl, wird's Zeit, die Prostata untersuchen zu lassen.* Da mochte was dran sein, aber Kindlein war klar: Mit fünfunddreißig konnte man der Vorsteherdrüse noch nicht die Schuld geben – eher dem gestrigen Abendessen. Mit weniger Zwiebeln hätte es vermutlich genauso gut geschmeckt. So hatte er sich jedenfalls die ganze Nacht mit grausamen Blähungen herumgeschlagen, war immer wieder erwacht, weil es in seinem Unterbauch gegrummelt und gerumpelt hatte. Ester hatte sich gottlob in tiefstem Schlummer befunden, sodass sie nichts davon mitbekam.

Um in die Küche zu gelangen, nahm Kindlein den Weg über das Wohnzimmer. Die Ecke, in der Esters Kontrabass für gewöhnlicher stand, war leer. Im Dienst konnte sie demzufolge nicht sein, denn das Orchester, in dem sie arbeitete, stellte den Kontrabassisten Instrumente zur Verfügung. Außerdem fiel ihm nun ein, dass sie am Abend zuvor davon gesprochen hatte. »Schade, dass du nicht an einem anderen Tag freihaben kannst. Ich muss nämlich ausgerechnet morgen früh raus und bin bis abends wegen dieser blöden Mugge in Heidelberg beschäftigt.«

Bei diesen »musikalischen Gelegenheitsgeschäften« handelte es sich in der Regel um Kirchenkonzerte oder festliche Anlässe, bei denen klassische Musik gefragt war. Nicht alle »Muggen« wurden gut bezahlt, sie verhalfen Ester aber zu einem respektablen Zusatzeinkommen.

Kindlein war sich nicht sicher. Seiner Ansicht nach hatte er vorgeschlagen mitzukommen, sodass sie zumindest die Zeit zwischen morgendlicher Probe und dem Konzert am Abend gemeinsam verbringen könnten. Nun war sie allein gefahren. Warum hatte sie ihn nicht geweckt?

Jedenfalls hatte sie Tee gemacht, bevor sie gegangen war. Ihre bauchig geformte Kanne aus Altsilber stand auf dem Stövchen. Ein Teelicht flackerte vor sich hin, und der Tülle entströmte leicht dampfend der limettenartige Duft erst kürzlich aufgebrühten Earl Greys – Ester trank selten etwas anderes.

»Die ›eReN-Gas‹ lässt sich nicht lumpen. Um ihren Ober-Vergaser zu verabschieden, hat die Vorstandsetage ein ganzes Orchester geordert. Das wird wieder schlimm. Nur grauhaarige Männer in dunklen Anzügen, die nicht mal ihre Klamottengröße wissen.«

Einen Moment lang hatte Kindlein nicht an seinen steifen Hals gedacht, und als er nach oben in den Geschirraufsatz der Anrichte greifen wollte, durchfuhr ihn prompt wieder dieser beschissene Schmerz. Mit zusammengebissenen Zähnen und umständlich nach hinten durchgebogenem Kreuz gelang es ihm aber doch, eine Tasse daraus hervorzuholen.

»Ich freue mich schon auf den, der nach dem ersten Satz zu klatschen beginnt. So einen gibt's immer. Der kriegt dann garantiert eine krebsrote Birne, weil er merkt, dass er der Einzige ist. Das ist der Augenblick, in dem endlich Regung in die leblosen Gesichter der anderen Zombies kommt. Die werden dann gehässig grinsen, weil ihnen dieser Fauxpas bestätigt, was sie längst über den Mann denken: unkultiviert, unfähig und inkompetent – wird Zeit, dass er seinen Posten räumt. Aber bevor wir zu spielen beginnen, werden wir erst mal eine Ewigkeit rumsitzen, denn die Lebensleistung vom Ober-Gasmann muss angemessen gewürdigt werden. Da wird dann eine Rede nach der anderen von Spickzetteln abgelesen. Und du glaubst nicht, wie interessant das Geschäft mit flüchtigen Substanzen sein kann, Frieder. Da gibt es doch tatsächlich Aufs und Abs – das stelle man sich nur mal vor.«

Der Tee schmeckte streng, stand wohl doch schon länger auf dem Stövchen. Kindlein sah auf die Uhr: 9 Uhr 23. Ester schien *sehr* früh aus dem Haus gegangen zu sein. War das der Grund, warum sie ihn hatte schlafen lassen? Hatte sie ihm wenigstens eine Nachricht hinterlassen?

Er ging in den Korridor. An der großen Korkwand fand er, was er suchte. Über ein kunterbuntes Wirrwarr beschrifteter Notizzettel hatte sie mit einer roten Reißzwecke ein irgendwo abgerissenes Stück Pappe mit einem hastig dahingekritzelten Hinweis geheftet.

Hallo, Frieder,
hab versucht, dich zu wecken. Du bist jedes Mal gleich wieder eingeschlafen. Komme heute Abend so gegen zehn nach Hause.
Bis bald

Kein »Ich liebe dich«, kein »Ich werde dich vermissen«, kein »Sei nicht traurig«. Kindlein betrachtete das in den letzten Wochen und Monaten entstandene Sammelsurium von Notizen. Fast hätte er dabei den Kopf geschüttelt, besann sich aber noch rechtzeitig seines starren Halses. Vorsichtig hob er einen Arm und entfernte einige der festgepinnten Zettelchen. Darunter kamen etliche weitere zum Vorschein, kleine, meist quadratische Papierchen in allen erdenklichen Farben. Es war deutlich zu erkennen, wer welche Nachricht hinterlassen hatte. Ihr Schriftbild unterschied sich stark. Ester formte deutlich lesbare, kraftvoll und rund wirkende Buchstaben, und die Art und Weise, wie sie sie zu Papier brachte, ließ ein rhythmisches Muster erkennen. Seine Schrift hingegen wirkte krakelig, hatte keinen erkennbaren Schwung, und die mickerigen Buchstäbchen erinnerten an Kuchenkrümel. Beider Texte ähnelten sich jedoch: *Komme bald wieder – Werde so gegen 18 Uhr wieder da sein – Fahre noch mal ins Theater, Noten holen – Muss zum Dienst, das Präsidium hat angerufen.*

Je tiefer Kindlein in die übereinandergehefteten Zettelschichten vordrang, desto deutlicher trat zutage, wie stark sich beider Stil im Laufe der Zeit verändert hatte. Die Notizen der letzten Wochen waren sprachlich nüchtern, knapp und vornehmlich sachlich gehalten, wohingegen die im Frühtau ihrer gemeinsamen Beziehung hinterlassenen vor Emotionalität geradezu sprühten und mit kleinen liebevollen Zutaten versehen waren: *Ich umarme dich tausendfach – Die letzte Nacht mit dir war soooo schön – Mein Pullover riecht noch immer nach dir – Ich kann es kaum erwarten, dich wiederzusehen.*

Kindlein seufzte. All dies lag gerade mal ein halbes Jahr zurück, genauer gesagt sieben Monate. Er wusste, was das bedeutete. Sie waren erst kurze Zeit zusammen, aber schon so weit, dass sie auf sich aufpassen mussten. Er hatte schon einmal erfahren, was passierte, wenn man das nicht tat. Der Alltag war grausam. Beharrlich und heimlich im Hintergrund arbeitend, hatte er damals allzu schnell das duftig seidene Gespinst aus Euphorie und Zuversicht der ersten, alles verklärenden Zeit gegen den schweren grauen Mantel der Einförmigkeit ausgetauscht. Unter dem war letzten Endes alles erstickt.

Nein, dachte er, diesmal würde er nicht zulassen, dass eine Beziehung zwischen die Mühlräder des Alltags geriet. Nicht diese – die war zu wichtig. Ester war die Richtige. Sie war die, mit der er sein Leben verbringen wollte. Das war ihm gleich zu Beginn ihres Verhältnisses bewusst geworden. Aber das dünne Geschreibsel, das er in letzter Zeit an der Pinnwand hinterlassen hatte, bewies, dass er begonnen hatte, sich gehen zu lassen. Und da auch Esters schriftliche Hinterlassenschaften zunehmend farbloser geworden waren, schien es geboten, dass sich zumindest einer von beiden besann, bevor sich eine unglückselige Abwärtsspirale entwickeln würde.

Auf dem Küchentisch fand er nicht, was er suchte, aber in Esters Wohnzimmer entdeckte er eine Notizzettelbox. Sie bestand aus rötlichem Holz und war, wie nahezu das gesamte Mobiliar in ihrer Wohnung, von Ester selbst gefertigt worden. Noch immer war Kindlein von ihrem manuellen Geschick angetan, denn er hatte sich gerade in handwerklicher Hinsicht nie sonderlich ruhmreich hervorgetan. Schon während seiner Schulzeit war er dem Werkunterricht so oft wie möglich ferngeblieben. Nachdem ihm aufgefallen war, dass die Mädchen seines Jahrgangs mindestens zweimal im Monat, und zufällig immer an Sportunterrichtstagen, ihre Periode hatten, hatte er für sich die Sehnenscheidenentzündung und die Holzstauballergie entdeckt und damit, was den Werkunterricht betraf, mindestens ebenso großen Erfolg gehabt. Der Werklehrer hatte ihn anstandslos vom Unterricht befreit und nicht einmal ein Attest verlangt. Offenbar hatte er Kindleins während der Adoleszenz äußerst zerbrechlich wirkende Statur und seine fast anämische Hautfarbe insgeheim längst als Zeichen einer Rachitis oder irgendeines anderen schweren Mangelsyndroms gedeutet und wohl vermutet, dass dessen extrem dünne Handgelenke Belastungen, die über das Schreiben hinausgingen, ohnehin nicht gewachsen waren.

Mit dem wenigen, was Kindlein an musikalischer Ausbildung vorzuweisen hatte, konnte er ebenfalls nicht brillieren. Da gab es nur diese kurze Zeit in seinem Leben, in der er sich mit der Oboe herumgeplagt hatte. Aber das grazile Doppelrohrblatt-Instrument war nichts für ihn gewesen. Den Druck, der nötig war, um genügend Luft durch die dünnen Schilfblättchen zu pusten, hatte er nur mit größter Anstrengung aufbringen können. Sein Kopf war dabei immer knallrot angelaufen, und sämtliche Venen im Hals- und Stirnbereich waren als dicke Würste hervorgetreten. Regelmäßig, noch bevor er die ersten zehn Töne hervorgebracht hatte, war er vor den Augen des Oboenlehrers kollabiert. Dem hatte es nach einem halben Jahr gereicht, sodass er Kindleins Vater empfahl, den Sohn ein Streichinstrument lernen zu lassen, was für die Mutter überhaupt nicht infrage kam, da sie, damals noch Hausfrau und auf dem Höhepunkt eines ans Pathologische grenzenden Putzrausches angelangt, keinen Kolophoniumstaub in der Wohnung duldete. Kindleins Karriere als Musiker hatte somit ein frühes Ende gefunden.

Es fiel ihm nicht leicht, einen Text zu Papier zu bringen, der seinem Anspruch an eine originell, fröhlich, herzlich und gut geschriebene Grußbotschaft genügte. Das hatte er nicht erwartet. Vor ein paar Wochen waren Texte solcher Art seiner Feder geradezu entflutscht – ein weiteres Indiz dafür, dass sich ihre Beziehung bereits abgestumpft hatte? Oder war das heute einfach nur nicht sein Tag?

Im Grunde ging es hierbei um eine ganz simple Sache. Er wollte Ester mitteilen, dass er an sie gedacht und dabei allerhöchste Glücksempfindungen verspürt hatte – oder so ähnlich. Zudem wollte er knapp darüber informieren, was er an seinem freien Tag zu tun gedachte, und obendrein den Wunsch zum Ausdruck bringen, dass sie ihn abends nach dem Heimkommen noch drüben in seiner Wohnung besuchte – also wirklich ganz einfach. Nur leider haperte es schon bei der Einleitung. Zuerst versuchte er es mit althergebrachten Floskeln, in der Hoffnung, dass ihm, während er sie aufschrieb, eine Variante einfiel, die etwas mehr Pep hatte. Aber das erwies sich als Irrtum. Im Gegenteil, ihm fiel auf, dass einem Anfänge wie *Hallo, wie geht es dir?* oder *Liebe Ester, hoffe, du bist gut heimgekommen* schon im Moment des Niederschreibens jegliche Chance verbauten, in der Folge einen ansprechenden Text zu formulieren. Er benötigte demnach einen völlig anderen Anfang. Ad hoc fiel ihm jedoch keiner ein. Also ließ er ihn einfach weg und begann ganz unvermittelt:

… dann hätte ich dich noch eindringlicher gebeten, mich unbedingt zu wecken und wäre mit dir zusammen, und vermutlich ohne Nackensteife, aufgestanden, hätte mit dir gefrühstückt, wäre mit dir nach Heidelberg gefahren, um den Tag dort mit dir zu verbringen, und hätte dir dort, weil ich dich so verdammt gut leiden kann und mir ein zukünftiges Leben ohne dich gar nicht vorstellen mag, mal eben zwischen Probe und Konzert einen Heiratsantrag gemacht, hätte in einem spontanromantikinduzierten Anfall von Wahnsinn bei gleichzeitiger Einfallsarmut dazu aber womöglich die Terrasse des Schlosses gewählt und damit zumindest mich in eine fatale Situation gebracht, weil es letztlich bedeutet hätte, dich

inmitten einer Horde sonnenbebrillter Amerikaner in Hawaiihemden und unter ständigem Kamerabeschuss einer ausströmenden Busladung japanischer Touristen um deine Hand zu bitten, was uns beiden nun Gott sei Dank erspart bleibt, aber auf weitaus nettere Weise dennoch geschehen wird, weil ich stattdessen bei »Engelhorn« vorbeischauen werde, um mir eine neue Hose und ein erstklassiges Hemd zu kaufen, und anschließend auf dem Markt ein paar Spezialitäten besorge, um dich heute Abend, drüben in meiner Wohnung, mit einem köstlichen Essen zu überraschen, in dem aber keine Zwiebeln vorkommen, weil die so schrecklich blähen, bei dem ich dir aber gewisse Pläne, die sowohl uns beide als auch unsere Zukunft betreffen, in einem weitaus intimeren und feierlicheren Rahmen unterbreiten möchte, wobei ich es mit Sicherheit nicht versäumen werde, auch den traditionell üblichen Kniefall zu praktizieren, sofern mein grausam schmerzender Nacken dies zulässt.

Nachdem er seine Notiz deutlich sichtbar an die Pinnwand geheftet hatte, überlegte er noch kurz, ob es wirklich in Ordnung war, so etwas Bedeutsames wie einen Heiratsantrag vorher anzukündigen. Aber er hatte sich zu dieser Frage in den letzten Wochen oft genug Gedanken gemacht und war jedes Mal zu der Überzeugung gelangt, dass gerade ein Vorhaben von solcher Tragweite durchaus vorher bekannt gegeben werden durfte, weil es dadurch *beiden* Beteiligten ermöglicht wurde, diesem Augenblick mit Vorfreude entgegensehen zu können.

Er zog sich an und verließ Esters Wohnung in bester Laune.

Beim Erstellen der Einkaufsliste sah Kindlein, dass einiges zusammenkam. Die Gerichte, die er zubereiten wollte, verlangten einen Haufen Zutaten, und von den meisten hatte er nur am Rande was gehört. Hinzu kam, dass sich in seinem Kühlschrank nicht mal die profansten Dinge wie Butter und Milch befanden. Nur auf den Markt zu gehen würde demnach nicht ausreichen. Und als er die Anleitungen zu den Rezepten genauer überflog, kam ihm zudem der Verdacht, dass er sich zeitlich einigermaßen ranhalten musste. Inzwischen war es beinahe zwölf. Den Kauf einer Hose oder eines Hemdes würde er also besser verschieben.

Blumen durfte er aber auf gar keinen Fall vergessen. Er schrieb sie mit auf die Liste. Blumen mussten sein. Und dann hatte er gelesen, dass er für die Nachspeise einen Mixer brauchte. So was hatte Ester. Neulich hatte sie jedenfalls mit so einem Ding herumhantiert, als sie diese fürchterlich leckere Schokocreme gemacht hatte. Den würde er sich noch vor dem Einkaufen besorgen. Aber was in Herrgottsnamen war »blanchieren«? Und um was es sich bei einem »Schaumlöffel« handeln sollte, würde er auch herausfinden müssen. Die beiden Kochbücher seiner Mutter gaben auf diese Fragen jedenfalls keine Antwort. Egal, er konnte später im Internet nachsehen. Der Einkauf der Lebensmittel hatte Vorrang. Im Zweifelsfall würde er bei seiner Mutter anrufen – wenn die sich nicht sowieso im Lauf des Nachmittags bei ihm meldete. Irgendwann – und das war sicher – gäbe es garantiert wieder weltumspannende Neuigkeiten, die sie dringend an ihren Sohn weitergeben musste.

Es war ungemein praktisch, derart dicht beieinander zu wohnen, dachte er, als er zu Ester rüberging. Besonders wenn man, so wie jetzt, nur mal eben was von seiner Partnerin ausleihen wollte. Kindlein brauchte nur die Treppe hinunterzugehen, die Durchfahrt zu passieren und den Hinterhof zu überqueren. In dessen hinterstem Winkel stand ein kleiner zweistöckiger rotbrauner Backsteinbau. Darin hatten sich früher kleinere Manufakturbetriebe und später auch eine Druckerei eingemietet. Im Erdgeschoss, wo sich heute Esters Werkstatt befand, war das noch an den groß dimensionierten gusseisernen Fabrikfenstern zu erkennen. In der oberen Etage waren sie durch moderne Holzfenster ersetzt worden. Hier hatte sich Ester eine großzügig geschnittene Wohnung eingerichtet.

In die kam Kindlein nun aber nicht hinein. Selbst nach mehrmaligem Durchwühlen seiner Hosen- und Jacketttaschen fand er nicht, was er suchte. Erst dann dämmerte ihm, was geschehen war. Vorhin, beim Verlassen von Esters Wohnung, hatte er ihren Haustürschlüssel drinnen liegen gelassen. Das war natürlich blöd, aber wiederum kein wirkliches Problem. Es war ihr Zweitschlüssel. Er musste sich jetzt nur überlegen, wie er auf andere Weise und auf die Schnelle an einen Mixer kam. Zu seiner Mutter nach Ludwigshafen zu fahren würde zu lange dauern. Und seine Nachbarn im Vorderhaus waren mittags arbeiten. Es würde also auf einen Kauf hinauslaufen.

Wieder zurück in der eigenen Wohnung schrieb Kindlein den Mixer mit auf die Einkaufsliste, stopfte sich die Jacketttaschen mit Plastiktüten voll und steckte sich ein Zigarillo ein, für den Fall, dass er später eine kleine Pause einlegen würde. Er hatte frei, und ein bisschen gemütlich durfte es trotz allem zugehen. In diesem Augenblick klingelte es an seiner Tür – vermutlich der Postbote. So spät? Er drückte auf den Türöffner und ging zurück in die Küche. Hatte er alles? Die Liste? Seinen Geldbeutel? Den Wohnungsschlüssel? Ja, es schien, als wenn er aufbrechen könnte. Wieder klingelte es. Er drückte noch mal auf die Taste der Gegensprechanlage.

»Ja bitte?«

Keine Antwort.

»Hallo, wer ist denn da?«

Blödmann, dachte er. Dann klopfte es mit einem Mal an seiner Wohnungstür.

»Guten Morgen, sind Sie Kriminalhauptkommissar Frieder Kindlein?«

Kindlein war überrascht. Vor ihm stand ein junger Mann von der Schutzpolizei. Seine Dienstmütze hielt er unter den linken Arm geklemmt, und mit der rechten Hand streckte er ihm einen Dienstausweis entgegen.

»Ja, der bin ich. Was gibt's denn?«

»Ich komme im Auftrag Ihres Ersten Hauptkommissars. Sie sollen nach Gartenstadt rauskommen. Dort wurde vor drei Stunden eine weibliche Leiche gefunden.«

Kindlein warf einen skeptischen Blick auf den Ausweis des jungen Mannes. »Aha. Seltsam. Und warum hat er mich dann nicht einfach angerufen?«

»Das hat er getan. Aber Sie waren nicht erreichbar.«

Kindlein drehte sich um. Tatsächlich: Der Anrufbeantworter in der Diele blinkte. Aber Morgenthaler hätte ihn doch einfach übers Handy verständigen können. Ihn beschlich eine Ahnung. Er tastete seine Jackett ab. Die Brusttasche war leer. Natürlich! Er erinnerte sich: Das Handy befand sich ebenfalls in Esters Wohnung. Er hatte es gestern Abend zusammen mit dem Haustürschlüssel auf ihrer Küchenanrichte abgelegt.

»Hat mein Kollege denn auch mal erwähnt, dass ich heute freihabe?« Sein Ton klang mürrisch.

»Hm.«

Und wenn schon, dachte Kindlein. Dem jungen Kollegen konnte das egal sein. Außerdem konnte der überhaupt nichts dafür, dass Morgenthaler ihn ausgerechnet an solch einem Tag anforderte.

»Eine weibliche Leiche, sagen Sie?«, fragte er schließlich.

»Ja.«

»Mord?«

»Sieht stark danach aus.«

Kindlein sah auf die Uhr. Es war kurz vor halb eins. Eigentlich sollte er jetzt zum Markt gehen. Der hatte nur bis zwei Uhr geöffnet.

»Na dann. Es ist bloß gerade heute …«

Es hatte keinen Sinn zu jammern. Er musste sich entscheiden. Wenn er sämtliche Zutaten einfach im Supermarkt kaufen würde, dann könnte er Zeit sparen. Dabei würde gut eine Stunde herausspringen, und länger würde Morgenthaler ihn sicher nicht brauchen. Es konnte im Grunde nur darum gehen, dass auch er sich einen Eindruck von der Fundstelle und dem Tathergang verschaffte.

»Gut. Lassen Sie uns losfahren. Ich folge Ihnen mit meinem Auto. Ich hab danach noch was zu erledigen.«

3

Noch immer war Anton der größte und kräftigste Kerl weit und breit. Und noch immer war er klug und weitblickend. Er wusste, dass die alte Dame etwas auf dem Herzen hatte – dass sie mit ihm sprechen wollte, sobald sie erwachte.

Seit Minuten saß er schon auf dem Rand des Krankenbettes. Jetzt erst öffnete Frau Anders die Augen. Zuerst erschrak sie, aber als sie erkannte, dass er es war, lächelte sie milde.

»Du hast es wieder getan, oder?« Ihre Stimme klang freundlich, war aber hörbar kraftlos.

Er schaute sie verwundert an. Damit, dass sie ausgerechnet diese Frage als Erstes stellte, hatte er nicht gerechnet.

»Woher wissen Sie das?«

»Ich sehe es dir doch an. Also: Hast du es wieder getan?«

Anton nickte. »Ja«.

»Warum?«

»Es war an der Zeit. Und wer zaudert, schiebt Probleme nicht nur auf, sondern vergrößert sie.«

Die alte Dame legte ihre ausgemergelte Hand auf seine. »Oh Anton«, sagte sie und sah ihn nun mit einer Mischung aus Mitleid und tiefer Zuneigung an.

Er erwiderte ihren Blick, so herzlich er konnte. Alt war sie geworden, die Frau Anders, dachte er. Er kannte sie schon so lange. Warum hatte *sie* sich derart verändert und er nicht?

»Aber es stimmt«, sagte er schließlich. »Ein Tag ist viel, wenn das Lächeln zu erlöschen beginnt. Dann ist Handeln vonnöten.«

Sie schüttelte sanft den Kopf. »Das sagst du immer. Und du sagst auch jedes Mal, dass du genau weißt, *wann* und *wie* man handeln muss. Aber das kann nicht ewig gut gehen, Anton. Irgendwann nicht mehr. Wie hast du es denn diesmal gemacht?«

»Ich hab sofort eingegriffen, hab nicht einen Moment gewartet.«

Er sah, dass sie schluckte.

»Das glaube ich dir. Selbstverständlich. Aber ich will wissen – wie.« Das letzte Wort sprach sie leise. Dabei bebte ihre Stimme.

»Ich hab den Zauberstab eingesetzt.«

»Den Zauberstab.«

»Ja. Und alles ging ganz schnell. Ich bin mit Siebenmeilenschritten zum Knusperhaus der Hexe geeilt und ...«

»Moment, langsam«, unterbrach sie. »Du behauptest, sie war eine Hexe. Wie kommst du da drauf?«

»Was soll sie sonst gewesen sein? Sie hat dem Jungen das Lächeln gestohlen. Das tun nur gemeine Hexen.«

»Aha.« Sie sah nun aus dem Fenster des Krankenzimmers. Dabei bemerkte Anton, dass ihre sonst so klar glänzenden Augen trüb und gelb geworden waren. Ihre Hände zitterten leicht, und er fragte sich, seit wann die Finger der alten Dame derart knöchern waren. Auch die braunen Flecken auf ihren Handrücken sah er zum ersten Mal.

»Genau«, fuhr er fort. »Und weil ich so flink bin, war es für mich ein Leichtes, diesem gemeinen Weibsstück meinen Zauber aufzuzwingen, ihn an Ort und Stelle zu verbreiten, sie damit zu lähmen und ihr das Lächeln zu entreißen.«

»Durch deinen Zauber«, sagte Frau Anders eher fragend als feststellend und sah ihn dabei ungläubig an.

Anton nickte. »Ja. Durch meinen Zauber. Mit dem Zauberstab.«

Sie seufzte, legte ihren Kopf zurück ins Kissen und schloss die Augen. Er wusste, was das bedeutete: Die alte Frau hatte ihm längst angesehen, dass das nicht alles war, und wollte sich wenigstens für einen Moment seinem Blick entziehen. So hatte sie Ruhe, um sich zu sammeln, und konnte sich Zeit nehmen, die nächste Frage zu formulieren.

»Es ist aber noch mehr geschehen. Stimmt's?«, fragte sie bald.

Anton antwortete nicht. War es nötig, dass sie alles wusste?

Sie öffnete ihre Augen und versuchte unter Aufbringen all ihrer Kräfte ihren Oberkörper vom Bett zu erheben. Wortlos half er ihr dabei.

»Das stimmt doch, oder?« Ihre Stimme war nun lauter. »Sag's mir!«, forderte sie schließlich beinahe zornig. Und als er wieder nicht antwortete, begann sie mit ihren schwachen Fäusten auf seine rechte Schulter einzuhämmern. »Bitte sag's mir.«

Ihre Attacke ließ ihn unbeeindruckt. Aber der flehende Ton in ihrer Stimme rührte ihn an. Diese Frau war für ihn etwas Besonderes. Zu allen Zeiten hatte er eine eigentümlich warme und herzliche Zuneigung zu ihr empfunden, wohl auch, weil sie die Einzige war, die ihn kannte, und die Einzige, die mit ihm sprach, die ihm zuhörte.

»Ja«, antwortete er deshalb, nahm eine ihrer Hände und drückte sie.

Für einen Moment legte sich ihr von Krankheit gezeichnetes Gesicht in Falten, ihr Unterkiefer begann zu beben, und ihrem rechten Auge entwich eine Träne. Aber statt zu weinen, presste sie ihre Lippen mit aller Kraft aufeinander, schaute zur Zimmerdecke empor und schüttelte heftig den Kopf.

»Wer war es diesmal?«

»Die böse Königin.«

Er sah, dass sie erschrak.

»Nein«, entfuhr es ihr. »Sag, dass es nicht wahr ist.«

»Doch. Es musste sein. Dieser schrecklichen Frau hat immer nur die eigene Schönheit etwas bedeutet, nie die der anderen. Dabei war sie hässlich, hat nicht einmal ein Herz besessen, und ihr freudloses Dasein hat sie nur ertragen, weil es ihr immer wieder gelang, das Glück anderer zu zerstören. Jemand musste ihr eine Lektion erteilen.«

Sie stieß seine Hand von sich. »Du meinst, *du* musstest sie ihr erteilen.« Ihre Stimme klang jetzt bitter, und nun warf sie ihm auch einen unversöhnlich wirkenden Blick zu. »Was du tust, ist grauenhaft, Anton. Weißt du das?«

Einen Moment dachte er darüber nach. *Ebenso grauenhaft wie das, was die böse Königin getan hatte?* Er kam zu dem Schluss, dass das nicht zutraf. Also schwieg er zu dieser Frage. Stattdessen fuhr er fort: »Sie zu überwältigen war so einfach. Außer ihr hat niemand mehr in ihrem eiskalten Schloss gelebt. Ich habe nur frech an ihr Schlosstor geklopft, sie als schlechtesten Menschen der Welt beschimpft und Einlass gefordert für jemanden, der sich im Namen der Fröhlichkeit mit ihr messen möchte. Ich habe gewusst, dass ich damit ihre maßlose Neugier wecken würde, denn nichts konnte sie weniger ertragen als frohe und zufriedene Menschen. Und ich habe mich nicht geirrt. Ihr Drang zu erfahren, wer die Person war, die es wagte, sich derart keck und vorlaut auf die Seite des Frohsinns zu stellen und zudem so unverfroren an ihrer Herrlichkeit Kritik zu üben, war größer als ihre Vernunft und jede Vorsicht. Jedenfalls rannte sie just in dem Moment, da sie das Tor öffnete, mitten ins offene Messer.«

Die alte Dame schlug die Hände vors Gesicht. Dann entfuhr ihr ein kurzer, kläglicher Schrei. Gleich darauf folgte ein weiterer, und sie begann zu weinen.

Anton nahm sie sofort in seine Arme. Das schien sie zu trösten, denn ihr Atem nahm sogleich einen ruhigeren Rhythmus an.

Dann riss jemand die Tür auf. Eine Krankenschwester trat ins Zimmer. »Was ist denn los, Frau Anders? Warum schreien Sie so? Kann ich Ihnen helfen?«

Die alte Frau schüttelte den Kopf. »Nein, ist schon gut, Schwester. Es ist alles in Ordnung. Ich glaube, es war nur ein kleiner Schwächeanfall.«

Die Schwester warf *ihm* darauf einen fragenden Blick zu.

»Ist wirklich alles gut?«

Anton nickte.

4

Kindlein war dem jungen Polizisten die ganze Zeit hinterhergefahren. Gute zwanzig Minuten hatten sie bis zum Stadtteil Gartenstadt gebraucht. Nun, da sie in den Farnkrautweg einfuhren, konnte er erkennen, dass sie am Ziel angekommen sein mussten.

Die genaue Adresse schien sich am Ende der schmalen Gasse zu befinden, an der Stelle, wo sie einen Knick nach links machte und nur wenige Schritte weiter das undurchdringlich wirkende Dickicht des Käfertaler Waldes begann. Dort waren Absperrungen zu erkennen, die die Kollegen aufgebaut hatten, und Anwohner, die einzeln oder zu kleinen Gruppen versammelt auf den Gehwegen standen, richteten ihre Blicke neugierig in diese Richtung.

Nachdem Kindlein sich in das abgesperrte Areal begeben hatte, fiel ihm als Erstes ein Mannschaftswagen der Polizei auf. Vor dessen offener Seitentür stand eine junge Polizistin, die sich mit einem Jungen im Gespräch befand. Der Kleine saß mit seinem Po auf dem Innenboden des Wagens und ließ seine kurzen Beinchen über den Seitenschweller hinweg nach draußen baumeln. Die Polizistin notierte, was er zu berichten hatte. Es schien eine spannende Geschichte zu sein, denn er redete mit ausladenden Gesten eindringlich auf sie ein, wobei er mit weit geöffneten Augen zu ihr aufsah. Innen im Fahrzeug saßen sich ein blass aussehender Mann und ein Polizeibeamter gegenüber. Auch sie befanden sich im Gespräch, und auch hier machte sich der Polizist Notizen.

Als Kindlein sich umschaute, stellte er fest, wie idyllisch die Siedlung gelegen war. Die Gründung dieses Stadtteils vor knapp hundert Jahren basierte auf der damals aus England stammenden Gartenstadtidee. Kleine Häuser mit Gärten sollten vor allem kinderreichen Familien mit geringen Einkünften ein bescheidenes, aber erträgliches Dasein am grünen Stadtrand ermöglichen, da die zu jener Zeit rasch wachsende Industriemetropole Mannheim aus allen Nähten zu platzen drohte. Auch hier, zwischen Farnkrautweg, Eschen- und Ahornhof war dieses Konzept noch zu erkennen, obgleich die Häuser inzwischen durch Aufstocken oder Anbau beträchtlich gewachsen waren und vor allem jene, die direkt am Waldrand standen, eher Villen denn Arbeiterhäusern glichen. Nicht zuletzt auch deshalb galt dieser Stadtteil inzwischen als beliebte Wohngegend.

Eben noch, aus der Entfernung, war es Kindlein so erschienen, als wenn der Wald unmittelbar hinter den Häusern beginnen würde. Nun erkannte er, dass auf deren Rückseiten kleinere Gärten angelegt waren. Zwischen diesen Gärten und dem Waldbeginn befand sich eine etwas breitere Schneise. Die war mit wildem Gras, krautigem Gestrüpp und kleineren einzeln stehenden Bäumen bewachsen, sodass der Übergang zum Wald eher fließend verlief. Erst ein schmaler unbefestigter Wanderpfad markierte den eigentlichen Waldrand. Zwischen den Stämmen dreier großer Buchen hatte jemand zwei Stapel gespaltenen Stammholzes errichtet, und ganz offensichtlich hatten sie das Interesse eines Mannes auf sich gezogen, den Kindlein vom Präsidium her kannte. Jürgen Leibig, der Leiter der kriminaltechnischen Abteilung, saß vor einem der Stapel in der Hocke, und seinem Gesichtsausdruck war zu entnehmen, dass er intensiv über etwas nachdachte.

»Und, sind Fingerabdrücke dran?«, rief Kindlein scherzend und ging auf den Kriminaltechniker zu.

Der drehte den Kopf herum. Zunächst wirkte er irritiert, aber dann lächelte er kurz und nickte. »Ach, Sie sind's, Herr Kindlein. Hab Sie nicht gleich erkannt.«

»Interessieren Sie sich seit Neuestem für Brennholz?«

»Na ja, inzwischen muss man sich ja für alles interessieren, was brennbar ist«, antwortete Leibig und beklopfte den Holzstapel. Dann nahm sein Gesicht plötzlich einen besorgten Zug an. »Wissen Sie, was ich dieses Jahr an Heizkosten bezahlt habe? Ein Vermögen. Ich habe mir deshalb überlegt, ob ich auf Holz umsteige. Aber haben Sie sich mal angeschaut, wie stark da die Preise gestiegen sind? Um dreißig Prozent. Ein Wahnsinn, und zufällig um genauso viel wie beim Gas. Jetzt zocken uns sogar schon die Forstämter ab. Ich hab so den Eindruck, dass wir alle nur noch verscheißert werden. Keiner will, dass wir uns nach Alternativen umsehen. Wetten, dass, wenn ich ab morgen mein Haus mit meiner eigenen Kacke heize, übermorgen schon der Fiskus die Hand aufhält, weil ich mir einen geldwerten Vorteil verschaffe? Und sollten das mehrere tun, bin ich sicher, dass binnen kürzester Zeit Energieabgaben auf Lebensmittel erhoben würden.«

»Hm.« Kindlein überlegte, ob er sich dazu äußern sollte. Er wusste, wie schwer es war, mit Leibig ein Gespräch zu führen, wenn der so angesäuert war wie jetzt. Er erkundigte sich stattdessen, wo sich Morgenthaler gerade befand.

»Da drüben, in dem hellbeigen Haus.« Leibig deutete auf eine Vierergruppe dicht nebeneinanderstehender Einfamilienhäuser. Ursprünglich von gleicher Bauart hatte jedes von ihnen im Laufe der Zeit durch diverse Baumaßnahmen und unterschiedliche Farbanstriche ein eigenes unverwechselbares Äußeres erhalten. »Der Eingang befindet sich allerdings an der Vorderseite. Sie müssen ein kurzes Stück zur Straße zurückgehen und dann vorn den schmalen Gehweg nehmen.«

Kindlein musste nicht lange suchen, denn als er die Straße erreicht hatte, bemerkte er zwei schwarz gekleidete Männer, die einen matt schimmernden Zinksarg trugen. Soeben bogen sie in einen gepflasterten Weg ein. Der eine der beiden, ein kräftig gebauter Geselle von etwa einem Meter neunzig, pfiff munter vor sich hin, während sein kleinerer, etwas schmächtiger Kollege dumpf in sich hineinstarrte. Sein Kopf hatte eine violette Farbe, und dicke Schweißperlen liefen an seinen Schläfen herab. Kindlein fragte sich, welche Farbe sein Kopf wohl auf dem Rückweg haben würde, wenn der Sarg nicht mehr leer war.

Es war unschwer zu erkennen, wohin ihr Weg sie führte. Direkt vor der Eingangstür eines mit einem imposanten Krüppelwalmdach versehenen Hauses stand ein hagerer Mittfünfziger, dessen Körperlänge selbst die des riesenhaften Sargträgers um einiges überbot. Professor Dr. Wesselin, Chef des rechtsmedizinischen Instituts der Uni Heidelberg, ließ es sich nur selten nehmen, Leichenfundstätten persönlich aufzusuchen. Und ganz offensichtlich hatte er seine Arbeit bereits getan, denn danach entfernte er sich stets vom Fundort und gönnte sich, so wie jetzt, eine Zigarette im Freien. Als er Kindlein kommen sah, winkte er ihm freundlich lächelnd zu, und Kindlein fiel dabei wieder einmal die ungeheure Länge seiner Arme auf. Im Stehen reichten sie Wesselin bis zu den Knien, was bedeutete, dass er, wenn er einen von ihnen ausstreckte, wie ein Kran anmutete, der seinen Ausleger in Position brachte.

»Wie geht's?«, grüßte Kindlein, während der Professor die Sargträger anwies, ihr Behältnis erst einmal vor dem Haus abzustellen.

»Danke. Eigentlich bestens. Aber das da drin ist weniger schön.« Dabei deutete er auf das Hausinnere. »Das hat mich wahrscheinlich wieder Jahre meines Lebens gekostet. Ein Glück nur, dass sie hinten abgezogen werden.« Er grinste.

»So schlimm?«

Der Professor nickte. »So schlimm.«

Kindlein schluckte. Dann fragte er, wo sich Morgenthaler gerade aufhielt.

Wesselin wies erneut ins Hausinnere.

Von dort war im selben Moment ein warm klingender Bass zu vernehmen. »Na, dann haben mich meine Ohren also doch nicht getäuscht. Der Frieder.«

Kindlein versuchte, einen Blick in den dunklen Korridor des Hauses zu werfen. Aber kaum dass er darin auch nur halbwegs irgendwas erkennen konnte, trat auch schon sein kurz gewachsener stämmiger Vorgesetzter und Kollege mit zackigem Schritt daraus hervor und streckte ihm zum Gruß eine seiner schaufelgroßen Hände entgegen.

»Wie schön, diese Stimme zu hören. Super, dass du so schnell kommen konntest.«

»Hallo, Konrad«, erwiderte Kindlein knapp. Er entschied, erst mal kurz angebunden zu wirken.

Morgenthaler beklopfte seine Schulter. »Ich meine das verdammt ernst. Du glaubst gar nicht, wie froh ich bin, dass du gekommen bist. Hier gibt's nämlich ein Problem, bei dem ich ohne deine Hilfe nicht recht vorankomme.«

»So? Um was geht's denn?«

»Komm. Ich denke, wir gehen am besten rein. Da zeige ich dir alles.«

Im Haus brauchte Kindlein einen Moment, bis sich seine Augen an die Dunkelheit gewöhnt hatten. Ein Nachteil bei Wohnlagen so dicht am Wald, dachte er. Als er alles erkennen konnte, sah er, dass sich in der Mitte des Korridors eine Lache vertrockneten Blutes befand. Von der ging eine rötlich braune Schleifspur aus, die sich bis hinein in das angrenzende Wohnzimmer zog. Als Kindlein dort eintrat, stellte er fest, dass auf der gegenüberliegenden Seite des Raumes die Terrassentür offen stand und dass die Blutspur das gesamte Zimmer in voller Länge durchquerte, um schließlich an irgendeinem Ort außerhalb des Hauses zu enden. Zwei Kriminaltechniker, die gerade dabei waren, das Mobiliar des Wohnzimmers zu durchsuchen, grüßten verhalten. Leibigs Abteilung schien endlich aufgestockt worden zu sein. Kindlein kannte die beiden Männer jedenfalls nicht. Er grüßte zurück und wandte sich wieder Morgenthaler zu.

»Was ist denn hier passiert?«

»Tja«, meinte Morgenthaler und deutete auf die Lache, »die Frau ist hier im Korridor erstochen worden und dabei der Länge nach gestürzt. Sie war allerdings nicht sofort tot. In ihrer Not ist sie von hier aus quer durch das Wohnzimmer hinaus auf die Terrasse gerobbt, wohl in der Hoffnung, sich dort besser bemerkbar machen zu können. Aber da draußen fand sie ganz offensichtlich keine Hilfe und erlag schließlich ihren Verletzungen. Der Vorgang muss laut Wesselin bis zu einer halben Stunde gedauert haben.«

»Fürchterlich. Erstochen, sagst du?«

»Ja. Ein Stich ging direkt in den Hals. Hinzu kamen die üblichen Abwehrverletzungen, also weitere Stich- und mehrere Schnittverletzungen an Händen, Unterarmen und linker Schulter und eine Platzwunde am Hinterhaupt. Eine endgültige Beurteilung hat Wesselin noch nicht abgeben, aber er geht davon aus, dass der Stich in die linke Halsseite die Todesursache war. Er sagt, das Messer sei zwar tief eingedrungen, die Klinge habe die Halsarterie aber nur seitlich angeritzt. Und da der Täter das Messer stecken ließ, hat das Opfer keinen schlagartigen, sondern nur einen allmählichen Blutverlust erlitten, groß genug allerdings, um letztlich dennoch zum Tod zu führen.«

»Irgendwelche Spuren vom Täter?«

»Im Augenblick noch keine, die uns weiterbringen. Drei verwischte Schuhabdrücke im Hauseingangsbereich – zwei innerhalb und einer außerhalb des Hauses. Und ein paar grüne Fasern unter den Fingernägeln der Toten. Leibig sagt, es könnten Lederflusen sein. Aber er muss sie erst genauer untersuchen.«

»Und an dem Messer?«

»Keine Fingerabdrücke. Nichts. Der Täter hat wohl Handschuhe getragen. Aber immerhin weist der Griff Besonderheiten auf. Der ist mit Bissspuren übersät.«

»Bissspuren?«, wiederholte Kindlein ungläubig.

»Ja, der sieht ziemlich angenagt aus. Im Holz sind tiefe Zahnabdrücke zu erkennen, und ein Teil des Materials ist sogar abgesplittert. Leibig denkt, dass sich da mal ein Hund drüber hergemacht hat.«

»Hm. Ein Hund? Und weiß man schon was über den Messertyp?«

»Ein Bowie-Messer. Nichts Besonderes. Kriegst du in jedem Camping- oder Anglergeschäft.«

»Nicht eben viel. Und aus dem Haus? Ist da irgendwas entfernt worden?«

»Sieht nicht so aus. Dabei gibt es hier genug Dinge, die bei einem Raubüberfall von Interesse sein könnten.«

Kindlein sah sich um. Er hätte Morgenthalers Urteil nicht bestätigt. Die Einrichtung, zumindest des Wohnzimmers, machte zwar einen soliden, aber keinesfalls wertvollen Eindruck, und die technische Ausstattung bestand aus qualitativ hochwertigen, aber nicht mehr ganz neuen Geräten.

»Sie besitzt eine größere Anzahl von Kunstgegenständen. Überall stehen ausgefallene Plastiken herum, und einige der Malereien, die hier an den Wänden hängen, sind Originale und dürften von daher auch einen gewissen Wert haben – sagt zumindest Wesselin. Und der kennt sich mit so was ein bisschen aus.«

»Tja, so kann man sich täuschen. Und wie lange liegt die Frau schon da draußen?«, fragte Kindlein.

»Wesselin meint, drei bis vier Tage.«

Kindlein rechnete. »Also seit Ostersamstag oder sogar schon seit Karfreitag.« Er beschloss, sich auf der Terrasse umzusehen. Aber als er sich in Bewegung setzte, spürte er, dass Morgenthaler ihn zurückhielt.

»He, was ist denn?«

»Vorsicht, Frieder. Ist kein schöner Anblick.«

»Ich weiß. Wesselin hat mich schon vorgewarnt.«

»Na denn«, sagte Morgenthaler. »Ich war nur nicht sicher, ob es eine gute Idee ist, dich ohne Vorankündigung da rauszulassen.«

Kindlein wunderte sich. Es war nicht das erste Mal, dass er einer Leiche begegnete, in der ein Messer steckte und die mit Stichen übersät war. Von daher warf er zunächst auch relativ gelassen einen Blick auf den gefliesten Boden der Terrasse, fuhr dann aber doch heftig zusammen. Instinktiv wollte er nach Morgenthaler rufen. Aber aus seinem Mund kam nur ein schwachbrüstiger kehliger Laut.

»Ich hab's dir gesagt«, sagte eine Stimme neben ihm, und eine Hand berührte ihn am Arm.

»Mann, Konrad«, krächzte Kindlein. Dann erst schaffte er es, seinen Blick von dem Leichnam abzuwenden.

Morgenthaler warf ihm einen beinahe entschuldigenden Blick zu. »Tierfraß gehört nun mal mit zum Schlimmsten. Ich kann nichts dafür, Frieder.«

Kindlein nickte. Vermutlich *ist* es sogar das Schlimmste, dachte er bei sich. Die Leiche vor seinen Füßen war komplett bekleidet, sodass sie, von einigen Einstichverletzungen abgesehen, zunächst einen relativ unversehrten Eindruck machte. Aber alles was nicht von Kleidung bedeckt war, bot einen grauenhaften Anblick. Hände und Füße waren bis auf die Knochen abgenagt worden. Und da die Leiche auf dem Rücken lag, ließ sich vermuten, dass der einzige Bereich des Kopfes, der nicht bis auf die Schädelknochen freilag, das Hinterhaupt war. Die Augenhöhlen waren leer, und die wenigen Weichteile, die vom Gesicht übrig geblieben waren, lagen in Fetzen. Aus den angefressenen Halsmuskeln ragte das Messer.

»Mein Gott. Hat denn keiner die Frau hier liegen sehen?«

»Nein. Niemand.«

Kindlein schüttelte den Kopf und sah sich um. »Aber ich sehe hier zwei direkt angrenzende Nachbargrundstücke. Von denen kann man doch bestens auf ihre Terrasse blicken.«

»Schon richtig«, antwortete Morgenthaler. »Aber schau mal genauer hin. Bei beiden Häusern sind die Rollläden unten. Und auf den Terrassen sind die Gartenmöbel beiseitegeräumt worden. Ostern. Urlaubszeit. Die Nachbarn sind verreist. Vermutlich sind sie schon vor den Feiertagen weggefahren.«

»Schöne Scheiße.«

»Genau. Und von da vorn, also vom Wald her, ist der Blick auf die Grundstücke versperrt.«

Kindlein sah, was Morgenthaler meinte. Eine mannshohe Hecke aus immergrünen Sträuchern bildete zum Wald hin eine nahezu blickdichte Wand.

»Und wie ist sie schließlich doch entdeckt worden?«

»Ein Mann und sein Sohn haben ein Ohr von ihr gefunden.«

»Wie bitte?«

»Ja, da vorn am Waldrand. Auf dem schmalen Fußpfad hat es gelegen.«

»Das muss ich jetzt aber nicht verstehen, oder?«

»Nun. Die beiden haben vor der Hecke gesessen und beobachtet, wie sich zwei Raben, die dicht über sie hinwegflogen, um irgendwas stritten. Dieses Etwas ist dann in Höhe des Waldpfades niedergegangen. Sie sind gleich hingelaufen. Na ja, und dann haben sie eben das Ohr entdeckt. Der Vater hat sofort die Polizei benachrichtigt.«

Kindlein verzog das Gesicht. »Pfui Teufel. Und das hier sollen Raben angerichtet haben?«

»Tja. Die sind nun mal die Ersten, die sich über verendete Körper hermachen. Und wenn sie dann auch noch so viel Zeit haben, dann ... Die Frau lag mehrere Tage im Freien, Frieder. Möglich, dass andere Tiere sich ebenfalls ...«

Kindlein winkte ab.

»Du hast recht, Frieder«, meinte Morgenthaler. »Genug davon. Ich glaube, es ist ohnehin besser, sich über die Person des Opfers zu unterhalten. Sie ist nämlich der eigentliche Grund, warum ich dich hierhergebeten habe.«

»Herrgott, stimmt ja«, entfuhr es Kindlein, und sofort sah er auf die Uhr. Vor gut einer Stunde war er losgefahren. Mehr von seiner freien Zeit hatte er für diese Angelegenheit eigentlich nicht einkalkuliert.

»Also, um was geht es denn, Konrad?«

Morgenthaler antwortete nicht. Stattdessen bat er Kindlein mittels einer kargen Geste, ihm zu folgen. Irgendwas schien ihm unangenehm zu sein. Im Schlafzimmer der Frau angekommen, griff er ebenfalls schweigend nach einem kleinen Stoß Papiere, der auf einem Sideboard lag: pastellfarbige Briefumschläge und mehrere blassrosafarbene lose Blätter.

»Das haben wir unter ihrem Bett in einer Holzkiste gefunden«, sagte er schließlich und reichte Kindlein den Stapel. »Sagt dir der Name Leonore Säler was?«

Kindlein überlegte. Morgenthaler tat äußerst geheimnisvoll. Handelte es sich bei dem Opfer demnach um eine bekannte Persönlichkeit?

»Ich weiß nicht. Schon irgendwie. Aber ich komme momentan nicht darauf, woher. *Muss* ich die Frau kennen?«

»Na ja, zumindest hat sie dich gekannt. Das geht aus diesen Briefen hervor.« Morgenthaler deutete auf das Papierhäufchen.

»So?« Mehr fiel Kindlein dazu nicht ein. Er hatte nicht den Dunst einer Ahnung, woher die Verfasserin ihn gekannt haben sollte und worum es in den Briefen gehen konnte. Er faltete einen von ihnen auseinander, und gleich bei der Anrede wusste er wieder, wer Leonore Säler war. Schlimme Erinnerungen wurden geweckt, und er las nur deshalb ein paar Zeilen, weil er herausfinden wollte, um was es speziell in diesem Brief ging. Aber auch das war schnell getan, denn in all diesen Schreiben war es immer um das Gleiche gegangen.

»Mein Gott, das kann ja nicht wahr sein. Leonore Säler. Jetzt erinnere ich mich. Das ist eine Ewigkeit her. Ich glaube, ich habe sie das letzte Mal im Sommer 1991 gesehen. Sie hat damals auch in Ludwigshafen gewohnt, aber wir kamen aus verschiedenen Stadtteilen. Bis zur Oberstufe haben wir nicht nur dasselbe Gymnasium, sondern auch dieselbe Klasse besucht.«

Morgenthaler blickte nun betroffen drein.

Kindlein winkte ab. »Du musst dir keine Gedanken machen, Konrad. Es ist natürlich nie schön, wenn man vom gewaltsamen Tod eines Menschen erfährt, mit dem man mal bekannt war. Aber Leonore war letztlich nichts weiter als eine Klassenkameradin, und das ist, wie gesagt, auch noch ewig her. Ich wusste nicht mal, dass sie nach Mannheim gezogen ist. Nach dem Abi habe ich sie nie wieder gesehen.«

Dann herrschte einen Moment Stille. Kindlein kramte in seinen Erinnerungen herum, und Morgenthaler suchte nach Worten.

»Aber während eurer gemeinsamen Schulzeit hast du sie recht gut gekannt, oder?«

»Na ja. Ich denke, jeder hat Leonore damals gekannt. Sie war, sagen wir mal ... extrem auffällig.«

»Inwiefern?«

»Moment mal«, antwortete Kindlein. Ihm dämmerte plötzlich, was Morgenthaler mit der vorherigen Frage gemeint haben könnte. »Ich glaube, du verstehst da gerade was falsch. Ich hatte niemals ein Verhältnis mit ihr, auch wenn der Inhalt der Briefe solch einen Schluss zulässt. Sie sind nichts weiter als in Schrift gefasste seelische Ergüsse eines pubertierenden Mädchens. Und ich war bei Weitem nicht der einzige Junge, der damals damit bedacht wurde. Leonore hat bei jedem von uns ihr Glück versucht. Ich glaube, sie hat nur wenige ausgelassen. Wer bei ihr im Fokus stand, wurde geradezu mit Liebesbriefen und -gedichten bombardiert. Sie schien zu glauben, dass sich auf die Weise irgendwann zumindest einer erweichen ließe.«

Morgenthalers Gesicht hellte sich ein wenig auf. »Ist ja schon gut. Ich bin jedenfalls froh, dass das Schnee von vorgestern ist. Das geht aus den Briefen nämlich nicht hervor. Nicht einer von ihnen ist datiert, und ihr Alter ist ihnen nicht unbedingt anzusehen.«

Kindlein war nun ein wenig verschnupft. »Wie? Hast du etwa gedacht, dass sie neueren Datums sind? Dass ich mit ihr ein Verhältnis habe? He, das würde ich Ester nie antun, das weißt du.«

Morgenthaler schüttelte den Kopf. »Ja, das weiß ich, aber versteh mich richtig. Ich musste einfach sicher sein, dass zwischen dir und dem Opfer keine Verbindung besteht. Ich hätte dich sonst nicht in die Ermittlungen einbinden dürfen. Jetzt bin ich natürlich gottfroh, dass es nur eine Jugendliebelei war.«

Jugendliebelei?, dachte Kindlein. Habe ich mich tatsächlich derart undeutlich ausgedrückt?

»Du, Konrad, ich glaube, hier liegt noch immer ein Missverständnis vor. Ich muss offenbar deutlicher werden. Leonore war keine *Jugendliebe* – von niemandem. Leonore war alles andere als das. Sie war eine *Plage*, und zwar für *alle* Jungen unseres Jahrgangs. Ihre ständigen Liebesbezeugungen haben uns fast an den Rand des Wahnsinns getrieben. Jeder von uns erhielt von ihr regelmäßig Briefchen wie diese hier oder wurde mit Einladungen zu ihrem Geburtstag, zu irgendwelchen Festen oder zu gemeinsamen Treffen belästigt. Ja, ich sage, belästigt, denn sie war wirklich grauenhaft penetrant. Ließ man ihr keine Antwort zukommen oder erteilte ihr eine Absage, reagierte sie im besten Fall mit herzerweichenden Heulattacken oder mitleiderregenden Selbstvorwürfen. Viel häufiger jedoch machte sie einem übelste Vorhaltungen, und im Extremfall drohte sie sogar mit Selbstmord.«

»Ach du Schreck, so eine war das. Das habe ich ja nicht gewusst. Aber was war denn an Leonore Säler so schlimm, dass niemand sie erhören wollte?«

»Alles.«

»Wie, alles?«

»Na, alles eben.«

»Verstehe ich nicht.«

»Oh Mann, Konrad. Du bist ja fast so penetrant wie sie. Wir waren nun mal Jungs, urteilten oberflächlich. Wie auch immer: Wir fanden Leonore schlichtweg abstoßend. Sie war in jener Zeit klapperdürr, hatte starke Akne und roch zudem häufig ungewaschen. Aber das Schlimmste war, dass sie sich als Klassenbeste immerzu profilieren musste, sich auffallend gern über andere erhob und bei jeder Gelegenheit mit ihrer Herkunft prahlte. Der Vater war Hochschulprofessor für was weiß ich was und die Mutter irgendein höheres Tier in der BASF. Muss ich noch mehr erzählen?«

»Hm.«

»Doch, ich *muss* dir noch was erzählen. Zum Beispiel, wie es kommt, dass *sie* die Briefe besitzt, die sie damals an mich geschrieben hat, und nicht *ich*. Eines Tages habe ich ihr nämlich einen Besuch abgestattet. Das Maß war gestrichen voll, fand ich, und ich wollte, dass sie mich endlich in Ruhe lässt. Und so habe ich eine geradezu diabolische Lust verspürt, diese blöde Kuh so richtig fertigzumachen. Ich wollte sie kompromittieren und hatte mir vorgenommen, ihren ach so tollen Eltern diese schriftlichen Machwerke mit einer möglichst verächtlich wirkenden Geste vor die Füße zu knallen. Und soll ich dir was sagen? Ich habe mich bei dem Gedanken daran unglaublich toll gefühlt. Leonore hätte ich für alle Zeiten einen Denkzettel verpasst und die anderen Jungs ganz nebenbei von einem lästigen Übel befreit. Ich wäre somit nicht nur Rächer in eigener Sache gewesen, sondern auch zum gefeierten Retter aller Entnervten avanciert – ein Held also.«

Morgenthaler grinste. »Frieder, der Oberstufen-Zorro. Hätte sicher fantastisch geklungen. Gott, warst du ein fieser Knilch. Das habe ich ja gar nicht gewusst.«

»Klar, schmunzel du nur. Jetzt kann ja selbst ich darüber lachen. Aber damals war es mir bitterernst, und ich habe mir einfach nicht mehr anders zu helfen gewusst. Das Dumme war nur, dass ihre Eltern ausgerechnet an diesem Tag nicht zu Hause waren. Und als Leonore die Tür öffnete und mich vor dem Haus stehen sah, musste sie das völlig missverstanden haben, denn kaum dass ich den Mund aufmachen konnte, hatte sie mich auch schon ins Haus gezerrt. Na ja, und was sie dort mit mir angestellt hat, will ich lieber nicht erzählen, weil es dann noch peinlicher wird – nur dass ich mich irgendwann schließlich doch aus ihren Klauen befreien konnte und die Briefe bei ihr zurückließ.«

Morgenthaler grinste noch immer. »Mannomann, du hast eine schwere Jugend gehabt. Armer Kerl.«

»Jaja, mach du dich nur lustig«, antwortete Kindlein, »ich finde ja selbst, dass ich mich mies verhalten habe. Leonore war im Grunde eine arme Wurst, die vermutlich nur auf der Suche nach Zuneigung war und mit ihrem Verhalten mangelnde Zuwendung kompensierte. Vielleicht war ich ja wirklich ein fieser Knilch.«

Morgenthaler zuckte mit den Schultern, wobei er Kindlein schmunzelnd ansah. »Kann sein. Aber du hast dich entschieden zu deinem Vorteil entwickelt.«

»Danke.«

»Leonore Säler übrigens auch. Diese Briefchen sind nicht das Einzige geblieben, was sie in ihrem Leben verfasst hat. In einem Regal ihres Arbeitszimmers stehen neben ihrer Magister- und Doktorarbeit etliche Fachbücher, deren Autorin sie war. Und an der gegenüberliegenden Wand hängt ihre Promotionsurkunde. Sie war Kunsthistorikerin. Ihre Bücher hat sie unter dem Namen Dr. phil. Leonore Säler-Pietsch veröffentlicht. Außerdem haben Leibigs Jungs in einer Schublade eine Heiratsurkunde aus dem Jahr 1996 gefunden. Und diese Ehe hat immerhin bis zum Oktober vergangenen Jahres gehalten.«

Kindlein schüttelte ungläubig den Kopf. Dann legte er die Briefe aufs Sideboard zurück und sah auf die Uhr. Halb drei. Sollte das Abendessen pünktlich zu Esters Heimkehr fertig sein, dann musste er nun wirklich los.

»Wie sieht's aus, Konrad, brauchst du mich hier noch?«, fragte er deshalb. »Ich würde sonst nämlich langsam mal …«

Weiter kam er nicht. Ein Polizist trat in das Schlafzimmer und unterbrach ihn.

»Entschuldigen Sie, wenn ich so reinplatze. Aber draußen vor der Absperrung steht jemand, der unbedingt hier reinwill. Er behauptet, ein Bekannter der Toten zu sein. Was soll ich ihm sagen?«

Die beiden verließen das Haus und begaben sich zur Absperrung. Dahinter stand ein breitschultriger Mann mittleren Alters. Kindlein fiel er auf, weil er blond gefärbtes Haar und Minipli offenbar noch immer für zeitgemäß hielt. Er hatte eng beieinanderstehende Kuhaugen und besaß einen imposanten Bierbauch, den er selbstgefällig aus seiner offenen Leder-Langjacke hervorstreckte. Auch sonst schien er sich als rechtes Mannsbild zu verstehen. Er kaute lässig auf einem Zahnstocher herum, der aus seinem linken Mundwinkel hervorlugte.

»Darf ich mal wissen, was hier los is? Die Typen hier wollten mir nichts sagen.« Der Mann deutete auf zwei Polizisten, die neben ihm standen. »Ich denke, ich hab aber ein Recht darauf.«

Mehrere der gaffenden Anwohner rotteten sich nun hinter ihm zu einer kleinen Gruppe zusammen.

»Worauf?«, fragte Morgenthaler.

»Na ja, zu erfahren, was Sie da im Haus von Leo treiben. Is sie vielleicht beklaut worden?«

Idiot, dachte Kindlein und schüttelte den Kopf. Dann sah er zu Morgenthaler rüber. Der musterte den Mann eingehend, wobei ihm nicht im Geringsten anzusehen war, was er von ihm hielt.

»Und Sie? Sind Sie auch beklaut worden?«, fragte er gelassen. Seine Stimme klang ruhig.

»Äh? Was soll'n das heißen?«

»Na ja, ob Sie zum Beispiel Ihres Anstandes beklaut wurden. Man grüßt doch erst mal, oder? Ich heiße zum Beispiel Morgenthaler und der Kollege neben mir Kindlein. Und ich vermute mal, dass auch Sie einen Namen haben. Den wüsste ich gern, bevor ich mich mit Ihnen unterhalte.«

Statt zu antworten, bedachte der Kerl Morgenthaler mit einem schrägen Blick. Dann hielt er einige Augenblicke inne, als wenn er über etwas nachdenken würde. Plötzlich vollführte er jedoch aus dem Stand heraus eine abrupte Drehung und stieß die beiden neben ihm stehenden Polizisten brutal zur Seite. Die strauchelten und fielen schließlich sogar zu Boden, während der Mann durch die Gruppe Gaffender hindurch in Windeseile davonrannte. Das Ganze war derart schnell gegangen und so vollkommen unerwartet geschehen, dass jeder der Anwesenden einen kurzen Moment benötigte, um zu begreifen, was soeben vorgefallen war. Dann erhoben sich die beiden Polizisten, und sowohl Kindlein als auch Morgenthaler rannten, so schnell sie konnten, um die Absperrung herum. Die Gaffenden, durch den unerwarteten Zwischenfall offensichtlich paralysiert, bewegten sich nicht einen Millimeter. Keiner von ihnen ging auch nur ein Stück zur Seite, um die beiden Ermittler durchzulassen. Als die endlich an dem Haufen vorbeigekommen waren, konnten sie nur noch mitansehen, wie die beiden Polizisten rufend auf ein soeben anfahrendes hellblaues Auto zuliefen, das mit quietschenden Reifen beschleunigte.

»Scheiße. Was war denn das jetzt?«, stieß Kindlein hervor.

»Keine Ahnung«, meinte Morgenthaler. »Ich weiß nur, dass ich für so einen Unfug entschieden zu kurze Beine habe. Hast du das Kennzeichen erkennen können?«

»Nein. Nichts. Aber vielleicht die Kollegen.«

Die beiden Polizisten kehrten jedoch nicht zurück, sondern setzten sich in eines ihrer am Straßenrand geparkten Einsatzfahrzeuge und nahmen damit sofort die Verfolgung des Flüchtigen auf.

»Das kann doch nicht wahr sein«, schrie Kindlein daraufhin. »Den kriegen die doch nie. Was soll denn diese idiotische Aktion?«

»Ist schon okay, Frieder«, meinte Morgenthaler und klopfte ihm besänftigend auf die Schulter. »Lass sie ruhig fahren.«

»Du bist gut. Fahrzeugtyp und Kennzeichen hätten uns jetzt mehr gebracht als dieser Blödsinn. Hoffentlich geben sie uns die Daten wenigstens bald durch.«

»Die brauchen wir vielleicht gar nicht.«

»Was? Wie willst du den Halter denn sonst ausfindig machen?«

»Ich hab den Verdacht, dass ich seinen Namen und seine Adresse bereits kenne. Sicher bin ich zwar nicht, aber ich denke, es lohnt sich, da gleich mal hinzufahren.«

Kindlein sah Morgenthaler ungläubig an. »Äh? Woher hast du die denn?«

»Frau Säler hatte keinen Anrufbeantworter, aber auf ihrem Telefon sind die letzten zehn eingegangenen Anrufversuche gespeichert worden. Es war immer dieselbe Telefonnummer. Leibig hat sich vorhin gleich darangemacht und die Daten des Anrufers ermittelt. Würde mich nicht wundern, wenn sie zu diesem Kerl hier gehörten.«

»Scheint mir mehr als wahrscheinlich. Also, nichts wie los. Den kaufen wir uns.«

5

Die Sonne hatte an diesem Nachmittag ordentlich Kraft, und noch immer strich aus Südosten ein für Anfang April eher zu lauer Wind durch Steffen Olaf Anders' kleinen Garten. Eine Brise davon verfing sich im schütteren Haar des alten Mannes und wirbelte es kräftig durcheinander. In diesem Augenblick empfand er erstmals wieder so etwas wie Lebensfreude. Er atmete tief durch, und als der frische Duft von Frühling durch seine Nase strömte und die milde Luft seine Lungen auf angenehmste Weise blähte, erinnerte er sich daran, in solchen Momenten früher beinahe geweint zu haben vor Glück.

Aber inzwischen kamen Tränen nicht mehr ohne Weiteres, und was in den Augen anderer ein guter Tagesanfang gewesen wäre, war für Anders lediglich Beginn eines etwas besseren Tages als die meisten, die er in den vergangenen Monaten hatte erleben müssen. Zum ersten Mal seit Langem war er wieder in der Lage, sich etwas vorzunehmen und es auch in die Tat umzusetzen. Es war wichtig, sich abzulenken. Der Krebs hatte sich in den letzten Wochen aus immer mehr Richtungen durch den einst wunderschönen Körper seiner Frau gefressen, und er war dazu verdammt gewesen, hilflos daneben zu stehen und zuzusehen. Und nun musste er auch noch mit der Gewissheit leben, dass niemand mehr Wunder vollbringen konnte. Aber immerhin: Seine Frau war endlich in guten Händen, und die Klinik hatte den besten Ruf. Zudem hatten die Ärzte in Aussicht gestellt, Lydia übers Wochenende zu beurlauben. Für zwei Tage wäre sie dann also wieder bei ihm. Und dann – das war sein Vorhaben – sollte sie sich, möglicherweise ein letztes Mal, an ihrem Zuhause erfreuen dürfen, an ihrer Tochter, ihren beiden Enkeln, an ihrem Mann und an dem wenigen, das ihr noch vom Leben blieb. Und für diese kurze Zeit sollte sie auch ihren Garten wieder genießen können, ihre geliebten Narzissen, die Hyazinthen und die kleinen weißen Blüten der Maiglöckchen. Lydia liebte die Gewächse des Frühlings, sie liebte seine Farben und die Gerüche.

Aber in diesem Jahr hatte sie nicht mal den Winter vertreiben können. Das hatte sie sonst immer getan, immer auf ihre spezielle Weise. Ende März, wenn die ersten Knospen des Mandelbaums aufgesprungen und sich in zartrosa Blüten verwandelt hatten, war Lydia vor die Tür getreten, um den Stamm liebevoll zu umarmen und ihm, als Symbol für neues Leben, ein hellblaues Seidenband mit einer Sonne aus Stroh umzubinden. Gemeinsam hatten sie ihn gepflanzt, diesen Mandelbaum, am Tag ihrer silbernen Hochzeit. Das war vor achtzehn Jahren gewesen.

Anders sah sich um. Er hatte sich ein hartes Stück Arbeit vorgenommen. Der Garten war nicht groß, aber seit dem letzten Herbst war er nicht mehr gepflegt worden. Das war deutlich zu erkennen. Noch immer lag Laub von den Obstbäumen in der Wasserschale des Springbrunnens, und die Beete waren vom vertrockneten Geäst wild ausgetriebener Stauden überwuchert. Auch der Rasen befand sich in einem verheerenden Zustand. Unkraut und wilder Löwenzahn gediehen darauf, und mehrere sandige Erdhaufen verrieten die unterirdische Existenz eines Maulwurfes. In den umstehenden Pflanztöpfen moderte feuchte, muffige Erde vor sich hin, die Blätter der sich darin befindenden Pflanzen hingen welk herab. Einigen Töpfen hatte zudem der Winter zugesetzt. Obwohl er außergewöhnlich mild gewesen war, hatten sie Risse bekommen – einige waren regelrecht aufgesprungen.

Lydias verzinkte Gießkanne lag da, wie hingeworfen. Sie lag auf der Seite und war stark verbeult. Ein Sturm hatte sie im vergangenen Herbst vom Fensterbrett der Küche gefegt. Dabei war sie mit lautem Getöse auf die Granitplatten vor der Hauswand aufgeschlagen. Anders erinnerte sich, dass es Nacht gewesen war und Lydia durch den Krach geweckt worden war. Sie war daraufhin zur Toilette gegangen, und als sie zurückkehrte, hatte sie sich schluchzend an ihn geschmiegt. In dieser Nacht hatte sie das erste Mal Blut abgesetzt.

Im Geräteschuppen herrschte relative Ordnung. Nur zwei

Säcke mit Grünabfällen vom letzten Frühjahr standen noch darin herum. Sie verbreiteten einen Geruch, der an verfaultes Obst erinnerte. Außerdem roch es nach Lösungsmitteln. Daran war der altersschwache Benzin-Rasenmäher schuld, oder die Metalldosen im Regal waren nicht dicht verschlossen. In ihnen befanden sich Imprägniermittel, Lacke und allerhand Dünge- und Nährsubstrate. Und in die Wand neben dem Regal waren kräftige Haken eingelassen. An denen hingen die Gartenwerkzeuge und zwei Arbeitsschürzen.

An der gegenüberliegenden Seite des Schuppens lehnte noch immer der ehemalige Garderobenspiegel gegen eine hochkant gestellte Tischtennisplatte. Er war eigentlich für den Sperrmüll gedacht, aber Lydia hatte sich nie von ihm trennen können. Der Rahmen war an vielen Stellen defekt, das Glas fast blind, und nun war er zudem verstaubt. Anders konnte sich dennoch gut darin erkennen. Er war alt geworden. Die letzten Monate hatten ihn verändert. Seine Schultern waren schmal geworden, und sein Gesicht wirkte eingefallen. Kaum etwas erinnerte mehr an den kleinen, gemütlichen und ruhigen Mann, der immer gern genossen und sich ohne Scham und Reue über viele satte Jahre hinweg eine stattliche Zahl überzähliger Pfunde zugelegt hatte. Von dieser Leibesfülle war ihm einzig ein kleines Schmerbäuchlein geblieben, über das er nun sogar Hosenträger spannen musste, weil seine Hosen sonst nicht hielten. Aber am auffälligsten waren die Veränderungen auf dem Kopf. Er war kahler und die wenigen grauen Haare waren offenbar dünner geworden. Das stimmte ihn traurig, nicht weil er eitel war oder mit dem Altern haderte, sondern weil dieser Anblick bestätigte, wie vergänglich alles war.

Lydias Arbeitskleidung lag grob dahingeworfen auf der Arbeitsplatte der Werkbank. Anders wollte sie zusammenlegen, aber sie war verschmutzt, roch nach muffigem Schuppen und altem Schweiß. Sie musste gewaschen werden. Er klemmte das Bündel unter den Arm. Dann nahm er Rechen und Hacke vom Haken und dachte darüber nach, was er noch brauchen würde. Sicher auch einen Spaten, aber er hatte keine Hand mehr frei. Deshalb ging er zur Tür, denn direkt dahinter, in einer Nische, stand der Schubkarren. In den warf er Lydias Arbeitskleidung. Rechen und Hacke warf er hinterher, was lautes Geschepper verursachte, das jedoch eigenartig und irgendwie anders klang als erwartet. Außer Lydias Kleidung schien sich demnach noch etwas in der Schubkarrenwanne zu befinden, irgendetwas Hartes. Anders schaute nach und war erstaunt.

Den Baseballschläger hatte er nicht mehr gesehen, seit der größere seiner beiden Enkel damit um die Häuser gezogen war. Das war etwa vier Jahre her. Sebastian war damals vierzehn gewesen. Einige Monate zuvor hatte sich sein Vater auf ausgesprochen unschöne Weise von seiner Familie getrennt. Und als abzusehen war, dass er für immer fernbleiben würde, hatten sie ihrer Tochter angeboten, mit ihren Kindern vom damaligen Wohnort weg in das geräumige, für zwei alte Leute viel zu große Haus in Mannheim zu ziehen.

Alle hatten sie diese Familienzusammenführung genossen. Nur Sebastian hatte sich etwas schwergetan, die veränderten Lebensumstände anzunehmen. Es hatte seine Zeit gebraucht, bis er sich in der neuen Umgebung zurechtfand. Erst nach und nach hatte er Anschluss an eine Gruppe Gleichaltriger gefunden. Es waren nette Kerls gewesen, und keiner von ihnen war gewalttätig. Aber zu der Zeit hatte es in ihrer Clique nicht nur als schick gegolten, in übergroßen Schlabberhosen und mit Baseballkappe herumzulaufen, sondern auch die dazu passenden Schläger mit sich zu führen. Und da sich Sebastian in einem Alter befunden hatte, in dem er sich weder von seiner Mutter noch von seinen Großeltern etwas sagen ließ, hatten Gespräche diesbezüglich so wenig geholfen wie Verbote.

Nun hielt Anders den Baseballschläger wieder in der Hand. Eigentlich ein schönes Stück: Hickory – der angenehm schlanke Griff lag ausgezeichnet in der Hand, und das Holz der amerikanischen Nussart fühlte sich warm und geschmeidig an. Weiter oben, dort wo der Schläger dicker wurde, wechselte es die Farbe, wurde zunehmend dunkler, und die Maserung wirkte wilder. Vielleicht hatte es Anders deshalb nicht sofort bemerkt, aber nun sah er, dass sich genau an dieser Stelle mehrere bräunliche Flecken befanden. Es war Blut, zweifellos, und Anders war gleichermaßen entsetzt wie enttäuscht. Die Flecken waren nicht groß, aber an einem klebten kurze schwarze Härchen, und die konnten weder von einer Ratte noch von einer Maus stammen. Der Junge hatte also wieder …

Damals, mit vierzehn, hatte er das schon mal getan. Da hatten sie es ihm noch mal nachgesehen, denn in seiner jugendlichen Naivität hatte er es nur gut gemeint. Er hatte seine Großeltern lediglich von etwas befreien wollen, das sie selbst immerzu als fürchterliche Plage bezeichnet hatten. Und genau aus diesem Grund hatten sie ihm letztlich auch keine Vorwürfe gemacht, dafür aber in Ruhe erklärt, dass Maulwürfe, trotz der Schäden, die sie zweifellos anrichteten, schützenswerte Tiere waren. Damit war die Sache erledigt gewesen. Seither war Ähnliches nie wieder vorgefallen. Und nun? Sebastian war inzwischen achtzehn. Da erschlug man keine hilflosen Tiere mehr. Und dennoch – nur er konnte es gewesen sein. Der kleine Florian war erst sieben und allein von seinem Wesen her niemals zu solch einer Handlung in der Lage.

Sebastian hatte auch die Arbeitshandschuhe in den Schubkarren geworfen. Jetzt erst sah Anders sie darin liegen. Und an ihrem grünen Leder befand sich ebenfalls Blut. Der Junge hatte sie wohl getragen, als er den Maulwurf entsorgte. Die kleinen Kerle bewirteten allzu gern Flöhe.

Anders seufzte. An keinem von ihnen waren die letzten Monate spurlos vorbeigegangen. Für alle Mitglieder der Familie war es furchtbar gewesen, Zeugen von Lydias kräftezehrendem Kampf gegen eine grausam wütende Krankheit zu sein und von Mal zu Mal mehr erkennen zu müssen, wie aussichtslos er war. Diese Zeit hatte vor allem die beiden Enkel verändert. Sebastian war still und unzugänglich geworden. Er hatte Launen entwickelt, schien mitunter geradezu verbittert. Und sogar an dem kleinen Florian, dem Spaßmacher der Familie, fielen Anders bisweilen erste Anzeichen von Schwermut auf.

Zutiefst betrübt darüber, wie viel sich in der vergangenen Zeit zum Schlechten verändert hatte, legte Anders den Schläger und die Handschuhe in das Regal. Dann ging er zurück zur Gerätewand, nahm den Spaten vom Haken, warf auch ihn in den

Schubkarren und fuhr damit hinaus ins Freie. Dort atmete er noch einmal tief durch und ließ seine Nase für einige Sekunden von der Sonne kitzeln. Dabei wurde es ihm ein wenig leichter ums Herz. Und als er das Gefühl hatte, dass es ihm besser ging, spuckte er in seine kleinen Hände, griff nach dem Stiel der Hacke und schlug sie in die trockene Erde.

6

»Mama, Mama«, rief das größere der beiden rothaarigen Mädchen, »da vorn am Zaun sind zwei Männer.« Da es keine Antwort erhielt, unterbrach es das Fangerl-Spiel mit der kleineren Schwester und rannte in Richtung Haustür.

»Mama, Mama. Zwei Männer. Mama!«, schrie es nun aus Leibeskräften, und seine Stimme klang wie das Quietschen von Kreide auf einer Tafel. Morgenthaler verzog das Gesicht, als hätte er auf eine Zitrone gebissen, und auch Kindlein war froh, als schon bald eine junge Frau an der Haustür erschien und die Kleine endlich aufhörte zu rufen.

Die Haarfarbe der Frau verriet, dass sie die Mutter der beiden Kinder war. Sie rieb sich die Hände an einer Schürze und musterte die Fremden aus der Ferne.

»Guten Tag«, rief Morgenthaler. »Mein Name ist Morgenthaler, und das hier ist mein Kollege Kindlein. Wir suchen Herrn Bodo Ortlieb. Sind wir hier richtig?«

»Das ist mein Mann«, antwortete die Frau. Sie schien nicht vorzuhaben, auf die beiden Männer zuzugehen.

Kindlein war erstaunt. Die Frau sah sympathisch aus, genauso wie die Kinder. Was machte so jemand mit einem bierwänstigen Volltrottel?

»Ist er da?«, fragte Morgenthaler.

»Warum?«

»Weil wir dringend mit ihm sprechen müssen. Es sieht so aus, als wenn er uns bei der Beantwortung einiger Fragen helfen könnte.«

»Sie wollen was verkaufen, richtig?«, rief sie nun. »Dann sagen Sie das doch einfach. Ich kann Ihnen nämlich ebenso gut wie mein Mann mitteilen, dass wir nichts brauchen.« Sie griff nach der Klinke und machte Anstalten, die Tür gleich wieder zu schließen.

»Nein, Frau Ortlieb. Hallo, so warten Sie doch. Ich kann Ihnen den genauen Grund unseres Besuches nennen, aber ich will hier nicht so rumschreien.« Dabei deutete Morgenthaler auf die Nachbarhäuser. Eine ältere korpulente Frau mit Lockenwicklern blickte mit verbittertem Gesichtsausdruck aus einem offen stehenden Fenster. Mit zackigen Bewegungen schüttelte sie Staub aus einem karierten Lappen, verschwand daraufhin aber gleich wieder im Dunkel des Zimmers. Vor dem Haus nebenan schlurfte ein in XXL-Abhänger-Outfit gekleideter Jüngling schlaff durch den Vorgarten. In einer Hand hielt der hochgewachsene Bursche einen Gartenschlauch, mit dem er, wohl im Auftrag seiner Eltern, teilnahmslos den Rasen begoss, während er den Daumen der anderen Hand in rasendem Tempo über die Tastatur seines Handys fliegen ließ. Einmal blickte er dabei auf und schaute kurz zu den beiden Ermittlern rüber. Als er sich wieder seinem Spaßmacher zuwandte, hielt Morgenthaler schnell seinen Dienstausweis in die Höhe.

»Verstehen Sie nun?«

Die Frau verstand, denn einen Moment später stand sie am Zaun, öffnete das Gartentor und ließ die beiden ein.

»Ich wollte nicht, dass hier jeder erfährt, dass Sie Besuch von der Polizei bekommen«, sagte Morgenthaler beim Eintreten. »Und Sie brauchen auch keine Angst zu haben. Wir wollen tatsächlich nur ganz kurz mit Ihrem Mann sprechen.«

»Danke für die Rücksichtnahme. Einige unserer Nachbarn haben extrem große Ohren. Mein Mann ist hinten im Gewächshaus.« Sie deutete auf einen schmalen Pfad, der zur Rückseite des Hauses führte.

»Gewächshaus?«, meinte Kindlein, als sie allein waren. »Was macht denn so einer mit einem Gewächshaus? Für mich hat der Typ eher nach Freudenhaus ausgesehen. Und dass der Familie hat, hätte ich auch nicht gedacht. Wo sind übrigens die Kollegen von der Streife? Von Gartenstadt bis hier raus nach Scharhof ist es doch ein Katzensprung. Die haben sich offenbar abhängen lassen.«

»Du weißt ja nicht, ob der Kerl sie unterwegs nicht noch ein bisschen in die Irre geleitet hat.«

»Hm. Kann er eigentlich nicht, denn wenn er tatsächlich schon hier ist, dann muss er den schnellsten Weg genommen haben. Wir haben ja nur deshalb länger gebraucht, weil wir erst noch zu unserem Dienstwagen laufen mussten.«

»Mag sein«, antwortete Morgenthaler knapp. Dann klopfte er gegen eine der Scheiben des Gewächshauses.

Einen Moment später erschien ein schlanker, vollbärtiger Mann in grünem Overall. Verdutzt lugte er durch die Scheibe, als Morgenthaler seinen Dienstausweis gegen das Glas presste. Schließlich deutete er auf eine schmale unlackierte Metalltür.

»Wer ist das denn?«, fragte Kindlein, als sie auf die Tür zuliefen.

»Herr Ortlieb.«

»Äh? Aber der Typ vorhin sah doch ganz anders aus.«

»Stimmt. Ich hab mich wohl geirrt. Die Anrufe für Frau Säler kamen offensichtlich doch nicht von ihm.«

Kindlein schaute Morgenthaler empört an. »Das weißt du schon länger, oder?«

»Seit ich das Haus und die beiden Kleinen gesehen habe.«

Bodo Ortlieb schien Gewächse aus tropischen Regionen zu züchten. Jedenfalls schlug den beiden Ermittlern eine fast unerträglich feuchtwarme Luft entgegen, als sie sein Treibhaus betraten.

»Nanu, Polizei?«, fragte der Mann, als er auf sie zukam. Auf dem nassen Estrich verursachten seine Gummistiefel heftig quietschende Geräusche.

»Ja, Herr Ortlieb«, entgegnete Morgenthaler. »Kriminalpolizei sogar. Wir ermitteln gerade in einer äußerst betrüblichen Angelegenheit. Möglicherweise können Sie uns da ein wenig helfen.«

»So?«

»Ja. Ist Ihnen eine gewisse Frau Leonore Säler bekannt?«

Der Mann wurde schlagartig leichenblass.

»Kann ich mich setzen?«, fragte er. Dann sackte er plötzlich in sich zusammen. Kindlein reagierte intuitiv, indem er augenblicklich nach dem Mann griff und ihn zu sich heranzog. Mit Mühe gelang es ihm, den Brustkorb des Kollabierenden zu umfassen, langsam in die Hocke zu gehen und ihn vorsichtig zu Boden gleiten zu lassen. Als der Mann auf dem Rücken lag, schnappte sich Morgenthaler sofort dessen Beine und hob sie an. Kindlein sah sich derweil nach einem Trinkglas und einem Wasserhahn um, konnte in unmittelbarer Nähe aber nur eine gefüllte Gießkanne finden. Die nahm er an sich und goss den Inhalt über das Gesicht des armen Kerls. Das wirkte. Er kam gleich zu sich.

»Sie machen uns ja Sachen. Sollen wir lieber ein anderes Mal kommen?«, fragte Morgenthaler, dem der Schweiß die Schläfen herunterrann.

»Nein, ist schon gut.« Die Stimme des Mannes klang benommen. »Kommen Sie. Lassen Sie uns nach draußen gehen. Hier drinnen ist es zu heiß.« Schließlich stand er vorsichtig auf und ging zunächst leicht torkelnd, dann aber doch sicheren Schrittes in Richtung Tür. Draußen trocknete er sich erst einmal das Gesicht ab und atmete mehrere Male tief durch. Dann wandte er sich Kindlein zu.

»Sie hat sich umgebracht, stimmt's?«

Kindlein war überrascht. »Wen meinen Sie?«, fragte er.

»Na, Leonore.«

»Wie kommen Sie denn da drauf?«

»Sie hat es angekündigt. Wenn ich sie verlasse, nimmt sie sich das Leben. Das hat sie mir immer wieder gesagt.«

»Hm.«

»Aber ich konnte mich ja nicht erpressen lassen. Verstehen Sie? Ich hab sie einfach nicht mehr geliebt.«

»Sie hatten also ein Verhältnis zu Frau Säler? Wie lange ging das?«

»Drei Monate? Vielleicht ein bisschen länger.«

»Hat Ihre Frau davon gewusst?«

Der Mann schüttelte den Kopf. »Nein. Das heißt, nicht, bis ich ihr davon erzählt habe. Sie hatte nicht mal etwas geahnt, aber ich Trottel habe es ihr letzte Woche unbedingt beichten müssen.« Er ließ nun den Kopf hängen.

»Wann war das genau?

»Wann? Montag oder Dienstag.« Dann besann er sich. »Ja, am Dienstag war's.«

»Und wie hat sie reagiert?«

»Bewundernswert. Beinahe gelassen. Ich habe ihr alle möglichen Gründe genannt, warum ich nicht mehr mit ihr leben kann und warum ich mich mit einer anderen viel glücklicher fühle und was mir all die Jahre so gestunken hat. Aber als ich damit fertig war, habe ich mich plötzlich heulend in ihren Armen wiedergefunden. Und sie? Sie hat mir ohne ein Wort des Vorwurfes einfach nur den Kopf gestreichelt. Tja, und ich weiß nicht, ob Sie sich vorstellen können, was dabei passiert ist. Ich hab mit einem Mal gemerkt, dass ich den größten Fehler meines Lebens gemacht habe. Meine Frau und ich haben in den letzten Jahren kaum noch miteinander geredet, wissen Sie. Die Arbeit. Die Arbeit und der Alltag. Die fressen uns auf.« Er deutete auf einen Kleintransporter, der etwas abseits hinter einem zweiten Treibhaus stand. Die Kühlerhaube trug einen Schriftzug: »Tropisch, fremd und schön – ist alles bei Ortlieb zu seh'n«.

»Eine Gärtnerei?«

»Ja, aber die dient nur als Zweiteinkommen. Hauptberuflich arbeite ich bei den Verkehrsbetrieben – im Innendienst.«

»Verstehe. Aber wenn ich Ihre Anwesenheit hier richtig deute, dann sind Sie offenbar wieder zu Ihrer Frau zurückgekehrt und haben Frau Säler verlassen. Sehe ich das richtig?«

»Ja, das heißt: nein – äh, umgekehrt. Egal. Ich konnte meiner Frau an dem Tag doch schlecht sagen, dass alles ein Irrtum war und dass ich nun doch bei ihr bleibe. Ich war so verletzend gewesen. Alles, was ich gesagt habe, war niederträchtig, und das war mir unfassbar peinlich. Außerdem war ich völlig verwirrt. In meiner Not kam mir nur eine Idee, nämlich auf der Stelle abzuhauen und zu Leonore zu fahren. Und dort habe ich dann auch tatsächlich zwei Tage gewohnt. Ich wollte mich sozusagen von ihr entwöhnen. Klingt bescheuert, oder?«

»Na, ja. Sie wollten Klarheit. Kann man das so sagen?«

Der Mann nickte. »Ich hatte vorher nie an meine Familie gedacht, wenn ich mich in Leonores Gegenwart befand. Aber ich wusste plötzlich, dass ich genau das endlich mal tun sollte. Allein, um mal zu sehen, was dann passiert – ob überhaupt was passiert. Verstehen Sie das?«

Kindlein zuckte mit den Schultern.

»Das Ende mit Leonore war jedenfalls ein Drama. Sie hat einen fürchterlichen Aufstand gemacht, warf mit Gegenständen nach mir und drohte wieder einmal mit Selbstmord. Dass ich heil aus ihrem Haus gekommen bin, lag einzig daran, dass ihr Ex gerade kam und an der Tür klingelte. Dem hat sie geöffnet, und ich hab die Gelegenheit sofort beim Schopf gepackt und bin geflüchtet – heim zu Frau und Kind, wenn man so will.«

»Klingt dramatisch. Und wann war das wiederum?«

»Gründonnerstag.«

»Also vor fünf Tagen. Und Sie sagen, da sei mit einem Mal Frau Sälers Ex aufgetaucht. Ist damit ihr geschiedener Ehemann gemeint?«

»Genau der. Ein ziemlich übler Zeitgenosse, wenn Sie mich fragen. Und gerade in dem Moment hatte ich erst recht keine Lust, ihm zu begegnen.«

»Eifersucht?«

»Ach, so was kennt der gar nicht. Dazu müsste er zu menschlichem Empfinden in der Lage sein. Nein, Leonore hat, wie gesagt, die ganze Zeit geschrien und gedroht, sich das Leben zu nehmen. Und da der Kerl in jeder Hinsicht primitiv ist, habe ich Angst gehabt, dass ihr Rumgeschreie seinen Beschützerinstinkt wecken könnte. Leonore war schließlich sein Goldesel. Er hat sie ständig um Geld angepumpt.«

»Aber die beiden waren doch geschieden.«

»Schon. Aber das spielte offenbar keine Rolle. Jedenfalls hat sie ihm immer wieder was gegeben. Das war ja auch so ein Punkt, der mir in den Tagen bewusst wurde. Wenn eine Frau jahrelang mit einem Mann verheiratet ist, der nicht die Bohne von Empathie besitzt, der nur rumhurt, säuft und das Geld, das sie verdient, in irgendwelchen Spelunken durchbringt, dann wirft das auch auf sie ein seltsames Licht. Leonore war äußerst gebildet und kultiviert, und sie war eine ansehnliche Frau. Sie hätte diesen Idioten überhaupt nicht nötig gehabt. Aber ich hab kapiert, dass auch bei ihr was faul war. Sie brauchte ständig jemanden um sich, der sich für sie interessierte, der sie bewunderte – egal, aus welchem Grund er das tat, und egal, um wen es sich dabei handelte. Sie hatte eine fast schon krankhafte Angst vor dem Alleinsein und brauchte ständig Bestätigung. Außerdem musste immer alles nach ihrer Pfeife tanzen.«

Kindlein nickte. Er dachte an die Leonore von damals. »Dieser Ex, wie sieht der denn aus?«

»Wie Alkis nun mal aussehen. Wie ein Kastanienmännchen – Bierbauch, dürre Beine. Seine Haarfarbe änderte sich hin und wieder. Letzte Woche waren sie eingedreht und blond gefärbt. Sieht albern aus, passt aber zu ihm.«

»Und wie heißt der Mann?«

»Uwe. Uwe Pietsch. Wohnt irgendwo in der Nähe vom Herzogenriedpark. Mehr weiß ich nicht.«

Für einen Moment herrschte Schweigen.

»Sie haben in den letzten Tagen mehrmals versucht, Frau Säler telefonisch zu erreichen«, fragte Morgenthaler dann. »Was hatte das für einen Grund?«

»Mein schlechtes Gewissen. Und ein verdammt schlechtes Gefühl. Ich hab zwar nicht unbedingt daran geglaubt, dass sie … Aber irgendwie … Ach, Scheiße.«

Wieder ließ Ortlieb den Kopf hängen und stieß diesmal auch einen deutlich vernehmbaren Seufzer aus.

»Wie hat sie sich … ich meine, wie ist sie …?

Morgenthaler legte ihm die Hand auf die Schulter. »Sagen Sie, haben Sie hier irgendwo in der Nähe was zum Sitzen? Mir tun allmählich die Füße weh.«

Der Mann sah Morgenthaler irritiert an, wies ihm aber den Weg zu einer kleinen Sitzgruppe am anderen Ende des Treibhauses.

Dort rückte Morgenthaler mit der Sprache raus. »Herr Ortlieb. Leonore Säler hat sich nicht selbst das Leben genommen, sondern ist am Karfreitag oder Ostersamstag in ihrem Haus in Gartenstadt ermordet worden.«

Ortlieb blickte Morgenthaler erschreckt an. »Das kann nicht wahr sein.«

»Doch, leider.«

Der Mann hielt sich die Hand vor Augen. »Um Gottes willen. Dieser Kerl kann sie doch nicht einfach umbringen. Das ist doch Wahnsinn.«

»Hm. Wir wissen noch nicht, *wer* der Täter war, Herr Ortlieb. Und *warum* Frau Säler getötet wurde, ist uns auch noch nicht klar. Wir stecken gewissermaßen ganz in den Anfängen. Ich denke, Sie werden Verständnis dafür haben, dass wir Sie zu uns ins Präsidium bitten müssen.«

»Oh Gott.«

Morgenthaler beklopfte noch einmal aufmunternd die Schulter des Mannes. Dann forderte er einen Streifenwagen an.

»Denken Sie etwa, dass *ich* ...?

»Das ist reine Routine. Ich muss Sie allerdings darauf vorbereiten, dass Sie im Präsidium noch einmal verhört werden, dass Ihre Aussagen diesmal auch protokolliert werden und dass wir Fingerabdrücke von Ihnen benötigen.«

Der Mann nickte.

Dann summte Morgenthalers Handy.

»Ja, hier Morgenthaler.«

Kindlein sah, dass es Viertel nach fünf war. Ester wollte gegen zehn nach Hause kommen. Er versuchte mit Morgenthaler Blickkontakt aufzunehmen, um ihm ein Zeichen zum baldigen Aufbruch geben zu können. Aber der stierte mit konzentrierter Miene auf einen vor ihm aufragenden Stapel Tontöpfe und lauschte in das Mobiltelefon. Irgendwann gab er ein schlichtes »Ja klar, natürlich fahre ich hin« von sich. Kindlein spürte Ungeduld in sich aufsteigen.

Schließlich kam der Streifenwagen.

Vor dem Haus der Ortliebs verabschiedeten sich die beiden Eheleute soeben voneinander. Herr Ortlieb fuhr seinen Töchtern dabei liebevoll durchs rote Haar.

»Bei euch ist heute ja ganz schön was los, was?«, bemerkte der Fahrer des Polizeiwagens.

Kindlein kannte den Mann und nickte deshalb zustimmend.

»Gleich zwei Leichen an einem Tag. Das habt ihr auch nicht alle Tage, oder?«

Kindlein sah den Mann nun irritiert an.

»Zwei? Wieso zwei?«

»Ach so, du weißt noch gar nichts davon. Wurde gerade über Funk durchgegeben.«

Kindlein fuhr wortlos herum und starrte Morgenthaler verdutzt an.

»Ich versuch mein Bestes, Ludwig. Bis dann«, verabschiedete der sich soeben von seinem Gesprächspartner.

»Das war Petzold«, sagte er daraufhin knapp.

»Aha. Und was wollte unser verehrter Herr Dienststellenleiter von dir?«

»Mich noch ein bisschen beschäftigen. In Waldhof wurde eine weibliche Leiche gefunden. Wie sieht's aus, kommst du mit? Ich meine, *du* hast heute immerhin frei.«

»Gut, dass du es sagst. Ich hätt's nicht gemerkt. Mord?«

»Sieht so aus. Sie liegt in einer Tiefkühltruhe.«

Kindlein warf einen Blick auf seine Uhr, was eine reine Übersprungshandlung war, er hatte eben erst draufgesehen. »Ich muss aber spätestens um zehn zu Hause sein«, hörte er sich plötzlich sagen. Den Satz hatte er seit seiner Teenagerzeit nicht mehr von sich gegeben.

»Klar.«

Nichts ist klar, dachte Kindlein. Alles war hin. Sein schöner Plan war nicht mehr zu retten. Nun würde es auf ein Essen in einem Restaurant hinauslaufen. Wie auch immer, Ester würde sicher Verständnis zeigen. Zwei Leichen an einem Tag! Das war sozusagen der Ausnahmezustand. Außerdem, wer sagte denn, dass Ester überhaupt Hunger haben würde, wenn sie heimkam? Oft wurde sie nach den Konzerten noch zu Schnittchen eingeladen, mitunter sogar zur Teilnahme an ganzen Festbanketts. Und was Heiratsanträge betraf, stand nirgendwo geschrieben, dass man dabei mampfen musste.

Keine zwanzig Minuten später fiel Kindlein die Vorstellung, in absehbarer Zeit etwas essen zu können, ohnehin schwer.

7

Hans Kollwitz war eins zweiundneunzig, und sein linkes Bein trug er in Gips. Damit hatte es sich schon mit seiner Ähnlichkeit zu L.B. Jefferies.

Als James Stewart 1954 diesen »Jeff« in Hitchcocks »Das Fenster zum Hof« verkörperte, hatte er der Figur nicht nur seinen sechsundvierzig Jahre alten schlanken Körper geliehen, sondern war obendrein berühmt gewesen, gut aussehend und hatte mit Sicherheit keinen Fotohandel in den Konkurs getrieben. Kollwitz hingegen befand sich im dreiundfünfzigsten Lebensjahr, war blasshäutig, übergewichtig, und sein Haar war brüchig. Und seit er sein Geschäft hatte aufgeben müssen, war er zudem gnadenlos pleite.

Kollwitz trug Shorts, und von seinen unteren Regionen stiegen stramme Düfte empor. Nun gut, er hatte sich länger nicht mehr gewaschen – war zu mühselig gewesen. Aber für den eitrigen Geruch, der von der linken Leistenbeuge ausging, konnte er nichts. Der Rand des Gipses hatte dort alles wund gerieben – ein Problem, das Jeff natürlich nicht gehabt hatte, da Hitchcock ihn den ganzen Film über in einem Rollstuhl sitzen ließ. Und dass der Hintern von diesem Kerl nicht nach ungewaschenem Arsch gerochen hatte, hatte mindestens zwei Gründe gehabt: weil er jeden Tag von einer Krankenschwester und von seinem prüden Liebchen Lisa alias Grace Kelly besucht und versorgt wurde und weil Jeff in Wirklichkeit nun mal James Stewart war, der zwischen den Drehs ohne Gips problemlos duschen konnte. Für Kollwitz war an Besuch von einer wie Grace Kelly nicht mal im Traum zu denken – obwohl der Grimaldi, den die Zicke zwei Jahre nach Drehende geheiratet hatte, auch nicht gerade ein Adonis gewesen war.

Aber Kollwitz war keineswegs unzufrieden. Er hatte eine Kamera und ein Tele, von denen sowohl Jeff im Film als auch Stewart im wahren Leben und selbst Hitchcock am Set nur hätten träumen können. Und er hatte nicht irgendein zugeknöpftes Ballettmäuschen vor der Linse, so wie es in dem Thriller der Fall gewesen war, sondern wieder die Wahnsinns-Trulla vom Haus schräg gegenüber. Da durfte man sich für einen Moment besser fühlen als diese Herrschaften und ruhig stinken wie ein Laternenpfahl.

In den letzten Tagen hatte sich das muntere Dämchen schon mehrmals in unmittelbarer Nähe ihres Schlafzimmerfensters entkleidet, immer schön langsam, sodass der Anblick besonders aufreizend gewesen war. Hin und wieder hatte Kollwitz dabei einen Blick auf ihre Nippel und mitunter sogar auf ihre schwarz behaarte Ratte erheischen können. Aber was ihm nun geboten wurde, überstieg alles. Dieses Luder ließ es sich doch tatsächlich bei voller Zimmerbeleuchtung besorgen, also quasi vor aller Augen, und das auch noch von einem Neger. Gott, hatte der Kerl ein Teil, und die Lady ritt ihm den schwarzen Lümmel, als wenn es sich um das Pullermännchen eines Sextaners handelte.

Kollwitz musste zwangsläufig an seine Ex denken. Die war immer zugeschnürt gewesen und hatte sich nur im Dunklen pudern lassen. Das Schlämpchen da drüben kopulierte dagegen ungeniert zu früher Abendstunde vor gardinenfreiem Fenster und schrie vermutlich auch noch wie eine Hündin, während ihr Hengst unentwegt auf seinen polierten Riemen und die geöffnete Dose seiner Holden starrte. Dabei lief ihm der Schweiß in Strömen, und er grimassierte, als wenn ihm soeben jemand die Eier abrisse. Kollwitz betätigte den Serienauslöser. Sirrend schoss die Nikon drauflos und belichtete binnen Sekunden ein Dutzend Bilder. Dann veränderte Kollwitz die Blende, stellte rasch die Schärfe nach und wiederholte den Vorgang. Wieder schnurrte es im Kameragehäuse. Aber dann, mittendrin und völlig unerwartet, drehte der schwarze Mann seinen Kopf zur Seite. Zwei Reihen schneeweißer Zähne blinkten auf, und Kollwitz sah, dass er in seine Richtung starrte. Schlagartig riss er das Tele nach rechts. Dabei stoppte er den Belichtungsvorgang und tat, als wenn er seit Urgedenken nichts anderes im Visier hätte als das Nachbarhaus des lüsternen Weibchens. Nun rann auch ihm der Schweiß in den Nacken, und erst Sekunden später traute er sich, einen kurzen verstohlenen Blick nach links zu werfen. Die beiden machten weiter. Glück gehabt. Hätte Ärger geben können. Wenn die Arme von dem Bimbo genauso stark waren wie sein …

Was gab es denn in dem hässlichen dunkelgrauen Nachbarhaus Schönes zu sehen? Nichts von Bedeutung. War klar – so was wie nebenan kriegte man nicht zweimal geboten. Der abgehalfterte Suffkopf, der neulich auf seine Frau eingedroschen hatte, saß sabbelnd am Küchentisch. Vor ihm stand ein randvoller Aschenbecher und zwei Weinflaschen der unteren Preisklasse. Auf seiner Schulter saß ein altersschwacher Wellensittich, dem er offenbar das Leid dieser Welt klagte.

Zwei Wohnungen darunter, im Erdgeschoss, waren die Fenster verschlossen. Neulich hatte eines von ihnen zwei Tage hintereinander offen gestanden, und Kollwitz hatte einige recht nette Schnappschüsse machen können – nichts Spektakuläres, aber immerhin. Da hatte die nicht mehr ganz taufrische Dame des Hauses mittags ein Nickerchen auf ihrer senffarbenen Ledercouch gehalten. Beim Hinlegen hatte sich ihr Rock hochgeschoben, und deshalb war der Ansatz ihrer geblümten Unterwäsche zu sehen gewesen. Das Gestell der Ollen war zwar klapperdürr, und ihre borstig behaarten Beine hatten ihn nicht gerade angeregt, aber für Sujets der schrägeren Art hatte Kollwitz schon immer was übrig, weshalb ihm das Motiv einen Klick auf den Auslöser wert gewesen war.

Am Tag darauf hatte ein Jüngling auf derselben Couch in schlaffer Sitzhaltung herumgelungert. Ihr Sohn? Spielte keine Rolle, denn interessant war vor allem sein Blick gewesen. Regungslos hatte er dagesessen und wie irre vor sich hin gestiert und dabei etwas vollkommen Entrücktes, ja geradezu Wahnsinniges ausgestrahlt.

Zur gleichen Zeit war draußen im Hof ein alter Knacker dabei gewesen, in den Mülltonnen herumzuwühlen. Kollwitz kannte ihn, hatte ihn tags zuvor schon mal bei einer ähnlichen Aktion abgelichtet. Ein Penner? Jedenfalls hatte er einen durchsichtigen Gefrierbeutel in der Hand gehalten. Zunächst hatte der Kerl den Beutel nur ungläubig, dann aber mit richtig saurer Miene angestarrt. Wütend hatte er ihn schließlich in den Behälter zurückgeworfen und war mit stampfenden Schritten in Richtung Haus geeilt.

Heute war da unten jedenfalls tote Hose angesagt. Hinter einigen der restlichen Fenster des Hauses brannte zwar Licht, aber zu sehen gab es dort nichts. Kollwitz schwenkte also zurück, nach schräg oben.

Die Ethno-Nummer lief weiter, nun noch derber – Stellung 69. Die beiden machten jetzt Mundarbeit. Kollwitz fragte sich, wie das Mädel Luft bekam und ob sie das wohl mit jedem machen würde. Jedenfalls spitzte ihn die Vorstellung, dass sie auch bei ihm nicht abgeneigt sein könnte, ziemlich an, und einige Schnappschüsse später war ihm bereits, als wenn sämtliches Blut seines Körpers im Unterleib zirkulierte. Sein Kopf wurde schwer vor schwüler Lust, und zwischen seinen Schenkeln begann es, im Takt des Pulses zu hämmern. Er fuhr in den Beinausschnitt seiner Shorts. Mit dem Vorsatz, möglichst lange etwas davon zu haben, hantierte er vorsichtig knetend an sich herum. Aber das hielt er nicht lange durch. Schon bald ging er stürmischer zu Werke, bis er schließlich spürte – dass es diesmal eher zu schnell gehen würde. Viel zu schnell sogar. Mit einer Hand im Schritt und so rasch er konnte, humpelte er zum Badezimmer.

8

Der Gestank in dem schwach beleuchteten Keller war grauenhaft.

»Wir haben sogar schon gelüftet«, sagte Leibig. »Als wir ankamen, konnte man hier nur mit Gasmaske rein. Ihr habt mal wieder das Glück der Spätgekommenen.«

»Aber nicht das der *Zuspät*gekommenen, scheint mir.« Morgenthaler wedelte mit den Händen vor seinem Gesicht herum. »Ich dachte, die Frau liegt in einer Gefriertruhe.«

»Tut sie ja auch.«

»Hm.«

»Aber die war abgeschaltet.«

»Oh Scheiße. Weiß man schon irgendwas?«

»Marita Feldkamp, achtundvierzig Jahre alt, alleinstehend, wohnte hier im Haus, direkt über uns im Erdgeschoss.«

Morgenthaler schaute hoch, obwohl es da außer der Kellerdecke nichts zu sehen gab.

»Wer hat sie gefunden?«

»Der Hausmeister. Eine Mieterin hat ihn auf den Geruch aufmerksam gemacht.«

Kindlein, der sich schon die ganze Zeit die Nase zuhielt, sah sich verstohlen um. Er hatte was gegen Altbaukeller. Ihre Deckenhöhe reichte meistens gerade, um darin stehen zu können. Aber schließlich lief man doch die ganze Zeit gebückt, um nicht bei jeder Bewegung in verstaubten Gespinsten hängen zu bleiben oder mit den Haaren die Decke zu berühren, weil einem dann unweigerlich loser Kalkputz und Insektenleichen in den Kragen rieselten. Keiner der Anwesenden stand aufrecht, außer Morgenthaler. Der dürfte wohl nie schlechte Erfahrungen mit Kellerdecken gemacht haben, dachte Kindlein bei sich. Und vermutlich würde er der Einzige sein, der nach dem Aufenthalt hier unten keine Genickstarre haben würde. Apropos, wo waren eigentlich *seine* Nackenschmerzen geblieben?

»Wo finde ich den Mann?«, fragte Morgenthaler.

»Oben in seiner Wohnung. Er wohnt im ersten Stockwerk.«

»Und diese Mieterin?«

»Direkt neben ihm.«

»Okay, dann lass uns mal einen Blick auf die Tote werfen.«

Leibig trat zur Seite.

Morgenthaler atmete tief durch, hielt sich die Hand vor die Nase, betrat die enge Parzelle und beugte sich tapfer über den Rand der Gefriertruhe.

Später, daheim, führte Kindleins erster Weg direkt unter die Dusche. Danach putzte er sich die Zähne – gründlicher als gewöhnlich – und spülte sogar mit Mundwasser nach.

Er war hundemüde und fragte sich, wie Wesselin das aushalten konnte: am frühen Morgen eine Tierfraß-Leiche und abends eine verfaulte Frau, die mitsamt Kühltruhe zu ihm ins rechtsmedizinische Institut verbracht werden musste, da alle Versuche, sie am Stück zu bergen, gescheitert waren.

Kindlein sah auf den kleinen Funkwecker im Bücherregal. Fünf nach halb zehn. In Waldhof war alles recht schnell gegangen. Nachdem sie sich in der Wohnung der Toten einen groben Überblick verschafft hatten, hatten sie das Feld den Kriminaltechnikern überlassen. Die Verhöre des Hausmeisters und der Mieterin hatten sie nicht zu Ende führen können. Sie hatten sie mittendrin abgebrochen, da die beiden unter Schock standen, sodass nicht klar war, ob ihre Aussagen überhaupt verwertbar waren. Und nachdem sie weder in diesem noch in den beiden Nachbarhäusern jemanden antrafen, der ihnen weiterführende Hinweise geben konnte, hatten sie schließlich Feierabend gemacht.

Er zog seinen besten Anzug an – einen »Regent«. Den hatte er vor gut zwei Jahren für eine Unsumme bei SØR am Planken gekauft. Damals war er zum Hauptkommissar befördert worden. Bei dem edlen Herrenausstatter hatte man ihn von Kopf bis Fuß durchgemessen. Seither verwahrte die Manufaktur einen kompletten Satz Schnittmuster von ihm, sodass er den nächsten Anzug direkt dort bestellen könnte, genau nach seinen Körpermaßen – vorausgesetzt, er hätte je wieder so viel Geld.

Sich angemessen zu kleiden fiel Kindlein also nicht schwer. Weit schwieriger war, herauszufinden, welches Restaurant sich eignen würde, falls Ester doch noch Hunger haben sollte. Obwohl er schon seit anderthalb Jahren in der Sophienstraße wohnte, und damit im Zentrum Mannheims, hatte er nicht die leiseste Ahnung, wohin man gehen konnte, wenn man für einen außergewöhnlichen Anlass etwas nicht Alltägliches suchte. Das Branchenbuch hätte da möglicherweise helfen können, aber gerade als er es aufschlagen wollte, klingelte das Telefon in der Diele. War das etwa schon Ester?

»Ja, hier Kindlein.«

»Hallo, Frieder, ich bin's.« Es war die Stimme seines Vaters. Sie klang gedämpft. Kindlein wunderte sich. Sein Vater rief eigentlich nie an.

»Hallo, Papa, das ist ja eine Überraschung. Was gibt's denn?«

»Deine Mutter liegt im Krankenhaus.«

Kindlein fuhr es in die Magengrube.

»Die haben mich gerade eben angerufen. Kannst du mich hinfahren?«

Ihm stockte der Atem. Er konnte es noch immer nicht fassen. »Im Krankenhaus?«, fragte er deshalb unsinnigerweise. »Die Mutti? Das ist doch nicht möglich. Die ist doch topfit.«

»Das ist es ja gerade. Jede Form von Aktivismus fordert irgendwann ihren Tribut. Ich habe ihr immer gesagt, sie soll zu Hause bleiben. Wozu gibt's Fernsehapparate?«

Kindlein stöhnte. »Papa, red keinen Blödsinn. Sag mir lieber, was sie hat.«

»Eine schwere Schädelfraktur.«

»Scheiße.« Er hatte das Gefühl, als wenn ihm der Boden unter den Füßen entzogen würde.

»Und wo liegt sie? Drüben im Ludwigshafener Klinikum?«

»Ja. Kommst du?«

»Natürlich. Ich fahre sofort los.«

»August, was hast du dem Jungen da wieder für eine Räuberpistole erzählt? Der steht hier im dunklen Anzug vor mir und hat ganz rote Augen.« Kindleins Mutter war sichtlich empört.

Der Vater zuckte nur mit den Schultern. »Ich hab mit keinem Wort behauptet, dass du tot bist.«

»Na, das wär ja noch schöner.«

»Eben. Aber stell *du* dir doch mal vor, *dich* würde plötzlich das Krankenhaus anrufen und eine Schwester würde sagen, dass dein Mann einen Unfall hatte und dass er eine *leichte* Verletzung davongetragen hat. Was würdest du da als Erstes denken?«

»Ich hab keinen Mann. Wir sind geschieden.«

»Papperlapapp. *Du* bist geschieden. Ich hab damals nur mitgemacht, weil ich dir einen Gefallen tun wollte. Außerdem weißt du genau, was ich meine. Die Ärzte lügen einen doch immer an. Da heißt's, dass es nur eine Bagatelle ist und dass du dir keine Sorgen machen sollst, und dann kommst du ins Krankenhaus und erfährst, dass dein Mann zufällig gerade vor zwei Sekunden verstorben ist. Die Verletzung war eben doch größer als gedacht, und sein Tod ist auch nur entdeckt worden, weil er nicht geschrien hat, als die Schwester ihm das Thermometer in den Hintern rammte. So läuft's doch.«

Kindlein saß etwas abseits und nahm alles wie durch einen Schleier wahr. Er hatte sich auf einen der Stühle des Wartebereichs gesetzt und warf zum wiederholten Mal einen Blick auf die Wanduhr über der Eingangstür zur Ambulanz. Fünf nach elf. Der Arzt hatte gemeint, die Mutter solle noch eine Stunde zur Überwachung bleiben und dann auf gar keinen Fall selbst Auto fahren, wegen der Schmerzmedikamente. In der Eile und weil er sich Sorgen gemacht hatte, hatte Kindlein völlig vergessen, Ester wenigstens noch eine Nachricht zu hinterlassen. Zweimal hatte er deshalb schon versucht, sie anzurufen, aber beide Male war sie nicht zu erreichen gewesen. In zehn Minuten würde er den Pfleger fragen, ob er noch mal telefonieren dürfe.

»Eine Platzwunde, August«, hörte er seine Mutter nun sagen. »Eine kleine banale Platzwunde. Da macht man doch kein Geschiss.« Sie saß in einer Art Liegestuhl und trug einen Stirnverband. Ihr Haar war zerzaust und wirkte verklebt, und um ihre Augen zeichneten sich violette Ränder ab. Der Vater stand in gebeugter Haltung vor ihr.

»Klar, die wollen dich so schnell wie möglich loswerden. Seit die nach Fallpauschalen bezahlt werden, machen die mit schweren Fällen nämlich Minus. Oder haben sie dich in die Röhre gesteckt?«

»Äh?«

»Na also. Haben sie mit dir wenigstens diese Schwindeltests gemacht? Linker Finger an die Nase und dabei auf dem Strich gehen?«

»Genau. Ich musste auf den Strich gehen«, antwortete sie und zeigte ihm einen Vogel.

»Siehst du. Die wollen erst gar nicht wissen, ob du was Schlimmes hast.«

»Mein Gott. Du solltest verdammt aufpassen, dass dich hier keiner reden hört. Sonst nehmen die dich nämlich nicht, wenn du mal was haben solltest.«

»Pah. Mir kann so was erst gar nicht passieren. *Ich* gehe nicht zu Voodoo-Priestern, um mir von denen den Schädel einschlagen zu lassen.«

Kindlein schwieg. Seine Eltern würden nie erwachsen werden. Und sie liebten sich noch immer. Das war daran zu erkennen, wie sie sich ansahen und dass keiner von beiden die Hand des anderen losließ. Aber das hätten sie nie zugegeben. Lieber frotzelten sie sich an, was ihnen leichtfiel, weil sie so grundverschieden waren. Der Vater war ein warmherziger, zum Phlegma neigender Exzentriker mit Hang zur Melancholie und zur Hypochondrie. Die Mutter hingegen war eine ebenso warmherzige, aber impulsive Erscheinung. Auch in fortgeschrittenem Alter ließ sie nicht locker, an allem, was das endliche Leben und diese Welt zu bieten hatten, rege Anteil zu nehmen.

»Du meinst, du gehst sowieso *nie* irgendwo hin. Deswegen kann dir ja auch höchstens die Decke auf den Kopf fallen. Außerdem hast du mal wieder was falsch verstanden, lieber August. Ich war nicht bei einem Kannibalen, der es auf mein Hirn abgesehen hat, sondern in einer Ayurveda-Praxis, die von äußerst lieben Menschen geleitet wird, denen nun mal leider dieses kleine Missgeschick passiert ist.«

»Missgeschick ist gut. Die haben einen Öltopf auf deinen Kopf fallen lassen.«

»Dhara-Gefäß.«

»Egal. Jedenfalls mitsamt dem siedend heißen Öl, das sie darin verbrutzeln.«

»Es war warm, August. Es war angenehm warmes therapeutisches Kräuteröl.«

»Aha. Therapeutisch auch noch. Gegen Kopfschmerz, was?«

Viertel nach elf. Kindlein ging noch mal zu dem Pfleger und ließ sich das Telefon geben. Nach zigmaligem Ertönen des Freizeichens legte er wieder auf. Er schaute rüber zu seinen Eltern. Noch immer debattierten sie, nur dass der Vater nun nicht mehr vor dem Liegestuhl stand, sondern mit Mantel und Schuhen auf ihm lag. Da auf dem Ding nicht für zwei Personen Platz war, lag er weniger neben als über der Mutter, sein Arm um ihre Schulter gelegt, seine Nase dicht bei ihrer. Ihre Hände ruhten in seinem Schoß.

Kindlein schmunzelte. Was der Mutter widerfahren war, entbehrte tatsächlich nicht einer gewissen Komik. Dieser Ayurveda-Fuzzi hatte offenbar eine Bewusstseinsebene erreicht, auf der es keine Selbstzweifel mehr gab. Jedenfalls hatte er seine handwerklichen Fähigkeiten allemal für ausreichend gehalten, ein Holzstativ zu bauen, an das er dieses ominöse Gefäß hängen konnte. Aus dem hätte dann Öl zur Lösung von Verspannungen auf die Häupter seiner Patienten fließen sollen. Das Einzige, was sich jedoch löste, als Kindleins Mutter darunter gelegen hatte, waren die dilettantisch hergestellten Holzverbindungen des Großmeisters gewesen.

Und ganz unberechtigt waren die Sorgen des Vaters offenbar nicht, denn als Kindlein die Eltern heimfuhr, musste er zweimal anhalten, weil der Mutter übel wurde. Beim ersten Halt konnte sie sich recht bald wieder fangen, aber beim zweiten ging es ihr wirklich hundsmiserabel. Sie war kreidebleich und machte Anstalten, sich zu übergeben.

Als sie endlich in ihrer Wohnung war und gut versorgt im Bett lag, probierte Kindlein vom Telefon des Vaters aus noch einmal, Ester zu erreichen. Es war mittlerweile zehn vor eins – seine Hoffnung war gering. Und tatsächlich hörte er wieder nur Freizeichen.

Später, in der Sophienstraße angekommen, führte sein erster Weg zum Hinterhof. Aber bei Ester war erwartungsgemäß alles dunkel. Nun noch zu klingeln machte keinen Sinn – es war Viertel vor zwei. Was für ein beschissener Tag, dachte er. Er schlich gesenkten Hauptes zurück in die Durchfahrt und zündete sich dort ein Zigarillo an – das erste, seitdem er am Morgen aufgestanden war. Dann setzte er sich auf die Steinstufen, die zur Treppenaufgangstür führten. Er war völlig erledigt und genoss einfach nur den Duft und den Rauch des Tabaks – wenigstens für einige Augenblicke, denn irgendwann gesellte sich ein abscheulicher Geruch hinzu, nach verbrannter Matratze, wie er fand. Als Kindlein erkannte, dass der Gestank nicht von seinem Zigarillo herrühren konnte, war es bereits zu spät. Glut war auf seine Anzughose gefallen. Er spritzte auf und klopfte die glimmende Asche mit fahrigen Handstrichen von sich. Erst im Treppenflur, bei Licht, sah er das Ausmaß des Malheurs: zwei ein-Cent-große Löcher, tief in den Schritt der Hose seines Tausendachthundert-Euro-Anzugs gebrannt.

Er ging schlafen.

9

Mittwoch, 11. April 2007
Erster Ermittlungstag

Konrad Morgenthaler war stolz auf das Team, dem er als Erster Kriminalhauptkommissar vorstand. Es bestand aus gut ausgebildeten und hoch motivierten Leuten, mit denen die Arbeit Freude machte. Jeder von ihnen hatte dazu beigetragen, dass sich die Abteilung für Kapitalverbrechen in den letzten zwei Jahren zum Aushängeschild der Mannheimer Kripo entwickeln konnte. Auch an diesem Morgen freute er sich wieder, seine Mitarbeiter im Besprechungsraum des Präsidiums zu empfangen. Und es freute ihn besonders, dieses Mal zuerst eine gute Nachricht überbringen zu können.

»Ihr wisst alle, dass unser Dienststellenleiter stets darum bemüht ist, den Weg des geringsten Widerstandes zu gehen. Das ist ihm wieder einmal geglückt. Aber diesmal hat es sich Ludwig nicht leicht gemacht. Er hat nach eigenen Angaben mehrere Pfeifenlängen seines Schottland-Urlaubs mit der Überlegung zugebracht, womit er uns am wenigsten ärgern kann. Schließlich ist ihm der grandiose Einfall gekommen, unser Team um eine Person aufzustocken.«

»Super«, rief Seiters, und Tielmann ließ einen lang gezogenen schrillen Pfiff folgen. Kindlein applaudierte, und die Gesichter der Kollegen Bücklein und Stein strahlten. Dann schauten alle in Richtung der blonden jungen Frau, die am Ende des Tisches saß.

»Ich glaube nicht, dass ich euch Maren Lemcke noch vorstellen muss«, sagte Morgenthaler. »Jeder von euch kennt sie. Aber seit heute ist sie offiziell Mitglied unserer verstaubten Herrenrunde.«

Wieder ging ein kräftiges Gejohle durch die Gruppe, und einer nach dem anderen erhob sich, um die neue Kollegin Hände schüttelnd willkommen zu heißen.

Morgenthaler war froh, dass keiner der Männer Vorbehalte gegen Maren Lemcke oder überhaupt gegen eine Frau in ihrem Kreis hatte. Aber er machte sich dennoch Gedanken. So gut es allen tat, dass das Team endlich vergrößert worden war, so unmöglich war es, bei einer ungeraden Anzahl von Leuten die bislang übliche Zweiergruppenkonstellation aufrechtzuerhalten. Morgenthaler hatte schon eine Idee, wie man aus dieser Zwickmühle herauskam, aber er wollte sich noch etwas Zeit damit lassen, sie zu verkünden.

»Okay«, begann Morgenthaler, »lasst uns anfangen. Ich denke, wir haben einen Haufen Arbeit vor uns.«

Alle stimmten nickend zu.

»Wenn an einem Tag zwei Leichen gefunden werden«, fuhr Morgenthaler fort, »dann kann man nicht erwarten, dass am nächsten Morgen schon bedeutende Schritte gemacht worden sind. Aber wir können ihn nutzen, um uns gegenseitig auf einen gemeinsamen Wissensstand zu bringen. Also, was haben wir bisher? Wir haben zwei weibliche Leichen. Beide befinden sich in einem grässlichen Zustand, was diesmal jedoch nicht auf die Todesursachen zurückzuführen ist, sondern auf postmortale Prozesse.«

»Schön ausgedrückt«, bemerkte Johannes Stein.

Kindlein lächelte gequält. »Stimmt aber.« Dann gähnte er.

Morgenthaler fiel erst jetzt auf, dass Kindlein reichlich übermüdet aussah. »Wie dem auch sei«, sagte er. »Wir haben bei einer der Leichen die Tatwaffe sicherstellen können. Dabei handelt es sich um ein Bowie-Messer mit auffälligen Bissspuren. Es gab keine Anzeichen für Einbruch und keine Hinweise auf ein Sexualdelikt. Da das Opfer dem Täter selbst die Tür geöffnet hat und im Korridor überwältigt wurde, ist es durchaus möglich, dass sie ihn gekannt und zu sich ins Haus gebeten hat. Die Frau hieß Leonore Säler, ist am 3. Mai 1972 in Ludwigshafen geboren, war eigentlich Kunsthistorikerin, arbeitete aber, wie wir inzwischen wissen, als Kunstlehrerin am Carl-Friedrich-Gauß-Gymnasium. Sie war geschieden und lebte, wenn man den Aussagen ihres ehemaligen Geliebten glauben kann, allein. Dieser Mann, ein gewisser Bodo Ortlieb, war gestern noch hier im Präsidium, um seine Aussagen zu Protokoll zu geben. Wer von euch hat ihn vernommen?«

Bücklein meldete sich.

»Und?«

»Ach der«, meinte Bücklein. »Der ist ein Weichei. Der würde nicht mal über eine Wiese laufen, aus Angst, einen Champignon zu zertreten. Wenn du mich fragst – ein harmloser Zeitgenosse.«

»Den Eindruck hatte ich auch. Trotzdem: Ich werde mir das Protokoll durchlesen. Also, weiter mit der Frau. Mitunter bekam sie Besuch von ihrem zwielichtigen Ex-Ehemann, einem gewissen Uwe Pietsch. Nach dem wurde gestern sofort die Fahndung eingeleitet, nachdem er vor uns geflohen ist. Gibt es da schon Erkenntnisse?«

»Das Auto wurde gefunden«, antwortete Fred Seiters. »Ein hellblauer Opel Vectra. Der gehört einem Freund des Flüchtigen. Pietsch selbst konnte allerdings noch nicht ausfindig gemacht werden. Er war weder in seiner Wohnung anzutreffen noch in einer der Kneipen, in denen er regelmäßig verkehrt, und einen Arbeitsplatz scheint der Mann nicht zu haben. Aber ich bin sicher, dass wir ihn bald haben. Hinter dem sind viele her. Der schuldet nämlich einigen Leuten Geld.«

»Na dann. Wenden wir uns also der Frau in der Gefriertruhe zu. Bei Marita Feldkamp, geboren am 17. November 1959 in Mannheim, werden wir auf das Obduktionsergebnis wohl ein wenig warten müssen. Die Art und Weise, wie sie ums Leben kam, ist demnach noch nicht geklärt. Man kann aber allein anhand der Tatsache, dass sie in diese Truhe verbracht wurde, davon ausgehen, dass bei ihr eine unnatürliche Todesursache festgestellt wird. Der Kellerraum, in dem sich die Gefriertruhe befand, war abgeschlossen, was darauf hindeutet, dass sie von jemandem dort hineingelegt wurde, der sie selbst oder zumindest ihr Lebensumfeld kannte. Auch sie lebte allein, ist ebenfalls geschieden und war als Heilpraktikerin tätig. Neben ihrer Wohnung befindet sich auf gleicher Etage ihre Praxis für Naturheilkunde. Fenster und Eingangstüren von Wohnung und Praxis waren fest verschlossen. Nirgendwo gibt es Anzeichen für Diebstahl, und sämtliche Räume waren sauber aufgeräumt und geputzt. Frieder und ich werden nachher noch mal dorthin fahren, da wir unsere Befragungen gestern Abend nicht zum Abschluss bringen konnten. Aber wie sieht es mit Spurenmaterial aus, Jürgen? Habt ihr irgendwas gefunden?«

Leibig nickte. Dann öffnete er einen Ordner, entnahm ihm einige Fotos und reichte sie Morgenthaler. Der betrachtete sie kurz und gab sie an Werner Tielmann weiter, damit die Gruppe einen Blick darauf werfen konnte.

»Erinnert ihr euch? Unter den Fingernägeln von Leonore Pietsch haben wir grüne Flusen entdeckt. Meine Vermutung, dass es Lederpartikel sind, hat sich tatsächlich bestätigt. Und die gleichen haben wir außerdem am Griff des Messers gefunden, mit dem sie getötet wurde. Der wiederum weist deutlich erkennbare Bissspuren und Zersplitterungen auf, und als der Täter zustach, ist etwas von dem Leder seiner Handschuhe an den gesplitterten Holzfasern hängen geblieben. Bei den Handschuhen selbst handelt es sich um solche aus chromgegerbtem Schweinsleder. Bei entsprechenden Untersuchungen haben wir einen überdurchschnittlich hohen Anteil an Chrom-VI-Verbindungen in diesen Lederflusen gefunden. Dazu muss man sagen, dass bei der Chromgerbung Chrom-III-Salze eingesetzt werden. Die stellen für die menschliche Haut normalerweise kein Problem dar. Wird beim Produktionsprozess jedoch geschlampert, wie in einigen Billiglohnländern üblich, kann es bei dieser Gerbmethode leicht zur Bildung der eben erwähnten wasserlöslichen und hautdurchdringenden Chrom-VI-Verbindungen kommen. Und da für diese Verbindung eine recht hohe Toxizität und ein stark allergenes Potenzial nachgewiesen wurde, darf in Deutschland eine bestimmte Schwellenkonzentration von Chrom VI bei der Herstellung von Arbeitshandschuhen nicht überschritten werden. Der Wert liegt laut DIN-Norm EN 420 bei zehn Milligramm pro Kilogramm Leder. Das heißt …«

»Du, Jürgen, stopp mal.« Morgenthaler musste ihn unterbrechen.

»Ja?«

»Das versteht mal wieder keine Sau. Was ist denn nun mit diesen Handschuhen?«

»Das versuche ich doch gerade zu erklären.«

»Ja, aber ...«

»Na gut, wenn du es einfach haben willst. Es sind drittklassige Billighandschuhe, die in jedem zweiten Haushalt rumliegen.«

»Gut. Und sonst?«

»Im Bereich der Haustür haben wir drei blutige Schuhabdrücke gefunden, aber die sind derart verwischt, dass man sie nicht auswerten kann. Das war's. Sämtliche Fingerabdrücke im Haus gehören zu nicht erfassten Personen, und die Spurensicherung an der Leiche hat zumindest bislang noch keine erwähnenswerten Resultate erbracht. Bis auf diese Lederflusen eben.«

»Hm. Und beim zweiten Opfer? Bei dieser Heilpraktikerin?«

»Na ja. Ihr beide habt euch ja gestern schon einen ersten Eindruck verschafft. Aber einiges von dem, was ihr dort gesehen habt, muss ich verdeutlichen. Deshalb habe ich diese Fotos mitgebracht.« Leibig deutete auf die Abzüge. Johannes Stein hielt sie gerade in der Hand. »Auffällig ist, wie du schon erwähnt hast, der Zustand der Räumlichkeiten. Dass ihre Praxis wie geleckt aussieht, würde ich mal als normal bezeichnen, schließlich werden da Patienten behandelt. Aber auch in der Wohnung ist alles derart picobello sauber und ordentlich, dass ich das Gefühl hatte, dass da gar niemand wohnt. Also habe ich mal ihren Anrufbeantworter abgehört. Und siehe da – da war nicht ein Anruf gespeichert. Also bin ich in die Praxis rübergegangen. Dort war der Anrufbeantworter auf ›NUR ANSAGE‹ eingestellt, das heißt, dass Anrufer eine aufgezeichnete Ansage abhören, aber keine Nachricht hinterlassen können. Und laut dem aufgesprochenen Text ist die Praxis seit vergangenem Montag bis einschließlich Freitag dieser Woche geschlossen. Meine Jungs und ich haben daraufhin ein bisschen in den Räumlichkeiten rumgewühlt. Nirgendwo haben wir einen Ausweis von der Frau gefunden. Weder in der Wohnung noch in der Praxis befand sich eine Brieftasche oder ein Portemonnaie. Im Badezimmer fehlten Zahnpaste und Zahnbürste, und zwischen den Toilettenartikeln klafften Lücken. Dann bin ich noch mal in den Keller gegangen. Dort habe ich nicht einen einzigen Koffer gefunden. Das fand ich seltsam.«

»Die Frau wollte offensichtlich verreisen«, bemerkte Morgenthaler. Eins und eins ergab nun mal zwei. »Zumindest macht das, was du gerade schilderst, diesen Eindruck. Fragt sich allerdings, wo dann ihre Reiseutensilien sind. Zum Flughafen oder zum Bahnhof schickt man höchstens Gepäck vor, aber nicht persönliche Dokumente und Tickets. Hast du mal in ihrem Auto nachgesehen?«

»Sie hatte keines.«

»Und woher weißt du das schon wieder?«

»Ich bin noch mal zu dem Hausmeister hoch und hab ihn danach gefragt. Der kennt jeden in dem Haus und weiß alles.«

Leibig schien gestern einen guten Tag gehabt zu haben. Normalerweise hatte er keine Ambitionen, die Arbeit anderer zu übernehmen.

»Rätselhaft. Sieht fast so aus, als wenn die Sachen gestohlen wurden. Interessant.«

»Fand ich auch. Aber mindestens ebenso interessant war eine ganz andere Entdeckung, die ich in diesem Keller gemacht habe. Schaut noch mal auf die Fotos. Auf einem ist ein Kabel abgebildet.«

Das entsprechende Foto wurde von einem zum Nächsten weitergereicht. Schließlich landete es bei Kindlein.

»Durchgeknipst, würde ich sagen«, sagte der lapidar und gähnte wieder.

»Richtig erkannt, Herr Kindlein«, sagte Leibig. »Das Kabel ist durchschnitten worden. Aber das Beste ist, dass sich dieser Kabelabschnitt vorn im Eingangsbereich des Kellers befindet, gut versteckt über einem Sicherungskasten. Und von dem aus führt diese Leitung, gut hinter Abflussrohren verborgen, direkt in Frau Feldkamps Kellerverschlag.«

»So?« Wieder gähnte Kindlein.

»Ja. Herr Kindlein. Haben Sie sich denn nicht gefragt, warum die Gefriertruhe ohne Strom war?«, fragte Leibig.

»Die war ausgeschaltet. Ganz einfach.«

»Eben nicht. Der Schalter war nämlich an. Aber dieses Zuleitungskabel war durchtrennt.«

»Was aufs Gleiche hinausläuft …«

»… aber völlig andere Ursachen hat, Frieder«, mischte sich Morgenthaler ein. »Wenn jemand vorhat, einen Leichnam in eine Gefriertruhe zu legen, dann doch normalerweise, um ihn einzufrieren. Sollte er das aus irgendwelchen Gründen nicht vorhaben, schaltet er das Gerät am Schalter aus. Die Zuleitung für diesen Zweck durchzuknipsen, zumal an einer versteckten Stelle, halte ich für ein eher unkonventionelles Verfahren.«

»Mag sein«, erwiderte Kindlein lasch. »Aber wer kann schon in das Hirn eines Mörders schauen?«

»Keiner erhebt den Anspruch, in Hirne gucken zu können, Herr Kindlein«, erwiderte der Kriminaltechniker nun gereizt. »Mir persönlich reicht's schon, wenn ich nachvollziehen kann, was jemand mit seinen Händen gemacht hat, zum Beispiel, ob er sie beim Gähnen vor den Mund hält.«

Morgenthaler hob die Hand und fuhr in sachlichem Ton dazwischen: »Kommt, lasst uns in Ruhe weitermachen. Ich befürchte nämlich, dass uns allen in der nächsten Zeit noch viel Arbeit bevorsteht. Was wir als Erstes brauchen, sind Informationen über das Leben dieser Frauen. Dazu gehört, dass wir ihr Umfeld kennenlernen und etwas über ihre Bekannten, ihre Freunde und möglichen Feinde in Erfahrung bringen. Wir müssen herausfinden, welche Hobbys die Frauen hatten und an welchen Orten sie sich bevorzugt aufhielten. Dazu sollten wir nicht nur Nachbarn und Arbeitskollegen befragen, sondern auch ihre Ex-Männer ausfindig machen und vernehmen.«

Nun meldete sich Bücklein zu Wort.

»Ja?«, fragte Morgenthaler.

»Wir haben nur ein kleines Problem, Konrad.« Alle Augen waren auf den Kollegen gerichtet.

»Und welches?«

»Wir sind jetzt zu siebt.«

»Richtig. Und ich weiß auch, was das für unsere bisherige Einteilung bedeutet«, sagte Morgenthaler. »Hier müssen Veränderungen vorgenommen werden. Aber heute, und voraussichtlich auch die nächsten Tage, bleibt alles erst einmal noch wie gehabt. Du arbeitest weiterhin mit Fred zusammen, Werner und Johannes bleiben ebenfalls ein Team, und ich werde mit Frieder arbeiten. Maren hat heute ihren ersten Tag. Sie soll sich langsam in unsere Gruppe einfinden, und deshalb jedes Gespann nach und nach kennenlernen. Was dann passiert, wird sich zeigen. Ich denke aber, dass zum Schluss alle zufrieden sein werden. Außerdem hat Maren im Moment noch einen anderen Fall zu bearbeiten.«

Die Männer beäugten ihre neue Kollegin mitleidig. Die letzten beiden Jahre war sie in der Abteilung für Rauschgiftkriminalität »zwischengeparkt« worden, bis in Morgenthalers Abteilung eine Stelle frei werden würde. Aber gerade die »Drogerieabteilung« war das Ressort, in dem nicht einer der im Raum Anwesenden hätte arbeiten wollen. Werner Tielmann hatte es mal auf den Punkt gebracht, als er sagte, dass man es da nur mit Verbrechern und üblem Gesindel zu tun habe.

»Nein, keinen Junkiemist, wie ihr vielleicht vermutet«, erklärte Morgenthaler. »Sie wird diese unselige ›Grapscher‹-Geschichte übernehmen. Eigentlich kein Fall für uns, aber wir sollten was tun, bevor es einer wird.«

In den letzten Wochen waren aus den nördlichen Stadtteilen Luzenberg, Waldhof und Schönau etliche Anzeigen wegen sexueller Belästigung eingegangen. Ein etwa fünfzigjähriger Mann trieb dort sein Unwesen. Er fand Gefallen daran, jungen Frauen am helllichten Tag an die Brust oder in den Schritt zu greifen und sich anschließend sofort auf und davon zu machen. Mehr war bislang zwar nicht passiert, und es sah auch nicht danach aus, als wenn der Kerl sein Handlungsspektrum erweitern würde, aber die Presse hatte jeden der Fälle ordentlich aufgebauscht und ausgeschlachtet. Es bestand also schon von daher dringender Handlungsbedarf. Und da »Straftaten gegen die sexuelle Selbstbestimmung« Maren Lemckes eigentliches Spezialgebiet waren, hatte sie um die Bearbeitung dieser Angelegenheit gebeten.

»Eine gute Idee«, meinte Werner Tielmann. »Wäre wirklich nicht schlecht, wenn da mal was passieren würde. Ich hab keine Lust, ständig dümmliche Kommentare über diesen Lüstling und seine tollpatschigen Verfolger in der Zeitung zu lesen.«

Der Rest der Gruppe stimmte nickend zu. Dann standen alle auf, packten ihre Unterlagen zusammen und verließen gemeinsam den Raum. Nur Kindlein blieb sitzen – und gähnte. Diesmal hielt er sich die Hand vor den Mund.

Kindlein war nicht gerade gesprächig. Schon auf dem Weg zum Dienstwagen hatte er nicht ein einziges Wort gesprochen, obwohl Morgenthaler ihn zweimal auf den Grund seiner Müdigkeit angesprochen hatte. Und so saßen sie noch immer schweigend nebeneinander, als Morgenthaler den BMW durch den Vormittagsverkehr in Richtung Mannheim-Waldhof steuerte, froh, dass im Radio gute Musik lief, die zudem in einer Tonart gespielt wurde, die ihm besonders lag. Jedenfalls konnte er ohne Mühe dazu pfeifen – es gab nur wenige Töne, die er verfehlte.

Kindlein saß mit gesenktem Haupt da und war in ein kleines weißes Blättchen vertieft, das er in den Händen hielt. Morgenthaler konnte erkennen, dass es ein CD-Cover war. Es war mit dünnen Bleistiftstrichen beschriftet, und Kindlein hatte offensichtlich Mühe, den Text zu lesen. Die offene CD-Hülle lag auf seinem Schoß. Hin und wieder schüttelte er den Kopf.

»Eine gute CD?«, fragte Morgenthaler schließlich.

»Hm.«

»Also Mist.«

»Keine Ahnung. Ester hat sie für mich aufgenommen.«

»Dann ist vermutlich was Klassisches drauf.«

»Sieht so aus.«

»Komm, leg sie mal ein.« Morgenthaler deutete auf das Autoradio.

Kindlein nahm die Scheibe aus der Hülle und schob sie in den CD-Schlitz. Was folgte, entsprach nicht unbedingt Morgenthalers Geschmack. Die Melodie war zwar nicht übel, aber der Wimmerfuzzi, der sich durch den Gesangspart kämpfte, störte.

»Steht da drauf, was das sein soll?«, fragte er deshalb.

»Schon. Aber kannst du mit einem Titel wie ›Zauberflöte‹, daraus: Arie des Tamino, 1. Akt, ›Dies Bildnis ist bezaubernd schön‹, was anfangen?«

»Nee.«

»Siehst du, so heißt das Stück aber. Ist von Mozart.«

»Aha. Und warum hat Ester das für dich aufgenommen?«

»Ich soll's auswendig lernen.«

Morgenthaler musste kichern. »Wie? Den Text?«

»Nein, alles. Text und Melodie. Ich soll das ganze Lied können.«

»Singen?«

»Genau. Ich soll es ihr vorsingen können.«

Morgenthaler presste die Lippen aufeinander. Er wusste nicht, ob es gut war, zu lachen, Kindlein blickte ziemlich düster drein. Außerdem setzte ein älteres Ehepaar soeben dazu an, die B44 an einer Stelle zu überqueren, an der es weder eine Fußgängerampel noch einen Zebrastreifen gab. Morgenthaler sah im Rückspiegel, dass ihm mehrere Fahrzeuge folgten, sodass an ein abruptes Bremsmanöver nicht zu denken war. Also scherte er rasch aus und wechselte unter lautem Hupen auf die linke Fahrbahnseite. Die beiden Alten bekamen einen gehörigen Schreck und wichen sofort zurück.

»Ganz schön mutig«, kommentierte Kindlein und drehte sich nach ihnen um.

Morgenthaler blickte kopfschüttelnd in den Rückspiegel. Das Pärchen stand wieder an der Bordsteinkante. Sie hielten sich an der Hand und schauten nach links. Offenbar bestanden sie weiterhin darauf, die Fahrbahn genau an dieser und keiner anderen Stelle zu überqueren.

»Altersstarrsinnig trifft's eher«, meinte Morgenthaler, ordnete sich noch eine Spur weiter links ein und steuerte das Fahrzeug auf eine Wendemarke zu. Dort wechselte er die Fahrtrichtung, und als er in die Otto-Siffling-Straße einbog, griff er das Thema wieder auf.

»So, du sollst ihr also dieses Lied vorsingen. Und wieso?«

»Um was wiedergutzumachen.«

Morgenthaler musste erneut schmunzeln. Er kannte Ester. Und er kannte vor allem Kindlein. Sie war genau die Richtige für einen liebenswerten Kerl, der den unseligen Hang hatte, vor allem jene Dinge des Lebens kompliziert zu gestalten, die am einfachsten zu bewältigen waren. Ester war Pragmatikerin und gab Kindlein Orientierung in einer Welt, die für ihn im Grunde eine Nummer zu groß und zu unüberschaubar war. Vermutlich hatte er sich wieder einmal bei irgendwas verzettelt, und sie zeigte ihm nun, wo sich der rote Faden befand.

»Und *was* sollst du gutmachen? Oder willst du lieber nicht darüber sprechen?«

Sie waren in der Hubenstraße angekommen. Schon am Vorabend hatte es Morgenthaler hier nicht unbedingt anheimelnd gefunden. Geografisch betrachtet, bildete der Stadtteil Waldhof eine bewohnte Insel inmitten einer Ansammlung großer Industriebetriebe. Die Firmen Bopp & Reuther, DaimlerChrysler, Boehringer, die Chemische Fabrik Weyl sowie die Vereinten Glaswerke umzingelten das Areal geradezu, und bis vor nicht allzu langer Zeit hatten hier tatsächlich fast nur Arbeiter dieser Werke gewohnt. Das Einzige, was Morgenthaler sonst noch über den Stadtteil wusste, war, dass Mitglieder dieser Arbeiterschaft genau hier in der Hubenstraße im Jahr 1907 in der Gaststätte »Zum Tannenbaum« den SV Waldhof 07 gegründet hatten. Dass dieser Fußballverein später weit über die Grenzen Mannheims hinaus und eines seiner Mitglieder sogar weltberühmt werden würde, hätte man den Jungs damals ruhig sagen können. Es hätte die armen Kerle sicher mit Stolz erfüllt, denn Angehörige ihres Standes kamen in jener Zeit nicht weit.

Seither waren genau hundert Jahre vergangen, aber Morgenthaler dachte, dass sich in dieser schmalen Straße nicht viel verändert haben konnte. Auf jeden Fall schlug ihm die marode Ästhetik der schmutzig grauen Häuserfassaden aufs Gemüt, und ihn ärgerte, dass ausgerechnet die schmuck- und fantasieloseste Spielart wilhelminischer Wohnhausarchitektur zwei Weltkriege überstanden hatte, während der Rest Mannheims in Grund und Asche bombardiert worden war. Außerdem sah er sich bei ihrem Anblick für einen Moment in eine Zeit zurückversetzt, in der Mitglieder seiner Berufsgruppe noch Pickelhaube, Säbel und Backenbart getragen und notfalls mit Lederknüppeln dafür gesorgt hatten, dass sich das aufmüpfige Industrieproletariat bei Einsetzen der Sperrzeit aus den dunklen Spelunken der Arbeiterviertel entfernte. Die Solidarisierung arbeitender Menschen vertrug sich schlecht mit dem Prinzip des »Teile und herrsche« – schon damals.

»Ich hab Ester gestern versetzt«, hörte er Kindlein sagen, während er den BMW einparkte. »Außerdem habe ich ihr Dinge versprochen, die ich nicht halten konnte.«

»Soso.«

»Na ja, da habe ich doch noch nicht wissen können, dass ich den ganzen Tag unterwegs sein würde. Und als ich abends nach Hause kam, musste ich gleich wieder weg, weil meine Mutter einen Unfall hatte.«

»Schlimm?«

»Nein, nur eine kleine Platzwunde am Kopf. Aber ich bin natürlich viel zu spät von ihr zurückgekehrt, um noch mit Ester sprechen zu können. Und in meiner Wohnung hat dann schließlich diese CD gelegen.«

»Hm. Und was machst du jetzt?«, fragte Morgenthaler.

Kindlein zuckte mit den Achseln. »Singen üben, vermutlich. Mir bleibt wohl nichts anderes übrig. Sieh selbst.« Dabei übergab er Morgenthaler das CD-Label.

Morgenthaler warf einen kurzen Blick darauf und musste schon wieder grinsen.

RACHE!
Du hast deine Chance heute leider vertan, mein Lieber. Nun müssen wir wohl nach meiner Methode verfahren. Lern das Stück auswendig und lass mich wissen, wenn du es kannst. Ich wünsche einen angemessenen Vortrag. CD und Textblatt sind zum Üben gedacht, und ab morgen Abend steht das komplette Werk wieder auf unserem Spielplan.
Deine Ester

»Die meint es ernst«, stellte Morgenthaler süffisant fest. Und nachdem er den Text überflogen hatte, gab er Kindlein die Hülle zurück. »Sind eigentlich nur zwei Strophen. Aber ich glaube, das Stück geht über mindestens ebenso viele Oktaven. Ich schätze, du solltest bald mit dem Üben beginnen.«

Kindlein nickte resigniert.

Morgenthaler war der Hausmeister schon am Abend zuvor aufgefallen. Der Kerl musste weit über sechzig sein, und am liebsten wäre er wohl Pirat geworden. Das schwarze Kopftuch, den goldenen Ohrring, die knallenge schwarze Jeans und die schwarzen

Schuhe mit den messingfarbenen Schnallen trug er jedenfalls nicht zufällig. Das karierte Hemd war der einzige Missgriff. Dafür bekräftigten der fusselige Bart und der nahezu zahnlose Mund den Eindruck, tatsächlich einem an Skorbut erkrankten Seeräuber gegenüberzustehen. Hinzu kam sein ausgeprägter Waterkant-Slang.

Nach eigener Angabe war er Hamburger. Die Frage, warum und seit wann er in Mannheim lebte, überhörte er geflissentlich. Stattdessen langte er in seine Gesäßtasche und zog ein blaues, platt gesessenes Pappschächtelchen mit der Aufschrift »Grimm & Triepel – Kruse No. 5« daraus hervor. Dem entnahm er einen Streifen eines fast schwarzen, lakritzähnlichen Erzeugnisses. Davon riss er ein Stück ab und steckte es sich in den Mund.

»Kautabak«, erklärte er. »Da guckt ihr Binnenschiffer, was?« Dann mümmelte er mehrmals schmatzend auf dem Priem herum.

»Bin beeindruckt«, entgegnete Morgenthaler. Er mochte dieses hansestädtische Seefahrergetue nicht. Hamburg lag schließlich über hundert Kilometer vom Meer entfernt, und Mannheim verfügte immerhin über den zweitgrößten Binnenhafen Deutschlands. »Könnten wir trotzdem zum Thema kommen?«, bat er. »Ich möchte nämlich gern wissen, wann Sie Frau Feldkamp das letzte Mal gesehen haben.«

»Meinen Sie die Tote?«

»Nein, die lebende.«

»Äh? Wieso?«, fragte der Kerl blöd grinsend. Schließlich schien er zu kapieren. »Ach, verstehe«, meinte er und fügte hinzu: »Hey Mann, der war echt gut.«

»Freut mich. Also.«

»Ja, das kann ich genau sagen. Am Freitag war's. Nicht den letzten, sondern den davor. So um die Mittagszeit. Da bin ich ihr unten im Hof bei den Mülltonnen begegnet. Als sie mich gesehen hat, hat sie verdächtig hastig einen der Deckel zugeschlagen. Hat ziemlich verschreckt gewirkt, die Gute. Is' auch gleich mit rotem Kopf abgezischt, als sie mich kommen sah. Das hat mich natürlich stutzig gemacht. Ich bin gleich hin und hab nachgeguckt, was die in die Mülltonne reingeschmissen hat. Und siehe da, unser Naturmädchen hat doch tatsächlich eine komplette tiefgefrorene Pute im Restmüll entsorgt. Das Verfallsdatum war nicht mal erreicht. Da hab ich ihr sofort hinterhergerufen und gefragt, warum sie Lebensmittel wegschmeißt, die noch in Ordnung sind. Extra laut natürlich. Ich wollte, dass es die Nachbarn mitkriegen, weil die Feldkamp immer wahnsinnig einen auf Öko gemacht hat und so.«

»Und?«

»Angeblich hätte sie sich das Fleischessen abgewöhnt, hat sie gemeint. Na, wenn das so ist, habe ich gedacht und ein bisschen gewartet. Und als sie nicht wiederkam, hab ich mir den Vogel geschnappt, um ihn dem Pedder am Wochenende zum Mittag zu servieren.« Der Kerl grinste selbstzufrieden. In seinem Mund glibberte nun eine schwarz glänzende Masse vor sich hin.

»Wer ist Pedder?«

»Na, ich.«

»Okay. Weiter.«

»Erst am nächsten Vormittag ist mir klar geworden, was die Feldkamp wirklich im Schilde geführt hat. Da bin ich nämlich wieder zu den Tonnen gegangen, diesmal um meinen Müll wegzuwerfen. Das muss so gegen elf gewesen sein. Und da hätt mich doch beinahe der Klabautermann geholt. Die Feldkamp ist nach unserem Zusammentreffen am Tag zuvor nämlich noch mehrere Male zu den Mülltonnen gegangen und hat zentnerweise Gefrierzeug in die Rest- und Biomülltonne geschmissen. Beide Tonnen waren jedenfalls brechend voll mit angetautem Fleischkram. Ich war stocksauer. Schließlich konnte nun keiner aus dem Haus mehr seinen Müll wegbringen, und dabei sollte die Müllabfuhr erst am nächsten Mittwoch kommen. Außerdem ist es im Moment ziemlich warm, und mir war klar, wie der Hof bis dahin stinken würde, wenn das Zeug erst mal aufgetaut ist.«

»Und was haben Sie daraufhin unternommen?«

»Na, das können Sie sich ja wohl vorstellen. Ich hab Sturm bei ihr geklingelt. Aber da hat niemand aufgemacht. Also bin ich wieder zurück in den Hof. Und da hab ich gesehen, dass ihr Fenster offen stand. Na ja, und dann hab ich aus ihrer Wohnung ein Geräusch gehört. Da drin muss irgendwas umgefallen sein.

Also hab ich geschrien, was das Zeug hält, hab ihr zugerufen, dass sie den Kram sofort wieder aus den Tonnen rausholen soll. Erst hat sie nicht geantwortet. Hat so getan, als wenn sie nicht da wäre. Deshalb hab ich noch ein paarmal geschrien, bis sie endlich doch Antwort gab. ›Ja, ich hol's ja raus‹, hat sie schließlich gesagt. Damit war die Sache für mich erst mal gegessen.«

»Erst mal, sagen Sie. Wieso, was passierte dann?«

»Na ja, am Abend hab ich nachgeguckt, ob sie den Kram auch wirklich entfernt hat. Hat sie nicht. Das Luder hat mich zum Besten gehalten. Nichts hat sie getan. Das ganze Zeug lag noch immer in den Tonnen. Und ihr Fenster war zu. Da hat's mir gereicht. Ich hab wieder bei ihr auf der Klingel gestanden. Und weil wieder niemand geöffnet hat, bin ich hoch zu mir in die Wohnung und hab sie angerufen, erst unter ihrer Privatnummer, und als da keiner abhob, in ihrem Kräuterladen. Tja, und was soll ich sagen: Ihr Anrufbeantworter hat mir erklärt, dass die Praxis die nächsten zwei Wochen geschlossen sein wird, weil sich gnädige Frau im Urlaub befindet. Da ist mein Hals natürlich zur Keksdose angeschwollen. Ich hab mir meinen Seitenschneider geschnappt und bin in den Keller runter. Dort hab ich dann kurzerhand das Kabel zu ihrer Gefriertruhe durchgeknipst, für die sie übrigens noch nie einen einzigen Cent Strom bezahlt hat. Ihr Vormieter hat die Leitung nämlich schwarz an die Hauptstromversorgung angeschlossen. Ich hab das geduldet, aber nur, weil sie mir mal so 'n Tee zusammengebraut hat, als ich's an der Blase hatte.«

»Und? Hat der wenigstens geholfen?«

»Super.«

»Immerhin. Aber ich verstehe Sie doch richtig: Nach diesem Anruf in ihrer Praxis haben Sie Frau Feldkamp nicht mehr gesehen?«

»Nee, nicht mehr. Ich hab die nächsten beiden Tage natürlich noch mehrere Male probiert, sie irgendwie zu erwischen. Schließlich fährt ja nicht jeder im Urlaub weg. Und glauben Sie mir, ich hab wirklich auf der Lauer gelegen. Aber die war weg. Na ja, jetzt weiß ich, warum.«

»Hatte Frau Feldkamp hin und wieder Besuch? Ich meine, privaten.«

»Na, eingezogen ist sie mit ihrem Mann. Aber der hat nach einem Jahr die Flatter gemacht. Muss so vier, fünf Jahre her sein. In der Zeit waren öfter mal Leute zu Besuch. Danach kam nur noch selten jemand zu ihr, und wenn, dann nur Frauen. Männer kamen höchstens mal in die Praxis. Aber so genau weiß ich das alles nicht. Ich kann ja nicht den ganzen Tag die Mieter beobachten.«

»Hm. Apropos Mieter. Warum haben Sie sich denn zwei Tage Zeit gelassen, um den Kellerverschlag von Frau Feldkamp aufzubrechen? Frau Welser, Ihre Nachbarin, hat behauptet, Sie schon am Ostersonntag über den Gestank im Keller informiert zu haben. Gestern war Dienstag.«

»Warum wohl? Ich war schließlich der, der die Leitung durchgeknipst hat. Dabei hab ich nicht bedacht, dass die Feldkamp ihre Kühltruhe vielleicht doch nicht ganz ausgeräumt haben könnte. War mir ein bisschen peinlich. Und bevor ich das Kellerschloss einer Mieterin aufbreche, warte ich doch erst mal ab, ob sich der Gestank nicht von allein verflüchtigt. Na ja, er ging nicht weg. War eigentlich klar. Dafür kamen die Fliegen, und die Welser hat immer mehr Druck gemacht.«

Morgenthaler nickte. »Gut. Ich hab noch eine Frage. Über der Frau Welser wohnt ein älterer Herr. Der hat gestern Abend einen ziemlich angeheiterten Eindruck auf uns gemacht. Befindet der sich immer in dem Zustand?«

»Kann man wohl sagen. Das ist ein Suffkopp, wie ihn der Herr nicht besser hätte erschaffen können. Ich glaube, der verlässt seit Jahren nicht mehr die Wohnung. Jedenfalls hab ich ihn schon ewig nicht mehr gesehen. Hin und wieder besorgt ihm die Welser das Notwendigste zum Leben, will heißen, dass sie ihm vor allem Bier- und Weinbuddeln ranschafft und sich daran halb krumm schleppt. Kann einem leidtun, die Arme. Ihre Hüfte macht's nämlich nicht mehr so richtig. Aber sie ist die Einzige, die er in seine Wohnung lässt, und er scheint sie für ihre Dienste zu bezahlen.«

»Dann müsste er jetzt ja auch zu Hause sein, oder?«

»Keine Ahnung. Probieren Sie's doch.«

Sie probierten. Aber wie schon am Abend zuvor ging das nur mit Klopfen. Der Messingknopf unter dem karierten Zettel mit der Aufschrift »Hütten« ließ sich zwar bedienen, aber ein Klingelzeichen war nicht zu vernehmen. Irgendwann öffnete sich die Tür dennoch, und ein kleiner hagerer und ungewaschen wirkender Mann mit Dreitagebart streckte seinen Kopf zum Hausflur hinaus.

»Herr Hütten? Ich weiß nicht, ob Sie uns noch kennen. Wir waren gestern schon mal bei Ihnen, um Sie nach Frau Feldkamp zu befragen. Aber da waren Sie leider verhindert.«

»Besoffen, meinen Sie«, entgegnete der Mann. Er stand ihnen in nicht mehr ganz frisch aussehender Unterhose gegenüber. Auch jetzt wirkte sein Blick gläsern, und die derbe Alkoholfahne war ebenfalls nicht zu ignorieren.

»Wenn Sie so wollen. Könnten wir Sie heute eventuell kurz sprechen?«

»Nee. Bin wieder besoffen, und da rede ich nur Scheiße«, antwortete der Alte, dann torkelte er im Stehen und schaffte es erst beim zweiten Mal, nach der Wohnungstür zu greifen und sich an ihr festzuhalten.

»Gibt's denn eine Zeit, wo das nicht der Fall ist?«

»Morgens zwischen sieben und acht.«

»Okay, dann kommen wir morgen früh wieder.«

»Von mir aus.« Die Tür ging zu.

Kindlein sah Morgenthaler verwundert an. »Willst du es etwa einfach dabei bewenden lassen?«

»Was soll ich machen? Nüchtern ist der eh erst morgen wieder, und der Mörder von Frau Feldkamp kann er kaum sein.«

»So?«

»Hast du den abgemergelten Körper gesehen? Der kann die Frau unmöglich in die Truhe verfrachtet haben. Außerdem scheint der ständig blau zu sein. Und hast du dir seine Beine angesehen?«

»Die waren ganz lila.«

»Eben. Weit läuft der damit nicht.«

Leibig hatte recht gehabt, dachte Morgenthaler, als sie sich in der Wohnung der Toten umsahen. Hier war auffällig gründlich aufgeräumt und geputzt worden. Nirgendwo waren Spuren einer Auseinandersetzung oder gar eines Gewaltaktes zu erkennen. Alles lag an seinem Platz. Die Teppiche waren gesaugt, in Küche und Bad glänzten die Böden, und in der Duschwanne stand ein Putzeimer, über den ein Wischlappen zum Trocknen gelegt worden war. Aber selbst nach längerem Suchen waren weder der Ausweis noch irgendwelche anderen persönlichen Dokumente der Frau zu finden. In den Schubladen der Schlafzimmerkommode lagen lediglich vier Slips und zwei BHs. Im Kleiderschrank klafften Lücken, und an der Kleiderstange hingen mehrere leere Bügel. Die Frau schien sich tatsächlich auf eine Reise vorbereitet zu haben. Morgenthaler ging zu einem Metallkästchen, das an der Korridorwand befestigt war.

»Alles noch da. Wohnungsschlüssel, Kellerschlüssel und die Schlüssel für die Praxis. Alle beschriftet.«

Auch in den Praxisräumen war nichts zu entdecken, was auf Gewalteinwirkung schließen ließ. Überall herrschte Ordnung, und die Räume waren gepflegt, wie es sich für eine Praxis gehörte.

»Wie stellst du dir das Ganze eigentlich vor, Frieder?«, fragte Morgenthaler schließlich. »Ich meine, da liegt eine tot in ihrer Kühltruhe in einem Kellerverschlag. Der ist verschlossen. Der Mord muss irgendwo geschehen sein. In der Wohnung der Toten? Hier in der Praxis? Oder womöglich vor Ort, also unten im Keller? Und wer könnte es getan haben?«

»Hm. Der Keller liegt nahe. Und wie wäre es zum Beispiel mit dem Herrscher der sieben Weltmeere? Er könnte sie dort umgebracht haben. Schließlich war er sauer auf Frau Feldkamp, und mir scheint, dass er sie generell nicht gemocht hat.«

»Hm. Der Kerl ist nicht der Schlauste. Aber dass er sie nach der Tat in die Kühltruhe legt und anschließend das Kabel durchschneidet, damit es Tage später auffällig zu stinken beginnt, traue ich ihm nicht zu. Das wäre zu blöd. Zumindest hätte er die Leiche ein paar Tage später woanders hingebracht.«

»Na gut. Und was ist mit den anderen Mietern? Frau Feldkamp steht in ihrem Keller. Der Täter ermordet sie, verbringt sie in die Truhe, schließt den Kellerverschlag ab und legt die Schlüssel zurück in die Wohnung. Er weiß nichts von der durchgeknipsten Leitung und denkt, die Tote bleibt jetzt für alle Zeiten tiefgefroren.«

»Na ja, irgendwann hätte man sie ja doch entdeckt. Aber es ist denkbar. Und was ist mit den Reiseutensilien geschehen?«

»In dem Punkt schließe ich mich Leibig an. Die Frau hatte ihren Koffer schon gepackt. Den entdeckt der Täter in der Wohnung und nimmt ihn mit. Alles sieht fortan so aus, als wenn Frau Feldkamp verreist wäre.«

»Das Problem ist nur, dass ich in diesem Haus nicht unbedingt einen Täter sehe. Von den sechs Mietparteien machen Frau Feldkamps Wohnung und Praxis allein zwei aus. Der Hausmeister kommt für mich, wie schon gesagt, nicht infrage, und die alte Frau Welser mit ihrer kaputten Hüfte genauso wenig wie der versoffene Hütten über ihr. Und die sechste Wohnung wird von einer jungen Studentin bewohnt. Die ist am 1. März hier eingezogen und wird sich vermutlich nicht gleich mit der Ermordung einer Mieterin in die Hausgemeinschaft eingeführt haben. Außerdem halte ich vor allem das Vorgehen mit diesen Schlüsseln für einen bedenkenswerten Akt. Jemand, der sie nach der Tat in die Wohnung zurückbringen wollte, hätte immerhin einkalkulieren müssen, dass sich dort weitere Personen aufhalten könnten.«

»Das kann der Täter zu einem späteren Zeitpunkt gemacht haben, nämlich dann, als er absolut sicher war, dass die Wohnung leer stand. Und bis dahin hat er die Schlüssel irgendwo aufbewahrt.«

»Hm. Also ich würde die Wohnung nach so einer Tat auf gar keinen Fall mehr betreten. Egal wann. Und wozu? Um darin meine Spuren zu hinterlassen? Um das Risiko einzugehen, erwischt zu werden? Ich würde die Schlüssel eher beseitigen, vernichten. Nein, der Täter ist, nachdem er im Keller war, noch mal in die Wohnung gegangen, weil er ganz genau wusste, dass sich darin niemand aufhielt.«

»Und woher hätte er das wissen sollen?«

»Er war schon vor der Kelleraktion in ihrer Wohnung.«

»Hm.«

Morgenthaler sah sich um. Der Raum, in dem sie standen, war als Behandlungszimmer konzipiert worden. Das war an dem großen Schreibtisch, dem Medikamentenschrank und dem Plastikskelett in der Ecke zu erkennen. Aber er unterschied sich deutlich von herkömmlichen Behandlungsräumen. Er war in einem pastellfarbigen Fliederton gehalten, wobei die Farbe mit Hilfe einer Wischtechnik ungleichmäßig dick auf den Putz aufgetragen worden war. An den Wänden hingen mehrere große Farbdrucke mit Darstellungen verschiedener Kräuterpflanzen sowie einer, der den menschlichen Körper in enthäutetem Zustand zeigte. Dazwischen hingen eigentümliche Grafiken, deren Motive an in- und übereinandergelegte geometrische Figuren erinnerten. Aus einem konnte Morgenthaler Monatsnamen herauslesen, aus einem anderen die lateinischen Begriffe der bekanntesten Sternzeichen. Außerdem hingen Bilder an den Wänden, von denen er einige sogar kannte. Die Künstler hatten sich die optische Täuschung zum Thema gemacht. Bei manchen war der Effekt deutlich erkennbar, bei anderen musste sich Morgenthaler erst konzentrieren, um ihn zu erfassen.

Der signifikanteste Unterschied zu Behandlungsräumen von Schulmedizinern bestand aber wohl darin, dass der Boden mit hellem Sisal ausgelegt war und sich in einer Ecke des Raumes eine Sitzgarnitur befand, die mit kräftigem bordeauxfarbenem Chenille bezogen war. Hier herrschte eine geradezu wohnliche Atmosphäre. Einen weiteren Hinweis darauf, dass die Behandlung hier auf völlig anderen Grundlagen basierte, sah Morgenthaler in den kleinen Tongefäßen, die in einem offenen Regal aufbewahrt wurden. Sie dienten offensichtlich dazu, Aromatherapien durchzuführen. Auf einem Regalbrett standen jedenfalls unzählige dunkelbraune Fläschchen, die verkorkt und mit Aufschriften versehen waren, von denen die meisten mit dem lateinischen Wort »oleum« begannen.

Was Morgenthaler vermisste, waren typische Insignien der Heilberufe. Nirgendwo ließ sich ein Stethoskop oder ein Perkussionshämmerchen finden. Und als er den Medikamentenschrank öffnete, machte er eine interessante Entdeckung. Darin befand sich eine Unzahl brauner und weißer Glasröhrchen und

Behältnisse unterschiedlichster Größe, in denen Tausende kleiner Tabletten und Kapseln in allen erdenklichen Farben und Formen aufbewahrt wurden. Aber verblüffenderweise war nicht eines von ihnen beschriftet. Aus einem kleinen Fach an der Innenseite der Tür ragten weiße Klebeetiketten und ein Filzschreiber heraus. Darüber hing eine Liste von Hand notierter lateinischer Begriffe – Pflanzennamen, soweit Morgenthaler verstand.

»Schau mal hier«, hörte er Kindlein plötzlich rufen. »Ich glaube, ich hab was gefunden, das uns weiterhelfen könnte.« Er stand hinter dem Schreibtisch und hielt einen jener gigantischen Abreißkalender in der Hand, die Schreibtischtätern als Kritzelunterlage und Terminierhilfe dienten. Auch dieser war voll mit Notizen und kleineren Krakeleien.

»Hier gibt's Einträge für Donnerstag, den 29. März. Das war der letzte Tag, an dem die Praxis geöffnet hatte. Aber es gibt auch welche für Freitag und Samstag.«

»Aha. Und um was geht's dabei?«

»Um Behandlungstermine. Und um Hausbesuche, wenn ich's richtig deute.«

»Wusste gar nicht, dass Heilpraktiker so was machen.«

»Anscheinend.«

»Aber ohne Auto?«

Kindlein langte sich an die Stirn. »Stimmt. Die hatte ja gar keines. Aber sieh selbst.«

Morgenthaler ging zu ihm und nahm den Kalender in die Hand.

DONNERSTAG, 29. MÄRZ
12.00: *Mischnik, Magenschmerzen. Angeblich wieder Mobbing.*
13.00: *Tochter von Bleichs, 13, Figurprobl., Bonzen! Klingelingeling*
14.00: *»Depri-Suse« kommt wieder. Mehr verlangen!*
15.00: *Oma Tiehle, Ulcus Cruris. Hoffnungslos.*
16.00: *Violas Mutter. Wie immer – Hausb.*
17.00: *NIX!!, NIX!!, NIX!!* WICHTIG: *Andyheart aufmuntern. Der Haarschnitt sieht spitze aus!*

FREITAG, 30. MÄRZ
09.00: *Die Olle. Noch mal Hausb. Klappe – die letzte? Hoffentlich!*
11.00: *Putzen, packen, Gefriertruhe ausmisten. Mülleimer leeren!*

SAMSTAG, 31. MÄRZ
07.00: *7.13 Uhr Abflug, ARSCH LECKEN: FUERTE WARTET!!! NIE WIEDER FLEISCH!!!*

»Hat sich auf den Urlaub gefreut, würde ich sagen«, bemerkte Kindlein lakonisch. »Jedenfalls wissen wir jetzt, wo sie hinwollte.«

Morgenthaler nickte. »Und wir wissen was über ihr Berufsethos.«

»Wieso? Wegen dieser paar Randnotizen?«

»Auch. Aber nicht allein deshalb. Schau mal in den Medikamentenschrank. Derweil gehe ich an mein blödes Handy.« Eine Minute lang hatte er es sicher surren lassen. Nun musste er sich melden. Das Display zeigte die Nummer von Tielmann an.

»Hallo, Werner. Was gibt's?«

»Wir haben diesen Pietsch, den Ex von Frau Säler, aufgegriffen. Sitzt hier im Präsidium. Wie sieht's aus? Soll ich ihn verhören oder kommt einer von euch hierher?«

»Wir kommen. Ich muss Fred sowieso dringend was vorbeibringen. Und was machst du jetzt?«

»Schlag was vor.«

»Am besten wäre, wenn du und Johannes zum Arbeitsplatz von Frau Säler fahren würdet. Hört euch da mal um.«

»Meinst du dieses Gymnasium? Es sind doch Osterferien.«

»Ich weiß. Aber versucht's mal im Sekretariat. Da ist manchmal trotzdem jemand. Auf jeden Fall solltet ihr den Schulleiter oder seinen Stellvertreter ausfindig machen. Wir müssen alles wissen. Fragt nach Frau Sälers Verhältnis zu Kollegen, zu Schülern, zu Eltern, zur Leitung und zum Schulamt.«

Nachdem das Gespräch beendet war, drehte sich Morgenthaler um und schaute zu Kindlein rüber. Der stand vor dem Medikamentenschrank und schüttelte den Kopf.

»Das kann doch gar nicht wahr sein«, sagte er schließlich. »Wie hat die sich da drin überhaupt zurechtgefunden?«

»Vermutlich ganz leicht. Aber ich weiß es selbst noch nicht genau. Ich habe nur eine Vermutung. Und sollte die zutreffen, hätte die gute Frau ziemlich Dreck am Stecken.«

Sie verließen die Praxis.

Vorn an der Haustür warf Morgenthaler noch einen Blick in Frau Feldkamps Briefkästen. In dem für die Praxis herrschte gähnende Leere und in ihrem privaten befand sich neben zwei Schreiben einer Versicherungsgesellschaft ein altrosafarbener Briefumschlag ohne Angaben zu Empfänger oder Absender.

»Sag mal: Leibig hat die Kästen gestern Abend doch geleert, oder?«

»Garantiert.«

»Dann sieh dir das hier mal an. Anonym. Und demzufolge heute Nacht oder im Laufe des Vormittags eingeworfen.«

Morgenthaler griff kurzerhand in eine seiner Jackentaschen, entnahm ihr ein durchsichtiges Plastikbeutelchen, hob das Kuvert mit spitzen Fingern an einer Ecke an und ließ es in den Beutel fallen.

Im Präsidium führte ihr erster Weg ins Büro von Fred Seiters. Er war der Jüngste in Morgenthalers Mannschaft, und seine Fähigkeit Informationsquellen aufzustöbern, an die im Leben keiner denken würde, hatte ihm früh den Spitznamen »Paparazzo« eingebracht. Es war erstaunlich, was Seiters alles in Erfahrung bringen konnte. Aus zuweilen kleinsten Hinweisen und mit unglaublicher Geduld und Beharrlichkeit baute er ganze Netzwerke auf, um genau an die Auskünfte zu gelangen, die er haben wollte. Die Hintergrundrecherche war seine Stärke. Er war der geborene Innendienstler, der Mann in der Zentrale. Der, der alle Fäden, die draußen eingesammelt wurden, verknüpfen konnte.

»Hallo, Fred. Ich hab da einiges für dich«, sagte Morgenthaler. Er deutete auf den Kasten, den Kindlein im Arm hielt. »Da sind Karteikarten drin. Die Patientendatei dieser Heilpraktikerin. Und ein Kalenderblatt. Versuch, was über die Leute herauszufinden, die am 29. März bei ihr waren, und vor allem, bei wem sie an diesem und dem darauffolgenden Tag ihre Hausbesuche gemacht hat. Kann sein, dass einem der Patienten irgendwas an ihrem Verhalten auffällig erschien. Und dann noch was. Die Frau war mal verheiratet. Wir müssen diesen Mann sprechen. Find heraus, wer er ist und wo er sich aufhält. Vielleicht gibt Frau Feldkamps Vergangenheit ja was her. Außerdem sollten ihre Konten überprüft werden. Und dann habe ich noch einen kleinen Auftrag für dich.« Morgenthaler kramte in seinen Jackentaschen. Schließlich legte er Seiters drei kleine braune Glasröhrchen auf den Tisch. »Bring die bitte zu Leibig. Seine Leute sollen herausfinden, was das für Tabletten sind.«

Er griff in eine weitere Tasche und überreichte ihm das durchsichtige Beutelchen mit dem altrosa Kuvert. »Und das hier. Das sollen Leibigs Leute zuerst auf Spurenmaterial hin untersuchen und mir dann umgehend wieder zukommen lassen.«

»Wird gemacht. Ist alles gestern fertig.«

Morgenthaler nickte und klopfte Seiters auf die Schulter.

»Heute reicht mir völlig. Frieder und ich haben sowieso noch was zu tun.«

»So, Herr Pietsch«, begann Morgenthaler das Verhör mit dem im Gegensatz zum Vortag reichlich verstört dreinblickenden Mann. »Ich hoffe, Sie haben den gestrigen Tag noch nett verbracht. Wir haben uns nämlich schon Vorwürfe gemacht, weil Sie so mir nichts, dir nichts davongelaufen sind. Haben wir Sie verärgert?«

Der Mann grinste dämlich.

»Darf ich rauchen?«

»Nein.«

»Hm. Und was soll ich jetzt hier?«

»Plaudern. Zum Beispiel über Frau Säler, Ihre Ex-Frau. Wann haben Sie die denn zum letzten Mal gesehen?«

»Leo? Vergangene Woche.«

»Genauer.«

»Gründonnerstag.«

»War sie allein?«

»Nee. Da war dieser Wicht bei ihr.«

»Herr Ortlieb?«

»Wenn Sie's schon wissen, warum fragen Sie dann?«

»Und was wollten Sie bei ihr?«

»Ach, nur mal vorbeischauen.«

Morgenthaler befürchtete, dass sich das Verhör hinziehen würde. Da half nur die Schockvariante.

»Herr Pietsch, Ihre ehemalige Frau ist auf bestialische Weise ermordet worden. Ich kann Ihnen gern Fotos ihres Leichnams zeigen, falls Sie mir nicht glauben. Und Sie sind im Zusammenhang mit ihrer Ermordung eine äußerst verdächtige Person. Und das nicht allein, weil Sie gestern vor der Polizei geflohen sind, sondern weil wir aus sicherer Quelle wissen, dass Sie hochverschuldet sind und Frau Säler mehr als einmal um finanzielle Zuwendungen angehalten haben. Wir vermuten deshalb, dass sie Ihnen einfach nichts mehr geben wollte, womöglich, weil ihr neuer Partner ihr dazu geraten hat. Und das haben Sie ihr heimzahlen wollen.«

Morgenthaler wusste, dass er sich mit dieser Anschuldigung weit aus dem Fenster lehnte. Aber es wirkte. Der Mann nahm sofort eine andere Haltung an.

»Das ist alles purer Unfug. Was stimmt, ist, dass ich mitunter mal klamm bin. Und es stimmt auch, dass mir Leonore immer wieder unter die Arme gegriffen hat. Aber ich schlage doch nicht die Hand, die mich ernährt. So blöd bin nicht mal ich, auch wenn ich ansonsten ein Versager bin.«

»Das habe ich mit keinem Wort behauptet.«

»Aber es ist wahr. Was bin ich schon? Arbeiterkind, neun Schuljahre und mit Ach und Krach eine Lehre als Stukkateur geschafft. Leo war viel zu gut für mich.«

Herrgott, dachte Morgenthaler, jetzt ging diese Leier los.

»Da, schauen Sie mal.« Der Mann hob seinen Pullover an und entblößte seinen gigantischen Bierbauch. Entlang des rechten Rippenbogens verlief eine dicke Narbe. »Direkt in die Leber. Da war ich fünfzehn. Und raten Sie mal, wer das war.«

Was sollte Morgenthaler antworten? Er schwieg.

»Mein eigener Vater. Der war Schlachter. Und soll ich Ihnen

sagen, wovon der sich am liebsten ernährt hat? Von Innereien. Aber nicht die Teile, die heute als schick gelten, sondern alles, was nach Pest stinkt, wenn man's kocht. Hirn, Lunge, Gedärm, ja sogar Euter und Hoden hat der gefressen. Und was er nicht geschafft hat, hat er aufgehoben. Die Reste seiner sauren Kuddeln hat er oft noch stundenlang in der Luke des Wohnzimmerkachelofens warm gehalten, bis die ganze Wohnung stank und sich auf dem Zeug eine braune Kruste gebildet hat. Eines Tages hab ich mir erlaubt, den Kram zu entsorgen, weil sich die Nachbarn darüber beschwert haben, dass es aus unserer Wohnung wieder mal nach Leichenhalle riecht. Das hat meinen Alten einen feuchten Scheiß interessiert. Aber als er gemerkt hat, dass der Rest von seinem Pansenkram nicht mehr in der Luke stand, ist er völlig durchgedreht und hat mir kurzerhand ein Messer in den Bauch gerammt. Ich weiß noch, was ich in dem Moment gedacht habe: Der hat's auf meine Innereien abgesehen.«

Morgenthalers und Kindleins Blicke trafen sich. Schließlich verdrehte Kindlein die Augen.

»Hören Sie, Herr Pietsch. Das klingt alles sehr bedauerlich«, meinte Morgenthaler. Er kannte diesen Typ Mensch: Jammern bis zum Umfallen, weil, wer selbst durch ein Jammertal ging, anderen nichts zuleide tat. Meist boten sie einem irgendwann das Du an und hofften damit auf einen Sympathie-Bonus. »Aber können wir nicht einfach beim Thema bleiben? Ich wüsste gern, was Sie am Karfreitag und Ostersamstag getan haben.«

»Am Freitag war ich bei Freddy. Da war ich bis spätabends. Hab ein bisschen hinterm Tresen ausgeholfen. Der hat an dem Tag nämlich Hausmacherplatte serviert.« Dann fügte er beinahe flüsternd hinzu: »Aber erzählen Sie's bloß keinem – wegen Karfreitag und so –, Sie wissen schon.« Schließlich befeixte er sich gehörig und schlug sich mit der flachen Hand auf den Schenkel. »Freddy hat immer so Jokes drauf.«

Morgenthaler verzog seinen Mund und zeigte dem Mann eine Reihe sauber blitzender Zähne.

»Samstag bin ich dann natürlich ein bisschen später aufgestanden als sonst«, fuhr Pietsch fort. »Muss so um eins gewesen sein. Jedenfalls hab ich mich um zwei mit einem alten Kumpel in einem piekfeinen Laden am Luisenring getroffen. Der hilft mir nämlich bei der Vermarktung meiner Erfindung. Abends war ich noch mit ein paar Mädels auf Tour. Wurde natürlich auch wieder spät – kann man sich ja vorstellen.«

Morgenthaler sah kein Licht am Horizont. Dieses Verhör brachte sie nicht weiter. Dennoch wollte er es mit Anstand abschließen.

»Ich nehme mal an, dass dieser Freddy der Wirt vom ›Goldenen Anker‹ ist – also Ihrer Stammkneipe. Aber wir hätten auch gern die Namen von diesem Kumpel und den Frauen. Und wie hieß dieses Etablissement am Luisenring?«

»›Schätzmeu‹.«

»Klingt jüdisch.«

»Echt? Komisch. Da kriegt man nämlich nur lauter französischen Scheiß.«

Kindlein musste prusten.

»Sie meinen wohl das ›Chez moi‹?«

»Spricht man das so aus?«

Morgenthaler nickte.

»Super. Dann hab ich heute ja sogar noch was gelernt.«

Morgenthaler nickte wieder.

»Und da haben Sie mit Ihrem Kumpel also über eine Erfindung gesprochen. Darf man erfahren, was es ist? Oder ist das noch geheim?«

Nun lehnte sich Pietsch zurück, überkreuzte die Arme und legte sie auf seinem umfangreichen Bauch ab. Sein Blick verriet, dass dies der Augenblick war, auf den er im Grunde die ganze Zeit gewartet hatte. Jetzt würde er den beiden Kriminalheinis mal zeigen, dass weit mehr in ihm steckte, als sie möglicherweise vermuteten.

»Na ja, eigentlich ist es mehr eine Geschäftsidee als eine Erfindung.«

»Hm.«

»Kennen Sie diese Tüten? Ich meine, diese Suppentüten und Pulverpackungen für Bratensoßen? Kauft jedes Schwein heutzutage. Bolognese-Fix, Napoli-Fix und so Zeug. Gibt sogar Spinat-Fix und Grünkohl-Fix. Tja, und weil die Leute so vernarrt sind in das Fix-Zeug, aber trotzdem immer mit eigenen Gewürzen ein bisschen nachhelfen, um dem Kram noch mehr Pep zu geben, bin ich irgendwann auf den ›Fix-Verbesserer‹ gekommen. Den streut man in die fertige Fix-Pampe, und schon ist der Geschmack besser. Natürlich besteht mein Fixverbesserer nur aus so 'ner Art Backpulver – schmeckt also nach nix. Mein Kumpel kennt sich da aus – der schafft nämlich drüben in Lumpenhafen in der Anilin. Aber die Leute werden sich *einbilden*, dass ihr Fix-Müll damit besser schmeckt. Und das reicht uns, weil wir natürlich nur am Zaster interessiert sind. Und der wird ordentlich fließen. So 'n Backpülverchen kostet nämlich fast gar nix – muss man halt nur nett verpacken. Na, was sagen Sie?«

Morgenthaler sagte nichts, dachte sich aber seinen Teil. Schließlich antwortete er: »Ich sage, dass wir das Verhör an dieser Stelle beenden sollten.« Dann schaute er noch zu Kindlein rüber. »Aber vielleicht hast du noch Fragen, Frieder?«

»Ja, schon. Zum Beispiel, ob es in Frau Sälers Umfeld Menschen gab, die ihr nicht wohlgesonnen waren. Hatte sie Feinde?«

»Leo? Mann, was glauben Sie? Leo war der gütigste Mensch, den man sich vorstellen konnte. Alle haben sie geliebt. Sie war 'ne großartige Frau.« Dann senkte er den Kopf und fügte mit weinerlicher Stimme hinzu: »Ich hab das nur zu spät erkannt.«

Morgenthaler ahnte, was nun folgen würde.

»Wissen Sie, wie ich mich fühle, seitdem ich weiß, dass ich sie nie wiedersehen werde? Elend! Elend, wie ein von allen verlassenes Kind.« Und dann: »Jetzt muss ich aber wirklich mal eine rauchen.«

»Lassen Sie stecken«, antwortete Kindlein ungerührt. »Sagen Sie mir lieber, weshalb es zur Scheidung kam.«

»Ach, ich wollte einfach meine Freiheit zurück. Immer wenn ich mal ausgegangen bin, hat sie mir Vorwürfe gemacht.«

»Demnach haben *Sie* die Scheidung gewollt.«

»Natürlich. Leo hätte mich niemals verlassen.« Dann zwinkerte er Kindlein zu. »Auch so einer wie ich hat Qualitäten. Sie verstehen?« Dazu machte er ein eindeutiges Zeichen mit dem aufgestellten Daumen seiner rechten Hand. Aber sofort ließ er wieder demonstrativ den Kopf hängen. »Oh Gott, wäre ich doch nur bei ihr geblieben. Vielleicht wäre es dann nie zu diesem schrecklichen Ende gekommen. Ich werde mir mein Leben lang Vorwürfe machen.«

Kindlein stöhnte.

»Ja sicher«, entgegnete er schließlich kühl. »Aber vorher sollten Sie mir wenigstens noch eine Frage beantworten.«

Der Mann schaute wieder auf.

»Nämlich, wer jetzt alles erbt.«

Pietsch schüttelte den Kopf, als wenn ihn völlige Fassungslosigkeit ergriffen hätte. »Ich hätt mir fast denken können, dass diese Frage kommt. Ihr Polizisten habt immer den gleichen Gedanken. Da befindet sich jemand in Trauer, und ihr grübelt als Erstes darüber nach, wer die Kohle kriegt, weil der automatisch der Mörder sein muss. Jämmerlich.«

»Also wer?«

»Na, ich. Aber glauben Sie mir, es wiegt nicht den Schmerz auf.«

Kindlein nickte. »Klar. Aber halten Sie sich bitte auch über die Trauerzeit hinaus zu unserer Verfügung. Einen schönen Tag noch.«

»Der war's nicht«, stellte Kindlein fest, als sie in ihrem freundlich eingerichteten Büro saßen.

Morgenthaler war froh, hier zu sein, endlich die Beine hochlegen und die Plunderstücke probieren zu können, die er morgens in einer neu eröffneten Bäckerei gekauft hatte.

»Stimmt«, antwortete er. »Der Kerl ist ein harmloser Spinner. Aber jetzt wissen wir zumindest, dass der Vormarsch der Tütensuppe noch immer nicht auf dem Rückzug ist. Ich frage mich nur, was er und Frau Säler für ein Pärchen waren.«

Der erste Plunder war mit Kirschmarmelade gefüllt. Er war nicht schlecht, außer dass der Zuckerguss zu sehr klebte.

»Keine Ahnung. Ich hab mit Leonore ja nur während der Schulzeit Kontakt gehabt. Ich halte es aber für sehr wahrscheinlich, dass sie ihre verbissene Suche nach einem Deckelchen mit aller Gewalt fortgesetzt hat. Und womöglich ist sie weiterhin gescheitert. Na ja, und irgendwann kam dann eben doch einer – Pietsch. Und an den hat sie sich festgekrallt. Hauptsache, irgendeiner. Der Spatz in der Hand.«

»Schrecklich.« Morgenthaler musste an seine Ehe denken. Nora und er hatten Glück. Seit sechsundzwanzig Jahren waren sie nun schon verheiratet, und ihre Liebe zueinander hatte sich nach und nach, ganz still und allein aus dem Herzen heraus, entwickeln dürfen. Und sie war noch immer da, diese Liebe, so groß und so schön wie damals.

Es hatte an der Tür geklopft. Wie immer ging sie auf, bevor Kindlein oder er überhaupt zum Eintreten auffordern konnten. Es war Seiters.

»Hallo, Fred. Sag bloß, du hast schon was.«

»Nicht viel. Aber immerhin hab ich den Ex-Mann von dieser Frau Feldkamp ausfindig machen können. Der wohnt inzwischen in der Nähe von Köln. Hat auch wieder geheiratet. Ich dachte, ich bring dir die Telefonnummer gleich vorbei. Die Tabletten hab ich übrigens zu Leibig gebracht. Bei den Konten von Frau Feldkamp bin ich noch nicht angelangt. Ach so, und dann hat Wesselin angerufen. Aber ihr wart gerade mitten im Verhör. Du sollst ihn bitte umgehend zurückrufen.«

»Danke.«

»Und ich hab noch was. Das Kuvert.« Seiters legte Morgenthaler den blassrosafarbenen Umschlag auf den Tisch.

»Und?«

»Keine Spuren dran. Leibigs Leute haben es gleich als Erstes überprüft. Es steckt diesmal kein Bekennerschreiben darin.«

»Na, das ist ja schon mal was. Also nicht das übliche ›Ich war's, verhaftet mich!‹ und auch kein ›Jack the Ripper lebt! – bekennt euch endlich zu Gott, sonst geht das Sterben weiter‹?«

»Nein«, antwortete Seiters. »Sieht eher nach was Privatem aus. Aber ich kann die Schrift beim besten Willen nicht lesen. Ist ein ziemliches Gekritzel.« Dann verließ der junge Kollege das Büro.

Morgenthaler biss sich durch den Rest seines Kirschplunders, wusch sich die Hände, dann nahm er den Brief aus dem Kuvert. Er musste uralt sein. Das Papier war an den Rändern vergilbt, und beim Auseinanderfalten musste Morgenthaler aufpassen, dass es entlang der Knickkanten nicht brach.

Kindlein schob seinen Stuhl heran.

»Ach du Schreck«, entfuhr es ihm beim ersten Blick auf das Schreiben. »Das kann ja wirklich keiner lesen. Was ist denn das für eine Schrift?«

»Sütterlin.«

»Was für ein Ding?«

»Altdeutsche Schrift.« Dabei tippte Morgenthaler auf den oberen rechten Rand des Briefes. »Und der Brief selbst ist auch nicht gerade jüngsten Datums. Der wurde am 10. Juni 1986 geschrieben. Vermutlich von einer damals schon recht alten Person.«

»Sag bloß, du kannst diese Hieroglyphen lesen.«

»Leidlich. Sütterlin wurde als Gebrauchsschrift nur bis 1941 an den Schulen gelehrt. Bis in die Siebziger hinein hat man es den Schülern aber hier und dort noch beigebracht. Nicht um es zu schreiben, sondern um sich in älteren Schriftstücken halbwegs zurechtzufinden. Wir hatten es nur kurze Zeit. Aber vielleicht geht's ja wieder, wenn ich mal reingekommen bin. Mein lieber Herr ...«, las er schließlich. Dann brach er ab.

»Na? Klappt wohl doch nicht so gut?«

»An der Schrift liegt's nicht«, antwortete Morgenthaler. »Sieh selbst.« Er deutete auf ein rechteckig ausgeschnittenes Loch inmitten des Papierbogens. »Der Name des Angeschriebenen ist rausgeschnitten worden.«

Morgenthaler fuhr fort.

Verzeihen Sie bitte, dass ich Sie bei Ihrem Besuch so rüde abgewiesen habe. Ich musste mir erst Klarheit darüber verschaffen, welche Bedeutung die Ergebnisse Ihrer Recherchen für mich und den Menschen, dem ich seit seiner Kindheit Schutz biete, haben könnten. Aber glauben Sie mir bitte, wenn ich Ihnen mitteile, dass mich sowohl Ihr Bericht als auch Ihr Anliegen zutiefst berührt haben. Ich habe deshalb häufig und reiflich über Sie und Ihre spezielle Situation nachgedacht.

Wenn Gott will, werde ich noch eine Zeit lang leben. Aber ich bin eine alte Frau und kann jederzeit abberufen werden. Und da es dann niemanden mehr gäbe, der Ihnen berichten kann, was in Wirklichkeit geschah, bin ich letztlich zu dem Schluss gekommen, dass Sie verdienen, die volle Wahrheit zu erfahren, und dass es in Ihrem Fall nicht nur gerechtfertigt, sondern sogar notwendig ist, das Geheimnis meines Schützlings preiszugeben.

Seine tragische und leider auch erschreckende Geschichte beginnt mit einer Begebenheit, die sich im Sommer des Jahres 1947 zugetragen hat:

In der Nacht vom 17. auf den 18. Juli jenes Jahres entfloh der Gefangene Attila Rothermann aus dem Bruchsaler Zuchthaus. Er war ein gemeingefährlicher Verbrecher, der dort wegen Mordes an zwei Schulkindern einsaß. Seine Hinrichtung war mehrmals aufgeschoben worden, da sein Anwalt immer wieder Einspruch gegen das Urteil erhob. In jener Nacht jedenfalls hatte es Rothermann geschafft, zwei Vollzugsbeamte zu überwältigen und die Flucht zu ergreifen. Diese führte ihn zunächst an den Rand der Stadt. Dort verschanzte er sich, von den Suchtrupps unbemerkt, den Tag über in einer Scheune. Am Abend des 18. Juli gab er dieses Versteck auf und verließ heimlich die Stadt.

Schon recht bald führte ihn sein Weg an einer einsam gelegenen Zimmerei und Schreinerei vorbei. Ihr Inhaber, der Zimmermeister Friedrich Fliesinger, ein Mann von Anfang vierzig, hatte den Betrieb kurz vor Kriegsbeginn gegründet. Da sein rechter Arm infolge eines Dachsturzes versteift war, hatte man ihn trotz loyaler Gesinnung und Parteizugehörigkeit schon gleich zu Kriegsbeginn vom Wehrdienst ausgeschlossen. Dadurch hatte er zwar seinen Betrieb weiterführen können, aber die Schmach und die Verbitterung darüber, seinem Vaterland nicht dort dienen zu dürfen, wo es seiner Ansicht nach am dringendsten erforderlich gewesen wäre, saßen tief. Einzig die Heirat mit einem zwanzig Jahre jüngeren Mädel im Frühjahr 1942 hatte sein Selbstwertgefühl wieder ein wenig heben können. Das junge Ding war damals gerade sechzehn gewesen und hatte ein halbes Jahr zuvor aus schlimmer Not heraus eine Stelle als Putzhilfe bei ihm angenommen. Sie war bald darauf von ihm schwanger geworden, und da Fliesinger Geld hatte und sie wegen ihrer Schönheit vergötterte, wurde sie seine Frau.

An jenem Abend, als der entflohene Rothermann das Fliesinger-Anwesen betrat, war das Ehepaar bereits gute fünf Jahre verheiratet. Sie wohnten in einem direkt an die Werkstatträume angrenzenden Haus und hatten inzwischen zwei Kinder – einen Jungen, der genau eine Woche zuvor fünf geworden war, sowie ein Mädchen von knapp drei Jahren. Und an diesem Abend hatten die beiden Eheleute etwas vor. Wie jeden Freitag, wollten sie sich im nahe gelegenen Karlsruhe in den Tanzlokalen der Stadt amüsieren. Aber diesmal sollte alles anders kommen.

Die abgeschiedene Lage und vor allem der vor der Werkstatt unbeaufsichtigt herumstehende Lieferwagen zogen sofort die Aufmerksamkeit des Schwerverbrechers Rothermann auf sich. Er beschloss, das Fahrzeug zu stehlen und für seine weitere Flucht zu benutzen. Er nahm also einen Stein zur Hand. Aber genau in dem Moment, als er dazu ansetzte, damit das Seitenfenster einzuschlagen, traten die Eheleute aus dem Wohnhaus. Friedrich Fliesinger stürzte sich sofort auf den Eindringling, um ihm den Stein zu entreißen. Rothermann schlug zweimal kräftig zu. Das reichte, um Fliesinger auf der Stelle zu töten. Dann überwältigte er die Frau. Daraufhin durchsuchte er das Sonntagsjackett des Mannes. Er entwendete eine Brieftasche und ein Schlüsselbund, an dem sich neben den Fahrzeugschlüsseln auch Schlüssel für Werkstatt und Wohnhaus befanden. In der Hoffnung, etwas zu finden, das Wert besaß, durchstöberte Rothermann als Erstes die Arbeitsräume der Schreinerei. Als er dort nichts fand, was er zu Geld machen könnte, ging er ins Haus. Dort fand er ein wenig Schmuck und ein Radio, aber vor allem frische Kleidung und etwas Essbares. Schließlich entledigte er sich seines Sträflingsgewandes und ging wieder raus zum Lieferwagen.

Frau Fliesinger war von dem Schlag benommen, ihr rann viel Blut aus einer großen Platzwunde am Kopf, aber sie lebte noch. Als Rothermann das erkannte, griff er wieder nach dem Stein. Bei ihrem Anblick wurde das Scheusal jedoch gewahr, wie lange er keine Frau mehr gehabt hatte. Er zerrte sie kurzerhand in die Werkstatt und verging sich dort an der Wehrlosen. Dabei verlor sie erneut das Bewusstsein.

Beide Eheleute nun für tot haltend, beschloss Rothermann, ihre sterblichen Überreste zu verstecken. Für die Leichen fand er in einem der hinteren Werkräume den idealen Ort. Dann verschloss er die Türen von Werkstatt und Haus. Den Stein warf er weit weg, verwischte die Blutspuren neben dem Lieferwagen mit Wasser und Sand und machte sich mit dem Fahrzeug schließlich auf und davon.

Sechs Tage später, am Donnerstag, dem 24. Juli 1947, ergriff die Polizei Rothermann in einer Baden-Badener Gaststätte. Den Beamten war der Lieferwagen aufgefallen. Nach dem Fahrzeug wurde zu diesem Zeitpunkt schon seit drei Tagen intensiv gefahndet, denn in einer Bruchsaler Schreinerei hatte sich am Wochenende zuvor Unfassbares zugetragen. In den Werkstatträumen der Eheleute Fliesinger war man auf einen grausamen Fund gestoßen. Aber was die Menschen jener Region weit mehr erschütterte, waren die Vorgänge, die sich im Inneren des Wohnhauses der Familie zugetragen hatten.

Über diese muss ich Ihnen jedoch beim nächsten Mal berichten. Meine Augen werden immer schlechter, und meine Hände sind das lange Schreiben nicht mehr gewohnt. Bitte verzeihen Sie den jähen Abbruch. Ich melde mich schon bald wieder.
Mit herzlichen Grüßen
Schwester Agnetha v. Weyden

Morgenthaler legte den Brief auf seinem Schreibtisch ab, stöhnte und rieb sich kräftig die Augen. Das Lesen der alten Schrift war anstrengend gewesen. Kindlein schwieg zunächst, aber dann schien er etwas loswerden zu wollen.

»Und was machen wir jetzt damit? Ich meine, mit unserer Arbeit kann dieses Schreiben nicht viel zu tun haben. Es ist fast einundzwanzig Jahre alt. Andererseits ist es ausgerechnet heute und obendrein anonym und mit nagelneuem Kuvert in Frau Feldkamps Briefkasten eingeworfen worden.«

Morgenthaler zuckte mit den Achseln. »Ich hab eine Idee«, sagte er schließlich. »Ich geb den Brief an unseren Paparazzo weiter. Vielleicht kann der ja was damit anfangen. Der soll mal gucken, ob er was zu dieser Geschichte in Bruchsal findet. Irgendwas kriegt Fred immer raus. Aber erst werde ich mal den lieben Paracelsus anrufen.«

Morgenthaler griff zum Hörer und wählte die Nummer des rechtsmedizinischen Instituts in Heidelberg. Nach einigen Freizeichen meldete sich Professor Wesselin persönlich.

»Tag, Herr Professor. Ich hab gehört, Sie haben sich gemeldet.«

»Ja, vorhin. Ich wollte nur mitteilen, dass meine Gutachten fertig sind. Ich faxe sie Ihnen gern zu. Oder haben Sie geplant, noch bei uns vorbeizukommen?«

Morgenthaler musste an den Zustand der Leichen denken. »Äh. Halten Sie unseren Besuch für nötig?« Er sah, dass Kindlein heftig abwinkte. »Heidelberg liegt heute nicht gerade auf unserem …« Zudem klopfte es gerade an der Tür, diesmal kurz und kräftig, und selbstverständlich sprang sie auch dieses Mal wieder auf, noch bevor jemand was sagen konnte. Eine Zehntelsekunde später stand Fred Seiters mitten im Raum. Er wirkte aufgeregt und gab Morgenthaler mit hektisch ausgeführten Handzeichen zu verstehen, das Telefonat auf der Stelle zu unterbrechen.

»Moment, Herr Professor. Einer meiner Kollegen scheint was Dringendes auf dem Herzen zu haben.« Morgenthaler legte den Hörer beiseite und sah Seiters fragend an. »Was gibt's denn, Fred?«

»Maren hat gerade angerufen. Wir haben eine neue Leiche.«

10

Es war schon später Nachmittag, aber Steffen Olaf Anders fand erst jetzt Zeit, das zu tun, was er sonst immer als Erstes tat, wenn er morgens um zehn sein Geschäft betrat. Er bereitete sich eine Tasse starken Kakao zu – halb Milch, halb Wasser, so hatte er ihn schon als Kind am liebsten gehabt.

Mit der dampfenden Tasse in der Hand nahm er an seinem Schreibtisch Platz, durchsuchte den »Mannheimer Morgen« nach Werbeeinlagen und dem Sportteil und legte beides sofort beiseite auf einen Stapel Altpapier. Dann faltete er die Zeitung von ihrer Rückseite her auseinander, sodass das Feuilleton aufgeblättert vor ihm lag. Das las er stets zuerst. Danach folgte immer die Lektüre des Lokalteils, und erst ganz zum Schluss befasste er sich mit dem, was die Welt bewegte. So ging Steffen Olaf Anders jeden Morgen vor, weil er fest daran glaubte, den Schlagzeilen und reißerischen Aufmachern der Gazetten zu dieser Tageszeit noch nicht gewachsen zu sein, und weil für ihn überhaupt feststand, dass Aggression und Schwermut in dieser Welt zum Großteil daher rührten, dass die Menschen sich und ihren Sinnen in den morgendlichen Stunden viel zu schwere Kost zumuteten und ihre gerade erst erwachte Empfindsamkeit unterschätzten.

Aber an diesem Morgen hatte Anders nicht annähernd Zeit gehabt, irgendeiner seiner Gewohnheiten nachzugehen. Schon gleich nach Geschäftsöffnung war ein Vertreter gekommen, den er nicht abweisen wollte. Die Firma, die er vertrat, hatte ihre Kollektion handgefertigter Puppen um wunderschöne Stücke erweitert und das Repertoire an passenden Kleidungsstücken und Accessoires beträchtlich vergrößert.

Schon gleich darauf war der nächste Besucher erschienen. Es war ein junger Mann gewesen, der in einer kleinen Werkstatt im Allgäu altmodisch anmutende Spielwaren aus Blech herstellte. Anders hatten vor allem seine Kreisel begeistert, weil sie über ungewöhnlich lange Zeit zauberhaft klingende Melodien von sich gaben, wenn sie in Drehung versetzt wurden. Nachdem auch dieser Mann gegangen war, hatte das Krankenhaus angerufen. Lydia hatte sich wieder einmal vehement geweigert, einem ärztlichen Eingriff zuzustimmen.

Daraufhin war Anders sofort in die Klinik gefahren, um mit ihr zu sprechen. Er war lange dort geblieben. Seine Frau hatte sich erst zu der nötigen Unterschrift bereit erklärt, nachdem mehrere Ärzte und er eindringlich auf sie eingeredet hatten. Es mussten noch mal Gewebeproben vom Darm und von der Leber entnommen werden. Es war furchtbar gewesen, denn er hatte zum ersten Mal den Eindruck gehabt, dass Lydia aufgeben wollte. Außerdem war ihre Haut noch gelber geworden, das war ihm nicht entgangen, und die Art und Weise, wie sie redete und argumentierte, hatte in ihm den schrecklichen Verdacht geweckt, dass sie nicht mehr zu jeder Zeit Herrin ihrer Sinne war. Bei einigen ihrer Äußerungen hatte Anders den Eindruck gehabt, dass sie völlig verwirrt war, und als er sich später mit einer der Schwestern unterhielt, hatte die seine Beobachtungen bestätigt. Niedergeschlagen war er schließlich ins Geschäft zurückgefahren, aber nur, weil dort ein wichtiger Termin mit dem Leiter einer Bank anstand, von dessen Ausgang so vieles abhing.

Nun lag auch der hinter ihm, und das Gespräch mit dem Bankmenschen war außerordentlich positiv verlaufen. Anders war in erheblich gelösterer Stimmung als zuvor, und der erste Artikel, den er las, behandelte die Eröffnung einiger aufwendig restaurierter Prunkräume des Mannheimer Schlosses. Pünktlich zur Vierhundertjahresfeier der Stadt waren sie in ihren Originalzustand zurückversetzt, mit wieder beschafften Originalbeständen eingerichtet und der Öffentlichkeit zugänglich gemacht worden.

»Und? Bekommen wir den Auftrag?«

Anders fuhr heftig zusammen. Als er aufschaute, sah er, dass eine seiner Verkäuferinnen in der Tür zum Büro stand. Sie hatte ihn mitten in die Stille hinein angesprochen.

»Mein Gott, Sie sind's.« Anders stieß einen Seufzer der Erleichterung aus. »Sie haben mir aber einen ordentlichen Schrecken eingejagt.« Dann schüttelte er den Kopf. »Wie oft habe ich Sie schon gebeten, vorher anzuklopfen?«

»Ich hab angeklopft, Herr Anders. Ehrlich.« Die junge Frau hob die Linke wie zum Schwur, wobei ein kesses Lächeln über ihr Gesicht huschte.

Anders schmunzelte. »Soso. Na gut, wenn Sie es unbedingt wissen wollen: Ja! Ja, wir haben ihn.«

»Juhu«, platzte es aus ihr heraus. Sie war sichtlich erleichtert. Anders wusste, warum.

»Mein Gott, Caroline. Ich hätte Ihnen doch auf keinen Fall gekündigt, auch wenn der Auftrag nicht zustande gekommen wäre«, sagte er in ruhigem Ton. Anders sprach immer in ruhigem Ton.

»Das weiß ich doch, Herr Anders«, antwortete sie. Ihr Mund formte sich zu einem milden Lächeln. »Aber so brauche ich wenigstens kein schlechtes Gewissen zu haben. Verstehen Sie?«

Anders mochte die junge Frau. Caroline Zeisig arbeitete seit knapp zwei Jahren bei ihm, aber die Art, wie sie sich in den Betrieb einbrachte, hätte vermuten lassen, dass sie hier schon Jahrzehnte tätig war. Dabei war sie erst dreiundzwanzig und die jüngste seiner drei Verkäuferinnen. Ihre Haltung hatte sich von Anfang an völlig von der ihrer Kolleginnen unterschieden. Sie war nicht nur ausgesprochen fleißig, sondern auch vom Herzen her fest mit dem Geschäft verbunden. Obendrein war sie eine bemerkenswert hübsche und von Natur aus fröhliche Person, der der Umgang mit den Kunden sichtlich Freude bereitete. Anders hatte schon häufig den Verdacht gehabt, dass so mancher von ihnen weniger wegen des ausgesuchten Sortiments in sein Geschäft kam, sondern wegen ihres Liebreizes und ihrer Art, mit ihnen ins Gespräch zu kommen.

»Ja, das verstehe ich. Aber wir haben Glück. Dem Mann unterstehen mehrere Bankfilialen im Rhein-Neckar-Raum. Und in die Schaufenster seiner Filialen möchte er Teile unseres Spielwarensortiments stellen. Sie sollen deren hauseigene Werbung für Kinder-Girokonten unterstützen. Außerdem möchte er in jeder Filiale eine Spielecke einrichten. Für die sollen wir die Waren liefern. Und ein Hinweis deutet auf uns als Bezugsquelle. Eine bessere Werbung kann man nicht bekommen.«

Anders freute sich, endlich wieder eine gute Nachricht überbringen zu können. In der letzten Zeit waren die Geschäfte schlecht gelaufen, und selbstverständlich waren an Caroline weder diese Tatsache noch die privaten Sorgen und Nöte ihres Chefs vorbeigegangen.

»Wir können also wieder aufatmen«, meinte Anders deshalb beschwichtigend. Er sagte gern »wir«, denn Caroline war längst nicht mehr nur eine Angestellte. Sie war eine äußerst mitfühlende Teilhaberin am Schicksal des Betriebes.

»Das freut mich, Herr Anders. Ich fände es nämlich unsagbar traurig, wenn ausgerechnet dieses wunderbare Spielzeuggeschäft in Schwierigkeiten geriete und andere, die es nicht verdient haben, auch noch davon profitierten.«

Anders stützte seinen Kopf auf die Hände und seufzte.

»Tja, und ich erst«, sagte er. »Wissen Sie, seit ich das Geschäft vor neununddreißig Jahren eröffnet habe, habe ich mich stets darum bemüht, meinem wichtigsten Grundsatz treu zu bleiben: Meinen Kunden, ob klein oder groß, ein guter Freund zu sein. Das ist auch der Grund, warum ich mich nie vergrößert habe. Die großen Ketten mit ihrem Plastikkram und ihrem Horrorfirlefanz sind für unsere Kinder nicht gut, weil ihnen dort niemand mehr erklären kann, wie und was sie mit einem Spielzeug anfangen können. Für die zählt allein der Verkauf. Dabei muss man sich immer wieder fragen, welchen Nutzen einem Kind ein teures Hightech-Gerät bringt, an dem es nur stumpfsinnig Knöpfe bedienen kann, wenn es sich mittels seiner Fantasie und etwas Anleitung den Tag mit zwei simplen Jonglierbällen oder einem Springseil erheblich kurzweiliger und interessanter gestalten kann.«

Die junge Frau nickte.

Anders wusste, warum sie nichts sagte. Sie kannte seine alten Geschichten schon. Er wusste auch, was sie dachte: dass ihm im Moment nur das stete Vergegenwärtigen und Hochhalten seiner Ideale half, nicht am Sinn dessen zu zweifeln, was er einst mühevoll aufgebaut und über Jahrzehnte mit Freude und Fleiß getan hatte.

In den letzten Monaten hatte er das Geschäft oft gar nicht erst betreten, weil er seelisch nicht dazu in der Lage war. Er hatte vieles schleifen lassen, hatte sich lange Zeit nicht um Warenbestände gekümmert und vor den Osterfeiertagen nicht einmal das Sortiment entsprechend erweitert. Viele Kunden waren deshalb in andere Geschäfte abgewandert. Der Auftrag von diesem Banker kam demnach gerade zur rechten Zeit. Mit seinen privaten Ersparnissen allein hätte Anders den kleinen Laden nicht lange über Wasser halten können. Ein Großteil davon war in den letzten Monaten in Lydias Behandlungskosten geflossen, denn sie hatten jeden noch so dünnen Strohhalm ergriffen. Dabei waren sie ein Vermögen losgeworden, ohne dass auch nur eine dieser kostspieligen Therapien letztlich angeschlagen hätte.

Als ob sie ahnte, woran er gerade dachte, fragte die junge Frau: »Wie geht es Ihrer Frau eigentlich momentan, Herr Anders?«

Anders schüttelte den Kopf. »Ach Caroline, lassen Sie uns bitte nicht darüber reden. Ich fürchte, ich würde sonst auf der Stelle in Tränen ausbrechen. Und es gibt nichts Kümmerlicheres als alte weinende Männer.«

Die junge Frau schwieg.

»Wissen Sie, ich werde dieses Jahr sechsundsechzig Jahre alt, und sage und schreibe fünfundvierzig davon hat mich meine Frau tagtäglich begleitet, so wie wir uns das damals am Traualtar versprochen haben: in guten und in schlechten Zeiten. Und ich habe sie in all den Jahren und bis zum heutigen Tag über alles geliebt. Dass dies nun das Ende eines wunderschönen und einmaligen gemeinsamen Lebens sein soll, ist für mich noch völlig unvorstellbar.«

Seufzend stand Anders nun vor seinem Schreibtisch, und sein Blick wanderte nach vorn in den Verkaufsraum. Der Anblick der kunterbunten Vielfalt in den Regalen und des chaotisch anmutenden Wirrwarrs auf dem Verkaufstresen ließ sein Herz leichter schlagen. Von jeher hatte dieser Anblick etwas Versöhnliches gehabt, ebenso wie der Blick durch das Schaufenster hindurch auf die Carl-Theodor-Straße und den stillgelegten Schlot der gegenüberliegenden alten Mälzerei.

»Ach, es wäre doch gelacht«, meinte er deshalb, »wenn ein Geschäft, das sich an einem der bevorzugten Plätze Schwetzingens befindet, nicht wieder aus seinem Tief ...«

Es klingelte an der Ladentür. Caroline hob die Augenbrauen, formte ihren Mund zu einem kleinen, munteren O, und noch bevor es ein zweites Mal klingelte, hatte sich die junge Frau schon auf den Weg in den Verkaufsraum gemacht.

Anders setzte sich wieder an seinen Schreibtisch und widmete sich noch einen Augenblick dem letzten Artikel des Kulturteils, bevor er die erste Lokalseite aufschlug.

Auch hier hatten viele Berichte direkt oder indirekt mit dem Jubiläumsjahr Mannheims zu tun. Zudem gab es die üblichen Stadtteilnachrichten – Alltägliches, oft Belangloses, das maßgeblich jene interessierte, die dort wohnten. Aber es gab auch Wichtiges, wie zum Beispiel den Mord an einer jungen Frau in Gartenstadt. Gestern Morgen hatte man ihre Leiche im Garten ihres Hauses gefunden. Neben dem Artikel war ein Foto von ihr abgebildet. Die schlanke Frau stand neben einer mannshohen Bronzefigur. Auf dem Foto blickte sie streng drein, und die Pagenfrisur passte nicht zu ihrem hageren Gesicht. Anders fand die Person insgesamt nicht gerade ansprechend, was aber an der schlechten Abbildungsqualität liegen konnte. Bemerkenswert war jedoch ihr Name: L. Säler. Der sagte ihm von irgendwoher etwas, weshalb er den Artikel fortan mit einer Mischung aus Interesse und zunehmender Betroffenheit weiterlas. Der »Mannheimer Morgen« hatte sich seriös gezeigt und nicht etwa das Opfer, sondern das Geschehnis zum Mittelpunkt der Berichterstattung gemacht und sich dabei weitestgehend auf die Wiedergabe von Fakten beschränkt. Unter den Artikel hatte man eine Fotografie der Tatwaffe gesetzt und darauf hingewiesen, dass die Kriminalpolizei ab sofort rund um die Uhr bereitstehe, Informationen, die in Zusammenhang mit dieser Tat ständen, entgegenzunehmen.

Anders betrachtete das Foto. Der Täter sollte beim Gebrauch des Messers Handschuhe aus grün gefärbtem Leder getragen haben. Der hölzerne Messergriff wies deutliche Hundebissspuren auf. Seltsam, dachte Anders und sah sich das Foto genauer an.

Die Ähnlichkeit war verblüffend. Er erinnerte sich, seiner Tochter vor vielen Jahren ein Messer geschenkt zu haben, das genauso ausgesehen hatte wie das in der Zeitung. War das an ihrem zwölften oder an ihrem dreizehnten Geburtstag gewesen? Es musste entweder 1977 oder 1978 gewesen sein. Sie hatte im Juli Geburtstag, und in diesen beiden Jahren hatten sie mit ihrem Wohnwagen Urlaub am Bodensee gemacht. Selbstverständlich war auch Wenzl dabei gewesen, ein Cockerspaniel, der bis ins hohe Alter die schreckliche Angewohnheit pflegte, auf allem Möglichen herumzubeißen. Auf der Rückreise hatte er sich, allein hinten im Wohnwagen und unbemerkt von allen, ausgerechnet über das nagelneue Messer hergemacht und mit seinen spitzen Zähnen bleibende Zeugnisse in den dunkel gebeizten Holzgriff genagt.

Welch merkwürdiger Zufall, dachte Anders. Erst vergangene Woche hatte er dieses Messer nach Jahren plötzlich wieder in der Hand gehalten, als er im Keller seines Hauses den alten Campingkram ausmistete. Nach Wenzls Beißaktion hatte es seine Tochter nicht mehr haben wollen, aber als Allzweckmesser hatte es noch einige Urlaube gute Dienste getan. Irgendwann hatten sie Wohnwagen und Zelt weggegeben und die Ferien lieber in festen Unterkünften verbracht. Seither war es nie wieder benutzt worden.

Anders schlug die Zeitung zu. Es war an der Zeit, Feierabend zu machen. Diesmal merkte er, dass jemand in der Bürotür stand.

»Ich schließe dann mal vorn zu. Ja, Herr Anders?«

Schmunzelnd schüttelte der alte Mann den Kopf. »Caroline?«

»Ja?«

»Sie haben wieder nicht angeklopft.«

11

»Ich würde das, was diesem armen Kerl hier widerfuhr, schlichtweg als Tod infolge eines häuslichen Unfalls bezeichnen«, sagte Professor Wesselin, als er aus der Hocke kam und sich in dem engen Badezimmer zu seiner phänomenalen Größe aufrichtete.

»Also kein Mord?«

»Nein.«

»Und Suizid ist auch ausgeschlossen?«, fragte Morgenthaler sicherheitshalber.

»Sagen wir mal so: Wenn es einer wäre, dann hätte der Mann eine außergewöhnliche Methode gewählt. Sehen Sie das hier?« Wesselin streckte Morgenthaler einen seiner langen Finger entgegen. Auf dem weißen Latexhandschuh war es zunächst nicht sofort zu erkennen, aber dann sah Morgenthaler den feuchten Glanz vorn auf der Fingerkuppe.

»Was ist das?«

»Sperma.«

Morgenthaler verzog das Gesicht. »Wie? Der hat sich vor dem Unfall noch einen …?«

»Genau. Oder besser gesagt, gerade die Tatsache, dass er es gemacht hat, hat ihm das Genick gebrochen. Und zwar im wahrsten Sinne des Wortes.«

Morgenthaler konnte sich ein Grinsen nur mühsam verkneifen. Aber hinter ihm stand jemand, dem das offensichtlich nicht so gut gelang. Jedenfalls hörte er ein lautes Prusten, und als er sich umdrehte, stand Maren Lemcke dort. Die junge Kollegin führte schnell ihre Hand zum Mund, aber ihre feuchten Augen und ihre knallrote Gesichtsfarbe verrieten sie. Morgenthaler räusperte sich kurz und wandte sich dann wieder Wesselin zu.

»Das heißt also, der Mann hat …«

»… hier vor dem Waschbecken masturbiert und, aus welchen Gründen auch immer, auf die Bodenfliesen ejakuliert. Anschließend ist er mit seinem Gipsbein in die Samenflüssigkeit getreten und darin ausgerutscht. Beim Sturz auf den Badewannenrand hat er sich die Halswirbelsäule gebrochen.«

Morgenthaler nickte.

»Verstehe. Und wann ist das passiert?«

»Ich würde sagen, vor etwa vierundzwanzig Stunden. Also gestern Abend gegen sieben. Alles natürlich noch unter Vorbehalt.«

»Klar. Das heißt aber immerhin, dass wir hier nicht mehr gebraucht werden. Darüber bin ich nicht unfroh, offen gesagt.« Dann drehte sich Morgenthaler um und wandte sich Maren Lemcke zu. »Sag mal, wie seid ihr denn eigentlich auf diesen Kollwitz gestoßen?«

Die junge Kollegin blickte nun peinlich berührt drein.

»Wir hatten Hinweise.«

»Aha.«

Nervös wechselte sie das Standbein, und Bücklein, der direkt neben ihr stand, biss auf seinen Lippen rum.

»Na ja. Letzte Woche hat sich eine Frau zweimal beim Polizeiposten Rüsselsheimer Straße über einen Voyeur beklagt. Der Kerl hat sie von seiner Wohnung aus durch ein Fernrohr beobachtet. Kollegen von der Schutzpolizei haben den Mann, also Kollwitz, daraufhin zweimal aufgesucht. Aber er war nie anzutreffen. Sie haben ihm dann eine schriftliche Vorladung zugesandt. Morgen früh um neun hätte er demnach bei ihnen antanzen müssen. Tja, aber dann kam alles anders. Die Frau war über die Osterfeiertage verreist und kam gestern Vormittag wieder nach Hause. Heute Morgen hat sie dann bemerkt, dass das Fernrohr noch immer auf ihre Wohnung gerichtet war, und ist ziemlich sauer geworden. Sie hat gedacht, dass die Kollegen ihre Situation nicht ernst genommen haben, und sich deshalb an die Polizeidirektion gewandt. Und da ist die Sache dann auf meinem Tisch gelandet.«

»Und du hast dann sofort an den ›Grapscher‹ gedacht, richtig?«

Maren Lemcke stöhnte. »Ja, das habe ich, ehrlich gesagt. Ich meine, der Typ treibt hier in den nördlichen Stadtteilen seit Wochen sein Unwesen, unter anderem auch in Waldhof. Und dann erfährst du von einem Spanner, der genau in diesem Stadtteil wohnt. Was hättest du da gedacht?«

»Kannst du mal rüberkommen, Konrad?«, rief plötzlich jemand. »Ich glaube, das hier ist ziemlich interessant«. Kindlein stand am Wohnzimmerfenster und winkte Morgenthaler zu sich. Neben ihm stand ein Kamerastativ, auf dem ein Fotoapparat mit einem gewaltigen Teleobjektiv befestigt war.

Morgenthaler bedachte Maren Lemcke und Bücklein noch kurz mit einem gespielt strengen Blick, ging dann zu Kindlein und stellte sich zu ihm ans Fenster. Er begriff sofort, worum es ging.

»Das ist ja wirklich interessant«, meinte er. »Ich hab gar nicht gewusst, dass die Häuser hier einen gemeinsamen Innenhof haben.«

»Doch, das haben sie. Und den teilen sich sämtliche Häuser des Karrees Otto-Siffling-Straße, Roggenstraße, Hubenstraße und Jakob-Faulhaber-Straße. Siehst du?« Kindlein deutete nach draußen.

Tatsächlich umschlossen die nahezu rechtwinklig zueinander stehenden Hauszeilen dieses Karrees mit ihren Rückseiten ein riesiges Areal. Mithilfe etwa mannshoher Mauern waren für die Häuser auf der gegenüberliegenden Seite eigene kleine Hinterhöfe mit eigenen Mülltonnenstellplätzen abgetrennt worden. Diese Häuser gehörten zur Hubenstraße, und Morgenthaler sah nun auch jenen Hof, auf dem sie schon einmal gestanden hatten. Die Fenster von Frau Feldkamps Wohnung und Praxis waren ebenfalls zu erkennen.

»Das ist ja ein Ding«, meinte er. »Als wir vorhin hierhergefahren sind, habe ich mich lediglich darüber gewundert, dass wir es binnen zweier Tage nicht nur mit zwei Leichen in ein und demselben Stadtteil, sondern auch noch in zwei parallel verlaufenden Straßen zu tun haben. Jetzt bin ich nicht mehr sicher, ob es ausreicht, sich zu wundern.«

Kindlein nickte zustimmend. »Ich hab eine Idee, die vielleicht nicht schlecht ist. Es wäre denkbar, dass Kollwitz nicht nur diese junge Frau, sondern die gesamte Häuserzeile da drüben über einen längeren Zeitraum beobachtet hat. Ich kann mir das zumindest vorstellen, denn mit dem Gips war er an die Wohnung gebunden. Außerdem war er Fotograf. Wer sonst besitzt eine derart professionelle Fotoausrüstung? Kann es da nicht sein, dass er uns ein paar aufschlussreiche Bilderchen von dort drüben hinterlassen hat?«

»Sicher, denkbar ist das. Aber ich bezweifle, dass er Fotograf war – jedenfalls war er kein erfolgreicher. Sieh dich mal in seiner Bude um. Alles reif für die Müllpresse. Und dazu die Geruchsmischung: Schnaps, alter Schweiß und Klostein. Ich vermute eher, dass er sich das Equipment auf illegalem Weg zugelegt hat. Aber das ist Nebensache. Er hat vielleicht tatsächlich was beobachtet und festgehalten, das uns interessieren könnte. Die Ausrüstung und sein Filmmaterial sollten auf jeden Fall zu Leibig geschafft werden.«

Dann blickte Morgenthaler durch den Sucher der Kamera. Kollwitz' letztes Motiv war nicht das Haus gewesen, in dem Frau Feldkamp wohnte. Es war eine Wohnung im Haus nebenan, genauer gesagt das Schlafzimmer. Schließlich drehte er sich um und fragte mitten in den Raum, ob Professor Wesselin noch da sei.

»Ja«, antwortete Maren Lemcke. »Aber der ist nach unten vor die Tür gegangen, um eine zu rauchen.«

Morgenthaler stieß Kindlein an. »Komm, ich denke, wir sollten unserem Paracelsus Gesellschaft leisten. Ich hab noch Fragen an ihn.«

Als sie aus dem Haus traten, sahen sie Wesselin auf der gegenüberliegenden Straßenseite stehen. Er lehnte mit dem Rücken gegen einen Baum, der am Rand einer großen, unsäglich trostlos angelegten Grünfläche dreieckigen Zuschnitts stand. Dieses Areal musste versehentlich übrig geblieben sein, nachdem ein an dieser Stelle besonders ausgeklügeltes Verkehrsführungskonzept umgesetzt und die dafür notwendigen Straßen fertiggestellt worden waren. Und weil das Projekt die Fantasie der Stadtplaner maximal gefordert hatte, war ihnen im Nachhinein nichts mehr zur Verschönerung des Areals eingefallen, sodass sich daraus von ganz allein ein städtebauliches Kleinod entwickelte – eine dreieckige Kackinsel mit Pinkelwiese für die Hunde der Umgebung.

Wesselin war gerade in eine kleine Hochglanzbroschüre vertieft. Zwischendurch zog er an seiner Zigarette und blies dünne graue Wolken in die Luft.

Wann immer Morgenthaler den langen Professor aus der Entfernung sah, wurden in ihm dieselben Kindheitserinnerungen wach. Er war zehn Jahre alt gewesen, als ihm seine Eltern »Jim Knopf und Lukas der Lokomotivführer« geschenkt hatten. Möglich, dass es an seiner schon damals kleinen und moppeligen Gestalt gelegen hatte, jedenfalls hatte ihn der Lokomotivführer nicht so recht angesprochen. Dafür umso mehr eine Randfigur: Herr Tur Tur, der »Scheinriese«, der trotz seiner hageren, ja geradezu klapprigen Gestalt aus der Ferne unglaublich imposant erschien, aber zusammenschrumpfte, wenn man sich ihm näherte. Natürlich war Herr Tur Tur eine Allegorie, aber Morgenthaler war ein Kind gewesen, und als solches hatte ihn in erster Linie die in dem Buch gezeichnete Figur begeistert. Und Wesselin erinnerte ihn an ebendiese. Nur dass Wesselin nicht kleiner wurde, wenn man sich ihm näherte. Als sie vor ihm standen, musste Morgenthaler einigen Abstand halten, um noch in halbwegs passablem Winkel zu ihm hochsehen zu können.

»Ich hab vergessen, Sie was zu fragen, Herr Professor.«

»Nur zu.«

»Ich komme heute wahrscheinlich nicht mehr dazu, Ihren Bericht zu lesen. Macht es Ihnen was aus, mir hier einen kurzen Abriss zu präsentieren?«

Wesselin schlug seine Broschüre zu und schnippte seine Kippe weit von sich.

»Kein Problem. Zu Frau Säler habe ich mich ja gestern am Tatort schon geäußert. Meine Vermutung, dass sie bei dem Messerstich in den Hals nur eine leichtere Verletzung der Halsschlagader davongetragen hat, hat sich bestätigt. Das nutzt natürlich niemandem was, am allerwenigsten Frau Säler selbst, da sie dennoch verblutet ist. Es erklärt lediglich, warum sie nicht gleich tot war. Alle anderen Schäden, die ihr zugefügt wurden, haben Tiere verursacht. Aber auch das wissen Sie schon. Bei Frau Feldkamp sieht die Sachlage anders aus. Sie wurde erschlagen, und zwar mit heftiger Gewalt und mit mehreren Hieben. Bei der Waffe tippe ich auf ein Metallrohr oder einen anderen länglichen Gegenstand runden Querschnitts. Der tödliche Schlag erfolgte gegen die hintere rechte Halsseite und hat eine Fraktur der Halswirbelsäule in Höhe des zweiten und dritten Halswirbelkörpers mit Verletzung des Rückenmarks verursacht. Der Tod erfolgte recht schnell. Außerdem hat dieser Schlag den unteren Teil des rechten Schläfenbeins, also den Warzenfortsatz – ein kleines Knöchelchen hinter der Ohrmuschel –, zertrümmert, was zu einer Blutung aus dem rechten Ohr führte, die trotz fortgeschrittener allgemeiner Fäulnis noch bestens nachweisbar war.«

Morgenthaler verzog sein Gesicht, wobei sich sein Mund zu einem dünnen Strich formte.

»Und wie lange hat Frau Feldkamp in dieser Truhe gelegen?«

»Es ist schwierig, sich beim Zustand der Leiche auf den Tag genau festzulegen. Ich denke, dass man sich hier lieber an die Angaben derer halten sollte, die sie zuletzt gesehen haben, und an den, der die Kühltruhe ausgeschaltet hat. Das ist in diesem Fall sicherer als meine groben Schätzungen. Meiner Ansicht nach war die Frau so etwa zehn Tage tot. Aber wie gesagt: Genaues kann ich nicht sagen.«

Morgenthaler rechnete. Der Hausmeister war Marita Feldkamp das letzte Mal am Freitagabend begegnet. Am darauffolgenden Vormittag hatte er sie zwar nicht gesehen, aber aus ihrer Wohnung noch ihre Stimme vernommen. Am Samstagabend hatte er dann die Leitung durchgeknipst. Frau Feldkamp musste also am Samstagmittag oder -nachmittag getötet worden sein. Gefunden wurde sie am übernächsten Dienstag. Das waren exakt zehn Tage.

»Hm. Ihre Berechnungen könnten sogar stimmen«, meinte Morgenthaler.

Wesselin zuckte mit den Achseln. »Freut mich.«

»Gab es denn sonst noch irgendwelche Auffälligkeiten an den Leichen?«

»Nein. Beide Frauen waren bei bester Gesundheit. Frau Säler war eine Nullipara, wohingegen Frau Feldkamp zumindest eine Unipara war.«

»Soso. Sie waren was?«

»Frau Säler war kinderlos, aber Frau Feldkamp hatte eine Kaiserschnittnarbe, was auf mindestens eine Geburt schließen lässt.«

»Aha«, sagte Morgenthaler. »Besten Dank. Ich glaube, das war's dann. Oder hast *du* noch eine Frage, Frieder?«

»Keine fachliche«, sagte Kindlein und wandte sich Wesselin zu. »Eher eine private, Herr Professor.«

»So? Um was geht es denn?«

»Um die Broschüre, die aus Ihrer Hosentasche ragt.«

Wesselin warf einen Blick nach schräg unten. Dann zog er ein kleines Heftchen aus der Tasche hervor.

»Sie meinen die hier?«

Kindlein nickte.

»Ja, genau. Ich habe vorhin den Titel lesen können. Geht es darin um die gleichnamige Oper?«

»Sehr sogar. Das ist nämlich das Libretto. Außerdem wird darin kurz die Handlung beschrieben. Wieso? Interessieren Sie sich etwa für Opern?«

Kindlein winkte verlegen ab. »Offen gesagt, kenne ich mich damit eigentlich gar nicht aus, aber ›Die Zauberflöte‹ wurde mir erst kürzlich wärmstens empfohlen. Ich würde sie mir ja auch gern mal ansehen, aber ich hab leider überhaupt keine Ahnung, um was es darin geht.«

Wesselin streckte ihm daraufhin das Heftchen entgegen.

»Dann nehmen Sie doch einfach diesen kleinen Führer hier. Den schenke ich Ihnen. Ich habe mehrere davon. Außerdem kenne ich die meisten Opern in- und auswendig. Ich lese nur vor jeder Vorstellung noch mal die Libretti, damit ich wieder richtig orientiert bin.«

»Vielen Dank. Wann ist denn die nächste Vorstellung?«

»Morgen Abend.«

Kindlein war anzusehen, dass er nachdachte.

»Also, wenn Sie morgen hingehen würden, könnten wir uns

in der Pause sehen. Ich bin auf jeden Fall da und könnte Ihnen eine Karte reservieren.«

»Hm.« Kindlein blätterte in dem Heftchen herum. Er wirkte unschlüssig. Aber er hatte sich offensichtlich längst entschieden.

»Ich denke, unter den Umständen kann ich wohl kaum nein sagen. Ich werde kommen.«

12

Donnerstag, 12. April 2007
Zweiter Ermittlungstag

Zuerst erwachte sein Inneres. Wie feiner Nebel drang immer mehr vom Bewusstsein für das eigene Ich in das dunkle Nichts seines Schlafes ein. Dort verschaffte es sich sanft fließend Raum. Irgendwann spürte er, dass er atmete und wie das Empfinden für den eigenen Körper nachfolgte, zuerst nur für den Leib, kurz darauf auch für die Gliedmaßen und deren Lage im Raum. Schließlich öffnete Anton die Augen. Dann schwang er die Beine aus dem großen Bett, erhob sich und streckte sich, bis es in den Schultergelenken krachte. Dabei gähnte er mehrmals ausgiebig. Und noch bevor er seinen kraftvollen Körper als stabiles Gerüst wahrnahm, war sein Geist auch schon hellwach und von dem erfüllt, was er sich für diesen Tag zur Aufgabe gesetzt hatte: Kontrolle – Überprüfen von Erfolg oder Misserfolg des eigenen Tuns und Handelns. War das Lächeln wirklich dorthin zurückgekehrt, wo es hingehörte? Hatte der Frohsinn den Weg zu denen zurückfinden können, die ihn verloren hatten?

Diesmal hatte er es nicht weit. Er befand sich in unmittelbarer Nähe und würde sich nicht hinter Bäumen oder Sträuchern verstecken müssen, um seine Beobachtungen anstellen zu können. Nein, heute brauchte er nur zu warten. Warten, bis etwas geschah. Nichts würde ihm entgehen, nicht das kleinste Zeichen. Sobald der Mann das Haus verließ, würde er seine gesamte Aufmerksamkeit auf ihn und die Kinder richten. Auf ihn, den Schwächling, der die beiden Würmchen verraten hatte, und auf sie, deren Vertrauen dadurch gebrochen worden war.

Ganz bewusst hatte Anton einen Abschied für seine Beobachtungen gewählt. Da er ein Weiser war, wusste er, dass ein Wiedersehen kaum Aufschluss bot. Es erzeugte mitunter Freuden, die, mochten sie im Moment auch noch so echt erscheinen, über verborgenes Unglück hinwegtäuschten.

Wie also würden die beiden Rotschöpfe ihren Vater verabschieden? Würden sie ihn, ohne großes Aufhebens zu machen, zu seiner Arbeit gehen lassen? Würden sie ihn ziehen lassen, weil sie sicher waren, dass er zurückkehrt? Oder würden sie Zeichen von Zweifel zeigen, von Trauer? Würden sie ihn womöglich festhalten, aus Angst, dass er wieder zur bösen Königin gehen könnte und sie, ihre Mama, das Haus und den Hof abermals dem Schicksal überließ?

Alles Fragen, die bald beantwortet werden würden. Es war nur Geduld erforderlich. Aber die hatte Anton. Keiner hatte mehr Geduld als er.

13

Kindlein fühlte sich nicht ganz so gerädert wie am Morgen zuvor, aber er hatte in der zurückliegenden Nacht wieder nur wenig geschlafen. Somit konnte er inzwischen auf eine saumäßig schlechte und zwei viel zu kurze Nächte zurückblicken. Er hatte nachgerechnet: Innerhalb dreier Tage hatte er sich ein Schlafdefizit von etwa einer Nacht erwirtschaftet. Die Auswirkungen spürte er. Er war zu spät ins Präsidium gekommen und ziemlich missgestimmt.

Morgenthaler hingegen war bester Laune. Er wirkte ausgeschlafen, und aus Kindleins Sicht grenzte es an Frechheit, mit welchen Mitteln er das demonstrierte. Er hätte zum Beispiel ruhig etwas weniger schräg vor sich hinpfeifen können. Außerdem war es nicht nötig, derart froh gelaunt und mit beinahe tänzelndem Schritt sowie einer Gießkanne in der Hand zwischen den Palmen umherzulaufen, um von einem Kaktus zum nächsten zu gelangen.

»Sag mal, Konrad, kann man das nicht morgen machen?«, fragte Kindlein deshalb. »Ich mach's dann auch.«

»Nein, *heute* ist Gießtag. Und *ich* bin dran. *Du* darfst erst nächste Woche wieder.«

Kindlein stöhnte in sich hinein. Sie hatten eine Übereinkunft getroffen, irgendwann mal, aber jede Regel kannte Ausnahmen. Außerdem fragte er sich, wie Morgenthaler an dieser Gießaktion ausgerechnet jetzt Spaß haben konnte. In ihrem Büro herrschte eine unfassbare Hitze. Die Sonne knallte durch die großen Sprossenfenster ungehindert in den Raum, und die Luft war zum Schneiden. Überhaupt war das Wetter eine Unverschämtheit. Es war erst April, aber das Thermometer war schon einige Male in Richtung dreißig Grad unterwegs gewesen. Folgen der Klimakatastrophe, wurde spekuliert. Kindlein ging zum Fenster und öffnete beide Flügel sperrangelweit. Draußen war die Luft trotz der Frühe regelrecht aufgeheizt. Aber sie machte immerhin einen deutlich frischeren Eindruck als die im Büro, und Kindlein hatte sofort das Gefühl, dass sie ihm guttat.

Was war nur mit Ester los? Natürlich, er wusste, dass auch sie mal kratzbürstig sein konnte. Aber gab es diesmal ausreichend Anlass dafür? Gestern Abend, als er nach Hause kam, hatte noch Licht bei ihr gebrannt, aber selbst nach mehrmaligem Klingeln hatte sie ihm nicht geöffnet. War sie beleidigt? Er hatte einen Beruf, Herrgott noch mal. Und dafür, dass gerade an dem Tag, als er ihr einen Heiratsantrag machen wollte, zwei Leichen gefunden wurden und seine Mutter obendrein einen Unfall gehabt hatte, konnte er schließlich nichts.

Die Luft war doch nicht so frisch, wie er anfangs gedacht hatte. Irgendwas roch streng. Kam das wieder vom Chemiegiganten jenseits des Rheins?

Hätte er seinen Plan mit der Heirat bloß nicht so laut hinausposaunt. Das war ein Fehler gewesen. Aber konnte dessen Misslingen tatsächlich der Grund für ihre abweisende Haltung sein? Sie hob ja nicht einmal den Telefonhörer ab, wenn er versuchte, sie anzurufen. Mein Gott, er hatte sie doch nicht verarschen wollen.

Nun roch es nicht mehr – es stank. Aber von draußen schien es nicht zu kommen. Er drehte sich um. Keine Sekunde später war das Rätsel gelöst.

»Guten Morgen, Herr Kindlein. Und, sind Sie fit?«

Es war Kriminalrat Petzold, ihr Dienststellenleiter. In strammer Haltung stand der kleine vogelgesichtige Mann vor ihm und strahlte ihn breit und fröhlich grinsend an.

»Morgen. Na ja, es hält sich so in Grenzen.«

Petzolds zackiger Borstenhaarschnitt sah frisch getrimmt aus, und er trug heute einen hellbeigen, salopp geschnittenen Anzug, in dessen Stoff ein feines Gittermuster aus weißem Faden gewebt war – ein leichter, sportlicher Sommeranzug also, in welchem der allzeit entspannt wirkende und leichtfüßig daherkommende Fastpensionär auch äußerlich dem glich, was er in Kindleins Augen im Grunde schon seit Jahren war: ein Urlauber. Selbstverständlich durfte bei alldem die Pfeife nicht fehlen. Diesmal war es ein hellbraunes, recht klumpig wirkendes Modell mit einem Mundstück, das nach Bernstein aussah. Und ganz offensichtlich hatte sich Petzold bei der Wahl der Tabaksorte ebenso experimentierfreudig gezeigt wie beim Kauf seines Anzuges, jedenfalls roch es im Büro inzwischen nach verbrannter Katze. Kindlein war froh, am Fenster zu stehen.

Dann fiel ihm an Petzold ein weiteres kurioses Detail auf. Sein Chef hatte doch tatsächlich, bei der fürchterlichen Hitze und in schönstem Kontrast zu dem Sommerfirlefanz, den er trug, Handschuhe an – weiße Baumwollhandschuhe.

»Sagen Sie, Herr Petzold, haben Sie irgendeine Allergie oder so was?«

Petzold sah ihn irritiert an.

»Allergie? Nicht dass ich wüsste.« Dann schien es zu klicken. »Ach, wegen der Handschuhe, richtig?«

Kindlein bejahte nickend.

»Ach, die habe ich wegen der Pfeife an. Die ist nämlich aus Meerschaum, einem äußerst feinen und heiklen Material. Zudem stammt sie aus der Werkstatt von Philippe Bargiel, einem der womöglich letzten Meister in der Herstellung solcher Pfeifen. Sehen Sie selbst, Herr Kindlein. Ist doch ein Prachtstück, oder?« Petzold formte eine seiner weiß behandschuhten Hände zu einer Schaufel und legte die Pfeife mit der anderen vorsichtig darin ab. Honigfarben schimmernd lag sie nun inmitten der gebeugten Handfläche, wie ein kleines zartes Vogelkind in seinem Nestchen. Petzolds Augen strahlten.

»Hm.«

Das Ding stank zum Erbrechen. Aber Petzold hatte soeben diese Welt verlassen. Mit beseeltem Blick betrachtete er seine Stinkmorchel und fuhr mit säuselnder Stimme fort.

»Wissen Sie, Meerschaum stammt nicht etwa aus dem Meer. Nein, es handelt sich vielmehr um ein äußerst seltenes, fast weißes Mineral. Er wird unter Tage abgebaut, und in guter Qualität findet man ihn heutzutage nur noch an einem winzigen Ort in der Türkei. Sepiolith, wie ihn die Mineralogen nennen, ist weich und porös, und Meister wie Philippe Bargiel beherrschen nicht nur die Kunst, den Meerschaum exzellent zu verarbeiten, sondern machen schon bei der Auswahl des Materials keinerlei

Kompromisse. Sie verwenden nur allerbeste Stücke und behandeln ihre fertig geschliffenen und polierten Pfeifenköpfe noch heute, wie in früheren Zeiten, mit heißem Walrat und Bienenwachs. Diese Substanzen verhelfen der Pfeife dazu, im Lauf der Zeit eine honiggelbe bis rötlich braune Patina anzunehmen. Dieser Prozess wird jedoch schon durch das Einwirken auch nur geringster Mengen Handschweiß und Hautfett gestört. Von daher versteht es sich von selbst, dass ein Meisterwerk dieser Art nur mit Baumwollhandschuhen angefasst werden darf.«

Eine Winterpfeife also, dachte Kindlein. Aber das konnte er schlecht sagen. Also überlegte er, wie er Petzolds Ausführungen am gescheitesten kommentieren könnte. Aber dafür war keine Gelegenheit mehr, denn mit einem Mal öffnete sich die Bürotür mit großem Schwung, und Seiters platzte mit einer dicken Mappe unter dem Arm ins Büro.

»Ich hab Neuigkeiten«, verkündete er und lief zum nächstbesten Schreibtisch, um dort die Mappe abzulegen. Dann wandte er sich Morgenthaler zu, der soeben dabei war, die Blätter einer gewaltigen Yuccapalme von Staub zu befreien. »Wir haben Post bekommen.« Er wedelte mit einem altrosa Briefumschlag herum.

Morgenthaler hob die Augenbrauen, warf den Staublappen ins Handwaschbecken und nahm das Kuvert an sich. Es war wieder unbeschriftet, und der Brief, den er ihm entnahm, stammte aus demselben Jahr wie der gestrige. Er war auf den 13. Juni 1986 datiert, und auch diesmal fehlte der Name des Empfängers in der Anrede. Morgenthaler winkte Kindlein herbei und begann sogleich mit dem Vorlesen des Textes.

Mein lieber Herr …,
verzeihen Sie bitte nochmals, dass der letzte Brief so abrupt endete.

Erinnern Sie sich? Ich hatte Ihnen von dem schrecklichen Ereignis im Juli 1947 berichtet. Dabei hatte ich jedoch vergessen, eine Besonderheit zu erwähnen, die speziell den Sommer 1947 betraf. Dieses Jahr zeichnete sich durch eine gewaltige Hitzewelle aus, die Deutschland ohne Unterbrechung von Juni bis August er-

griff. In diesem für die Klimaforschung bedeutsamen »Dürre- und Hungersommer 1947« herrschte erstmals wieder Wasserknappheit, und schließlich verdörrte ein großer Teil der Felder, sodass zwei Jahre nach Kriegsende und dem extrem harten Winter zuvor erneut eine verheerende Hungerkatastrophe über die Menschen hereinbrach. Ich erwähne diesen Umstand, da er für das, was sich damals in Bruchsal ereignete, von nicht unbeträchtlicher Bedeutung war.

Aber lassen Sie mich die Fortsetzung meiner Erzählung mit jenem Tag beginnen, an dem die Arbeit in dem kleinen Betrieb wiederaufgenommen werden sollte, also mit Montagmorgen, dem 21. Juli 1947.

Wie immer kamen die ersten der etwa zwanzig Schreiner- und Zimmerergesellen schon kurz nach halb sieben. Die meisten von ihnen waren mit dem Fahrrad zur Arbeit gefahren. Einige, vor allem die Lehrlinge, waren zu Fuß gekommen. Der Einzige, der damals ein Auto besaß, war der Tischlermeister Henseleit. Er war ein Hüne von Mann, Anfang fünfzig und von Friedrich Fliesinger für die Leitung der Schreinerei eingestellt worden.

Sein Erstaunen muss groß gewesen sein, als er an diesem Morgen und schon von Weitem erkannte, dass sich die gesamte Belegschaft draußen vor der Werkstatt aufhielt, statt sich wie sonst hineinzubegeben, umzuziehen und die Arbeitsplätze aufzusuchen.

Als er ausstieg, kamen ihm sogleich einige der Gesellen entgegen. Sie wollten wissen, was los sei. Henseleit ging zur Werkstatttür und fand sie verschlossen. Schließlich wurde ihm mitgeteilt, dass man drüben beim Privathaus der Fliesingers auch schon vergeblich geklingelt habe. Henseleit war ratlos. Mitunter kam es vor, dass Fliesinger morgens etwas zu erledigen hatte, was das Fehlen des Lieferwagens erklärt hätte. Aber an solchen Tagen war dann stets seine Frau da gewesen, um die Werkstatt vor Arbeitsbeginn zu öffnen. Also spähte Henseleit durch die Werkstattfenster. Erst auf den zweiten Blick sah er, dass auf einer der Hobelbänke etwas lag, was dort nicht hingehörte. Dann vernahm er ein leises Brummen. Er bat die Anwesenden, einen Moment still zu sein, und lauschte. Im selben Moment erkannte er, worum es sich bei dem Gegenstand auf der Hobelbank handelte. Unweit davon, auf dem

Werkstattboden, lag nämlich ein Damenschuh. Und der gehörte der Chefin. Der Haarreif auf der Hobelbank musste demnach ebenfalls ihr gehören. Und das Brummen kam vom Kompressor des Holztrockners. Aber den hatte Henseleit am Freitagnachmittag höchstpersönlich ausgeschaltet. Hier stimmte was nicht. Ohne auf die Proteste der Kollegen zu hören, brach der große, kräftige Mann die Werkstatttür auf und rannte zur hintersten Arbeitshalle. Dort angekommen, warf er sofort einen Blick auf den Abflussschlauch der Trockenkammer. Und als er sah, dass Kondenswasser in die Abflussrinne lief, stellte er den Kompressor sofort aus. Das Brummen verstummte, und mit dem ersten Kollegen, der zu ihm stieß, öffnete Henseleit die Tür des Holztrockners. Der Anblick, der sich den beiden bot, war grauenvoll. In der Kammer befanden sich die zu Mumien verdorrten Leichen der Eheleute Fliesinger. Der Mann lag mit aufgeschlagenem Schädel auf dem Boden. Seine Frau lehnte mit dem Rücken und weit von sich gestreckten Beinen in einer Ecke. Untenherum war sie unbekleidet, ihre Fingernägel waren abgerissen, und die Wand neben ihr wies Kratz- und Blutspuren auf. Die arme Frau musste noch gelebt haben, als man sie in die Trockenkammer gesperrt hatte.

Henseleit lief sofort zurück und versperrte den nachfolgenden Kollegen den Weg. Den Lehrlingen trug er auf, sofort nach draußen zu gehen und auf die Polizei zu warten. Dann rannte er rüber zum Wohnhaus und brach auch dort die Tür auf. Verzweifelt durchsuchte er sämtliche Zimmer, Winkel und Nischen der beiden Stockwerke, und nachdem er sogar im Keller nachgesehen hatte, blieb nur noch ein Ort übrig, den er nicht in Augenschein genommen hatte – der Dachboden.

Als er dort eintrat, schlug ihm als Erstes eine brütende Hitze entgegen. Die heiße Luft unter dem Dach war stickig und verbraucht, und es stank nach Fäkalien und Fäulnis. Aber Henseleit fand immerhin, wonach er suchte.

Am Freitagabend von ihren Eltern eingesperrt, hatten die beiden Kinder der Fliesingers das ganze Wochenende hier oben verbracht. Zusammengekauert und von einer ständig ausschwärmenden und immer wiederkehrenden Schar grün und blau schimmernder Schmeißfliegen belagert, saß der kleine Max Fliesinger in der dun-

kelsten Ecke des Dachbodens. Er reagierte noch gering auf Ansprache, sein jüngeres Schwesterchen bereits nicht mehr. Die beiden Kinder mussten fürchterlich gelitten haben. Und als er sich zu ihnen herabbeugte, um die Kleine aus der Umklammerung ihres Bruders zu befreien, fiel Henseleit schließlich auch noch etwas auf, das ihn gleichermaßen erschreckte wie anrührte. Weit über die schmalen Lippen hinaus war dem Mädchen mit rotem Stift ein fröhlich nach oben weisender Halbkreis gemalt worden, und auf den geschlossenen Lidern leuchteten himmelblaue Kulleraugen aus Wachsmalfarbe. Ihre Wangen hatten eine rosa Farbe erhalten, und den Augenbrauen war mit dünnem schwarzem Stift ein kecker Schwung verliehen worden. Das Mädchen lächelte.

Ich möchte an dieser Stelle gern innehalten. Allein das Vergegenwärtigen dessen, was sich bis zu Henseleits Eintreffen auf dem Dachboden zugetragen haben musste, schnürt mir noch heute die Kehle zu. Und ich denke, dass gerade Sie verstehen werden, dass ich Sie deshalb noch einmal vertrösten muss. Aber ich verspreche, Ihnen in meinem nächsten Brief endlich auch all jene Fragen zu beantworten, die Ihnen verständlicherweise ebenfalls auf der Seele brennen.
Mit herzlichen Grüßen
Schwester Agnetha v. Weyden

Einen Moment lang herrschte betretenes Schweigen. Kindlein war der Erste, der sich äußerte.

»Da schüttelt es einen ja geradezu. Fürchterlich. Ich frage mich dennoch, was diese Geschichte mit unseren Ermittlungen zu tun haben soll.«

»Vermutlich gar nichts«, antwortete Seiters. »Ich denke, dass hier jemand die Tatsache, dass wir in einem Mordfall ermitteln, dazu nutzt, uns mit seinem privaten Kram zu bombardieren. Er kann sich schließlich denken, dass wir gerade bei Mord allen, also auch anonymen Hinweisen nachgehen. Das ist seine Chance, die Polizei endlich dazu zu bringen, sich mit etwas auseinanderzusetzen, dessen sie sich sonst nicht so ohne Weiteres annehmen würde.«

»Und was sollte das sein?«, fragte Morgenthaler.

»Keine Ahnung. In dem Fall möglicherweise dieses Verbrechen an der Familie Fliesinger, das seiner Ansicht nach nie richtig aufgeklärt wurde, das er aber endlich gesühnt sehen will.«

»Dann hätte er dazu aber seit mindestens 1986 die Möglichkeit gehabt. Warum also erst jetzt?«

»Was weiß ich. Vielleicht hat er die alten Briefe erst vor Kurzem gefunden.«

»Hm«, machte Morgenthaler und winkte ab. »Ich glaube, Spekulationen bringen uns nicht weiter. Was hast du denn gestern in dieser Sache noch in Erfahrung bringen können?«

»Nichts«, antwortete Seiters. »Das ist es ja gerade. Es hat nämlich den Anschein, als wenn es diese Morde an der Familie Fliesinger nie gegeben hätte. Es gibt zumindest keinerlei Zeugnisse darüber. Ich habe weder Polizeiberichte noch Pressemitteilungen noch irgendwas anderes gefunden, was auf sie hinweist. Bei der Bruchsaler Stadtverwaltung weiß man auch nichts über diese Familie und diese Zimmerei. Weder dort noch bei der Handwerkskammer oder beim Gewerbeamt gibt oder gab es diesbezüglich Einträge. Nur dieser Häftling hat existiert. In der JVA Bruchsal hat man Dokumente gefunden, die den Aufenthalt eines gewissen Attila Rothermann in der Anstalt belegen. Und er saß im Jahr 1947 dort tatsächlich wegen Mordes an zwei Schulkindern ein. Von einer Flucht stand allerdings nichts in den Unterlagen, nur dass er am 24. September 1947 im Gefängnishof der Zuchtanstalt hingerichtet worden ist.«

»Tja«, meinte Morgenthaler. »Ich denke, dass wir die Vergangenheit unter diesen Umständen erst einmal ruhen lassen sollten. Bleib aber trotzdem weiter dran, Fred. Und wie sieht's mit der Gegenwart aus? Hast du da was für uns?«

»Kann man wohl sagen. Am besten fange ich bei Frau Feldkamps Konto an, denn die hatte nur eines. Das ist allerdings auffällig gut gefüllt. Zwölftausend Euro liegen da drauf. Daneben besaß sie ein Sparbuch, auf dem sich weitere einundzwanzigtausend Euro befinden. Etwa dreißigtausend Euro hat sie in Fonds angelegt, und mit fünfundsechzigtausend Euro ist sie an einer Appartementanlage auf Fuerteventura beteiligt.«

»Respekt. Hat offenbar nicht schlecht verdient. Hätte ich bei dem Gewerbe und der Lage ihrer Praxis nicht gedacht. Aber ein Geschäftskonto hatte sie nicht?«

»Nein, das fand ich auch seltsam. Und auf das Girokonto gingen niemals geschäftliche Einzahlungen ein. Immer nur Bareinzahlungen, die sie selbst vornahm. In ihrer Praxis wurde demnach cash bezahlt.«

»Gegen Quittung?«

»Gegen Quittung. Ich hab mir ihre Belege angesehen. Die scheinen vollständig zu sein. Schmu mit dem Finanzamt hat sie offensichtlich nicht gemacht. Dafür umso mehr mit ihren Patienten. Ich habe nämlich gerade die Untersuchungsergebnisse von den Pillen erhalten, die du mir gegeben hast, Konrad. Und jetzt halt dich fest: Die Dinger enthalten alle – egal ob weiße Tablette, gelbe Kapsel, rotes Dragee oder blaue Lutschpastille – ein und den gleichen Wirkstoff, nämlich Isländisch Moos, ein homöopathisches Therapeutikum bei Hustenreiz und Heiserkeit. Und da die Wirkstoffmenge in allen nahezu identisch ist, besteht zwischen ihnen, außer in der Darreichungsform, im Grunde keinerlei Unterschied.«

Morgenthaler schaute fassungslos drein. »Mein lieber Mann. Ich hab mir ja gedacht, dass in dieser Praxis irgendwas faul ist, aber jetzt bin ich doch einigermaßen sprachlos.«

»Es kommt noch dicker«, meinte Seiters. »Was denkst du wohl, woher die gute Frau diese Pillen bezogen hat?«

Morgenthaler zuckte mit den Schultern. »Wie soll ich das wissen? Ich denke, vom pharmazeutischen Großhandel oder aus Apotheken.«

»Tja, weit gefehlt. Ihre Bezugsquellen hießen eher Aldi, Lidl, Penny, Schlecker und Konsorten. Leibigs Leute haben sie nämlich hinsichtlich ihrer Galenik untersucht und dabei festgestellt, dass sie alle den frei verkäuflichen Produkten dieser Handelsketten glichen.« Zur Demonstration schlug Seiters die Mappe auf, die er mitgebracht hatte, und reichte sie Morgenthaler.

Der blätterte kopfschüttelnd darin herum. »Das ist wirklich unglaublich«, stellte er nach kurzer Lektüre der Untersuchungsergebnisse fest.

Offenbar weckte die Mappe auch Petzolds Interesse, denn er

trat zu ihnen und warf nun ebenfalls einen Blick hinein. Kindlein überlegte, wo sich der Herr Kriminalrat eigentlich in der letzten Viertelstunde aufgehalten hatte. Sie hatten einen Dienststellenleiter, dessen Anwesenheit man nur spürte, wenn seine Pfeife brannte.

»Das muss erst mal einer verstehen«, meinte Petzold einen Moment später. »Da hat diese Frau den einzigen Schrank in ihrer Praxis mit einer Unmenge eines Medikamentes zugestopft, das im Grunde nur bei Hustenreiz und Heiserkeit hilft. Hat die denn nur Influenzapatienten behandelt?«

Nein, dachte Kindlein, auch Pfeifenraucher und ihre Opfer.

»Im Gegenteil, Ludwig«, antwortete Morgenthaler. »Beim Überfliegen ihres Terminkalenders hatte ich sogar den Eindruck, dass sie eine ziemlich breite Palette unterschiedlicher Krankheiten therapierte.« Dann wandte er sich wieder Seiters zu. »Sag mal, Fred, was stand denn diesbezüglich auf den Quittungsdurchschriften?«

»Nichts. Die Beträge wurden immer ganz allgemein als Behandlungskosten deklariert.«

»Das ist alles?«

»Ja. Hin und wieder stand auch mal ›Fahrtkosten für Hausbesuch‹ drauf. Aber das war's dann wirklich.«

»Und ihre Patientenakten? Hat sie die anständig geführt?«

»Das kann ich schlecht beurteilen. Da müsstest du einen Fachmann fragen.«

Morgenthaler nickte.

»Ich hab dafür aber etwas anderes in Erfahrung gebracht«, fuhr Seiters fort, »nämlich die Adresse jener Person, bei der Frau Feldkamp am 29. und 30. März ihre Hausbesuche durchgeführt hat. Da sie ja keinen Führerschein besaß, habe ich die Taxizentrale angerufen, und siehe da: Beide Fahrer haben sich sofort bei mir gemeldet. Sie konnten sich erinnern, wo Frau Feldkamp an den beiden Tagen von ihrer Wohnung in Waldhof aus hingefahren wurde. Die Adresse habe ich notiert … warte mal.« Seiters zog einen Zettel aus seiner Mappe und schaute kurz drauf. »Genau. In die Kirschgartshäuser Straße. Die soll sich draußen in Scharhof befinden.« Dann reichte er Morgenthaler den Zettel.

Sofort wühlte er wieder in der Mappe rum und zog einen weiteren daraus hervor.

Morgenthaler gab *seinen* Zettel an Kindlein weiter, wobei er mit verhaltener Stimme bemerkte: »Da ist ja schon wieder was äußerst seltsam, Frieder.«

Kindlein schaute nur kurz drauf, denn ihn interessierte in erster Linie die Hausnummer. Es war eine andere als die, die er erwartet hatte. Aber dass Frau Feldkamps Hausbesuche gerade in der Kirschgartshäuser Straße stattgefunden hatten, war mehr als eigentümlich, denn dort wohnte auch Bodo Ortlieb, der ehemalige Geliebte von Leonore Säler.

Seiters hielt nun einen kleinen Papierbogen in der Hand und wedelte damit herum. »So, und jetzt passt mal auf. Jetzt wird's nämlich noch mal schön.«

»Ich finde, wir hatten's bisher schön genug«, meinte Kindlein.

»Ja, aber ohne zu wissen, dass Frau Feldkamp einen Sohn hat.«

»Zugegeben, das wussten wir nicht. Nur, dass sie eine Kaiserschnittnarbe hatte. Das haben wir gestern Abend von Wesselin erfahren.«

»Schade, du nimmst mir fast die Freude. Aber wie wäre es mit der Information, dass dieser Sohn mehrfach vorbestraft ist und erst vor vier Monaten seinen letzten Knastaufenthalt abgesessen hat?«

»Nun ja, solche Botschaften interessieren natürlich.«

»Siehst du, Frieder. So schnell kann man jemanden glücklich machen. Der junge Mann heißt Andreas Feldkamp, ist zweiundzwanzig Jahre alt und saß zuletzt zwei Jahre in Haft, weil er mit harten Drogen gedealt hat. Davor hat er etliche Jugendstrafen abgesessen. Sein Repertoire reicht von Ladendiebstahl bis hin zu Körperverletzung und Erpressung.«

»Und warum hat dir der Vater das nicht schon gestern erzählt?«

»Ich hab ihn noch mal angerufen und danach gefragt. Er hat zu seinem Sohn seit acht Jahren keinen Kontakt mehr. Der Junge hat mit vierzehn das Elternhaus verlassen und ist kurz darauf wegen räuberischer Erpressung verhaftet worden, was ihm eine sechzehnmonatige Jugendstrafe einbrachte. Ob seine Ex-Frau nach der Trennung wieder Kontakt zu ihrem Sohn aufgebaut hat, konnte mir der Mann nicht sagen, aber er bezweifelt das. Der junge Mann hat nach seiner ersten Inhaftierung nämlich mehrmals Morddrohungen gegen beide Elternteile ausgesprochen. Er hat ihnen damals vorgeworfen, dass sie sich in seiner Kindheit nicht richtig um ihn gekümmert hätten und deshalb verantwortlich dafür seien, dass er auf die schiefe Bahn geriet. Frau Feldkamp hatte aber dennoch Kontakt zu ihm.«

»Aha. Und woher weißt du das nun wieder?«, fragte Morgenthaler.

»In den letzten acht Jahren hat sie jeden Monat fünfhundert Mark und später dreihundert Euro auf ein Konto bei der Sparkasse Vorderpfalz überwiesen. Der Verwendungszweck lautete immer ›Andyheart‹. Ich hab mich dort erkundigt. Das Konto gehört Andreas Feldkamp. Und dann gibt es da noch einen Dauerauftrag, mit dem monatlich dreihundertzwanzig Euro auf das Konto einer Ludwigshafener Wohnungsbaugesellschaft transferiert werden. Die vermietet seit vier Jahren eine Zweizimmerwohnung im Stadtteil Hemshof an Andreas Feldkamp.«

Morgenthaler wirkte zufrieden. »Gute Arbeit, Fred. Den jungen Mann sollte man mal unter die Lupe nehmen. Das könnten Maren und Bücklein übernehmen. Stell ihnen doch schon mal das dafür nötige Material aus seiner Täterkartei zusammen.«

»Aber die sind doch an diesem ›Grapscher‹ dran.«

»Das hat Zeit.« Dann griff Morgenthaler nach dem Telefonhörer. »Außerdem würde mich interessieren, ob Werner und Johannes im Fall Säler vorangekommen sind. Es können sich ja nicht sämtliche Lehrkräfte des Gymnasiums im Urlaub befinden.«

Während er die Nummer wählte, richtete sich Seiters flüsternd an Kindlein. »Sag mal, Frieder, wo ist eigentlich Petzold abgeblieben?«

Kindlein sah sich um. Der Kriminalrat war verschwunden. Er hatte sich nicht mal verabschiedet.

»Keine Ahnung. Wird sich heimlich davongeschlichen haben.«

»Hm. Hast du gesehen, was der anhatte?«

»Du meinst die Handschuhe, oder?«

»Genau. Hast du eine Ahnung, warum der die trägt?«

»Allergie.«

Seiters verzog das Gesicht. »Oh Scheiße. Gegen was denn?«

»Gegen Arbeit.«

Seiters sah ihn erst ungläubig, dann aber schmunzelnd an. Schließlich lachte er. »Mann, kannst du fies …«

»Das ist doch wirklich unfassbar«, unterbrach Morgenthaler das Geflüster der beiden lautstark. Er hatte sein Telefonat beendet. »An dieser Schule sind zweiundsechzig Lehrer beschäftigt. Aber meint ihr, Werner und Johannes haben bisher auch nur einen von ihnen erreichen können?«

»Vielleicht sind die ja auf Fortbildung«, meinte Kindlein.

»Quatsch. Das hieße ja, dass es alle nötig hätten. Komm, lass uns noch kurz in Marens Büro gehen. Und danach fahren wir nach Scharhof raus.«

Beim Betreten von Maren Lemckes frisch eingerichtetem Büro fiel sofort auf, dass es hier völlig anders roch als in den in die Jahre gekommenen Amtsstuben der männlichen Kollegen. Die Luft war noch nicht vom muffigen Mief alter verstaubter Aktenordner erfüllt, sondern vom Geruch frischer Farbe, unter den sich dezent Düfte einer milden Seife und eines zarten Damenparfüms gemischt hatten. Von der Schreibplatte ihres großen Schreibtischs war kaum etwas zu sehen, da sich dort bündelweise Fotografien stapelten. Maren selbst war dahinter kaum auszumachen. Und wenn Bücklein, von dem wenigstens ein Teil des Kopfes zu sehen war, nicht neben ihr gesessen hätte, wären Kindlein und Morgenthaler womöglich gleich wieder gegangen, in der Annahme, dass sich ihre Kollegin nicht in ihrem Büro aufhielt.

»Ach du Schreck, was ist denn hier los?«, fragte Morgenthaler.

Während Maren Lemcke sich von ihrem Stuhl erhob, um erkennen zu können, wer das Büro betreten hatte, grummelte Bücklein nur vor sich hin.

»Tja« meinte Maren und räusperte sich. »Das haben wir dir zu verdanken. Du wolltest doch Abzüge von den Filmen haben, die dieser Kollwitz in seiner Wohnung rumliegen hatte.«

Morgenthaler sah fassungslos auf den Haufen und schüttelte den Kopf. »Ja schon, aber ich hab nicht wissen können, dass der so viele Aufnahmen gemacht hat. Wie viele sind das denn?«

»Es waren hunderteinundzwanzig Filme. Mal sechsunddreißig Bilder macht ...«

»... viertausenddreihundertsechsundfünfzig«, mischte sich Bücklein ein. »Ich hab nachgerechnet. Aber meistens kriegt man ja siebenunddreißig auf eine Rolle drauf.«

»Und was hat Leibig dazu gesagt?«

Die beiden schwiegen.

»Verstehe. Und was macht ihr jetzt gerade mit den Dingern?«

»Sortieren. Du hast doch gesagt, dass du an denen interessiert bist, die die gegenüberliegende Häuserzeile zum Motiv haben.«

»Richtig. Und, sind ein paar dabei?«

Bücklein grunzte. »Ein paar? Der hat fast nichts anderes fotografiert. Und was für Zeug der aufgenommen hat. Da, sieh doch selbst.« Er hob eine der Fotografien in die Höhe, sodass auch Kindlein sah, um was für eine Art Aufnahme es sich handelte. »Der hat intimste Momente festgehalten und dabei sogar die letzten Schweinereien abgelichtet.«

Morgenthaler warf einen kurzen Blick auf die Fotografie, dann winkte er ab. »Motive dieser Art interessieren mich nicht. Und damit meine ich nicht das kopulierende Pärchen, sondern das Haus. Was ich brauche, sind Aufnahmen vom Haus nebenan. Wie zum Beispiel *dieses* Foto hier.« Dabei deutete er auf einen Abzug, der ganz oben auf einem der Stapel lag. »Da hat nämlich Frau Feldkamp gewohnt.«

Bücklein sah sich das Foto an und gab es an Maren weiter.

»Gut, dann sortieren wir ganz speziell diese Fotos aus. Aber ich befürchte, dass das eine Weile dauern wird.«

»Kein Problem. Aber ich hab noch einen weiteren Auftrag für euch. Erkundigt euch doch bitte mal nach einem gewissen Andreas Feldkamp, dem Sohn des Opfers. Der junge Mann ist mehrfach vorbestraft. Und angeblich hat er schon mal damit gedroht, seine Eltern umzubringen. Fred Seiters bringt euch demnächst seine Akte vorbei.«

»Und was ist mit dem Grapscher?«

»Nach dem könnt ihr später weitergrapschen«.

14

Steffen Olaf Anders hätte nicht sagen können, was ihn in den dunklen Keller seines Hauses getrieben hatte. Es hatte dafür keinen konkreten Anlass gegeben, eher war es eine nicht näher bestimmbare Neugierde gewesen, die ihn mit einem Mal ergriffen hatte. Zielstrebig war er gleich auf jenes Regal zugelaufen, in das er eine Woche zuvor die Campingutensilien verstaut hatte.

Aber das Messer befand sich nicht an diesem Platz. Hatte ihm sein Gedächtnis etwa wieder einen Streich gespielt? Es wäre nicht das erste Mal, dass er Dinge vergessen oder durcheinandergebracht hätte. Gerade in letzter Zeit war ihm das häufig passiert, und hin und wieder hatte er regelrechte Gedächtnislücken bei sich bemerkt. Er war schon drauf und dran gewesen, einen Neurologen aufzusuchen. Aber dann hatte er sich seines Alters und seiner momentanen Lebenssituation besonnen. Er war nun mal nicht mehr der Jüngste, und bevor ihm diese Ausfälle zum ersten Mal aufgefallen waren, hatte er sich schließlich auch nicht an jeden Augenblick des vorherigen Tages erinnern können, ja nicht mal an jeden des gerade gegenwärtigen – das war selbst in seiner Jugend nicht anders gewesen. Und Lydias Gesundheitszustand hatte nicht allein an seiner Seele, sondern auch sichtlich an seinem Körper genagt. Warum sollte da ausgerechnet der Geist verschont geblieben sein?

Wo konnte sich das Messer also befinden? Anders hatte keine rechte Idee. Er begann, in den anderen Regalen des Kellers nachzusehen. Aber auch dort war es nicht zu finden. Hatte er es weggeworfen? Nein. Es hatte lange Zeit gute Dienste geleistet und war von bester Qualität. Für so etwas fand sich immer Verwendung, notfalls im Garten. Anders überlegte. Der Garten! Natürlich!

Er ging zurück zur Kellertreppe und löschte das Licht, vom Korridor her drang genug davon durch die offen stehende Tür. Dann klingelte es an der Haustür. Ausgerechnet jetzt, dachte

Anders. Der Besucher hatte hoffentlich genug Zeit. Die steile Treppe hoch und dann durch den langen Korridor zu laufen ging nicht mehr so flott wie in jüngeren Jahren. Nach etwa fünf Stufen hörte er vom Korridor her Schritte – Viola! Seine Tochter war also zu Hause. Das war gut, dann würde *sie* an die Haustür gehen. Er sah hoch, und für einen kurzen Moment nahm er tatsächlich ihre vorbeihuschende Silhouette war. Dann krachte es. Sie hatte im Vorbeigehen die Kellertür zugeschlagen. Anders stand im Dunkeln.

Die Frau, die den beiden Ermittlern die Tür des großen Einfamilienhauses öffnete, musste so Mitte vierzig sein. Sie war von kleiner Statur, leicht übergewichtig und wirkte müde. Ihrem angespannten Gesichtsausdruck war zu entnehmen, dass sie das Leben nicht leicht nahm. Nervös strich sie sich durchs leicht angegraute Haar und sah die beiden mit unruhig flackernden Augen an.

»Ja bitte?«

Kindlein hätte ihr beinahe die kleine Broschüre entgegengestreckt, die ihm Wesselin geschenkt hatte. Während der Fahrt hatte er darin gelesen. Aber er besann sich sofort und griff in seine Brusttasche, aber Morgenthaler zeigte bereits seinen Dienstausweis und stellte sie beide vor.

»Kriminalpolizei?«, fragte sie erstaunt.

»Ja. Aber machen Sie sich bitte keine Sorgen«, erwiderte Morgenthaler gelassen. »Und Sie sind Frau ...?«

»Reil. Viola Reil. Darf ich fragen, worum es geht?«

»Natürlich. Wir wollten eigentlich Frau Lydia Anders ein paar Fragen stellen. Das ist Ihre Mutter, richtig?

»Ja.«

»Ist sie da?«

Die Frau schüttelte den Kopf. »Nein, meine Mutter befindet sich derzeit im Krankenhaus. Ich denke, Sie wird Ihnen momentan keine große Hilfe sein können. Ihr Gesundheitszustand ist nicht der beste.«

»Oh, das tut uns leid. Aber möglicherweise können Sie uns genauso gut weiterhelfen. Dürfen wir kurz eintreten?«

»Ja bitte.«

Als die beiden in den Flur traten, stieg gerade ein dunkelhaariger Junge die Treppe herab. Dem Klang seiner Schritte war zu entnehmen, dass er hinkte. Und tatsächlich trug der Kleine am linken Fuß einen orthopädischen Schuh. Er lächelte fröhlich, als er die beiden sah. Und als er an ihnen vorbeihumpelte, um aus dem Haus zu gehen, grüßte er freundlich.

»Das ist Flori. Eigentlich Florian. Er geht zu einem Freund«, erklärte die Frau.

Im Korridor des Hauses war es angenehm kühl, und Kindlein sah Morgenthaler an, dass auch er froh war, der Hitze einen Moment entfliehen zu können. Die Klimaanlage im Dienstwagen hatte eine Woche zuvor den Geist aufgegeben. Zu der Zeit hatte aber keiner ahnen können, dass ausgerechnet dieser April mit Rekordtemperaturen aufwarten würde, sodass sie die Reparatur aufgeschoben hatten.

Kindlein klebte das Hemd am Körper, und seine Füße kochten in den festen Lederschuhen. Morgenthaler schien es trotz seiner Gesundheitssandalen nicht viel besser zu gehen. Auf jeden Fall liefen ihm Schweißperlen die Schläfen herab, und unter seinen Armen hatte sich ein dunkler Fleck gebildet. Sein knallorangefarbenes T-Shirt war nagelneu und besaß noch jene typischen Bügelfalten, die beim industriell üblichen finalen Plattbügeln entstanden und den Shirts eine Form verliehen, die einem Milchkarton ähnelte – besonders, wenn sie so groß ausfielen wie das von Morgenthaler. Stilistisch passten mit leuchtroten Sonderpreisetiketten überklebte Preisschilder gut dazu, vorausgesetzt, sie hingen an einem Bändel befestigt hinten aus dem Kragen. Morgenthalers T-Shirt erfüllte auch diese Ansprüche.

»Bekommen Sie bitte keinen Schreck, aber unsere Fragen beziehen sich auf das Opfer eines Mordfalles, in dem wir derzeit ermitteln«, leitete Morgenthaler das Gespräch mit der Frau ein.

»Ein Mordfall. Oje.«

»Ja. Es handelt sich dabei um eine Frau, die vermutlich vor etwa zwölf Tagen, also am 31. März, ermordet wurde. Ihr Name ist Marita Feldkamp. Sie war Heilpraktikerin und unseren Recherchen zufolge an der Behandlung Ihrer Mutter beteiligt.«

Frau Reil sah Morgenthaler entsetzt an. Dann wurde sie kreidebleich und schluckte. »Marita? Nein, das kann nicht sein. Das ist völlig unmöglich.«

»Doch, leider.«

»Um Gottes willen. Doch nicht Marita. Das ist ja eine grauenhafte Nachricht. Bitte, kommen Sie mit ins Wohnzimmer. Ich glaube, ich muss mich hinsetzen.«

In der Hoffnung, dass sich seine Augen bald an die Dunkelheit gewöhnen würden, hatte Steffen Olaf Anders noch einen Moment auf der Kellertreppe verharrt. Aber es war stockfinster geblieben.

Ihm war zeit seines Leben im Dunkeln nicht recht wohl gewesen, und mit dem Alter hatte auch die Angst vor Stürzen zugenommen. Obwohl es nur fünf Stufen waren, zitterten ihm bei der Vorstellung, die steile Treppe abwärts zum Lichtschalter zurückzulaufen, die Knie. Schritt für Schritt und sich mit einer Hand an der Kellerwand absichernd, tastete er sich deshalb vorsichtig nach oben. Da er peinlich darauf bedacht war, erst dann die nächste Stufe zu nehmen, wenn er auf der momentan stehenden sicheren Halt verspürte, dauerte dies seine Zeit. Irgendwann erreichte er aber schließlich doch die rettende Kellertür.

Als er verschnauft und sich ein wenig beruhigt hatte, vernahm er durch die Tür hindurch eine Stimme, eine Männerstimme – tief, sonor und, da sie vom Korridor herkam, auch etwas verhallt klingend. Sie war gut zu verstehen. Anders konnte genau hören, wovon der Mann sprach: Er sprach von Frau Feldkamp, *ihrer* Frau Feldkamp. Ermordet? Unfassbar. Die Frau war noch so jung gewesen. Vor zwölf Tagen? Aber wieso kam die Polizei dann erst jetzt?

Anders öffnete die Kellertür. Er konnte hier auf keinen Fall stehen bleiben, den Lauscher an der Wand spielen und sich mit halben Informationen zufriedengeben. Er wollte wissen, was da los war. Aber als er in den Korridor trat, war es dort wieder ruhig und die Stimme des Mannes bereits verklungen. Schließlich bemerkte er, dass sich am anderen Ende des langen Ganges langsam die Tür zum Wohnzimmer schloss. Für einen kurzen Moment konnte er dabei noch einen Eindruck aus dem Inneren des Raumes einfangen und erkennen, dass es *zwei* Männer waren, die Viola dorthin gefolgt waren.

Zuerst ging Anders mit strammem Schritt auf das Wohnzimmer zu, aber dann hielt er mit einem Mal an. Was er vorhatte, war albern. Ein alter Knacker, der es vor Neugier nicht aushielt, stapfte mitten in einem Gespräch ins Zimmer hinein, weil er erfahren wollte, worum es ging – wie ein Patriarch, der sich das Recht herausnahm, in alles, was in »seinem Haus« vorging, eingeweiht zu werden. Nein, so einer war er nicht, und das gehörte sich auch nicht. Die Männer wollten mit Viola sprechen und nicht mit ihm. Und sie wollten mit ihr über Dinge sprechen, die traurig und ernst waren.

Dann vernahm er wieder die Stimme des Mannes.

Frau Reil hatte ihnen zwei Sessel einer schweren dunkelgrauen Sitzgarnitur zugewiesen. Sie selbst hatte auf der dazugehörigen Polstercouch Platz genommen, sodass sie ihnen genau gegenübersaß.

»Ich kann es noch immer nicht glauben. Marita Feldkamp? Tot? Mein Gott. Und Sie wissen noch nicht, wer es gewesen sein könnte?«

»Nein. Der Leichnam ist erst gestern Abend gefunden worden«, antwortete Morgenthaler. »Auf jeden Fall ist es sehr gut möglich, dass Ihre Mutter einer der letzten Menschen war, die sie lebend gesehen haben. Frau Feldkamp hat ihr am 30. März einen Hausbesuch abgestattet. Das war ein Freitag. Und einen Tag davor war sie ebenfalls hier. Wissen Sie etwas davon?«

Die Frau nickte. »Natürlich. Meiner Mutter ging es an diesen beiden Tagen ausgesprochen schlecht. Am Donnerstag hatte sie über fürchterliche Schmerzen geklagt und war nicht mehr in der Lage, das Bett zu verlassen. Wir haben sofort Frau Feldkamp gerufen. Die kam nachmittags vorbei, gab ihr Medikamente und versprach, am nächsten Tag wieder zu ihr zu kommen. Über Nacht verschlechterte sich der Zustand meiner Mutter jedoch zunehmend. Sie bekam Fieber, und die Schmerzen ließen nicht nach. Als Frau Feldkamp am nächsten Morgen wie verabredet kam, musste sie ihr noch stärkere Schmerztabletten geben und Kräuterumschläge gegen Fieber verabreichen.«

»Und? Hat diese Therapie dann angeschlagen? Oder musste Frau Feldkamp noch einmal kommen?«

»Nein, sie ist nicht noch mal gerufen worden. Mein Vater und mein Sohn haben es vorgezogen, einen Arzt einzubestellen. Na ja, und der hat natürlich nichts Besseres zu tun gehabt, als sie gleich ins Krankenhaus zu überweisen – wie es Schulmediziner nun mal so machen. Ich war zu der Zeit im Dienst und an dem Tag dummerweise auch noch länger, weil wir eine Lehrerkonferenz hatten. Deshalb konnte ich nichts dagegen tun. Tja, und nun liegt sie immer noch in dieser Krankenfabrik, wo es ihr von Tag zu Tag schlechter geht.«

Ihr Gesicht drückte jetzt tiefe Verbitterung aus. Sie presste die Lippen aufeinander, und ihre Augen wurden feucht.

Morgenthaler strich nachdenklich durch seinen Schnauzbart. »Das tut mir ausgesprochen leid. Was hat Ihre Mutter denn, wenn ich fragen darf?«

»Die sagen, sie hätte einen Darmtumor«, antwortete die Frau mit leiser Stimme. »Das haben sie jedenfalls behauptet, als ich am ersten Abend bei ihr war. Inzwischen soll sie auch noch Lebermetastasen haben. Aber ich traue diesen Ärzten nicht. Bei denen kommt täglich was Neues hinzu.«

Morgenthaler räusperte sich, bevor er antwortete.

»Hm. Ich weiß nicht. Ich bin medizinischer Laie, aber rechtfertigen allein diese beiden Befunde denn nicht schon einen Krankenhausaufenthalt?«

»Ja, wenn man will, dass der Betroffene in einem anonymen Wirtschaftsunternehmen, das Chemie und Technik statt Liebe und Zuwendung verabreicht, sterben soll, dann schon. Frau Feldkamps ganzheitliche Medizin entsprach viel mehr den Bedürfnissen meiner Mutter. Marita setzte auf natürliche Substanzen, die Selbstheilungskräfte fördern, und bezog den Willen zum Gesundwerden mit in die Therapie ein. In den Krankenanstalten legt man hingegen keinen Wert auf Selbstheilung, weil das kein Geld bringt, und der Wille zur Gesundung ist meiner Mutter gleich am ersten Tag mit starken Medikamenten ausgetrieben worden. Sie hat nun keinerlei Schmerzen mehr und spürt auch sonst kaum, dass sie krank ist. Wogegen soll sie nun kämpfen?«

Uff, dachte Kindlein. Das wenige, was er bisher über Frau Feldkamp wusste, sprach nicht dafür, dass sie ihr Geld mit dem Verteilen von Liebe und Zuwendung verdient hatte. Und dass man mit Schmerzen besser kämpfen konnte, war ihm neu.

Morgenthaler ging auf Frau Reils letzte Frage nicht ein. Stattdessen entgegnete er: »Wie gesagt, ich bin Laie auf dem Gebiet. Was uns jedoch interessiert, ist, ob Frau Feldkamp Ihnen bei diesen Besuchen irgendwie verändert vorkam.«

»Nein. Sie war wie immer.«

»Und wie war das?«

»Nun ja, Frau Feldkamp machte nach außen immer einen recht burschikosen Eindruck. Sie war ja sehr dünn, trug diesen Kurzhaarschnitt und war ein sehr direkter Mensch. Bei ihr wurde immer Tacheles geredet. Sie konnte aber auch äußerst sanft sein, vor allem, wenn man unschlüssig war. Dann hat sie einen auf rührende Weise an die Hand genommen und den Weg gewiesen. Ich habe das sowohl bei meiner Mutter als auch bei mir selbst mehrere Male erleben dürfen. Wenn eine Therapie versagte, dann hat sie uns immer wieder Mut gemacht, es mit einer anderen zu probieren. Und dabei hat sie uns stets hilfreich zur Seite gestanden. War eine Therapie beispielsweise sehr kostenaufwendig, dann hat sie uns Tabletten aus ihrem eigenen Bestand verkauft, sodass wir sie nicht hunderterweise aus der Apotheke beziehen mussten. Und da sie sie obendrein viel günstiger bekam, war der Preis, den sie dafür verlangte, natürlich erheblich geringer. Solche Dinge waren für sie völlig selbstverständlich. Gewisse Behandlungskonzepte der esoterischen Medizin setzen auf das Miteinbeziehen bestimmter Utensilien. Ob es Heilsteine oder -kristalle, Tarotkarten, Pendel oder Ruten waren, sie besorgte uns auch diese Dinge kostengünstig.«

Kindlein musste an seine Mutter denken. Auch sie war das geborene Opfer für Frau Feldkamp und Co. Die Ölschale des Heilsalbers hatte nur eine kleine Platzwunde an ihrem Kopf verursacht, aber das nächste Mal würde ihr irgendein anderer Spinner mit irgendwas anderem womöglich Schlimmeres antun. Selbstverständlich glaubte auch er, dass der Mensch über Selbstheilungskräfte verfügte und dass er diese auch mobilisieren konnte, aber er fragte sich, wo geschrieben stand, dass man zuvor seinen Verstand ausknipsen musste.

Morgenthaler schien es ähnlich zu gehen. Er saß kopfschüttelnd da. Dann surrte sein Handy, und Kindlein stellte mit Erstaunen fest, dass sein Kollege nicht nur sofort ranging, sondern sich auch mit freundlich klingender Stimme meldete. Morgenthaler empfand den Anruf offensichtlich als willkommene Unterbrechung. Er stand vom Sessel auf und gab Frau Reil ein Zeichen, sich von nun an mit Kindlein weiter zu unterhalten. Dann ging er zum anderen Ende des Zimmers.

Kindlein wandte sich Frau Reil zu. Die sah ihn mit erwartungsvollem Blick an, aber selbst nach mehrmaligem Überlegen fiel ihm keine gescheite Frage ein.

Schließlich fragte *sie*: »Sagen Sie, ich möchte auf gar keinen Fall neugierig erscheinen, aber ich kann mir einfach noch immer nicht vorstellen, wer Marita umgebracht haben könnte. Das Ganze kommt mir vor wie ein böser Spuk. Wer in Herrgottsnamen kann denn am Tod einer derart liebenswürdigen Person Interesse haben? Und wie hat dieser Mensch es überhaupt ...?«

»Sie meinen, auf welche Weise Frau Feldkamp ...?«

»Ja.«

»Sie wurde erschlagen. Wir vermuten, mit einem Metallrohr oder etwas mit ähnlicher Form.«

Die Frau schlug sich die Hände vors Gesicht. »Mein Gott. Das ist ja grauenhaft.« Dann fragte sie leise: »Ging es ... schnell?«

Kindlein nickte. »Ja, äußerst sch...«

»Frau Reil?«, unterbrach Morgenthaler die beiden. Sein Gespräch war beendet, und er steckte sein Handy in die Hosentasche zurück. »Ich habe gerade einen Anruf von meinen Kollegen erhalten. Die sind da auf etwas gestoßen, was ich im Moment noch nicht richtig überschaue. Ich habe gar nicht gewusst, dass Sie am Carl-Friedrich-Gauß-Gymnasium arbeiten. Aber das ist richtig, oder?«

Frau Reil sah ihn irritiert an. »Ja. Ich unterrichte dort Geschichte und Mathematik. Warum?«

»Hm. Weil meine Kollegen soeben einen Ihrer Kollegen ausfindig gemacht haben. Und der behauptet, dass Sie und Ihr Sohn des Öfteren speziell mit einer Frau Leonore Säler Streit gehabt hätten.«

»Ach, mit der Frau Doktor. Stimmt, ich habe mit ihr häufig Auseinandersetzungen. Wie übrigens die meisten meiner Kollegen. Hat das dieser Kollege wenigstens auch erwähnt?«

»Um was geht es denn bei *Ihren* Auseinandersetzungen?«

»Vor allem um Sebastian, den älteren meiner Söhne. Er ist Schüler an der Schule und hat bei Frau Säler Kunstunterricht. Na ja, und ich halte ihre didaktischen Methoden nun mal für zweifelhaft.«

»Also handelt es sich um rein fachliche Differenzen?«

»Privat habe ich mit ihr nichts zu tun. Wie übrigens niemand an der Schule – wie vermutlich sogar niemand auf der Welt. Mein Sohn ist einer der Leidtragenden ihres pädagogischen Unvermögens, und das reicht mir. Eines seiner Prüfungsfächer im Abitur wird Kunst sein. Er ist darin außergewöhnlich begabt, wie auch viele meiner Kollegen bestätigen, aber Frau Säler sieht die Sache anders. Sie hat ihm vom ersten Tag an schlechte Zensuren gegeben.«

»Hm. Und wie geht Ihr Sohn damit um?«

»Na ja, was soll ein Schüler schon machen? Sebastian hat versucht, sich zu wehren, aber das ist trotz meiner Unterstützung gescheitert. Und so hat er im vergangenen Halbjahr schließlich einen ungeschickten Alleingang gestartet, der ihm jetzt vermutlich das Genick brechen wird. Er hat Bilder gemalt – Öl auf Leinwand. Das Motiv war Frau Sälers Ex-Mann. Er hatte sich im vergangenen Oktober von ihr scheiden lassen. Sebastian ist ihm in die Spelunken gefolgt, in denen er regelmäßig verkehrt, und hat ihn gefragt, ob er ihn dort porträtieren dürfe. Und nachdem er ihm erklärt hat, was er mit den Bildern vorhat, hat der Mann freudig eingewilligt. Zum Schluss kam eine Sammlung wirklich sehenswerter Gemälde von einem fröhlichen Menschen heraus, der sich endlich ein Stück vom großen Kuchen des Lebens abschneidet, weil er zu Hause bei seiner Frau immer nur Krumen bekommen hat. Der Titel der Kollektion hieß: ›Der Hofnarr der bösen Königin nach seiner Flucht aus dem Schloss oder Wie man sich fühlt, wenn man wieder was fühlt‹. Sebastian hat alle sechs Gemälde an einem Tag der offenen Tür im Klassensaal einer Kollegin ausgestellt, die ebenfalls Probleme mit Frau Säler hat. Sie hat bei der Veranstaltung ein Sozialkunde-Projekt ihrer Klasse mit dem Titel ›Kälte – der böse Nachbar‹ vorgestellt. Dazu hat sie einen Fragebogen ausgelegt, auf dem die Dokumentation von den Besuchern beurteilt werden sollte. Sebastians Gemälde waren der Renner, aber Sie können sich vermutlich vorstellen, was ihm diese Aktion einbrachte.«

»Und dieser Kollegin vermutlich auch.«

»Nein. Die durfte bestreiten, dass sie wusste, *wen* Sebastian da porträtiert hat. Das hatten die beiden vorher so ausgemacht.«

Morgenthaler deutete durch ein Nicken an, dass er verstand.

Kindlein erwartete, dass Morgenthaler der Frau nun mitteilte, dass auch Frau Säler Opfer eines Verbrechens geworden war, aber das tat er nicht.

»Mein Kollege und ich waren vor kurzem zufällig schon einmal in dieser Gegend«, sagte er stattdessen, »und da haben wir einen jungen Mann gesehen, der im Vorgarten Ihres Hauses stand und gerade dabei war, den Rasen zu sprengen. Ist das Sebastian gewesen?«

»Das kann nur Sebastian gewesen sein, da Flori erst sieben ist.«

»Ah ja.« Dann schwieg Morgenthaler einen Moment, bevor er weiterfragte. »Aus dem, was ich bisher rausgehört habe, sind Sie Alleinerziehende. Richtig?«

»Ja.«

»Und Sie wohnen mit Ihren Söhnen hier im Haus Ihrer Eltern?«

»Ja, seit gut fünf Jahren. Davor habe ich in Schwetzingen gewohnt. Aber dann ist mein Mann weggegangen, und ich bin hierhergezogen.«

»Weggegangen? Heißt das, dass Sie geschieden sind?«

»Man könnte wohl eher sagen, verwitwet.«

»Oh, er ist also gestorben.«

»Nein, er gilt als verschollen.«

»Verschollen?«

»Tja, so was passiert. Er war plötzlich weg, von einem Tag auf den anderen. Morgens habe ich ihn noch gesehen, und als ich aus der Schule kam, war er nicht mehr da. Er war Elektroingenieur, aber zu dieser Zeit schon vier Jahre arbeitslos und deshalb zu Hause. In der Zeit hat er sich immer mehr gehen lassen, hat mit dem Trinken begonnen und meiner Ansicht nach auch mit anderen Drogen versucht abzuschalten. Deshalb habe ich zuerst gedacht, dass er sich wieder mal herumtreibt. Aber nach zwei Tagen bin ich zur Polizei gegangen. Die hat dann lange nach ihm gesucht, aber er blieb ...«, sie warf ihre Arme hoch, »einfach verschwunden.«

»Seltsam.«

»Ja, finde ich auch. Genauso seltsam wie die Tatsache, dass Sie sich so für Frau Säler interessieren. Darf man fragen, warum?«

»Weil auch sie ermordet wurde.«

Anders hatte gar nicht zu lauschen brauchen. Die tiefe Stimme des Polizisten war nahezu ungehindert durch die Wohnzimmertür in den Gang gedrungen. Und er hatte auch verstehen können, was dessen Kollege berichtet hatte. Frau Feldkamp war erschlagen worden, erschlagen wie ein Stück Vieh. Anders war fassungslos gewesen. Aber gleichzeitig hatte ihn noch ein ganz anderes, ein seltsam unbehagliches Gefühl beschlichen.

Dann hatte wieder der Polizist mit der Bassstimme das Wort ergriffen. Von Frau Säler hatte er gesprochen, der ermordeten Frau aus dem gestrigen Zeitungsartikel. Der Name Säler war Anders schon beim Lesen des Artikels bekannt vorgekommen, aber er hatte dabei nicht eine Sekunde an jene Kunstlehrerin gedacht, von der hier im Haus in den letzten Monaten immer wieder die Rede gewesen war. Um sein Gedächtnis war es offensichtlich wirklich nicht mehr zum Besten bestellt.

Als abzusehen war, dass das Gespräch im Wohnzimmer dem Ende zuging, hatte sich Anders davongeschlichen. Er hatte auf keinen Fall entdeckt und als Lauscher entlarvt werden wollen. Außerdem hatte er sich unsäglich geschämt, weil ihm mit einem

Mal Gedanken im Kopf umhergingen, die ihm fremd waren und überhaupt nicht zu ihm passten. Bis zu diesem Zeitpunkt hatte er noch niemals in seinem Leben schlecht über jemanden gedacht, den er liebte. Aber all das Unfassbare, das ihm soeben zu Ohren gekommen war, hatte sich in seinem Kopf zu einem grauenhaften Bild zusammengefügt. Er war nach hinten ins Gartenhäuschen gegangen, er musste sich Gewissheit verschaffen.

Aber er hatte das Messer nicht gefunden, jenen Gegenstand, der all seine bösen Gedanken und schlimmen Ahnungen mit einem Schlag verworfen hätte. Den ganzen Schuppen hatte er durchsucht, jeden Winkel, jeden Ritz, jeden Quadratzentimeter. Er hatte sogar mehrmals gesucht. Und nun? Nun hielt er weder das entlastende Messer in der Hand, noch fand er jene Gegenstände, an deren Existenz er sich erst während dieser Suchaktion wieder erinnert hatte. Vorgestern hatten sie noch hier im Schuppen gelegen. Er hatte sie eigenhändig in das Regal gelegt – daran bestand nun ausnahmsweise nicht der geringste Zweifel. Er hatte noch genau vor Augen, wie er den blutverschmierten Baseballschläger und die besudelten Handschuhe im Holzregal verstaut hatte. Und die waren nun ebenso spurlos verschwunden wie dieses vermaledeite Messer.

Er musste nachdenken, musste einen kühlen Kopf bewahren. Es konnte sich nur um einen Irrtum handeln, um eine Ansammlung seltsamer Umstände. Er war ein verwirrter alter Mann, brachte in letzter Zeit vieles durcheinander und las vermutlich einfach nur die Zeichen falsch.

Aber dazu passte nicht, dass aus seinem Haus ausgerechnet jetzt ein Messer verschwunden war, das dem aufs Haar glich, das in einer Zeitung als Mordwaffe abgebildet war. Und dazu passte erst recht kein Sebastian, der seit Tagen kein Wort mehr mit seinem Großvater redete, ihm bei jeder Gelegenheit aus dem Weg ging und verstohlen wegsah, wenn sie sich durch Zufall doch einmal begegneten.

Was war mit dem Jungen los?

Anders setzte sich auf einen der Abfallsäcke, denen noch immer der saure Geruch vermoderten Grünzeugs entströmte. Wann genau war er hier im Schuppen gewesen? Vorgestern. Also Dienstag. Und wann sollte Frau Feldkamp ums Leben gekommen sein? Vor zwölf Tagen. Demnach am vorletzten Samstag. Frau Feldkamp starb also einen Tag nach Lydias Einweisung ins Krankenhaus. Anders war an diesem Tag schon am Vormittag zu ihr gefahren und bis abends bei ihr geblieben. Viola war zweimal zu Besuch gekommen – einmal mit Florian und nachmittags noch mal ohne ihn. Und Sebastian? Anders konnte sich nicht erinnern, ihn an diesem Tag gesehen zu haben.

Er erinnerte sich jedoch an etwas anderes. Vor etwa einer Woche, als er den Keller ausgemistet hatte, hatte Sebastian plötzlich neben ihm gestanden. Und er erinnerte sich auch noch gut an die durchdringende Art, mit der sein Enkel ihn angesehen hatte, und dass ihm dieser Blick Unbehagen bereitet hatte. Aber dann hatte Anders gemerkt, dass er dieses Bowie-Messer in seiner Rechten hielt, weshalb er Sebastians Gesichtsausdruck auf den bedrohlich wirkenden Anblick zurückgeführt hatte, den er in diesem Moment geboten haben musste. Schließlich hatte er lachen müssen und Sebastian erklärt, dass er dieses Messer soeben zufällig nach Jahren wiederentdeckt hatte. Und dann hatte er ihm schließlich erzählt, was es mit dem alten Stück auf sich hatte.

Aber für Sebastian war diese uralte Familiengeschichte offenbar nicht von Interesse gewesen, denn sein Blick hatte sich kaum verändert. Schließlich war er wortlos gegangen.

Anders hatte deshalb die Vermutung gehabt, dass dem Jungen noch immer jener Freitag nachging, an dem es Lydia so schlecht gegangen war. Sebastian hatte ihn an diesem Tag im Geschäft angerufen und am Telefon geweint. Er könne dieses Elend nicht mehr mit ansehen, hatte er gesagt, und dass es endlich an der Zeit sei, dass seine Großmutter in die Hände eines richtigen Arztes käme, und dass Frau Feldkamp nichts weiter als eine inkompetente Quacksalberin und Halsabschneiderin sei. Und dann hatte er vor Wut gebrüllt und gemeint, dass er diese Frau abgrundtief hasse und sie am liebsten erschlagen würde. Anders hatte das nicht ernst genommen und wohl auch zu zögerlich auf Sebastians Anliegen reagiert, mit der Folge, dass der Junge wutentbrannt auflegte und von sich aus einen Notarzt rief.

Sollte Sebastian tatsächlich der Täter sein, dann musste er seine Drohung schon einen Tag später in die Tat umgesetzt haben. Und Frau Säler? War es möglich, dass er nach diesem ersten Mord derart enthemmt gewesen war, dass er bereits sechs Tage später den zweiten beging?

Nein, Anders konnte und wollte das nicht glauben.

Aber zu vieles sprach dafür. Warum waren beispielsweise diese beiden Gegenstände nicht mehr da? Die Antwort lag auf der Hand. Als der Presserummel und die Ermittlungen der Kripo begannen, hatte Sebastian den Schuppen als Versteck nicht mehr für sicher gehalten und sie fortgeschafft.

Es war erschütternd. Aber für Anders stand fest: Sebastian war kein schlechter Mensch, auf gar keinen Fall. Das war er nie gewesen. Es war einfach nur zu viel gewesen, was in den letzten Wochen passiert war.

Noch bestand die Möglichkeit, dass alles ein Irrtum war, ein Missverständnis. Er würde mit Sebastian reden müssen. Er wusste zwar noch nicht, wie dieses Gespräch aussehen könnte, aber der Junge durfte sich auf gar keinen Fall verplappern, sollte die Polizei mit ihm sprechen wollen.

15

Im Anschluss an Frau Reils Befragung hatten sich die beiden Ermittler auf direktem Weg zu ihrem Dienstfahrzeug begeben.

»Was denkst du über das Ganze, Frieder?«, fragte Morgenthaler, kurz nachdem sie es sich in dem weißen BMW gemütlich gemacht hatten. Er sprach mit vollem Mund, und sein Plunderstück schien scharf gebacken zu sein, denn Kindlein konnte hören, wie es beim Kauen krachte. Er selbst begnügte sich mit einem Fruchtdrink aus einem wabbeligen Aluminiumbeutel. Den beigefügten Trinkhalm hatte er bald verwerfen müssen. Nach zwei Versuchen, ihn an der dafür vorgesehenen Stelle hineinzustechen, war er zerknickt und die Spitze verbogen gewesen. Daraufhin hatte er den Beutel so lange mit seinem Wohnungsschlüssel malträtiert, bis ein ausreichend großes Loch entstanden war, durch das er nun das süßklebrige Gesöff herauszuzelte.

»Was meinst du genau?«, fragte er schließlich.

»Na ja, was denkst du, wenn du hier so sitzt und dich all dem, was wir bislang erfahren, gesehen und gehört haben, hingibst und dabei durch die Scheiben unseres Fahrzeugs nach draußen schaust?«

Kindlein sah Morgenthaler zunächst irritiert an, warf dann aber doch einen Blick durch die Windschutzscheibe und die offen stehende Beifahrertür. Außer ein paar Einfamilienhäusern, einem winzigen Vorstadttheater und einem Supermarkt, dessen Parkplatz fast leer stand, gab es hier nichts. Scharhof war der zweitkleinste Stadtteil Mannheims, und man erkannte noch gut das Dorf, das vor etwa hundert Jahren eingemeindet worden war. Von dreihundertzwanzigtausend Mannheimern wohnten hier etwa achthundert, und sie lebten ein Dasein fernab der Stadt. An diesem Mittag befand sich nicht einer von ihnen auf der Straße, und die hochstehende Sonne tauchte die kleine Ortschaft in ein nahezu schattenloses Licht. Auf der Straße herrschte eine geisterhafte Stille, und sämtliche Fenster und Türen der umliegenden

Häuser waren verschlossen. Kindlein fühlte sich wie ein Fremder, ein Durchreisender, der hier unerwünschterweise Rast machte, und es hätte ihn nicht im Geringsten gewundert, wenn durch die Gardinen der Fenster hindurch misstrauische Blicke auf ihn gerichtet wären.

»Na ja«, meinte er, »es ist schon bemerkenswert, dass wir bislang an zwei Mordfällen gearbeitet haben, die sich hinsichtlich Tatzeit, Tatort und Tathergang voneinander unterscheiden, und dass sich nun gerade hier an diesem Ort wichtige Fäden überschneiden. Mit einem Mal haben die Opfer etwas gemeinsam. Sowohl Frau Reil als auch ihr Sohn kannten *beide* Frauen, und zwei Häuser weiter wohnt zufällig dieser Ortlieb, der mit einer von ihnen ein Verhältnis hatte. Und es ist nicht auszuschließen, dass er auch Frau Feldkamp gekannt hat. Das macht mich hellhörig.«

»Erzähl.«

»Na, überleg doch, Konrad: Du bist eine Frau, hast einen Sohn von etwa dreizehn und ein kleines Kind von zwei Jahren. Dein Mann trinkt. Eines Tages verschwindet er und wird nie wieder gesehen. Du bist den Säufer los. Fünf Jahre später wird dein ältester Sohn von deiner Kollegin drangsaliert. Diese Kollegin wird ermordet. Sie verschwindet dadurch aus seinem und aus deinem Leben, kann also keinen Unfug mehr anrichten. Zur etwa gleichen Zeit geht es deiner Mutter derart schlecht, dass sie ins Krankenhaus muss. Die Frau, die sie ganz offensichtlich schlecht therapiert hat, wird ebenfalls getötet. Sie ist nun also auch weg und wird nie wieder Hand an deine Mutter legen.«

»Du verdächtigst Frau Reil.«

Kindlein schüttelte nachdenklich den Kopf. »Nein. Verdacht ist zu viel gesagt. Ich habe nur deine Frage beantwortet. Du hast gefragt, was ich denke. Ich denke, dass es zu viele Merkwürdigkeiten auf einmal sind und dass es Profiteure gibt.«

»Profiteur*e*? Plural?«

»Nun ja. In direkter Nachbarschaft zu Frau Reil wohnt immerhin die Familie Ortlieb. Und der Mann hatte ein Verhältnis mit der ermordeten Arbeitskollegin. Wie ging es dessen Frau wohl während dieser Affäre? Und wie geht es ihr nun, da die Nebenbuhlerin nicht mehr lebt? Vermutlich besser, oder?«

»Vermutlich. Aber was heißt das? Heißt das nun, dass wir es mit *einem* Täter zu tun haben oder mit zwei?«

»Da bin ich noch nicht sicher.«

Morgenthaler blickte skeptisch drein. »Wenn ich Frau Reil richtig verstanden habe, dann hat sie Frau Feldkamp eher verehrt, als gehasst. Und Frau Ortlieb? Ihr Mann hat seine Beziehung zu Frau Säler einen Tag vor deren Ermordung beendet. Er ist zu ihr zurückgekehrt. Welchen Grund hätte es unter den Umständen für sie also noch geben sollen, Leonore Säler umzubringen?«

»Unsicherheit. Vielleicht hat sie dem Frieden trotz des Reuebekenntnisses ihres Mannes und seiner Rückkehr in den Schoß der Familie nicht getraut? Und was Frau Reil betrifft: Ich bin nicht sicher, ob ihre Verehrung gegenüber Frau Feldkamp ehrlich gemeint war. Sie ist eine gebildete Frau. Sie muss doch gemerkt haben, dass die Feldkamp ihre Mutter nicht adäquat versorgt hat. Spätestens nach der Diagnose, die im Krankenhaus gestellt wurde, mussten ihr daran erhebliche Zweifel gekommen sein.«

»Das muss nicht sein. Trotz fehlerhaft durchgeführter Therapien weiterhin an Wundermedizin zu glauben, das passiert auch gebildeten Menschen. Manche Menschen verteidigen die Naturheilkunde schon aus Prinzip und häufig mit irrationalen Argumenten, während sie die Schulmedizin gern aus mindestens ebenso irrationalen Gründen verteufeln. Würden sie rational denken, würden sie beidem seinen Platz zuweisen.«

»Ja, ich weiß.« Kindlein musste wieder an seine Mutter denken. Dann zuckte er mit den Achseln. »Ich hab, wie gesagt, nur meine Gedanken geäußert.«

Morgenthaler klopfte ihm auf die Schulter. »Gute Gedanken, wie ich finde. Vor allem das mit den Profiteuren war nicht schlecht.«

»Danke. Aber dann sollten wir die Ortliebs konsequenterweise auch gleich besuchen. Schließlich sind wir jetzt gerade hier. Und vielleicht ist die Frau ja da.«

»Wieder ein guter Gedanke.«

Frau Ortlieb hatte sie gleich wiedererkannt. Und diesmal hatte sie ihnen nicht nur das Gartentor geöffnet, sondern sie sogar ins Haus gebeten.

»Ich koche gerade. Wäre schade, wenn's anbrennt. Kommen Sie am besten mit in die Küche«, sagte sie, als die beiden Ermittler eintraten.

»Gern. Was gibt's denn Schönes?«, fragte Morgenthaler.

Auf dem Weg zur Küche sah sich Kindlein um. Wie geleckt sah es bei den Ortliebs aus. Obwohl in diesem Haushalt zwei Kinder lebten, befand sich alles an seinem Platz. Ein Blick in den sauber geputzten Treppenflur verriet, dass man hier auf Ordnung bedacht war. Unter der Schuhkommode im Korridor standen selbst die Kinderschuhe in Reih und Glied. Sehr adrett.

Frau Ortlieb sah ebenfalls allerliebst aus. In ihrer Kittelschürze, den beigefarbenen Stöckelschühchen und dem auftoupierten roten Haar ähnelte sie diesen Wirtschaftswunder-Frauchen aus den Werbespots der fünfziger Jahre, die nichts lieber getan hatten, als den ganzen Tag darauf zu warten, dass der Männe nach getaner Arbeit zur Tür hereinschneite, ihnen in den Po kniff und fragte, was es zu essen gab. In tadelloser Haltung stand sie vor dem Herd und gab eine Prise Zucker oder Salz in einen Topf.

»Ach, nur Grießbrei. Meine Kinder lieben ihn. Man darf nur das Rühren nicht vergessen.« Ihr Holzlöffel bestritt langsam und seelenruhig Achterbewegungen in der dickflüssigen Milchplörre. »Was führt Sie denn zu uns? Immer noch der Mord an dieser blöden Kuh, die meinen Mann gefickt hat?«

Kindlein zuckte zusammen.

»Ja, ihretwegen sind wir hier«, antwortete Morgenthaler gelassen.

Frau Ortlieb drehte den Herdschalter auf eine kleinere Stufe, bewegte die breiig werdende Milchsuppe noch einmal mit kreisenden Bewegungen durch und drehte sich dann zu Morgenthaler um. Kindlein war verblüfft. Die Frau hatte tiefgrüne katzenhafte Augen, ein Detail, das ihm bei ihrem letzten Besuch entgangen war.

»Wissen Sie, ich liebe meinen Mann. Aber er ist ein Idiot.«

Morgenthaler zog die Augenbrauen hoch. »So? Ist er das?«

»Ja, denn er weiß ganz genau, dass es ihm im Bett keine besser besorgen kann als ich. Ich mache jede Schweinerei mit, die ihm Spaß macht, denn schließlich habe ich das früher beruflich getan. Außerdem hat er zwei kleine Kinder, die ihn abgöttisch lieben. Wenn er also meint, mit schlechterem Sex und ohne seine Kinder wäre das Leben schöner, dann muss er folgerichtig ein Idiot sein, oder?«

»Äh.«

Kindlein musste grinsen. Es war selten, dass Morgenthaler keine Worte fand. Endlich ging's dem auch mal so.

Frau Ortlieb nahm den Topf vom Herd und goss den Brei in eine Puddingform aus Tonzeug.

»Ich frag mich noch immer, was sich diese dumme Schnalle gedacht hat, als sie zwei kleinen Kindern den Vater nehmen wollte. Hat sie gemeint, die merken's nicht? Oder vergessen ihn sofort und kaufen sich einen neuen? Was ist das nur für eine egoistische Scheißliebe, wenn sie damit beginnt, dass Kindern Schmerzen zugefügt werden? Wie kann man eine Beziehung wollen, die bei anderen Tränen, Trauer und Angst hervorruft? Pfui Teufel. Man muss als Frau schon weit runtergekommen sein, wenn man nicht mehr in der Lage ist, den Arsch zusammenzukneifen und auf so einen Dreck zu verzichten.«

»Aber Ihr Mann hat mitgemacht.«

»Kann er ja. Ein oder zwei Tage. Von mir aus eine Woche lang. Andere Männer gehen in den Puff oder fliegen nach Bangkok. Aber dann hat er wieder seinen Dienst anzutreten. Er hat mit mir eine Übereinkunft getroffen, als er mich geheiratet hat: Er bleibt mein Partner, ein Leben lang. Obendrein hat er einen zweiten, weit wichtigeren Vertrag abgeschlossen, nämlich, als er seine Kinder gezeugt hat. Er setzt hilflose Wesen in eine verflucht unwirtliche Welt, schenkt ihnen im Gegenzug dafür aber jene Liebe und Geborgenheit, die sie benötigen, um darin überleben und heranwachsen zu können. So lautet das Abkommen. Die Verträge mit seinen Kunden bricht er schließlich auch nicht, und da geht's um weit weniger.«

Dann sah sie Morgenthaler und Kindlein an. »Sie wollten aber was ganz anderes wissen, oder?«

»Nun ja. Wir wollten eigentlich erfahren, inwieweit Sie eine gewisse Frau Marita Feldkamp kennen«, meinte nun Kindlein.

»Feldkamp?«, fragte sie. Dann überlegte sie kurz. »Ich kenne nur eine Heilpraktikerin, die so heißt. Meine Nachbarin geht immer zu ihr.«

»Hatten Sie jemals Kontakt zu ihr?«

»Nein. Wie gesagt, ich kenne sie nur vom Hörensagen.«

»Und Ihr Mann? Kennt er sie?«

»Keine Ahnung. Ich kann es mir zumindest nicht vorstellen. Er hält genauso wenig von Naturheilverfahren wie ich.«

Kindlein sah ihr in die Augen. Sie hatten gleichzeitig etwas Anziehendes wie Falsches. Es waren Augen einer Raubkatze. Wären es blaue Kulleraugen, dachte er, hätte er der Frau vermutlich leichter Glauben geschenkt. Aber er besann sich. Grüne Kulleraugen gab es seines Wissens nun mal nicht, und dass sie früher Prostituierte war, durfte keine Rolle spielen. Er entschied sich, ihr zu glauben.

»Und diese Nachbarin? Wie heißt die?«

»Viola. Viola Reil.«

»Und was für ein Verhältnis haben Sie zu ihr?«

»Ein ausgezeichnetes. Warum?«

Kindlein überging die Frage.

»Ich würde sagen, dass sie meine beste Freundin ist. Ich habe zu der ganzen Familie einen guten Draht. Vor allem zu Herrn Anders, ihrem Vater.«

»Darf man annehmen, dass Sie mit Frau Reil auch mal über Frau Säler und den Seitensprung Ihres Mannes gesprochen haben?«

Die Frau lachte. »Ja, das darf man. Ich denke, das würde jede Frau tun, wenn ihr Mann ein Verhältnis zur Kollegin ihrer besten Freundin hat, oder?«

»Keine Ahnung. Aber wann haben Sie ihr denn von diesem Verhältnis erzählt?«

»Letzten Dienstag. Gleich nachdem er es mir gebeichtet hat und dann mit fliegenden Fahnen zurück zu dieser Schlampe geeilt ist. Er hat nämlich gemeint, sich von ihr ›entwöhnen‹ zu müssen.«

»Hm. Und wie hat Frau Reil darauf reagiert?«

Die Frau sah ihn nun mit merkwürdigem Blick an. »Na wie

wohl? Viola war aus dem Häuschen. Frau Säler war nicht gerade ihre Lieblingskollegin, und ihr Sohn hatte auch ständig Ärger mit ihr. Der geht nämlich in dieselbe Schule, an der Viola unterrichtet.«

Kindlein nickte. Hier hatte sich soeben ein Kreis geschlossen. Er gab Morgenthaler ein Zeichen, dass er keine weiteren Fragen mehr hatte. Dann verabschiedeten sie sich von Frau Ortlieb.

Auf der Treppe zum Vorgarten unterlief Kindlein allerdings ein kleines Malheur. Als er sich auf der vorletzten Stufe befand, trat er versehentlich auf etwas Hartes, das unter seinen Schuhsohlen mit deutlich hörbarem Knirschen zerbarst. Und als er es aufhob, erkannte er, dass es ein kleiner grün lackierter Blechgegenstand war. Kindlein tat sein Missgeschick auf der Stelle leid. Ihm war klar, dass es ein Spielzeug gewesen war, das er soeben mit seinen Füßen zerquetscht hatte.

»So ein Mist. Das habe ich wirklich nicht gewollt«, entschuldigte er sich sofort. »Ich hab's einfach nicht gesehen.«

»Oje. Zeigen Sie mal«, sagte die Frau und kam auch gleich die Treppe runtergeeilt.

Kindlein überreichte ihr den Gegenstand.

»Schade«, meinte sie mit besorgter Miene. »Es ist einer der Frösche, die meine Kinder heute Morgen von Herrn Anders geschenkt bekommen haben. Die haben sich so gefreut, weil die Dinger so ulkig klicken. Sehen Sie, da unten am Bauch haben die so eine gebogene Blechzunge, und wenn man da draufdrückt, macht es laut klickklack.«

»Es ist mir ungeheuer peinlich.«

»Braucht es nicht. Ich werde das schon regeln. Vielleicht bringt mir Herr Anders ja einen neuen mit, wenn ich ihn nett darum bitte.«

»Warum? Sammelt der etwa Blechspielsachen?«

»Nein, aber er hat einen Spielwarenladen. In Schwetzingen. Eine Fundgrube übrigens. Wenn Sie mal etwas ganz Besonderes brauchen, dann müssen Sie unbedingt zu ihm gehen. Er hat die schönsten und zauberhaftesten Spielzeuge weit und breit. Und er selbst ist ein ausgesprochen liebenswertes Unikum.«

»Ich bin trotzdem untröstlich.«

»Ist schon gut. Meine Kinder werden's überleben.«

16

»Die Häscher des Königs sind mir auf den Fersen«, sagte Anton.

Frau Anders sah ihn mit gebrochenen Augen an. Sie waren noch gelber geworden. Auch ihre Haut hatte sich stärker verfärbt, und die Lippen waren blass und spröde. Diesmal roch es in dem Krankenzimmer zudem nach vergorenem Obst, und unten am Rahmen des Bettes fiel ihm ein durchsichtiger Behälter auf, in dem eine braune, zähflüssig erscheinende Brühe aufgefangen wurde.

»Was meinst du damit, Anton? Meinst du die Polizei?« Auch ihre Stimme schien ihm leiser als sonst.

»Ich kann sie spüren. Sie kommen näher.«

»Wie nahe?«

»Noch sind sie jenseits des Hügels und keine Gefahr. Aber bald werden sie sich zeigen. Und dann werden sie mich stellen.«

»Oh Anton.« Sie schüttelte den Kopf. »Du und deine seltsame Welt. Hexen, Räuber, böse Königinnen. Und nun auch noch die Häscher.«

»Ich weiß, dass sie kommen.«

»Weil du ein Weiser bist, nicht wahr?« Sie lächelte ihn dabei so sanft an, dass ihm warm ums Herz wurde.

Er nickte. »Ja, Frau Anders.« Dann nahm er ihre Hand und streichelte sie.

Sie senkte ihren Blick und atmete tief ein. Es klang wie ein Seufzen.

»Sie werden mich stellen«, fuhr er fort. »Und sie werden dabei übersehen, wie viel Elend sie damit vor allem über die Schwächsten bringen. Denn wer soll fortan deren Frohsinn beschützen? Wer ist dann zuständig? Wer wird die Weitsicht haben, zu erkennen, wo sich Unglück anzubahnen beginnt? Und wer wird dann flink genug sein, um schnell und effektiv zu handeln?«

Sie lächelte nun sogar ein wenig. Es war ein bitteres Lächeln, und sie tätschelte dabei seine Hand. »Das kann ich dir nicht sagen, Anton. So etwas kannst nur du. Du konntest es immer.«

»Ja, so ist es. Aber diese Häscher sind fürchterlich dumme Menschen. *Die* wissen das nämlich nicht. Sie *ahnen* nicht einmal, wie wichtig ich bin. Wichtig, weil die Welt sonst voll von gemeinen Zauberern, brutalen Riesen und fiesen kleinen Zwergen wäre. Sie wäre voll von Kreaturen, die keine eigene Freude aus diesem Leben ziehen können und deshalb das anderer Menschen durcheinanderbringen, auf unglückselige Bahnen lenken oder gar zerstören. Und weil sie so freudlose, leere und zudem feige Wesen sind, vergehen sie sich immer an denen, die sich am wenigsten wehren können. Und sie stehlen ihnen ausgerechnet das, was sie am dringendsten benötigen: Lebensfreude, Vertrauen und Zuversicht.«

»Das hast du oft gesagt. Aber auch ich weiß etwas.«

»Ja?«

»Ja. Ich weiß, dass du nicht immer da sein wirst, um helfen zu können. Ich weiß das, weil auch ich nicht mehr lange da sein werde. Und ich mache mir Sorgen, was dann aus dir werden soll.«

Er winkte ab. »Das brauchen Sie nicht. Ich muss von nun an einfach nur noch genauer hinsehen. Ich muss auf der Hut sein. Die Häscher selbst sind leicht zu erkennen – aber nicht ihr Anführer. Der wird vermutlich maskiert oder gar getarnt daherkommen. Oder er wird im Verborgenen agieren, um von dort aus seine Fäden zu spinnen. Möglicherweise wird er sich sogar erst zeigen, wenn ihm seine Schergen das Opfer in die Hände gespielt haben. Aber dann wird er gnadenlos zuschla...«

»Anton«, unterbrach Lydia Anders leise und zerrte nun an seiner Hand. »Anton«, wiederholte sie.

»Ja?«

»Ich werde sterben.«

Einen Moment lang wusste er nicht, was er sagen sollte, und sah sie ungläubig an. Was redete sie da? »Nein«, antwortete er schließlich. »Sie sind nur älter geworden, Frau Anders.«

»Das auch. Aber es stimmt. Ich werde bald nicht mehr da sein.«

»Nicht mehr da sein?«

Das konnte nicht sein, dachte er. Sie war *immer* da gewesen. Warum sollte sie nun plötzlich gehen? *Nicht mehr da sein*, wiederholte er schließlich für sich. Dabei kam ihm ein Gedanke – ein grandioser Gedanke. Ja, so würde er es machen. Er schaute der alten Frau tief in die Augen.

»Ich hab's. Auch ich werde von nun an nicht mehr da sein. Ich werde mich einfach tarnen. Wie ein Chamäleon oder ein Krake. Und überhaupt: Ich werde mir Eigenschaften jagender Tiere aneignen. Von jetzt ab werde ich also, genau wie sie, den Hinterhalt nutzen und mir die Arglosigkeit meines Gegenübers zum Vorteil machen.«

Sie sah ihn traurig und kopfschüttelnd an. »Du möchtest es nicht wahrhaben. Und du hörst niemals auf, oder?«

»Nein«, sagte er mit aller Entschiedenheit, »selbstverständlich nicht. Ich bin schließlich«, nun richtete er sich stolz auf, »der Fröhlichmann. Das ist meine Bestimmung.«

17

Kurz bevor sie das Präsidium erreichten, hielt es Kindlein nicht mehr aus. Er musste etwas loswerden.

»Konrad, du hast mich vorhin, da draußen in Scharhof, nach meinen Empfindungen gefragt. Soll ich dir sagen, was ich nun gerade fühle?«

»Immer zu.«

»Ich hab den Eindruck, als wenn wir unsere Angeln soeben genau an dem Gewässer ausgeworfen hätten, in dem sich der größte und begehrteste Fisch weit und breit aufhält.«

Morgenthaler musste grinsen.

»Bleib auf dem Boden. Vielleicht haben wir dort auch nur unsere Zehen hineingetaucht, und das hat auf dem Wasserspiegel ein paar Ringe erzeugt.«

Kindlein schüttelte den Kopf.

»Nein. Frau Reil ist unser Verbindungsglied zwischen beiden Opfern. Das kannst du nicht leugnen.«

»Tue ich ja nicht. Im Gegenteil: Ich sehe das genauso. Aber mir gefallen die Motive nicht, die du aufzählst. Ich finde sie zu dünn. Außerdem musste sie damit rechnen, dass ihre Verbindung zu den beiden bald herauskommt. Die Frau ist nicht dumm. Und ihre Betroffenheit war echt.«

»Ich werde mich trotzdem mal näher mit ihrer Vergangenheit beschäftigen, wenn du nichts dagegen hast.«

»Wer einen großen Fisch fangen will, muss aufs Wasser hinausfahren. Aber heute wirst du damit nicht mehr anfangen können. Wolltest du nicht in diese Oper gehen?«

Kindlein sah auf die Uhr. Es war kurz nach fünf. »Mein Gott, das hätte ich fast vergessen. Die Vorstellung fängt um zwanzig Uhr an.«

»Soll ich das für dich machen?«

»Was? In die Oper gehen?«

»Quatsch. Ich meine, sich mit Frau Reils Vergangenheit zu

befassen. Sie hat doch erzählt, dass sie früher in Schwetzingen gewohnt hat. Ich kenne einen unserer dortigen Kollegen gut. Den wollte ich ohnehin schon lang mal wieder besuchen. Und bei der Gelegenheit könnte ich ihn ja mal fragen, ob der sich noch an diese Geschichte mit Frau Reils verschollenem Ehemann erinnert. Der muss diesen Fall damals mitbearbeitet haben. Traugott arbeitet schon ewig da.«

»Na ja, wenn du das machen willst, dann …«

»… würde ich dich jetzt am Präsidium rauslassen und direkt nach Schwetzingen weiterfahren. Und du gehst dafür kurz bei Maren und Bücklein vorbei. Die müssten inzwischen die Fotos von diesem Kollwitz aussortiert haben. Vielleicht haben sie ja auch schon den Sohn von Frau Feldkamp ausfindig gemacht. Wäre gut zu wissen, was der in der letzten Zeit getrieben hat, wo er sich aufhielt und wer das alles bestätigen kann.«

Maren Lemcke schien sich mit Bücklein gut zu verstehen. Jedenfalls wurde Kindlein von zwei lautstark lachenden Kollegen empfangen, als er Marens Büro betrat. Ihm fiel auch auf, dass sich die Lage auf ihrem Schreibtisch deutlich entspannt hatte. Nun befand sich nur noch ein kleiner Stoß Fotografien darauf. Es musste eine Heidenarbeit gewesen sein, die gewünschten Abzüge aus dem Haufen herauszusuchen. Aber die beiden hatten es sich dabei offensichtlich gut gehen lassen, denn der ganze Raum roch nach Pizza, und auf dem Schreibtisch standen zwei Plastikbecher und eine Flasche Chianti.

»Hallo, Frieder«, grüßte Bücklein. »Weißt du's schon?«

»Was denn?«

»Maren und ich sind von nun an ein Team.«

Erst jetzt sah Kindlein, dass in Marens Büro ein zweiter Schreibtisch stand.

»Hm. Da scheint was an mir vorbeigegangen zu sein. Seit wann denn?«

»Seit heute Morgen. Konrad hat uns gefragt, ob wir uns das vorstellen könnten, und wir haben sofort eingewilligt«, meinte Maren.

»Aha. Und was passiert mit Fred?«

»Der macht von jetzt an, was er schon immer am liebsten getan hat. Innendienst.«

»Na, das nenne ich ja mal eine glückliche Fügung. Gratuliere.« Dann deutete er auf Marens Schreibtisch. »Aber ihr hattet heute anscheinend auch Innendienst, oder?«

Bücklein schaute auf das Häufchen Fotos. »Kannst du wohl laut sagen. Ein schrecklicher Job, den Konrad uns da aufgebrummt hat. Aber wir haben's hingekriegt, stimmt's?« Beim letzten Wort wandte er sich Maren zu.

»Stimmt. Dieser Kollwitz hat einundneunzig Bilder von dem Haus geschossen, in dem Frau Feldkamp gewohnt hat. Willst du sie sehen?«

»Ja, deswegen bin ich hier. Und was ist mit ihrem Sohn? Habt ihr in der Sache schon irgendwas erreichen können?«

»Nein. Der ist nicht auffindbar. Wir haben deshalb schon mit den Kollegen in Ludwigshafen gesprochen. Die halten jetzt intensiver nach ihm Ausschau.«

Kindlein setzte sich an den Schreibtisch und breitete die Abzüge vor sich aus. Auf den meisten waren die Stockwerke über Frau Feldkamps Wohnung und Praxis abgebildet. Dieser Kollwitz schien besonders an dem alten Säufer im zweiten Stock Gefallen gefunden zu haben, denn der war Motiv sehr vieler Aufnahmen. Auf jeder war er sturzbesoffen und tat in seinen vier Wänden ziemlich obskure Dinge. Eine Sequenz aus mehreren Bildern zeigte, wie er einen Hasenkäfig auf den Küchentisch stellte und anschließend mit erhobenem Zeigefinger auf den Hasen einredete. Seinem Gesichtsausdruck und seiner Körperhaltung war zu entnehmen, dass es eine gewichtige Rede war, die er hielt. Auf seiner Schulter saß dabei ein beinahe kahler Wellensittich, der entweder krank oder in der Mauser war. Aber die Gleichgültigkeit, mit der der Hase seinem Vortrag folgte, schien den Alten zu empören, denn auf den letzten Fotos der Reihe drehte er dem Käfig den Rücken zu, beugte sich vor, zog seine Unterhose bis zu den Knien herunter und präsentierte dem Hasen seinen nackten Arsch. Der Wellensittich saß bei dem Vorgang auf dem Hinterhaupt des Mannes. Zwei Fotos von dem Alten waren weniger amüsant. Auf einem erhielt eine Frau von ihm eine Ohrfeige, und auf dem anderen räumte er in Gegenwart derselben Frau mit einem Unterarm den Essenstisch ab. Mit vor Entsetzen geweiteten Augen sah sie mit an, wie sämtliches Geschirr durch die Gegend flog. Kindlein erkannte sie wieder. Es war Frau Welser aus der Wohnung darunter, jene Frau, die den Geruch im Keller bemerkt hatte.

Auch der Pirat war abgelichtet worden. Schön, wie er am offenen Fenster stand und in der Nase herumpopelte.

Die Studentin, die direkt über dem Freibeuter wohnte, hatte Kollwitz ebenfalls ins Visier genommen. Er hatte sie während ihres Einzuges mehrmals abgelichtet. Mit einem aus Zeitungspapier geformten Hut auf dem Kopf und einem blauen Müllsack über dem Körper rollte das junge Ding gerade eine der Zimmerwände knallgelb.

Dann folgte eine weitere Sequenz. Sie war kurz, bestand nur aus fünf Bildern. Diesmal war maßgeblich der Hausmeister abgebildet worden. Kindlein kannte die dazugehörige Geschichte schon. Der Mann stand in nahezu perfekter Freibeutermontur gekleidet im Hof und angelte aus einer Mülltonne eine tiefgekühlte Pute hervor. Im Hintergrund war Frau Feldkamp zu erkennen. Sie ging gerade durch die Hinterhoftür ins Haus zurück. Dann folgten vier Aufnahmen, bei denen die Kamera nur auf das offen stehende Wohnzimmerfenster von Frau Feldkamp gerichtet worden war. Sie lag schlafend auf einer hellen Couch. Und schließlich folgten zwei weitere Fotos vom Hausmeister. Auf dem ersten stand er wieder vor einer geöffneten Mülltonne, aber diesmal einer anderen. Mit einer Hand hielt er den Deckel auf und in der anderen eine durchsichtige Tüte, einen Gefrierbeutel, in dem sich etwas befand, das Bratwürsten glich. Auch hier waren im Hintergrund die Fenster der unteren Etage zu erkennen. Eines von ihnen stand wieder offen. Es war das Wohnzimmerfenster, und auf der nächsten Aufnahme schaute der Mann mit grimmiger Miene genau in dessen Richtung. Es war beim Betrachten des Fotos geradezu spürbar, dass sämtlicher Hass, den der Alte in diesem Augenblick empfunden hatte, jenem Menschen galt, der sich in dem Moment hinter diesem Fenster aufhielt. Und tatsächlich befand sich genau in dem Moment jemand in dem Raum. Die Person selbst war unscharf abgebildet, aber man konnte erkennen, dass sie, vornübergebeugt und mit den Ellenbogen auf den Knien, ihren Kopf auf beide Hände abstützte und mit weit aufgerissenen Augen in Richtung Fenster schaute. War das Frau Feldkamp?

Kindlein legte sämtliche Fotografien, auf denen entweder der Hausmeister, Frau Feldkamp oder beide zusammen zu sehen waren, nebeneinander auf die Schreibtischplatte. Irgendwas machte ihn dabei stutzig. Dann drehte er sie alle um. Jeder Abzug war sowohl mit einer Film- als auch einer Aufnahmenummer versehen.

»Sagt mal«, fragte er die beiden Kollegen schließlich, »ihr habt die Fotos von Frau Feldkamps Haus doch einfach aus bestimmten Stapeln aussortiert und zu einem Häufchen zusammengelegt, oder?«

»Ja, wieso?«, fragte Bücklein.

»Und jeder dieser Stapel entsprach einem Film?«

»Nein, sonst wären es ja hunderteinundzwanzig gewesen. Die hätten nie auf Marens Schreibtisch gepasst. Es befanden sich immer Abzüge von fünf Filmen in einem Stapel.«

Kindlein nickte.

»Und genau so habt ihr sie auch wieder irgendwohin zurückgelegt?«

»Ja, in diese Kartons dort.« Bücklein deutete auf mehrere Pappkästen neben dem Aktenschrank.

»Okay. Wir brauchen jetzt nämlich sämtliche Abzüge folgender Filme: Nummer dreiundachtzig, Nummer zwölf und den Hundertvierer.«

Bücklein und Maren Lemcke machten sich sofort über die Pappkartons her. Derweil betrachtete Kindlein die Fotografien noch einmal genauer. Mit einer Lupe versuchte er dabei Details zu erkennen, die mit dem Auge allein nicht deutlich genug zu sehen waren.

Irgendwann hatten seine Kollegen die gewünschten Abzüge aus den Kartons genommen und auf den Schreibtisch gelegt.

»Was hat es mit diesen Fotos eigentlich auf sich, Frieder? Ich frage mich das schon die ganze Zeit. Ihr beide macht ja ein Riesengeschiss darum.«

»Na ja, vielleicht zu Recht«, antwortete Kindlein. Er nahm den ersten Stoß Fotografien an sich und blätterte ihn durch. Sodann bildete er aus diesen Aufnahmen eine Reihe, wobei er sie ihrer Nummerierung entsprechend nebeneinanderlegte. Das tat er mit jedem der drei Stapel. Maren Lemcke sah ihm dabei geduldig zu.

»Die drei Filme wurden an verschiedenen Tagen aufgenommen, oder?«, meinte sie irgendwann.

»Richtig. Ich kann nur nicht erkennen, an welchen. Das geht aus der Filmnummer leider nicht hervor, denn die wurde in Leibigs Labor willkürlich vergeben. Aber ausgerechnet die Reihenfolge interessiert mich am meisten.«

»Hm. Und wie willst du die herausfinden?«

»Mal sehen. Im Grunde ahne ich sie ja schon. Aber ich hätte auch gern einen Beweis dafür.«

Kindlein verglich noch mal sämtliche Aufnahmen. Maren Lemcke behalf sich nun ebenfalls mit einem Vergrößerungsglas. Bücklein hielt sich im Hintergrund.

Schließlich stieß Maren Lemcke einen juchzenden Schrei aus. »Ich hab's, Leute. Die Nachbarin. Seht mal her.«

Kindlein und Bücklein stellten sich sofort neben sie.

»Seht ihr? In zwei der drei Reihen befinden sich auch Aufnahmen vom Haus nebenan. Kollwitz hat seine Kamera gern da draufgehalten, und vor allem auf das Schlafzimmer dieser jungen Frau, die ihn später angezeigt hat.«

»Stimmt«, meinte Bücklein. »Kollwitz hat sie unzählige Male fotografiert. Ihr Anblick diente ihm anscheinend als Wichsvor...«

»Auf ihrem Nachttisch steht ein Radiowecker«, fuhr Maren Lemcke fort. »Und mit der Lupe kann man darauf sogar Datum und Uhrzeit erkennen – wie in einem billigen Krimi.«

Kindlein riss ihr das Foto fasst aus der Hand und warf einen Blick darauf. Es war wirklich banal. Von dem kleinen Wecker war tatsächlich das Aufnahmedatum abzulesen. Diese Fotografie stammte von Mittwoch, dem 28. März.

»Super, Miss Marple«, jubelte Kindlein. »Damit ist alles klar.«

»So?«, fragte Bücklein. »Und was, bitte schön?«

»Seht ihr dieses Foto hier?« Kindlein deutete auf jenes, auf dem der Hausmeister den Gefrierbeutel in der Hand hielt und Frau Feldmanns offen stehendes Wohnzimmerfenster fixierte. »Es ist das vorletzte eines kompletten Films. Danach hat Kollwitz noch mal eine Aufnahme von der Frau im Nachbarhaus geschossen. Dann war der Film zu Ende. Das war am Samstag, den 31. März, abends um neunzehn Uhr siebzehn. Am Morgen desselben Tages hatte er sie schon einmal fotografiert – mit diesem Film. Das war laut ihrem Wecker um neun Uhr zweiunddreißig gewesen. Und irgendwann zwischen diesen beiden Aufnahmen hat er dieses Foto hier geknipst. Das geht aus der Aufnahmenummer hervor. Es stammt also definitiv vom Samstag. Alle anderen, auf denen entweder der Hausmeister oder Frau Feldkamp abgebildet sind, stammen aus der Zeit davor. Wie zum Beispiel dieses hier.« Nun tippte Kindlein mit dem Zeigefinger auf eine Aufnahme aus einem der beiden anderen Filme. Es stellte den Hausmeister mit der gefrorenen Pute in der Hand dar. »Auf diesem Film ist der Wecker der Nachbarin zwar nicht abgebildet, aber das Foto kann nur am Freitag, dem 30. März, geschossen worden sein, da der Hausmeister Frau Feldkamp an diesem Tag beim Entsorgen von Gefriergut erwischt hat.«

»Das heißt«, sagte Maren Lemcke und griff nach der Fotografie mit dem Hausmeister, dem Gefrierbeutel und dem offenen Wohnzimmerfenster, »dass *dies hier* das womöglich letzte Foto ist, das von der lebenden Frau Feldkamp gemacht wurde.«

»Nicht ganz«, sagte Kindlein. »Ich habe eher das dumpfe Gefühl, dass es sich bei der Person, die auf diesem Foto im Wohnzimmer sitzt, gar nicht um *sie* handelt.«

»Sondern?«

»Um ihren Mörder.« Dabei deutete er auf das Gesicht im Hintergrund. »Frau Feldkamp trug ihr Haar nämlich extrem kurz, die abgebildete Person hingegen etwa schulterlang. Und es ist meiner Ansicht nach auch nicht schwarz, sondern braun.«

Bücklein pfiff durch die Zähne. »Mein lieber Scholli«, meinte er schließlich, »wenn das stimmt, dann wäre das ein ziemlicher Knaller. Zeig's mir auch mal, Maren.«

Maren Lemcke warf noch einen kurzen Blick auf die Aufnahme und gab sie dann an den Kollegen weiter. »Ich glaube, ich weiß sogar, wer das sein könnte«, behauptete sie dabei kühl und sachlich.

»Was? Du weißt ...?«

»Ich auch«, sagte Bücklein. »Das ist der Sohn der Ermordeten. Andreas Feldkamp.«

»Das kann doch nicht wahr sein.«

»Doch. Unter Garantie. Er ist auf dem Foto nicht ganz scharf abgelichtet, aber ich verwette meinen Arsch, dass er es ist. Maren und ich haben heute mehrmals seine Datei durchstöbert. Der Kerl sieht dem Typ auf dem Foto verdammt ähnlich. Und es würde mich auch nicht im Geringsten wundern, wenn er der Mörder seiner Mutter wäre, nach allem, was er seinen Eltern angedroht hat.«

Bücklein ging daraufhin zu seinem Schreibtisch, nahm eine Mappe von der Schreibfläche und brachte sie Kindlein. »Sieh selbst. Da sind sämtliche Fahndungsdaten drin.«

Kindlein verglich die Fotos. Mithilfe der Lupe erkannte er die Übereinstimmungen. Beide Personen hatten mittellanges braunes Haar und blaue Augen.

»Also los«, sagte er schließlich. »Nach diesem Feldkamp sollte von nun an in ganz großem Stil gefahndet werden. Verständigt bitte auch die Kollegen in Ludwigshafen. Außerdem muss diese Aufnahme unbedingt vergrößert werden.« Dann fügte er noch hinzu: »Mannomann. Dafür, dass ihr erst seit ein paar Stunden ein Team seid, habt ihr ja gleich mal richtig zugeschlagen. Konrad wird sich freuen.«

Eben noch war Kindlein felsenfest davon überzeugt gewesen, in Frau Reil eine Person gefunden zu haben, die aus guten Gründen die Mörderin beider Frauen gewesen sein könnte, und nun zeichnete sich ab, dass sie zumindest einen der Morde nicht begangen hatte. Hatten die beiden Taten demnach doch nichts miteinander zu tun? Oder hatte Andreas Feldkamp sogar beide begangen? Eine Verbindung zwischen ihm und Leonore Säler war im Moment zwar nicht erkennbar, aber vielleicht änderte sich das, wenn der junge Mann gefunden und verhört worden war.

Er sah auf die Uhr. Zehn vor sieben – höchste Zeit zum Aufbruch. Er wollte sich noch frisch machen und musste sich vor allem umziehen.

Bei dem Gedanken, nun gleich in die Oper zu gehen, überkamen ihn gemischte Gefühle. Mit neun Jahren hatte sein Vater ihn mal in eine Opernvorstellung mitgenommen. Das war grauenhaft gewesen. Die Oper hatte endlos lange gedauert und im Mittelalter gespielt. Der Vater hatte sich in seiner Unwissenheit für »Die Meistersinger von Nürnberg« entschieden. »Da bekommt man am meisten fürs Geld«, hatte er gemeint. Viereinhalb Stunden hatte der kleine Frieder damals sitzen müssen, ohne Popcorn, ohne Cola. Er hatte weder der Handlung noch den gesungenen Texten folgen können, und beim einzigen Höhepunkt, einer Massenschlägerei auf der Bühne, auch noch die Enttäuschung ertragen müssen, dass die Sänger nicht mal richtig zuschlugen. Außerdem hatte genau neben ihm eine groß gewachsene dicke Frau mit Damenbart gesessen. Die hatte nach Achselschweiß und bleischwerem Moschus gerochen und bei schnellen Passagen den Takt mitgetreten. Und ausgerechnet bei den langsamen und langatmigen Stellen, wo ihm die Glieder besonders schwer wurden, hatte sie Kindlein in schönster Regelmäßigkeit in die Seite gepufft und ermahnt, sich anständig hinzusetzen. Der Vater hatte ihn vor den Attacken nicht schützen können, da er die meiste Zeit schlief.

18

Steffen Olaf Anders kam sich unsagbar schäbig vor. Im Zimmer seines Enkels herumzuwühlen war würdelos. So etwas hatte er nie zuvor getan.

Gerade eben, auf der Treppe, war er zudem Viola begegnet. Zuerst hatte sie ihn mit erschrockenem Gesichtsausdruck angesehen, aber dann war sie seinem Blick sofort ausgewichen – als hätte sie etwas verbrochen oder irgendwas vor ihm zu verbergen. Den Besuch der beiden Männer am Vormittag hatte sie jedenfalls mit keiner Silbe erwähnt. Sie hatte überhaupt nicht mit ihm gesprochen, sondern war wortlos an ihm vorbeigehuscht und die Treppe hinuntergehastet. Ahnte sie, dass sich in diesem Haus merkwürdige Dinge zutrugen? Ihm war aufgefallen, dass sie vom zweiten Stockwerk heruntergekommen war. Dort befanden sich die Zimmer der beiden Jungs – also auch Sebastians Zimmer.

Der Junge hielt gern Ordnung. In seinem Zimmer befand sich alles an seinem Platz. Das Bett war gemacht, der Kleiderschrank und die kleine Kommode waren aufgeräumt, und auf dem Schreibtisch lag nur, was dahin gehörte. Anders warf einen Blick auf das Regal. Sebastian las viel. Alle Bücher standen sauber in Reih und Glied und waren nach Genres sortiert. Der Zustand dieses Zimmers entsprach dem Eindruck, den Anders schon immer von Sebastian gehabt hatte.

Schließlich öffnete er die Schreibtischschublade. In ihr befanden sich bunte Schnellhefter – Schulmaterial. Jedes Fach hatte eine eigene Farbe – das war in den Schulen heutzutage so üblich. Dahinter lagen zwei dickere Ordner, unbeschriftet und grau. Anders zog einen hervor und öffnete ihn. Er war berstend voll mit aus dem Internet abgedruckten Seiten. Mit Leuchtstift markierte Textstellen und auf den Blatträndern notierte Anmerkungen deuteten darauf hin, dass sich Sebastian mit deren Inhalt auseinandergesetzt hatte.

Aber was waren das für merkwürdige Themen, mit denen sich der Achtzehnjährige beschäftigte? Er hatte in dem Ordner eine Unzahl von Artikeln und Ausschnitten aus juristischen Fachbüchern gesammelt. Sie alle setzten sich mit äußerst speziellen, sich im Kern jedoch ähnelnden strafrechtlichen Fragen auseinander. Es ging immer um die Frage nach der Schuld- und Deliktsunfähigkeit und was unter diesen beiden Begriffen zu verstehen sei. Anhand ausgesuchter Beispiele und mit Auszügen aus Strafgesetzbuch und Bürgerlichem Gesetzbuch wurde außerdem klargestellt, worin hier Unterschiede bestanden und in welchen Fällen Überschneidungen möglich waren.

Der zweite Ordner war noch eigentümlicher. Er enthielt eine Liste von Bezeichnungen psychiatrischer Erkrankungen und Kopien aus medizinischen Fachbüchern, in denen diese Krankheitsbilder detailliert beschrieben wurden. Auch hier hatte sich Sebastian akribisch Notizen gemacht und wichtige Stellen mit Marker gekennzeichnet.

Unter normalen Bedingungen hätte sich Anders keinen Kopf darüber gemacht, weshalb sich Sebastian für das Borderlinesyndrom, für Schizophrenie, für schizoaffektive Erkrankungen oder dissoziative Störungen interessierte. Aber nun war eben nichts mehr normal, und dass ihn ausgerechnet Krankheitsbilder beschäftigten, bei denen schwere Persönlichkeitsstörungen im Vordergrund standen, verhieß nicht unbedingt Gutes.

Sebastian war bislang ein völlig gesunder und normaler Junge gewesen. Aber nun schien etwas geschehen zu sein, das er nicht deuten konnte und das sein bisheriges Selbstbild infrage stellte. Jedenfalls zog er derartige Fachliteratur nicht grundlos hinzu. Er suchte nach Erklärungen. Und weil er intelligent war, stellte er sich selbstverständlich auch gleich die Frage, ob und inwieweit er rechtlich zur Verantwortung gezogen werden könnte, falls seinem Tun und Handeln eine schwerwiegende seelische Störung zugrunde läge.

Anders schnürte es den Hals zusammen. Er spürte, dass sein Herz zu rasen begann und wie sich in seiner linken Kopfhälfte ein leichter Schmerz breitmachte.

19

Morgenthaler hatte sich auf dem Weg nach Schwetzingen mehr als einmal gefragt, warum er diese Fahrt eigentlich unternahm. Er glaubte nicht daran, dass eine Frau diese Taten begangen hatte, und irgendwas sagte ihm, dass Frau Reil erst recht nicht die Täterin war. Sicher, sie hatte beide Frauen gekannt und hätte, bei kritischer Betrachtung, womöglich sogar ein Motiv gehabt, ihnen etwas Übles anzutun. Aber Mord?

Morgenthaler verließ sich gern auf sein Gefühl. Andererseits, wenn allzu viele Zufälle zusammenkamen, dann war es gut, wachsam zu sein. Und in Frau Reils Biografie hatte es in der Tat zu viele eigenartige Vorkommnisse gegeben.

Außerdem war es nun richtig schön, Traugott Siebenwurst mal wieder zu sehen. Morgenthaler hatte den Kollegen kurz nach Feierabend und gerade in dem Moment angerufen, als er die kleine Polizeidienststelle in Schwetzingen verlassen und nach Hause gehen wollte. Siebenwurst hatte sich über den Anruf sehr gefreut, und Morgenthaler hatte ihn nicht eine Sekunde überreden müssen, sich mit einem alten Kollegen aus Mannheim noch auf ein Bierchen zusammenzusetzen.

Die Schlossplatzterrasse des »Kaffeehaus« war brechend voll, und die beiden hatten nur durch Glück einen Platz mit Blick auf den Schlosseingang erwischt. Die Nähe des geschichtsträchtigen Komplexes mit seiner außergewöhnlichen Parkanlage zumindest zu spüren, gehörte in Morgenthalers Augen zu einem Besuch Schwetzingens einfach dazu. Und wäre es Mai, hätte ihn niemand davon abgebracht, eine gehörige Portion des weltberühmten Spargels zu essen. So begnügte er sich mit einem Glas Bier, einem Toast Hawaii und der netten Gesellschaft, die ihm sein alter Kollege leistete.

Traugott Siebenwurst war von großer, kräftiger Statur, und wenn er lief, tat er das immer mit auffällig federndem Schritt und leicht nach vorn gebeugtem Oberkörper. Er war Melancholiker.

All seine Liebe galt den Chansons von Jacques Brel, und man sah ihm an, dass er früher ein gut aussehender Mann gewesen war. Aber er war leider auch eine tragische Gestalt. Er verrichtete seinen Dienst nun schon seit über dreißig Jahren in dieser kleinen Außenstelle der Kripo Heidelberg. In jungen Jahren hatte er hochfliegende Pläne gehabt und Karriere machen wollen. Aber immer wenn er den Absprung ins Auge gefasst hatte, war ihm irgendeine Frau dazwischengekommen. Deren Liebreiz und Schönheit war er dann so verfallen, dass er sich nicht dazu durchringen konnte, Schwetzingen den Rücken zu kehren. Nun, kurz vor der Pensionierung und nach sechs gescheiterten Ehen, war es dafür zu spät. Siebenwurst war zeit seines Lebens ein gutmütiger Trottel gewesen, der sich von seinen Frauen hatte ausnehmen lassen wie eine Gans und der nun im Alter allein mit Depressionen und Schulden in einer kleinen Wohnung am Stadtrand von Schwetzingen ein tristes Dasein inmitten seiner Plattensammlung fristete.

»Und wie geht es dir inzwischen gesundheitlich?«, fragte Morgenthaler deshalb, nachdem sie sich eine Stunde lang durch gemeinsame Bekannte und berufliche Erlebnisse hindurch warm geredet hatten.

»Ach, ich weiß nicht. Meine Therapeutin ist zufrieden. Aber ich frag mich manchmal … Na ja.« Dann war Sendepause.

Morgenthaler wartete, dass noch was kam, aber der arme Kerl stierte nur ausdruckslos in sein drittes Bierglas und schlürfte es schließlich leer. Seine Augen wirkten irgendwie glanzlos.

»Egal. Komm, lassen wir das. Erzähl lieber, was dich hierherführt.«

»Hm.«

»Ehrlich, Konrad. Mir geht's gut.«

Jetzt erinnerte sich Morgenthaler wieder. Siebenwurst sprach generell erst nach dem siebten oder achten Bier über sich, auf jeden Fall erst, wenn er keine Lust mehr hatte, über Berufliches zu reden. Morgenthaler berichtete also von den beiden Mordfällen und fragte den Kollegen dann, ob er sich vielleicht noch an das Verschwinden von Frau Reils Ehemann erinnern könne.

»Sehr gut sogar. Es war anfangs eine Vermisstenmeldung wie alle anderen, aber dann ist daraus ja eine monatelange Suchaktion geworden. Muss so ungefähr fünf Jahre her sein. Frau Reil hat damals einen etwa zwölf oder dreizehn Jahre alten Sohn und einen Nachzögling im Alter von circa zwei Jahren gehabt. Eines Tages – es war ein Freitag – kam sie jedenfalls von der Arbeit, und ihr Mann, ein arbeitsloser Ingenieur, war mal wieder nicht zu Hause. Und nachdem er auch am Wochenende nicht erschienen war, kam ihr das spanisch vor, und sie hat sich gleich am Montag an uns gewandt. So weit, so gut. Ich würde mich heute vermutlich gar nicht mehr an den Fall erinnern, wenn nicht genau in derselben Straße fünfzehn Jahre zuvor ein Mann auf äußerst dubiose Art und Weise ums Leben gekommen wäre. Auch er hatte anfangs als vermisst gegolten. Seine Frau hatte uns das aber erst eine Woche nach seinem Verschwinden gemeldet. Drei Tage später hat es hinten in ihrer Scheune gebrannt. Die Feuerwehr konnte nichts mehr retten, fand aber unter dem zusammengefallenen Gebälk die verkohlten Überreste des Mannes. Tief in seinem Rücken steckte eine Mistgabel.«

»Mein lieber Mann. So was hätte ich mir auch gemerkt. Und wie ging es in diesem Fall weiter?«

Der Kollege nahm erst einmal einen großen Schluck Bier. Es war das fünfte. Morgenthaler zählte mit.

»Na, für uns hier in Schwetzingen mit Alltäglichem. Der Fall wurde damals von Kollegen der Heidelberger Kripo untersucht. Aber die mussten die Frau bald wieder laufen lassen. Sie selbst hatte ja die Feuerwehr gerufen, als der Brand noch in den Anfängen steckte, was niemand tut, der solch eine Tat vertuschen will. Außerdem konnten die Brandstifter ziemlich schnell ermittelt werden. Es waren Jungs aus der Nachbarschaft, die sich zum heimlichen Rauchen in die Scheune hineingeschlichen hatten. Dabei haben sie den schon nicht mehr ganz taufrischen Leichnam des Mannes entdeckt und sind panisch davongerannt. Auf der Flucht haben sie dummerweise ihre brennenden Kippen verloren. Später, bei der Sichtung des Tatortes, stellte sich heraus, dass der Tote mitten in der Einfahrt und in nächster Nähe zum Scheunentor gelegen hatte, also an einer gut sichtbaren Stelle, weshalb man die Frau endgültig als Täterin ausschloss. Die hätte den Mord an ihrem Mann wohl eher verheimlicht und den

Leichnam nach der Tat woandershin verbracht, schon deshalb, weil ihn ihr kleiner Sohn an derart exponierter Stelle ebenso leicht hätte finden können, wie es diese Jungs getan hatten. Kurz und gut: Den Täter hat man nie gefasst.«

»Hm. Und was hat das alles mit Frau Reil zu tun?«

»Na ja, wie gesagt, erst mal die Tatsache, dass beide Vorfälle in derselben Straße stattfanden. Und dann der Zufall, dass sowohl der Typ aus der Scheune – er hieß übrigens Siegbert Loose – als auch Frau Reils Mann nicht gerade Väter und Ehemänner waren, die man einer Familie gönnt.« Siebenwurst bestellte sein sechstes Bier. »Loose war ein cholerischer Arsch, der seine Frau und seinen kleinen Sohn regelmäßig schikaniert und geschlagen hat. Das kam natürlich, wie immer, alles erst später heraus, nachdem er tot war und die Nachbarn ihre Amnesie abgelegt hatten.«

»Und bei Frau Reil verhielt sich das auch so?«

»Ähnlich. Ihr Mann ist bei einer großen Firma gefeuert worden und hat danach beruflich kein Bein mehr auf den Boden gebracht. Die ersten zwei Jahre ging noch alles gut, er hat den Hausmann gespielt und auf den Sohn aufgepasst. Schließlich kam der Nachzögling. Ein Jahr lang hat Frau Reil daraufhin in ihrem Beruf pausiert. Er bekam noch immer keinen Job und begann zu saufen. Als sie wieder arbeiten ging, war er tagsüber auf einmal allein verantwortlich für zwei Kinder. Das war zu viel für ihn. Er hat den Großen nur noch angeschrien, und bei der kleinsten Gelegenheit ist ihm die Hand ausgerutscht. Und dann passierte das Unglück. Beim Wickeln des Kleinen ist er unkonzentriert gewesen. Der Kurze fiel vom Wickeltisch und schlug auf den Boden auf. Im Krankenhaus hat man alles versucht, aber das Becken war kompliziert gebrochen, und es blieb eine Behinderung am linken Bein zurück. Der Vater hat sich nun erst recht als Versager gefühlt und seinen Alkohol- und Drogenkonsum fortan bis zum Exzess gesteigert – eine schreckliche Zeit für die Familie.«

Morgenthaler erinnerte sich an den Jungen. Sie waren ihm kurz bei ihrem Besuch bei Frau Reil begegnet. Und er hatte tatsächlich stark gehinkt.

»Ich glaube, ich ahne, was du sagen willst. Beide Frauen können froh sein, ihre Männer losgeworden zu sein. Meinst du das?«

»Ja, genau das meine ich.«

»Aber hat Frau Reil zum Zeitpunkt des Scheunenmordes denn überhaupt schon in der Straße gewohnt?«

»Ja, natürlich. Sie ist dort aufgewachsen. Ihre Eltern hatten da eine Wohnung gemietet. Die sind aber nach Mannheim ins Haus der verstorbenen Großeltern gezogen, als Frau Reil, damals hieß sie noch Anders, mit ihrem ersten Kind schwanger war. Das muss so zwei Jahre nach dieser Scheunengeschichte gewesen sein. Frau Anders hat die Wohnung übernommen, und der Vater ihres Kindes, also Reil, zog auch dort ein.«

Der nächste Gedankenschritt war klar.

»Denkst du, die beiden Frauen haben zusammengearbeitet?«

»Ich weiß nicht. Aber irgendwie hängen diese Fälle miteinander zusammen.«

»Hm. Zwischen ihnen lagen immerhin fünfzehn Jahre, Traugott. Außerdem: Haben sich die Frauen denn überhaupt gekannt?«

»Nun ja. Vom Alter lagen sie nicht sehr weit auseinander, und sie haben schließlich nur drei Häuser voneinander entfernt gewohnt. Und als sich Frau Loose in Untersuchungshaft befand, haben die Andersens deren kleinen Sohn bei sich aufgenommen. Spätestens in dieser Zeit werden sich die jungen Frauen kennengelernt, wenn nicht sogar Freundschaft geschlossen haben. Fünfzehn Jahre später, als Frau Reils Mann verschwand, konnten sie jedenfalls so gut miteinander, dass Frau Loose nun wiederum auf Frau Reils jüngsten Sohn aufpasste, wenn die gerade ihren Dienst in der Schule verrichtete. Und das tat sie immerhin ein halbes Jahr, bis Frau Reils Versetzung an eine Mannheimer Schule genehmigt war und sie dort ins Haus ihrer Eltern einziehen konnte. Schon seltsam, oder?«

»Ja, das ist wohl wahr.«

Morgenthaler fragte sich, warum er bei dem Gespräch mit Frau Reil nicht ein einziges Mal auch nur den Funken von Misstrauen gehegt hatte. Normalerweise konnte er sich auf seine Intuition verlassen. Selbst jetzt sah er in Frau Reil noch immer keine Mörderin.

Er wurde alt, vielleicht lag es daran. Mitte fünfzig hatte er vor Kurzem überschritten. Und obwohl er sich körperlich und geistig auf der Höhe fühlte, war es durchaus möglich, dass seine intuitiven Fähigkeiten nachzulassen begannen. Das wäre traurig, dachte er, da ein wesentlicher Reiz seines Berufes immer darin bestanden hatte, das eigene Beurteilungsvermögen ständig auf den Prüfstand gestellt zu sehen. Eine Ahnung bestätigt zu bekommen hatte ihn schon immer mehr befriedigt als ein Ergebnis, zu dem er durch bloßes Aneinanderketten von Fakten und Indizien gekommen war. Aber diesmal lief es wohl genau darauf hinaus. Frau Reil würde von nun an im Fokus ihrer Ermittlungen stehen, mochte ihm das gefallen oder nicht.

»Wohnt Frau Reil eigentlich immer noch da?«

»Wo?«, fragte Morgenthaler.

»Na, bei ihren Eltern.«

»Ja. Da wohnt sie noch.«

»Der Vater hat hier in Schwetzingen einen Spielzeugladen. Weißt du das?«

»Ja. Davon hab ich gehört. Kennst du den?«

»Ich muss noch immer für drei von sieben Kindern Alimente zahlen – da werde ich ihn wohl kennen. Außerdem ist das ein süßer Laden. Wundert mich, dass du ihn nicht kennst. Der ist in der ganzen Region bekannt.«

»Ich hab keine Kinder.«

»Stimmt. Ich vergaß. Auf jeden Fall hat der alte Anders ein fantastisches Händchen bei der Auswahl seiner Spielsachen, und ich kenne auch niemanden, der so gut mit Kindern kann wie er. Du solltest mal erleben, wie die auf den abfahren.«

»Und wo finde ich den Laden?«

»Genau um die Ecke von unserer Dienststelle, in der Carl-Theodor-Straße. Wenn du nachher zu deinem Auto läufst, kannst du ja mal einen Blick ins Schaufenster werfen.«

Traugott Siebenwurst entwich mit einem Mal ein tiefer Seufzer. Morgenthaler ahnte, was nun folgen würde. Der Kollege hatte soeben sein siebtes Bier ausgetrunken.

»Aber wo du vorhin schon mal danach gefragt hast, Konrad: Manchmal hab ich das Gefühl, dass ich in meinem Leben alles verkehrt gemacht …«

20

»Hallo, Sie da«, wiederholte eine Stimme zum dritten Mal, aber erst, als er spürte, dass etwas seine Schulter berührte, merkte Kindlein, dass *er* gemeint war. »Können Sie mich mal durchlassen?«

»Was ist denn los?«, fragte er benommen.

»Pause.«

Kindleins Blick fiel auf eine Unzahl hintereinanderstehender gepolsterter Sitzreihen, durch die – einer nach dem anderen und in zivilisierter Manier – mehr oder weniger festlich gekleidete Menschen schritten. Die Herren trugen jedenfalls dunkle Anzüge. Die Damen gaben sich farbenfreudiger, sie trugen bunte Abendgarderobe. Zudem glitzerte ihr Schmuck im herabfallenden Licht der Deckenleuchten. Kindlein empfand es als fürchterlich gleißend, bis sich seine Augen einigermaßen daran gewöhnt hatten.

»Darf ich jetzt mal durch oder nicht?«, fragte die Stimme nun in gereiztem Ton. Kindlein stand träge von seinem Platz auf und ließ den Mann durch.

Im Foyer suchte er erst einmal nach den Toiletten. Erst dort erinnerte er sich. Er war ein wenig zu spät gekommen und hatte seinen Platz genau in dem Moment eingenommen, als das Orchester unten im Graben mit der Wiedergabe der Ouvertüre begann. Einige Male hatte er mit gestrecktem Hals nach Ester Ausschau gehalten, weil er vermutete, dass die Kontrabassisten die einzigen Musiker waren, die man von den Plätzen im Parkett aus sehen konnte. Und so war es auch gewesen. Er hatte Ester sofort erkannt. Auch ihren Pultnachbarn hatte er schon mal kennengelernt, aber sein Name war ihm nicht mehr eingefallen. Und dann? Er konnte sich nicht mehr erinnern, was sich im ersten Akt zugetragen hatte, nicht einmal an den Anfang. Er musste schon während der Ouvertüre eingeschlafen sein. Peinlich und auch ein wenig schade, denn im ersten Akt wurde jene Arie gesungen, die er Ester vortragen sollte.

Nachdem er von der Toilette gekommen war, lief er noch einige Minuten im Foyer herum und hielt nach Wesselin Ausschau. Er wollte sich wenigstens für die Kartenreservierung bedanken. Aber der war nirgends zu sehen. Schließlich hörte er einen Gong und eine Stimme, die zum Einnehmen der Sitzplätze aufforderte.

Der Handlung des zweiten Aktes war schwierig zu folgen. Kindlein hatte Wesselins Broschüre eigentlich gut studiert, aber irgendwie fand er sich trotzdem nicht zurecht. Die Kostüme der Sänger waren schmuckreich, und man sah an den Perücken, dass das Stück im Rokoko-Zeitalter spielte. So hatte er es erwartet. Aber von den Figuren, die ihm bekannt waren, konnte er nicht eine erkennen. Und selbst dann, wenn die Sänger mal nicht sangen, war aus den gesprochenen Texten kein einziger Name heraushörbar, der ihm ein Begriff gewesen wäre. Ihm wurde schon bald einigermaßen seltsam zumute. Die anderen Zuschauer konnten dem Geschehen auf der Bühne bestens folgen. Sie reagierten mit Lachen, mit Stöhnen, und hin und wieder ging auch mal ein heftiges Raunen durch das Publikum, woraufhin es mitunter sogar Szenenapplaus spendete. Irgendwann wurde ihm das Ganze unheimlich. Er war offensichtlich der einzige Idiot im Saal, der nicht die Spur einer Ahnung hatte, worum es da vorn auf der Bühne ging. Selbst zwei Kinder, die eine Reihe vor ihm saßen, waren besser informiert. Vorsichtig und darauf bedacht, dass die Sitznachbarn nichts mitbekamen, kramte er deshalb seine Eintrittskarte aus der Hosentasche hervor und warf einen verstohlenen Blick darauf. Aber auf der stand nur, was er erwartet hatte: »Die Zauberflöte«. Und darunter: »von W. A. Mozart«. Er war ratlos.

Heimlich beobachtete er daraufhin seine Umgebung genauer. Es gab durchaus Leute, die, egal was sich auf der Bühne abspielte, steinerne Miene bewahrten, und auch welche, denen man deutlich ansah, dass sie jetzt lieber in ihrem Geschäft oder zu Hause in ihrem Bett wären. Aber sie alle waren dennoch zumindest hin und wieder auf adäquate Weise am Bühnengeschehen beteiligt.

Kindlein konnte es nicht fassen. Resigniert dachte er, dass es unter den Umständen wohl das Beste wäre, sich einfach an diejenigen Zuhörer ranzuhängen, die ihre Emotionen am deutlichsten zum Ausdruck brachten. Möglicherweise war das genau das Geheimnis, um an dieser reichlich merkwürdigen Kunstform Gefallen zu finden. Beim nächsten Lacher lachte er deshalb laut mit, und beim nächsten Stöhnen oder Seufzen war auch er dabei. Und beim Schlussapplaus klatschte er einfach genauso lange wie die anderen.

Nach der Vorstellung beeilte er sich. Er wollte Ester unbedingt abfangen. Auf schnellstem Weg verließ er das Theater und rannte nach hinten zum Künstlereingang. Nach ein paar Minuten des Wartens traten dort endlich die ersten Musiker mit ihren Instrumentenkästen heraus. Einige von ihnen grüßten ihn, obwohl er sie gar nicht kannte. Dann kam Ester.

Sie sah unglaublich aus. Kindlein verschlug es die Sprache, und sein Herz begann wie wild zu pochen. Nur drei Tage hatte er sie nicht gesehen, aber sie war noch schöner als auf all den Bildern, die er sich in dieser Zeit im Kopf von ihr gemacht hatte. Als sie ihn sah, huschte ein freudiges Strahlen über ihr Gesicht.

»Hallo, Frieder.« Ihre Stimme klang unfassbar warm und herzlich. Und als sie ihn umarmte, raunte sie ihm ins Ohr: »Mein Gott, ist das schön, dich zu sehen.«

Ihm ging es genauso. Auch er fand in diesem Moment nichts schöner, als sie endlich wieder im Arm zu halten und an sich zu drücken. Sie roch unglaublich gut, und ihre Haut fühlte sich durch den dünnen Stoff des Kleides ungemein zart und samten an.

Aber dann ließ sie ihn los und musterte ihn. »Warst du etwa in der Vorstellung? Du siehst so schick aus.«

»Ja, war ich«. Er spürte einen Anflug von Verlegenheit.

»Komm«, meinte sie daraufhin und nahm seine Hand, »lass uns nach Hause gehen. Und auf dem Weg erzählst du mir, wie du's fandest. Okay?«

Vom Nationaltheater bis zur Sophienstraße war es nur ein Katzensprung, aber sie gingen langsam, sodass Kindlein die Anwesenheit Esters in vollen Zügen genießen konnte. Sie war die

Frau, mit der er leben wollte, daran gab es nicht den geringsten Zweifel.

»Erzähl doch mal«, forderte sie ihn auf, »hat dir die Vorstellung gefallen?«

»Na ja«, antwortete er unsicher. »Der Sarastro war recht gut, der hatte eine ordentliche Tiefe. Aber die Königin der Nacht hatte Schwächen in der Höhe. Da hab ich schon bessere gehört. Aber die Inszenierung war durchgehend spitze.«

»Ach ja?«

»Ja, und dann das Orchester – ihr wart natürlich saugut. Vor allem bei der ›Ach, ich fühl's‹-Arie der Pamina. Einfach großartig, wie sie von euch begleitet wurde.«

»Bei *Paminas* Arie?«

Kindlein winkte ab. »Nein, nicht nur da. Auch sonst.«

»Also auch beim Rest.«

»Genau.«

Ester begann zu kichern.

»Na gut«, meinte Kindlein unsicher, »manchmal war das Orchester auch nicht ganz genau zu hören, weil …«

»Ja?« Sie lachte nun.

Kindleins Ohren glühten. »… weil halt etwas zu laut gesungen wurde. Besonders als der Dings seine Arie zum Besten gegeben hat, der – wie heißt er gleich? Vielleicht lag's da aber nur an der Balance.«

Ester prustete jetzt lautstark. Dabei hielt sie sich den Bauch.

»He, was ist denn los mit dir?«

»Oh Mann, Frieder. Du bist echt eine Marke. Ich entleer hier gleich meine Blase vor Lachen, und zwar mitten auf der Straße.«

»Hm.« Kindlein war klar, dass er Mist von sich gegeben hatte. Er hatte ja überhaupt nichts kapiert. Aber war das komisch? »Und was ist der Grund für dein Lachen?«, fragte er. Ihm lief der Schweiß.

Sie sah ihn milde lächelnd an und strich ihm dabei mit der Handfläche die Wange. »Weil die ›Zauberflöte‹ schon gestern abgesagt werden musste und heute dafür ›Così fan tutte‹ gespielt wurde.«

Kindlein biss die Zähne zusammen.

»Ernstlich?«, fragte er.

»Ehrlich.«

»Mein Gott. Wie peinlich.«

Ester grinste, nahm ihn bei der Hand und forderte ihn mit einem Augenzwinkern zum Weiterlaufen auf.

»Aber Mozart war's wenigstens, oder?«, fragte Kindlein nach einigen Schritten kleinlaut.

»Ja.«

Dann entstand eine kleine Pause. Schließlich sagte Ester: »Du brauchst mir nichts zu beweisen, Frieder. Ich weiß, dass du ein unmusikalischer Tropf bist.«

»Hm. Und warum willst du dann unbedingt, dass ich dir eine Arie vortrage?«

»Ach, warum. Weil ich will, dass du mal über deinen Schatten springst. Und weil ich gerne hätte, dass das, was du vorhast, für dich eine Bedeutung bekommt. So, dass du dich später immer freudig daran erinnerst.«

»Das verstehe ich nicht.«

Ester blieb stehen. »Ehrlich nicht? Denk nach, Frieder. Du kritzelst morgens ein paar schnelle Zeilen über ein riesiges Vorhaben auf einen Wischzettel. Damit ist im Grunde schon der halbe Sprit aus dem Tank. Aber egal. Nur abends, wenn's zur Sache gehen soll, bist du gar nicht da. Und damit nicht genug. Du meldest dich nicht mal.«

»Ich hab etliche Male bei dir angerufen.«

»Oh Frieder. Was denkst du wohl, wo sich die Frau, die du für den Abend zu dir eingeladen hast, an selbigem Abend wohl befand?«

Kindlein fasste sich an die Stirn. Na klar, dachte er, ich bin so bescheuert.

»Bei mir natürlich.«

»Bingo, Herr Detektiv. Und zwar in allerfeinstes Tuch gehüllt, frisch geduscht und sogar mal geschminkt und – voller Vorfreude. Und hungrig übrigens auch.«

Kindlein nickte. »Ja, ich verstehe. Glaube mir, es tut mir schrecklich leid. Das war so ein richtiger Scheißtag.«

»Jo.«

Kindlein stöhnte. »Und was soll ich jetzt machen?«

»Das, was du am liebsten tun möchtest, Frieder. Ich bin eine erwachsene Frau und weiß, dass der Mensch, mit dem ich zusammenbleiben möchte, gerade vor mir steht. Dazu ist keine Heirat notwendig. Das ist eine reine Herzenssache. Und wenn du«, dabei tippte sie ihm auf die Brust, »in deinem Herzen das Gleiche für mich empfindest, dann brauchen wir erst recht nicht zu heiraten. Sollte dir ein Heiratsantrag jedoch viel bedeuten, weil du ihn als besondere Form der Liebesbezeugung verstehst, dann mach ihn in Herrgottsnamen auch zu einem besonderen Ereignis und nicht zu etwas, das im Vorbeigehen erledigt werden kann. Es darf nicht darum gehen, *mir* eine Freude zu machen, sondern etwas zu tun, das *dir* ein tiefes Bedürfnis ist.«

Sie hat recht, dachte Kindlein. Im Grunde hatte er genau das vorgehabt. Eben nur nicht singend.

»Aber warum ausgerechnet *dieses* Lied?«

»Du musst diese Arie nicht singen, Frieder. Du musst gar nichts. Aber Singen ist etwas, das du sonst nie tust. Verstehe es als Vorschlag. Und weshalb ich gerade an diese Arie gedacht habe, findest du von ganz allein heraus.«

»Klingt ominös.«

»Noch, Frieder. Noch.«

»Oh nein. Bitte nicht«, entfuhr es ihm plötzlich. Gerade jetzt musste sein Handy surren.

»Komm, geh ran«, sagte Ester. »Deine Kollegen?«

»Unter Garantie.«

»Geht's wieder um Mord?«

»Um zwei Morde.«

»Na, dann erst recht.«

In Maren Lemckes Büro zeugten einzig die Weinflasche und die beiden Plastikbecher noch von der gelösten Stimmung am Nachmittag. Bücklein und die neue Kollegin saßen mit bedrückten Mienen auf ihren Stühlen, als Kindlein eintrat. Besonders Maren wirkte angeschlagen.

»Mein Gott, ihr armen Schweine. Wie konnte das denn nur passieren?« Kindleins Stimme überschlug sich fast.

»Ich blick's immer noch nicht, Frieder«, meinte Bücklein. »Die Kollegen aus Ludwigshafen haben uns verständigt, weil sie diesen Andreas Feldkamp ausfindig gemacht haben. Der hielt sich in der Wohnung eines Kumpels im Stadtteil Oppau auf. Da sind wir natürlich sofort losgefahren. Aber als wir ankamen, standen da mehrere Mannschaftswagen vor dem Haus, und ein Trupp Scharfschützen war auch schon überall verteilt worden. Feldkamp schrie wie ein Wahnsinniger von einem der Fenster im dritten Stock herunter und hielt eine Pistole im Anschlag. Wir sind gleich zum Einsatzleiter und haben gefragt, was da los sei. Und der hat uns berichtet, dass Feldkamp den Kollegen die Tür vor der Nase zugeschlagen hat, als sie ihn aufgesucht haben. Dann soll er gleich geschrien haben, dass sie abhauen sollen, dass er bewaffnet sei und dass er den Ersten, der zur Tür hereintritt, abschießt. Dann hat er seinen Kumpel aus der Wohnung gejagt und sich mit der Waffe am offenen Fenster postiert.«

»Aber wieso denn nur?«

»Der ist durchgedreht. Der muss völlig durchgedreht sein. Er hat vermutlich vom Mord an seiner Mutter in der Zeitung gelesen. Jedenfalls hat er geschrien, dass er sich nie wieder in seinem Leben einsperren lässt und mit dem Tod seiner Mutter nichts zu tun habe. Der Einsatzleiter hat ihn ein paarmal aufgefordert, Ruhe zu bewahren, und ihm mehrmals erklärt, dass man sich nur mit ihm unterhalten wolle. Feldkamps Kumpel hat uns daraufhin gesteckt, dass Feldkamp gerade wieder einen Bruch gemacht hat und nun wohl befürchtet, auch noch mit dem Mord in Verbindung gebracht zu werden. Jedenfalls eskalierte der ganze Scheiß irgendwann. Der Einsatzleiter hat Feldkamp den Vorschlag gemacht, die Waffe aus dem Fenster zu werfen, und versprochen, anschließend nur zwei Beamte zu ihm raufzuschicken, mit denen er erst einmal in Ruhe reden könne, bevor man ihn ins Präsidium brächte. Aber Feldkamp war mit nichts zu überreden und schrie immer lauter. Und mit einem Mal beugt der Kerl sich doch tatsächlich aus dem Fenster, hält sich die Knarre an den Kopf und drückt einfach ab.«

»Scheiße.« Mehr fiel Kindlein nicht ein. Er sah Maren Lemcke an. Ein fürchterlicher Einstand in die neue Abteilung, dachte er.

»Habt ihr Konrad schon verständigt?«

»Ja«, antwortete eine tiefe Stimme, »haben sie.«

Kindlein drehte sich erschrocken um. Morgenthaler stand direkt hinter ihm in der Bürotür.

»Schöner Mist, oder?«, meinte Bücklein.

Morgenthaler nickte. »Das kann man wohl laut sagen. Das ist mehr als Mist.«

Einen Moment lang schwiegen alle. Dann meldete sich Maren Lemcke leise zu Wort. »Ich schätze, nun wird es wohl ziemlich unmöglich sein, den Mord an Frau Feldkamp aufzuklären, oder? Ich meine, unser Hauptverdächtiger existiert schließlich nicht mehr.«

Morgenthaler runzelte die Stirn. »Hauptverdächtiger? Wie kommst du denn darauf?«

»Äh. Na ja, wegen den Drohungen, die er gegen seine Eltern ausgesprochen hat. Und wegen dem Foto.«

»Foto?«

Maren Lemcke sah sich nun unsicher um und suchte Blickkontakt mit Kindlein und Bücklein.

»Maren meint eine dieser Aufnahmen, die dieser Kollwitz gemacht hat«, erklärte Bücklein und ging rüber zu seinem Schreibtisch. Als er zurückkam, hielt er einen der Abzüge und eine Lupe in der Hand. »Die hier.«

Morgenthaler nahm die Fotografie entgegen und betrachtete das Motiv.

»Das stammt eindeutig von Samstag, dem 31. März«, meinte Kindlein. »Das haben wir überprüft. Der junge Mann im Hintergrund ist unserer Ansicht nach Andreas Feldkamp. Sieh dir Statur, Haarfarbe, Frisur und Augenfarbe an. Stimmt alles mit den Fotos in seiner Kriminalakte überein.«

Morgenthaler blickte noch immer konzentriert auf die Aufnahme. Hin und wieder setzte er das Vergrößerungsglas ein. »Hm«, brummelte er irgendwann schließlich vor sich hin. Dann wandte er sich Maren Lemcke zu. »Ich hab keine Ahnung, wie dieser Feldkamp aussah. Bist du mal so lieb und öffnest seine INPOL-Datei?«

Maren ging zum PC und gab ein paar Daten in das polizeiliche Informationssystem ein. Kindlein und Bücklein schwiegen.

»Habt ihr von der Aufnahme hier eine Vergrößerung machen lassen?«, fragte Morgenthaler schließlich.

»Ja. Wir haben Leibig damit beauftragt. Ich kann ihn anrufen«, meinte Bücklein.

»Gut. Tu das.«

Kindlein dachte, dass Leibig sich über den nächtlichen Anruf sicher begeistert zeigen würde. Außerdem fand er, dass sich Morgenthaler seltsam verhielt. Irgendwas ging in ihm vor.

»Die Datei ist offen, Konrad«, sagte Maren Lemcke schließlich.

Morgenthaler stellte sich vor den Bildschirm und klickte und scrollte sich mit der Maus ungeschickt, aber effektiv durch einen Wust an gespeicherten Informationen. Bücklein verließ derweil den Raum.

»Und, Konrad?«, fragte Kindlein irgendwann vorsichtig. »Findest du, was du brauchst?«

»Ja. Andreas Feldkamp sah dem jungen Mann auf dem Foto tatsächlich ähnlich«, antwortete Morgenthaler mit ruhiger Stimme.

Kindlein fiel ein Stein vom Herzen. Irgendwas hatte ihn eben beunruhigt.

»Aber er war es nicht.«

Kindlein fuhr zusammen. »Was?«

Morgenthaler wandte sich der Kollegin zu. »Sag mal, Maren, habt ihr euch diesen Feldkamp eigentlich noch mal angesehen, nachdem er sich erschossen hat?«

Die nickte. »Ja, leider. Warum?«

»Ist euch dabei nicht aufgefallen, dass der eine völlig andere Frisur hatte als auf den Entlassungsfotos vom Knast?«

Nun schüttelte sie den Kopf. »Der Schädel war nicht mehr im besten Zustand, Konrad.«

»Trotzdem.«

»Nun ja, jetzt wo du es sagst ...«

»Ich verstehe kein Wort«, mischte sich Kindlein ein. »Worauf willst du eigentlich hinaus, Konrad?«

»Der junge Mann, der auf dem Foto recht unscharf, aber ausreichend gut zu sehen ist, trägt mittellanges dunkelbraunes Haar, wie Feldkamp, als er vor vier Monaten entlassen wurde. So weit, so gut. Aber inzwischen hatte er sich eine andere Frisur zugelegt. Erinnerst du dich an die Einträge im Schreibtischkalender seiner Mutter? Für den 29. März hatte sie darin Folgendes notiert: ›Andyheart aufmuntern. Der Haarschnitt sieht spitze aus!‹.«

Kindlein stand der Mund offen. Vage erinnerte er sich nun. Aber wie konnte sich Morgenthaler nur so etwas merken?

»Andyheart war ihr Sohn«, fuhr Morgenthaler fort. »Und der hatte sich in ihren Augen offensichtlich zu seinem Vorteil verändert. Das kann meiner Ansicht nach nur bedeuten, dass er sich die Haare kurz schneiden ließ. Sie selbst favorisierte schließlich extrem kurz geschnittenes Haar. Also, Maren«, fragte er daraufhin und wandte sich wieder der neuen Kollegin zu, »hatte der tote Feldkamp nun kurzes oder noch immer relativ langes Haar?«

»Kurzes«, war plötzlich aus einer anderen Richtung zu vernehmen. Es war Bücklein, der nun mit der Vergrößerung von Kollwitz' Aufnahme in der Hand neben der Tür stand. »Ich erinnere mich. Und ich muss zugeben, dass mir sein Kurzhaarschnitt sogar aufgefallen ist. Aber ich hab offen gesagt nicht eine Sekunde darüber nachgedacht. Ich glaube sogar, dass ich, selbst wenn ich es getan hätte, zuerst mal vermutet hätte, dass er sich das Haar *nach* der Ermordung seiner Mutter abschneiden ließ. Die Tat ist immerhin vor knapp zwei Wochen begangen worden.«

»Sicher. Aber Feldkamp hat sich sein Haar zu Lebzeiten seiner Mutter schneiden lassen. Der junge Mann auf diesem Foto hier kann er demnach nicht sein.« Dabei deutete er auf die Vergrößerung in der Hand des bestürzt dreinblickenden Bücklein. Dann nahm er den Abzug an sich, warf einen kurzen Blick darauf, legte ihn auf Marens Schreibtisch ab und tippte mit dem Zeigefinger auf die Stelle, wo sich das Gesicht des Unbekannten befand. »Das hier ist eindeutig … Sebastian Reil.«

Kindlein wurden die Knie weich. »Das ist nicht wahr, oder?«

»Doch. Das ist Frau Reils ältester Sohn. Der junge Mann, der neulich in ihrem Vorgarten stand, als wir beide Bodo Ortlieb besucht haben. Er hat zu der Zeit gerade die Hecken gesprengt und mit einem Handy rumgespielt. Aber einen Moment hat er zu uns rübergesehen. Ich erinnere mich deshalb genau an sein Gesicht.«

Kindlein spürte, dass er kreidebleich wurde. Sofort nahm er die Aufnahme an sich. Es dauerte einen Moment, bis er sich gefangen hatte. Dann sah er zu seiner großen Erleichterung, dass auch er etwas beisteuern konnte.

»Stimmt. Er muss es sein, Konrad. Kollwitz hat dieses Foto am Samstag, dem 31. März, geschossen. Und der Hausmeister hat angegeben, an dem Tag so gegen elf unten an den Mülltonnen gewesen zu sein. Zu diesem Zeitpunkt hat Frau Feldkamp noch gelebt, denn der Alte hat ihre Stimme kurze Zeit später gehört. Da Frau Feldkamp Sebastian Reil von den Hausbesuchen bei seiner Großmutter gekannt hat, wird sie ihn irgendwann im Laufe des Vormittags arglos in ihre Wohnung gelassen haben. Was sie allerdings nicht wissen konnte, war, dass er an diesem Samstag wegen ihrer lieblosen Therapie vor Wut kochte. Ich vermute, dass er sie im Zorn erschlagen hat. Und er war es auch, der Leonore Säler getötet hat. Sebastian war ihr Schüler und wurde von ihr drangsaliert. Auch sie wird ihn ohne Weiteres in ihr Haus gelassen haben.«

»Mein lieber Mann«, erwiderte Morgenthaler skeptisch, »du schießt ja scharf. Ich würde sagen, wir fahren jetzt erst einmal nach Scharhof und befragen den jungen Mann. Danach sind wir schlauer.«

»Wie? Jetzt? Es ist gleich halb eins.«

»Ja und? Der hat Ferien. Du glaubst doch nicht, dass er schon im Bett liegt?«

Sie brauchten nur einmal zu klingeln. Bereits einen Moment später öffnete sich einige Meter jenseits des Zauns die Eingangstür des Hauses. Und obwohl vor dem nach außen dringenden Licht des Korridors nur die Silhouette der Person zu sehen war, konnte Kindlein selbst vom Gartentor aus erkennen, dass es sich bei ihr um die jenes jungen Mannes handelte, der neulich hier draußen im Vorgarten gestanden hatte.

Das also war Sebastian Reil, dachte er. Ein großer, kräftiger Junge, der bis eben noch der Stolz seiner Mutter und seiner Großeltern gewesen war und der womöglich schon bald als zweifacher Frauenmörder in irgendeiner Anstalt einsitzen würde. Er war achtzehn, weshalb er nicht mehr unter das Jugendstrafrecht fiel und höchstwahrscheinlich die volle Härte des Gesetzes zu spüren bekäme – womöglich also eine lebenslange Haftstrafe. Sein Leben war verpfuscht. Aber noch hatte er eine Galgenfrist. Kindlein hätte ihm am liebsten den Tipp gegeben, diese kurze Zeit noch zu genießen und sinnvoll zu nutzen.

»Ja?«, rief der junge Mann.

»Guten Abend, Herr Reil«, rief Morgenthaler zurück, bemüht, seine Stimme nur so weit wie nötig zu erheben. »Tut uns leid, dass wir so spät in der Nacht stören. Aber wir würden uns gern mit Ihnen unterhalten. Ist das mö...?« Weiter kam Morgenthaler nicht.

»Kripo, richtig?«, unterbrach ihn der junge Mann und machte sich sogleich auf den Weg, den Vorgarten auf dem schmalen Pflastersteinstreifen zu durchschreiten.

Kindlein war verwundert. Woher wusste der junge Mann, wer sie waren? Und fliehen wollte er offenbar auch nicht.

»Äh. Ja, wir sind von der Kriminalpolizei«, antwortete Morgenthaler.

Als Sebastian Reil den Zaun erreicht hatte, forderte er sie ohne Umschweife zum Eintreten auf. »Aber leise, bitte. Die anderen schlafen schon.« Er schloss das hüfthohe Tor auf.

Im Wohnzimmer brannte noch Licht, gedämpfteres als im Korridor. Beim Eintreten in den Raum sah Kindlein, dass sich auf dem Wohnzimmertisch eine halb leere Tüte Chips und eine Flasche Cola befanden und dass vor dem Sessel, der neben dem Tisch stand, eine Fernbedienung auf dem Boden lag. Der Junge hatte es sich gemütlich gemacht.

Morgenthaler stellte sich und Kindlein vor und griff dabei in seine Gesäßtasche. Aus der zog er Kollwitz' Aufnahme hervor und legte sie mit der Bildseite nach unten auf den Tisch.

»Ich weiß nicht, ob Sie wissen, warum wir hier sind, Herr …«

»Sebastian. Sagen Sie Sebastian. Ich bin erst achtzehn.«

»Ich weiß. Okay. Also, kannst *du* dir vorstellen, weshalb wir hierhergekommen sind?«

»Ja. Sie kommen wegen der Morde an den beiden Frauen.« Er sagte das, als wenn sie wegen eines Staubsaugers kämen.

»Das ist richtig«, sagte Morgenthaler. Dann bedachte er den Jungen mit ernstem und gleichzeitig fragendem Blick. »Aber ich staune gerade ein wenig über deine Reaktion. Da kommen hier mitten in der Nacht zwei Kripobeamte reingeschneit und wollen dir unbedingt ein paar Fragen stellen. Findest du das nicht eher außergewöhnlich?«

»Sie meinen, es sollte mich beunruhigen? Tut es nicht. Ich habe Sie neulich schon gesehen, als Sie drüben bei den Ortliebs vor der Tür gestanden haben. *Sie*«, und dabei deutete er auf Morgenthaler, »haben Ihren Dienstausweis hochgehalten und Frau Ortlieb gezeigt. Da wusste ich, dass Sie früher oder später auch hierher kommen würden.«

Morgenthaler runzelte die Stirn.

»Wie? Das hast du schon zu diesem Zeitpunkt gewusst?«

»Ja. Weil der Ortlieb doch was mit der Säler hatte. Und wenn die Polizei mit *ihm* sprechen will, so habe ich gedacht, dann ja wohl, weil man die Leiche seiner Geliebten gefunden hat.«

»Aber zu der Zeit standen der Öffentlichkeit doch noch gar keine Informationen über diese Tat zur Verfügung. Im Radio wurde erst am späten Abend darüber berichtet. Und die Zeitungen haben die Nachricht erst am nächsten Morgen verkünden können«, stellte Morgenthaler sachlich fest.

»Ich weiß.«

»Das heißt, du wusstest zu dem Zeitpunkt schon, dass Frau Säler tot ist?«

»Ja.«

»Kannst du mir das erklären?«

»Ja, das kann ich. Weil *ich* sie umgebracht habe.«

Kindlein schluckte. Sollte das ein Scherz sein?

»Wie bitte? Wiederhol das noch mal«, forderte Morgenthaler den jungen Mann auf.

»Ich, Sebastian Reil«, er zeigte mit dem Finger auf sich, »habe Frau Säler ermordet. Und ich habe auch Frau Feldkamp getötet.« Er machte dabei einen ungerührten Eindruck.

Kindlein und Morgenthaler sahen sich ratlos an.

»Weißt du, was du da behauptest, Sebastian? Und weißt du vor allem, was das für Konsequenzen hat?«

Der junge Mann senkte den Kopf. »Ich sage nur die Wahrheit«, sagte er leise. »Nehmen Sie mich fest. Ich habe beide Frauen in voller Absicht getötet. Sie hatten es nicht anders verdient.«

Morgenthaler sah Kindlein fragend an. Der zuckte nur mit den Achseln. Ihm fiel nichts ein, was er hätte sagen können. Noch vor wenigen Minuten war er fest davon überzeugt gewesen, dass der junge Mann, der gerade vor ihnen stand, ein Mörder war. Nun war er sich nicht mehr sicher.

Morgenthaler versuchte einen erneuten Anlauf. »Hör zu, Sebastian. Unser Beruf verpflichtet uns, Personen, die sich einer Straftat verdächtig gemacht haben, festzunehmen, damit sie von der Justiz dafür zur Rechenschaft gezogen werden. Wir sind demnach nur ausführende Organe. Und wir sind es gewohnt, dass Menschen uns falsche Dinge mitteilen. So was kann auch versehentlich passieren. Sollte das bei dir der Fall sein, dann teile uns das jetzt einfach mit, und wir vergessen auf der Stelle, was du soeben behauptet hast. Oder willst du tatsächlich bei deiner Aussage bleiben? Bedenke bitte noch einmal, was das für dich bedeuten würde.«

Sebastian Reil richtete sich zu seiner vollen Größe auf und sah Morgenthaler mit dem festen Blick eines zu allem entschlossenen jungen Menschen in die Augen. »Ja, ich bleibe dabei. Ich bin der Mörder von Frau Feldkamp und Frau Säler.«

Morgenthaler räusperte sich. Dann sagte er mit ruhiger Stimme: »Unter diesen Umständen sind wir gezwungen, dich festzunehmen, Sebastian, und zwar auf der Stelle – also hier und jetzt.«

»Ja.«

Hier war irgendwas faul, und das war deutlich zu spüren. Eine Festnahme dieser Art war Kindlein noch nie untergekommen.

Auch Morgenthaler stand die Ratlosigkeit im Gesicht geschrieben. »Möchtest du noch kurz mit deiner Mutter oder jemand anderem reden?«, fragte er.

»Nein, das ist nicht nötig. Ich möchte auf gar keinen Fall, dass irgendwer aus meiner Familie geweckt wird. Es reicht, wenn ich sie morgen früh verständige. Können wir das Haus also leise verlassen?«

»Das geht in Ordnung.«

Morgenthaler steckte das Foto wieder in seine Hosentasche und gab Kindlein das Zeichen zum Aufbruch.

21

Freitag, 13. April 2007
Dritter Ermittlungstag

Sebastian Reil machte einen ausgeschlafenen Eindruck, was angesichts dessen, dass der Achtzehnjährige zum ersten Mal Kontakt mit dem Polizeiapparat hatte und die Nacht im Präsidium verbringen musste, verwunderlich war. Außerdem hatten die Kollegen Tielmann und Stein bereits erste Verhöre durchgeführt, sodass der Junge nicht gerade viel Schlaf gehabt haben konnte.

Morgenthaler und er hatten sich schon für sieben Uhr im Präsidium verabredet, was für beide nur drei Stunden Nachtruhe bedeutet hatte. Aber aus irgendeinem Grund schien das ausgereicht zu haben, denn Kindlein fühlte sich erholter als die Tage zuvor.

Und nun saß Sebastian Reil ihnen gegenüber, ein groß gewachsener blasshäutiger Bursche mit roten Wangen und kindlich blauen Augen, der nach eigener Aussage zwei brutale Morde begangen hatte. Bei den bisherigen Verhören war er bei seiner Version geblieben, beide Frauen planmäßig und heimtückisch umgebracht zu haben.

Den Vernehmungsprotokollen der Kollegen indes war zu entnehmen, dass sich bei Sebastian Reils Aussagen Ungereimtheiten ergeben hatten. Einerseits besaß er Detailkenntnisse, die nur der Mörder haben konnte, andererseits hatte er zu gewissen Fragen ausweichende oder gar widersprüchliche Angaben gemacht. Tielmann und Stein hatten zudem angemerkt, dass der junge Mann zu jeder Zeit einen bemerkenswert gefassten und emotional eher ungerührten Eindruck gemacht hatte. Auf einen Anwalt habe er keinen Wert gelegt und wiederholt angegeben, keinerlei Reue bezüglich der von ihm begangenen Taten zu empfinden.

Nachdem Morgenthaler dem Jungen erklärt hatte, dass man ihn nun abermals verhören würde, und ihn erneut über seine Rechte aufgeklärt hatte, begann er mit der Vernehmung.

»Schildere uns doch bitte noch mal den Tathergang im Fall Frau Feldkamp.«

Sebastian Reil setzte sich aufrecht hin, schien kurz nachzudenken und berichtete dann flüssig: »Am Freitag, dem 30. März, habe ich die Feldkamp abends gegen achtzehn Uhr aufgesucht. Ich bin mit dem Auto meiner Mutter zu ihr gefahren, habe an ihrer Haustür geklingelt und behauptet, dass ich wegen meiner Großmutter käme und unbedingt mit ihr sprechen wolle. Da sie mich kannte, hat sie mich ins Haus gelassen. Als sie die Tür zu ihrer Wohnung öffnete, bin ich hineingestürzt und habe sie im Korridor erschlagen.«

»Womit? Wie oft hast du zugeschlagen?«

»Ich bin unterwegs an einer Baustelle vorbeigekommen. Da wurde ein Haus abgerissen. Und da lag eine Holzlatte herum. Die habe ich an mich genommen und in den Kofferraum gelegt. Wie oft ich später auf Frau Feldkamp eingeschlagen habe, weiß ich nicht mehr. Ich war so in Rage, dass ich einfach zugeschlagen habe – so lange, bis ich sicher war, dass die Hexe nicht mehr lebte. Sie hat aus dem Ohr geblutet, das weiß ich noch.«

»Diese Holzlatte, Sebastian: Kannst du die näher beschreiben?«

»Es war eine ganz normale Holzlatte. Was gibt es da zu beschreiben? Die hat da halt rumgelegen und schien für meinen Zweck richtig. Alles andere war mir egal. Kann sein, dass sie zu einer Art Jägerzaun gehörte. Was weiß ich.«

»Hm. Was hatte sie denn für einen Querschnitt? Rund oder rechteckig?«

»Auf einer Seite war sie rund und auf der anderen flach.«

»Und mit welcher Seite hast du zugeschlagen?«

»Ich sag doch: Ich war in Rage. Keine Ahnung.«

»Und warum warst du in Rage?«

»Die blöde Kuh hat meine Großmutter einfach im Stich gelassen. Außerdem hat sie sie schon immer falsch behandelt. Das hatte sich an diesem Tag bestätigt, weil meine Oma mittags ins Krankenhaus kam und dort durchgecheckt wurde.«

»Okay. Was geschah dann?«

»Ich hab gewusst, dass die Feldkamp verreisen wollte. Das hatte sie mir schon am Telefon gesagt, als ich sie mittags wegen meiner Großmutter anrief. Aus dem Grund hatte sie ja auch nicht kommen wollen. Sie müsse noch packen, hatte sie ganz frech gemeint. Na ja, jedenfalls war mir klar, dass ihre Leiche nun eine Weile in der Wohnung herumliegen und irgendwann zu faulen beginnen würde. Das war mir gar nicht recht, weil die Leute im Haus dann bald auf sie aufmerksam geworden wären. Ich wollte sie lieber in einen Teppich einrollen und an einem anderen Ort entsorgen. Aber die miese Hexe hatte in ihrer Wohnung nicht einen einzigen Teppich liegen. Schließlich habe ich den Kellerschlüssel entdeckt. Er hing ordentlich beschriftet in einem Schlüsselkästchen an der Korridorwand. Ich habe gedacht, dass ich dort vielleicht eine Plane oder Ähnliches finden könnte. Es war Abend, und im Treppenhaus war es totenstill. Also bin ich in den Keller runter. Dort habe ich dann die Tiefkühltruhe stehen sehen. Die war, bis auf ein bisschen Grünzeug und ein paar Pizzen, leer. Und da kam mir die Idee. Ich bin wieder hoch in die Wohnung, hab mich noch mal vergewissert, dass es im Haus ruhig war, und habe Frau Feldkamp in den Keller runtergetragen. Sie war ja leicht, weil sie so dünn war. Tja, und dann habe ich sie in die Kühltruhe gelegt. Anschließend bin ich in die Wohnung hoch und habe den Korridor gründlich geschrubbt – da waren noch Blutflecken gewesen, von dem Ohr. Bevor ich gegangen bin, habe ich ihre gepackten Koffer an mich genommen. Ich hab gedacht, dass es im Falle einer späteren Suche nach ihr so aussehen würde, als wenn sie noch immer verreist wäre. Die Koffer habe ich bei uns draußen in Scharhof auf einem Feld vergraben. Den Ort kann ich Ihnen zeigen.«

»Saubere Arbeit. Was ich nur nicht verstehe, ist, dass du behauptest, die Taten vorsätzlich begangen zu haben. Normalerweise stattet man sich dann doch entsprechend aus. Man nimmt zum Beispiel eine Waffe mit und überlässt es nicht dem Zufall, dass man unterwegs an einer Baustelle vorbeikommt und dort ein zweckmäßiges Werkzeug findet.«

»Habe ich auch nicht getan. Ich hab ein Messer dabeigehabt.

Aber unterwegs ist mir eingefallen, dass ich hinterher voll mit Blut sein würde, weil man mit dem Ding so nahe an sein Opfer rangehen muss. Da kam mir die Latte ganz recht.«

»Gut. So viel zu Frau Feldkamp. Und wie bist du bei Frau Säler vorgegangen?«

Sebastian Reil nahm einen Schluck Wasser, räusperte sich und fuhr mit seinem Bericht fort.

»Ähnlich. Frau Säler hat mich im letzten Halbjahr so oft gekränkt, dass ich mich an ihr rächen wollte. Außerdem steht meine Abiturprüfung bevor, und von einem anderen Lehrer geprüft zu werden hätte wahrscheinlich bedeutet, volle Punktzahl zu bekommen. Bei ihr hingegen wäre ich unter Garantie durchgefallen. Also bin ich zu ihr nach Gartenstadt gefahren. Das Messer hatte ich wieder dabei. Dieses Mal *musste* ich es damit machen, weil ich wusste, dass Frau Säler in einem Einfamilienhaus wohnt. Da kann man sich nicht mit einem Knüppel vor die Haustür stellen und beim Öffnen der Tür einfach mal so zuschlagen. Da gibt es Nachbarn, die vielleicht gerade in Richtung ihres Hauseingangs gucken. Nein, ich musste erst eingelassen werden und dann mein Werk verrichten. Also habe ich geklingelt. Als sie öffnete, fragte sie natürlich als Erstes, was ich von ihr wolle. Da habe ich ihr was vorgelogen. Ich hab gesagt, dass ich sie um Entschuldigung bitten wolle, weil ich ein paar Monate vorher ein paar Bilder von ihrem Ex in der Schule ausgestellt habe. Und dann habe ich noch behauptet, von ihm erfahren zu haben, dass er sie wiederhaben wolle, sich aber nicht traue, sie anzusprechen. Na ja, und da hat sie mich schließlich reingelassen.«

»Und dann?«

»Es war ganz leicht. Ich habe mehrmals auf sie eingestochen. Sie hat nicht mal geschrien, nur so ein bisschen gejapst. Irgendwann ist sie blutüberströmt zusammengebrochen. Das Messer habe ich stecken lassen.«

»Aha. Und *wo* steckte das Messer zu dem Zeitpunkt genau? Ich meine, in welcher Körperregion?«

Der junge Mann sah Morgenthaler fragend an. »Das weiß ich nicht. Irgendwo im Körper eben. Auf so was achtet man in dem Augenblick doch nicht.«

»Kann sein. Aber diesmal warst du blutbefleckt, oder?«

»Ja, ziemlich.«

»Und wie hast du dich unter den Umständen unbemerkt davonmachen können?«

»Ich bin hinten durch ihren Garten geflohen und dort über die Hecke geklettert.«

»Ach so. Ich hätte jetzt eher vermutet, du seist vorn zur Haustür rausgegangen.«

»Nein. Da hätten mich Nachbarn sehen können. Das habe ich doch schon gesagt. Hintenraus konnte ich direkt in den Wald fliehen. Das war sicherer.«

»Aber in der Richtung befinden sich auch die Gärten und Terrassen der Nachbarhäuser. Da war das Risiko, gesehen zu werden, doch ebenfalls groß.«

»Ja schon, aber ich war in Panik. Das viele Blut war so eklig anzusehen. Und irgendwo musste ich ja raus.«

»Also hast du erst gar nicht den Versuch unternommen, vorn zur Haustür hinauszugehen?«

»Nein.«

»Und wo im Haus hast du sie getötet?«

»Mein Gott. Ich bin rein ins Haus und habe dann ziemlich bald losgelegt.«

»Losgelegt. Aha. Aber diesmal hast du hinterher nicht darüber nachgedacht, was mit dem Leichnam passiert, wenn du ihn allein zurücklässt? Bei Frau Feldkamp hattest du doch Bedenken wegen des Geruches, der entstehen würde. Wie war das bei Frau Säler? Die hätte irgendwann schließlich auch zu riechen begonnen, und auch sie hätte allzu früh von jemandem besucht werden können, der über einen Schlüssel zum Haus verfügt.«

»Nein. Die Säler hat doch allein in dem Haus gewohnt. Außerdem hat die sowieso niemanden gekannt. Mit der wollte doch keiner was zu tun haben. In der Schule wurde sie ›die böse Königin‹ genannt, weil sie Menschen nicht ausstehen konnte und seit ihrer Scheidung völlig vereinsamt in ihrem ›Schloss‹ lebte.«

Morgenthaler strich nun über seinen dicken Schnauzbart und starrte nachdenklich die ihm gegenüberliegende Wand des Verhörraumes an. Dann öffnete er eine der Schubladen des Verhörtisches. »Apropos böse Königin«, sagte er. »Du hast Frau Feldkamp vorhin als Hexe bezeichnet. War das auch so ein Spitzname?«

»Ja, das heißt, *ich* hab sie immer so genannt. Wegen dieser Kräuterscheiße und dem astrologischen Kokolores, mit dem sie Gutgläubige über den Tisch gezogen hat. Ich habe ihr nie abgekauft, dass sie wirklich hinter ihrem Hokuspokus stand. Meine Mutter allerdings schon. Die ist für Esoterisches, Parapsychologisches und sogar für okkultistischen Kram außerordentlich empfänglich. Wenn die an was glaubt, dann gibt's das auch.«

»Und deine Großeltern? Wie steht's mit denen in dieser Hinsicht? Es ging schließlich um die Behandlung deiner Großmutter.«

»Ja, aber das spielte für meine Mutter keine Rolle. Im Gegenteil: Sie war der festen Überzeugung, dass nur Frau Feldkamp in der Lage wäre, meine Großmutter zu behandeln. Sie hat der Oma ständig zugeredet, bloß nicht zu einem Arzt zu gehen. Na ja, und die hat sich immer wieder aufs Neue einlullen lassen. Wissen Sie: Meine Mutter kann extrem dogmatisch sein. Meine Großeltern sind hingegen nachgiebige und weichherzige Menschen, die niemandem einen Wunsch abschlagen können. Und jetzt raten Sie mal, wer da immer verliert.«

Statt darauf zu antworten, legte Morgenthaler Kollwitz' Aufnahme und die Tatwaffe im Fall Säler auf die Tischplatte. »Ich möchte dir nun mal zwei Gegenstände zeigen, Sebastian«, sagte er. Das Foto sah etwas mitgenommen aus, da er es am Abend zuvor in seiner Hosentasche transportiert hatte, und das Messer war in eine durchsichtige Plastiktüte eingeschweißt. »Vor allem ich würde ich gern erfahren, ob du mir zu diesem Messer etwas sagen kannst.«

Der Junge warf nur einen kurzen Blick auf die Tüte, dann wandte er sich angewidert ab. »Herrgott. Was ist denn das für braunes Zeug da dran?«

Die erste emotionale Äußerung des jungen Mannes, dachte Kindlein spontan, und er sah, dass es Morgenthaler ebenfalls auffiel.

»Frau Sälers Blut«, antwortete der trocken.

Der Junge verzog das Gesicht. »Natürlich kann ich was dazu sagen. Damit habe ich Frau Säler erstochen.« Das sagte er nun wiederum, als wenn es ein Dosenöffner wäre, mit dem er eine Konserve geöffnet hatte. Ein merkwürdiger Mensch, dachte Kindlein.

»Bist du sicher?«, fragte Morgenthaler.

»Ja. Es gehört eigentlich meiner Mutter. Sie hat es als Kind von meinem Großvater geschenkt bekommen. Die hatten damals einen Hund, und der hat diese Bissspuren da hinterlassen.« Er deutete auf den Messergriff.

»Gut, so weit dazu. Das lässt sich überprüfen. Aber dann interessiert mich noch dieses kleine Konterfei hier. Bist du das?« Morgenthaler schob ihm nun den Abzug rüber. Kindlein wunderte sich, dass er ihm nicht die Vergrößerung vorlegte. Darauf war der Junge erheblich deutlicher zu erkennen.

Sebastian Reil gab schnell Antwort. »Ja, das bin ich. Woher haben Sie das denn?«

»Das tut hier nichts zur Sache. Weißt du denn, wo du dich da gerade aufhältst?«

»Klar. Bei der Feldkamp im Wohnzimmer. Ich hab mich nach der Tat in ihr Sofa gefläzt und darüber nachgedacht, was ich mit ihrer Leiche anstellen soll. Dass mich dabei jemand fotografiert, habe ich nicht ahnen können.« Er besah sich das Foto genauer. »Aber ein bisschen unscharf bin ich schon abgebildet, oder? Der alte Knacker im Vordergrund war anscheinend wichtiger.«

»Richtig. Du bist nur zufällig drauf. Aber dieser ›alte Knacker‹ hat uns etwas Interessantes mitgeteilt. Er hat nämlich behauptet, dass er Frau Feldkamp kurze Zeit, nachdem diese Aufnahme entstanden war, noch einmal gehört hat. Er stand draußen im Hof, und ihre Stimme kam vom Wohnzimmer her, denn dort war das Fenster geöffnet – was man auf der Aufnahme ja auch deutlich sehen kann.«

»Aha.« Mehr sagte Sebastian Reil nicht dazu. Er tat desinteressiert. Aber die Art, wie sich seine Stirn leicht in Falten legte, besagte, dass er über das Gesagte intensiv nachdachte.

»Und«, ergänzte Morgenthaler nun, »er schwört Stein und Bein, dass sich dieses Ereignis am *Samstagvormittag* zutrug.«

Sebastian Reil lehnte sich daraufhin zurück und verschränkte die Arme vor der Brust. »Äh? Am Samstagvormittag?«, antwortete er, wobei er die Worte zu kauen schien. »Der Alte spinnt. Da war die Feldkamp doch längst tot. Außerdem habe ich das Wohnzimmerfenster verschlossen, als ich gegangen bin. Ich hab ja schon gesagt: Es sollte nach Verreistsein aussehen. Das Foto stammt vom Freitagabend.«

Morgenthaler zuckte mit den Schultern. »Hm. Dann muss sich der Mann getäuscht haben.« Er nahm das Foto wieder an sich und tat, als wenn er noch einmal kurz draufsähe. Schließlich wandte er sich mit einem kaum merklichen Augenzwinkern Kindlein zu. »Ich denke, wir werden den alten Knacker noch mal befragen müssen. Nicht wahr, Frieder?«

Der nickte übertrieben kräftig. »Ja, ja. Das müssen wir. Unbedingt.«

Nach dem Verhör führte ihr Weg direkt zu Oberstaatsanwalt Dr. Driesmann, um ihn über den Verlauf der bisherigen Vernehmungen zu unterrichten.

Driesmann war sichtlich zufrieden, und es war das erste Mal, dass die beiden Ermittler in seinem Büro einen Kaffee angeboten bekamen. Morgenthaler hatte dankend abgelehnt, weil er Driesmann nicht leiden konnte, und Kindlein hatte ihn nur deshalb nicht ausgeschlagen, damit es nicht wie eine konzertierte Reaktion aussah. Dabei mochte Kindlein überhaupt keinen Kaffee. Und als die schwarze Plörre dann schließlich vor ihm stand und er sah, dass in der Tasse nicht mal Platz war, um sie mit Milch zu verdünnen, fragte er sich, warum er nicht so konsequent sein konnte wie Morgenthaler. Der machte es sich einfach. Driesmann war in seinen Augen der Prototyp des Spießers, eines Mannes, der sich morgens die Unterhosen mit der Kneifzange anzog und der abends frisch gekämmt und nach Seife riechend im karierten Schlafanzug zu Bett ging.

Das konnte durchaus zutreffen. Driesmann war vom Alter her nicht schätzbar. Er war möglicherweise um die vierzig, etwas kleiner als Kindlein, hatte die Figur eines zu pummelig geratenen Kindes, und seine Halbglatze verbarg er unter einseitig lang gewachsenem Haar, das er quer über das kahle Haupt kämmte. Seine Augenbrauen waren dick und buschig, und im Dienst trug er immer Fliege. Es war mehr als wahrscheinlich, dass er das auch privat tat.

»Gute Arbeit, meine Herren. Drei Tage, und der Fall ist gelöst. So stelle ich mir Ermittlungsarbeit vor. Nicht warten, bis das erste Gras über den Fall zu wachsen beginnt, sondern Spuren im Morgengrauen aufnehmen und den Täter in der Abenddämmerung stellen.« Er lachte.

»Jo«, kommentierte Morgenthaler karg. Dann stellte sich für einen Moment Schweigen im Raum ein. Kindlein rührte derweil seinen Kaffee, obwohl sich weder Milch noch Zucker darin befanden. Dabei überlegte er, wie er anfangen sollte. Morgenthaler hatte ihn gebeten, das Gespräch mit dem Staatsanwalt zu führen.

»Wir haben dennoch ein Problem, Dr. Driesmann. Der Geständige ist unserer Ansicht nach nicht der Mörder.« So, jetzt war es raus. Kindlein rührte weiter. Der Staatsanwalt sah ihn verdutzt an.

»Wie? Was soll das heißen?«

»Sebastian Reil deckt jemanden oder sagt aus anderen Gründen nicht die Wahrheit. Bei seinen Aussagen gibt es zu viele Widersprüche.«

»Widersprüche? Was reden Sie da?«

Kindlein stellte die Kaffeetasse beiseite. Das Geklapper des Löffels und der Geruch nervten.

»Ich rede davon, dass Sebastian Reil fragwürdige bis falsche Aussagen gemacht hat.« Er deutete auf eine rote Mappe, die vor dem Staatsanwalt auf dem Tisch lag. Darin befanden sich die Verhörprotokolle.

»Hm.« Driesmann lehnte sich in seinen Bürostuhl zurück und rückte seine randlose Brille zurecht. »Werden Sie mal konkreter, Herr Kindlein. Ich verstehe kein Wort.«

»Sebastian Reil gibt an, beide Taten vorsätzlich und geplant durchgeführt zu haben. Wenn das stimmen würde, hätte er in beiden Fällen in sich ähnelnden Situationen jedoch ähnlich gehandelt. Aber das hat er nicht. Bei Frau Feldkamp hatte er sich nach der Tat ausreichend Zeit gelassen, um darüber nachzudenken, was mit dem Leichnam geschehen soll. Bei Frau Säler war ihm das plötzlich egal. Die hat er einfach liegen lassen und den Tatort kopflos verlassen.«

»Er sagt doch, da wäre er in Panik geraten, wegen des Blutes«, warf Driesmann ein.

»Ja, möglicherweise geriet er in Panik. Aber wiederum nicht genug, um zu vergessen, dass beim Verlassen des Hauses durch die Vordertür Nachbarn auf ihn aufmerksam werden könnten. Weshalb er über den Garten geflohen sein will. Und bei Frau Feldkamp floss schließlich auch Blut. Aber da hat er die Leiche sogar huckepack genommen und in den Keller geschleppt. Und oben in der Wohnung hat er das Blut anschließend sorgfältig weggewischt.«

»Also, bei allem Respekt, Herr Kindlein: Die Mengen waren sehr unterschiedlich.«

»Richtig. Im Fall Säler war es sogar so viel, dass der Täter etwas davon an seiner Schuhsohle trug. Zwei verwischte Schuhspuren fanden sich im Bereich der Haustür. Auch außen vor der Tür waren Reste davon auffindbar. *Er* behauptet jedoch, nach der Tat sofort in Richtung Garten geflüchtet zu sein. Dazu hätte er wiederum durchs Wohnzimmer gehen müssen. Dort befanden sich jedoch keinerlei Schuhabdrücke – weder blutbesudelte noch saubere.«

»Waren an dem Tatort nicht diese Schleifspuren zu sehen, die Frau Säler mit ihrem Blut selbst erzeugt hatte? Sie führten doch quer durchs Wohnzimmer, wenn ich mich recht entsinne. Kann es nicht sein, dass sie die Trittspuren von Reil überdeckt und verwischt haben? Und dass der junge Mann nach seiner Tat nicht doch noch mal für einen kurzen Moment in Richtung Haustür lief, ist keineswegs auszuschließen. Er kann sich möglicherweise nur nicht mehr daran erinnern, da er zu diesem Zeitpunkt unter Stress stand.«

Driesmann hatte alle Protokolle genauestens gelesen. Zum Beweis tippte er bei jedem seiner Argumente mit dem Zeigefinger auf den roten Ordner. Das machte ihm sichtlich Freude.

»Und die Spur vor der Haustür?«, fragte Kindlein. »Wie soll die Ihrer Ansicht nach dorthin gekommen sein?«

»Was weiß ich? Er wollte nach der Tat möglicherweise zuerst in diese Richtung fliehen. Aber als er einen Schritt aus dem Haus getan hatte, wurde ihm bewusst, dass dies ein Fehler sein könnte. Er kehrte also um, schloss die Tür hinter sich und rannte in entgegengesetzter Richtung davon. Aber wie gesagt: Das ist nur eine Vermutung. Ich schätze, der junge Mann wird dieses Geheimnis schon noch lüften. Irgendwann erinnern sich alle. Es sind ja erst zwei Verhöre durchgeführt worden.«

Driesmann waren Zweifel offensichtlich fremd. Er hatte einen geständigen Täter, und damit war die Sache für ihn erledigt.

»Sebastian Reil behauptet, Frau Feldkamp am 30. März umgebracht zu haben«, entgegnete Kindlein deshalb nun in robusterem Ton. »Das war ein Freitag. Uns liegt ein Foto vor, das seinen Aufenthalt in der Wohnung des Opfers belegt. Er sagt dazu, dass diese Aufnahme kurz nach der Tat, also ebenfalls am Freitag, entstanden sein muss. Wir wissen jedoch, dass sie am Samstag, dem 31. März, aufgenommen wurde. Und an diesem Tag hat der Hausmeister die Frau noch einmal gehört.«

Driesmann nickte, schlug den Ordner auf und suchte nach der Seite, auf der sich die Fotografie befand. Nachdem er sie gefunden und eine Weile betrachtet hatte, schaute er Kindlein skeptisch an.

»Herr Kindlein. Ich achte Ihre Arbeit. Das wissen Sie. Aber manchmal lassen Sie sich vielleicht noch zu sehr von der Meinung *anderer* beeinflussen.« Dabei bedachte er Morgenthaler mit einem kurzen abschätzigen Blick. Dann wandte er sich wieder Kindlein zu. »Trauen Sie ruhig Ihrer Intuition. Wenn einer von sich aus zwei Morde gesteht, dann muss da doch zumindest *etwas* dran sein. Das macht der doch nicht zu unserer Belustigung. Und dafür, dass er nur jemanden decken will, weiß mir dieser Reil zu viele Details. Denken Sie allein an Frau Feldkamps Ohrverletzung. Das stand in keiner Zeitung. Oder was ist mit den Koffern? Woher soll er von denen gewusst haben? Er hat ja sogar angegeben, wo sie sich jetzt befinden. Nein, Herr Kindlein, der deckt niemanden. Ganz im Gegenteil: Der zählt alles auf, was er weiß, weil er glaubhaft machen will, dass er die Taten begangen hat. Da leistet er sich doch keinen Lapsus.«

»Hat er im Falle der Zeitangabe aber getan«, bemerkte Kindlein.

Driesmann nickte. »Ja, ich weiß, wovon Sie reden. Aber dieser Hausmeister kann sich geirrt haben. Vielleicht hat er Frau Feldkamps Stimme nicht am Samstagvormittag, sondern am Freitagnachmittag gehört.«

»Dem widersprechen aber die Datumsanzeigen auf dem Radiowecker der Nachbarin.«

»Sind Sie denn sicher, dass der korrekt eingestellt war? Mir passiert das oft bei den Dingern: Da hält man den Knopf ein wenig zu lange gedrückt, und schon liegt man knapp daneben. Beim Datum lass ich das dann immer stehen, weil ich keine Lust mehr habe, das ganze Einstellprozedere noch einmal auf mich zu nehmen. Wer braucht an einem Wecker schon das Datum?«

»Das würde aber bedeuten, dass *sämtliche* Geschehnisse, die der Hausmeister den Tagen Freitag und Samstag zuordnet, am Donnerstag und Freitag passiert sind.«

»Eben. Außerdem: Haben Sie sich mal gefragt, was wäre, wenn Ihre Theorien stimmen würden? Dann wäre Sebastian Reil von mir aus am Samstagvormittag in Frau Feldkamps Wohnung gewesen, und sie hätte zu der Zeit noch gelebt. Und dann? Wäre dann irgendwas anders? Dann hätte er sie eben anschließend umgebracht, zehn Minuten später, von mir aus. Egal wann – es liefe letztlich aufs Gleiche hinaus.«

»Nicht ganz, denn in diesem Fall wäre es genauso gut möglich, dass Sebastian Reil irgendwann gegangen ist und ein *Dritter* Frau Feldkamp getötet hat. Ein weiterer Besucher beispielsweise.«

»Aber warum sollte dann ausgerechnet Sebastian Reil die Schuld auf sich nehmen und für die Tat auch noch einen falschen Zeitpunkt angeben?«

»Tja, das wissen wir eben nicht. Wir wissen nur, dass er lügt.« Kindlein merkte selbst, wie hilflos das klang. Aber war es nicht sowieso egal, was er sagte? Driesmann wollte den Jungen nicht gehen lassen, und damit basta.

Driesmann lehnte sich nun weit in den Stuhl zurück und seufzte. »Herr Kindlein«, sagte er schließlich. »Sie haben den

Mörder. Was gibt es jetzt noch daran herumzukritteln? Ich verstehe ja, dass Sie ein derart schneller Ermittlungserfolg skeptisch macht, aber doch nur, weil es sonst immer viel zu lange dauert. Sie beide haben ordentlich was geleistet. Gönnen Sie sich mal einen Tag Ruhe. Sicher werden Sie schon morgen einen ganz anderen Blick auf die Dinge werfen. Ich ziehe meinen Strafantrag jedenfalls nicht zurück.«

»So ein Arschloch«, wetterte Kindlein, als sie in ihrem Büro saßen. »So ein arroganter, selbstgefälliger Blödmann. Ab jetzt kann ich den Kerl auch nicht leiden.«

»Das ist gut«, antwortete Morgenthaler. »Man braucht einen Feind. Ein guter Feind ist mitunter mehr wert als ein schlechter Freund. An so einem kann man sich wenigstens abreagieren, ohne Angst haben zu müssen, dass man ihn verliert. Im Gegenteil: Ein guter Feind kann dadurch nur besser werden.«

Kindlein war nicht danach zumute, aber er musste dennoch schmunzeln. Dann klopfte es an der Tür. Er erwartete, dass sie nun auch gleich aufsprang. Aber diesmal klopfte es ein zweites Mal. Erst dann trat Maren Lemcke ins Büro – sie kannte die Gepflogenheiten noch nicht.

»Hallo, Maren, was gibt's denn?«, fragte Morgenthaler. »Was Neues wegen dem ›Grapscher‹?«

»Nein, obwohl ich glaube, dass wir an dem momentan ganz gut dran sind. Ich komme, weil ich euch was bringen soll. Fred Seiters hat es mir gegeben. Der musste kurz mal nach Hause. Irgendwas mit seinen Kindern. Er kommt in einer Stunde wieder.«

Erst jetzt sah Kindlein das altrosafarbene Kuvert in ihrer Hand. Sofort nahm er es entgegen und öffnete es.

»Vom 20. Juni 1986. Jetzt bin ich aber gespannt. Diesmal wollte sie konkreter werden.«

»Mal sehen«, meinte Morgenthaler. Er nahm den Brief an sich und begann zu lesen.

Mein lieber Herr …,
ich erinnere mich noch sehr genau an den 4. August 1947. Das war der Tag, an dem der kleine Max Fliesinger zu uns kam. Es war ein

Montag, und um die Mittagszeit fuhr ein Krankenwagen des Roten Kreuzes auf das Gelände unseres Kinder- und Waisenheims.

Der Kleine kam in Begleitung eines Arztes direkt aus dem Kinderkrankenhaus, in das er nach seinem Auffinden eingewiesen worden war. Ich hatte mich als Leiterin der Einrichtung mit einigen meiner Kolleginnen zu seiner Begrüßung vor dem Eingangsportal des Heims postiert. Wir waren gespannt auf ihn, denn schließlich hatte das Schicksal seiner Familie tagelang für Schlagzeilen in den regionalen Gazetten gesorgt.

Zuerst stieg ein Arzt aus dem Rettungswagen. Er streckte seinen Arm aus, dann hüpfte ein kleiner, zart gebauter Junge aus dem Fahrzeug. Schließlich kamen die beiden auf uns zu, der groß gewachsene Mediziner und ein Knirps, dem man alles genommen hatte, was Halt bot, und der völlig allein zurückgelassen einer ungewissen Zukunft entgegenging. Eine traurige Situation, mit der wir im Krieg täglich und damals, zwei Jahre danach, noch immer mehrmals im Monat konfrontiert wurden. Ein Routinevorgang also; Details verlassen das Gehirn, sobald er abgeschlossen ist.

Nicht so bei dem kleinen Max Fliesinger. Schon als er auf mich zukam, dachte ich, dass er sich von seinen Altersgenossen unterschied. Er hatte einen festen Blick, eine aufrechte Körperhaltung, und sein geschmeidig dahinschreitender Gang erinnerte an einen flanierenden Herrn. Aber vor allem faszinierte mich die Art, wie er mir die Hand gab. Ich spürte, dass er mich als Person begrüßte und nicht als irgendwen, dem man aus Höflichkeit die Hand zu reichen hatte. Er tat es wie jemand, der nach langer Wanderschaft und Suche endlich den richtigen Ort mit den richtigen Menschen gefunden hatte.

Meine Wahrnehmungen schienen jedoch zu trügen, denn der Arzt betonte gleich, dass der Junge noch immer stark unter dem Einfluss seines Traumas stand und dass man seinen psychischen Zustand deshalb als äußerst labil bezeichnen müsse. Wir sollten ihm einfach Zeit lassen und darauf setzen, dass, so jung wie er zum Zeitpunkt der Traumatisierung war, die Erinnerung an das Geschehene nach und nach verblassen würde. Um spätere Rückschläge zu vermeiden, riet er uns, mit den Behörden eine Regelung zu vereinbaren, die es dem Jungen unmöglich mache, später etwas über die Vorfälle in seiner Kindheit zu erfahren.

Schon beim ersten Gang durch die Räumlichkeiten des Heims bestätigte sich, dass wir beide recht gehabt hatten – der Arzt mit seiner Diagnose und ich mit meiner Intuition.

Ohne sich bei uns auszukennen, lief der Junge als Erstes zielstrebig auf den Speisesaal zu. Zuerst dachte ich, dass ihn Hunger und die Essensgerüche dorthin zogen, aber das erwies sich als Irrtum. Er betrat den großen Saal, in dem etwa zweihundert Kinder beim Mittagessen beisammensaßen, zwängte sich völlig unbefangen durch die Tischreihen hindurch und stellte sich genau in die Mitte des Saals. Nachdem er sich von dort aus gründlich umgesehen und jeden Heiminsassen wenigstens einmal betrachtet hatte, kam er wieder zurück. Sein Gesicht verriet nichts, aber ich hatte den Eindruck, als wenn er zufrieden wäre.

Als Nächstes zeigten wir ihm einen der Schlafräume. Auch hier zeigte er ein äußerst bemerkenswertes Verhalten. Er ging, ohne dass er davon wissen konnte, genau auf jenes Bett zu, das wir ihm zugedacht hatten. Dort angekommen, schlug er die Wolldecke zurück, strich mit der Handfläche über das gebügelte Laken und prüfte sodann die Festigkeit der Matratze, indem er seine kleine Faust kräftig in sie hineindrückte. Wir erwarteten nun irgendeine Äußerung, eine Bemerkung, eine Aussage – der Junge hatte bis dahin noch nicht ein Wort geredet. Schließlich drehte er sich zu uns um und sprach uns tatsächlich an. Aber statt sich zu seinen bisherigen Eindrücken zu äußern, fragte er, ob es hier Fliegen gäbe.

Unsere Verwunderung war natürlich groß, und wir sahen uns alle erstaunt an. Aber bevor eine von uns antworten konnte, machte er sich schon auf den Weg in Richtung Sanitärbereich. Auch diesen fand er ohne Hilfe. Und hier spielte sich Ähnliches ab wie im Schlafraum. Der Junge inspizierte zuerst den Zustand der Toiletten, dann den der Duschen, und schließlich betrachtete er sämtliche Waschbecken genau. Nachdem er alles untersucht hatte, schloss er die Augen, atmete einmal tief durch die Nase ein und sagte: »Hier riecht's gut.«

Ich weiß noch, dass ich entweder aus Verwunderung oder Ver-

legenheit kurz lachen musste, woraufhin mich der Junge mit weit geöffneten Augen anstarrte und fragte: »Darf man hier lachen?«

Erst war ich nicht sicher, ob er die Frage ernst meinte, aber als ich merkte, dass er tatsächlich auf eine Antwort wartete, sagte ich, dass man das selbstverständlich dürfe. Seine Gesichtszüge entspannten sich. Aber restlos zufrieden schien ihn die Antwort nicht zu stellen, denn er fragte: »Gilt das auch für Kinder?«

Ich war sprachlos. Und ich stellte mir die Frage, was diesem Jungen, außer dem, was wir schon wussten, noch alles widerfahren war. Natürlich hatten ihn die Tage auf dem Dachboden und all die Dinge, die er dort hatte sehen, erleben und erfahren müssen, schwer gezeichnet. Aber ich ahnte, dass dies bei Weitem nicht alles gewesen sein konnte. Und dieses Gefühl verfestigte sich gleich darauf, als der Kleine die Tür zum Spielzimmer öffnete. Er warf nur einen ganz kurzen Blick in den Raum, wich dann aber erschrocken zurück und schloss sie sofort wieder. Als ich ihm vorschlug, sich doch ein wenig in dem Zimmer umzusehen, schüttelte er ängstlich den Kopf. »Da liegen so Sachen rum.« Ich beugte mich zu ihm runter und fragte, was er damit meine. »Sachen, mit denen man gern was machen will«, flüsterte er. »Aber das soll man nicht. Das muss man überwinden, weil man sonst für immer ein kleines Scheißkind bleibt.«

Ich war gleichermaßen schockiert wie ratlos. Aber dann keimte in mir ein Verdacht auf. Ich fragte ihn deshalb, ob er damit die Spielsachen meine. »Meinst du«, fragte ich außerdem, »dass man die nicht benutzen soll?« Statt einer Antwort erhielt ich eine Gegenfrage, die mir den Atem nahm.

»Womit schlagen Sie hier die Kinder?«

»Mein Gott«, war meine Antwort, »wir schlagen sie doch nicht.«

»Gut«, sagte er daraufhin, »dann bleibe ich.«

Er sollte sogar sehr lange bleiben. Erst mit neunzehn sollte er das Heim verlassen. Aber das wusste zu der Zeit niemand, und so taten wir damals, was der Arzt uns aufgetragen hatte. Wir ließen ihm Zeit, sich an sein neues Zuhause zu gewöhnen. Und ich machte mich irgendwann auf die Suche nach Antworten, denn ich merkte, dass ich mir immer mehr Fragen stellte, je häufiger und intensiver ich mit dem Jungen zu tun hatte.

Er entwickelte sich gut und hatte keinerlei Eingliederungsprobleme, aber er blieb diese rätselhafte Person, die er von Anfang an gewesen war. Recht bald stellte sich zudem heraus, dass er eine ganz besondere Zuneigung zu den kleineren Kindern empfand. Ihnen erzählte er oft stundenlang irgendwelche Märchen oder Fabeln. Und da er anfangs noch nicht lesen konnte, trug er sie frei und aus dem Gedächtnis heraus vor. Es war uns allen ein Rätsel, wie er zu seinem unfassbaren Repertoire gekommen war, denn er kannte neben den bekannten deutschen auch viele Erzählungen aus ganz fernen, selbst uns damals völlig fremden Ländern. Und die älteren Kinder waren begeistert, wenn er auf ungemein spannende und unterhaltsame Weise über Tiere, ihre Lebensräume und ihr Verhalten sprach. Man hatte den Eindruck, dass es kaum eines gab, das er nicht kannte.

Aber woher hatte er dieses Wissen? Wie kam es, dass er sich so gut artikulieren konnte? Alles Fragen, die wir uns im Kollegenkreis immer wieder stellten. Andere wiederum stellte ich nur mir selbst. Was war beispielsweise der Grund für die ungeheure Akribie, mit der er sein Haar über einen akkurat geradlinigen Seitenscheitel kämmte? Was trieb diesen kleinen Menschen dazu an, allabendlich vor dem Zubettgehen seine Schuhe auf Hochglanz zu putzen? Warum hatte es fast ein Jahr gedauert, bis er zum ersten Mal lachte? Warum musste mehr als ein Jahr vergehen, bis er das Spielzimmer zum ersten Mal betrat? Und wieso hat es dann noch ein weiteres Jahr gedauert, bis er das erste Spielzeug in die Hand nahm?

Es vergingen fast drei Jahre, bis ich nicht nur willens war, mich tiefgreifender mit seiner Vergangenheit zu beschäftigen, sondern endlich auch praktische Schritte in diese Richtung unternahm. Zuerst stellte ich Kontakte zur Jugendbehörde, der Polizei, der lokalen Presse und dem städtischen Krankenhaus der Stadt Bruchsal her. Aber dort hatte man gründliche Arbeit geleistet. Als der Junge zu uns gekommen war, hatten wir mithilfe eines Gutachtens des freundlichen Kinderarztes bewirken können, dass sämtliche Unterlagen zum Fall Fliesinger aus den Archiven all dieser Behörden und Einrichtungen genommen und vernichtet wurden. Somit war, was einst in guter Absicht getan wurde und dem Schutz des Jungen dienen sollte, zum limitierenden Faktor meiner Recherchen geworden. Ich fuhr deshalb einige Male in die Region, um auf anderem Weg zumindest etwas über seine Eltern in Erfahrung zu bringen. Da die jedoch keine Angehörigen hinterlassen hatten, hätten mir höchstens noch die ehemaligen Angestellten der Firma Fliesinger nähere Auskünfte geben können. Ohne Namen und Adressen waren die allerdings nicht auffindbar. Also gab ich erst einmal auf.

Dann ereigneten sich Dinge im Heim, die mich zwar nicht sofort, aber immerhin Jahre später zu einem erneuten Anlauf bewegten.

Das erste Ereignis hing eng mit einer Begebenheit zusammen, die sich am Donnerstag, dem 7. September 1950, zutrug. Einer der Kleinen, er hieß Fabian, hatte an diesem Tag Geburtstag. Wochen vorher hatte er schon gefiebert, und sein einziger Wunsch war eine bunte Geburtstagstorte mit Kerzen gewesen. Und nachdem eine meiner Kolleginnen ihm die Erfüllung dieses Wunsches in Aussicht gestellt hatte, konnte er es erst recht nicht mehr abwarten und erzählte sämtlichen Kindern bei jeder Gelegenheit, was er zum Geburtstag kriegen würde. Einer der Größeren, der elfjährige Boris Tomzik, hielt den Wunsch des Kleinen für ein einfallsloses Begehren. Er hänselte ihn daraufhin pausenlos und zog ihn immerzu auf.

Dann kam der Tag der Feier. Wir hatten alle Drei- bis Fünfjährigen im Speisesaal versammelt und warteten mit ihnen gespannt auf den Augenblick, da der kleine Fabian den Pappkarton von seiner sehnsüchtig erwarteten Torte abheben würde. Mit zittrigen Händen und vor Aufregung gerötetem Gesicht hob er ihn schließlich an und stellte ihn auf den Boden. Aber seinem ersten Blick auf das heiß begehrte Präsent folgte ein gellender Schrei. Dann fing er jämmerlich an zu weinen und rannte unter Tränen aus dem Speisesaal. Nun war es für alle deutlich zu erkennen: Jemand hatte ein großes unförmiges Stück aus der schönen frischen Torte geschnitten. Fabian war mit nichts zu trösten. Er weinte die ganze Nacht hindurch. Jeder im Heim bekam es mit, und allen tat fürchterlich leid, was passiert war. Aber der Täter konnte nicht ermittelt werden.

Am nächsten Morgen, bald nach dem Frühstück, war wieder

ein Schrei zu hören, diesmal nur kurz und eindeutig nicht von dem kleinen Fabian stammend. Er kam von draußen. Natürlich rannten wir sofort raus. Da sahen wir das Unglück. Boris Tomzik lag mit aufgeplatztem Schädel und verdrehtem Hals auf der Steinveranda. Er lag genau unterhalb des Balkons vom Schlafsaal der Zehn- bis Vierzehnjährigen. Er musste von dort heruntergefallen und auf der Stelle tot gewesen sein.

Es dauerte einige Momente, bis meine Kolleginnen und ich erkannt hatten, was da geschehen war, und bis wir die notwendigen Maßnahmen eingeleitet hatten, vergingen weitere Minuten. Aber dann fiel mir etwas auf. Alle Kinder waren mit uns zur Veranda rausgestürmt und hatten sich, neugierig, wie sie waren, nur ungern wieder reinschicken lassen. Nur die Kleinen aus der Gruppe der Drei- bis Fünfjährigen nicht. Von ihnen war seltsamerweise nicht eines zur Unfallstelle gekommen. Also begab ich mich in ihren Bereich, um nach ihnen zu schauen. Und tatsächlich saßen sie still in ihrem Spielzimmer und lauschten. Sie lauschten den Märchen, die ihnen von einem erzählt wurden, der es konnte wie kein anderer.

Im Jahr 1954 war dieses Ereignis für mich längst Vergangenheit und das meiste davon vergessen. Aber am 9. April dieses Jahres musste ich mich wieder daran erinnern. Es war ein Freitag, und an dem Tag unternahmen wir einen Waldspaziergang mit allen Zehn- bis Vierzehn- und den Sechs- bis Neunjährigen.

Nach einem Picknick, wo die meisten ausgelassen herumgetollt und umhergerannt waren, fehlte plötzlich einer der Jungen. Er hieß Karsten Weller und war dreizehn Jahre alt. Zuerst riefen wir nach ihm, aber nachdem keine Antwort kam, teilten meine beiden Kolleginnen und ich die Kinder in drei Gruppen auf. Schließlich schwärmten wir in verschiedene Richtungen aus, um nach Karsten zu suchen.

Wir fanden ihn recht schnell. Er lag tot in einem Bach. Sein Körper wies keine äußeren Verletzungen auf, aber sein Gesicht befand sich unter Wasser. Bei seinem Anblick überfiel mich mit einem Mal eine seltsame Ahnung. Ich sah mich sofort unter den Anwesenden um. Und tatsächlich: Einer fehlte. Unter einem Vorwand begab ich mich auf die Suche. Nicht lange, dann fand ich ihn. Er saß mit dem Rücken gegen einen großen Findling gelehnt und starrte vor sich hin. Ich beobachtete ihn. Er war inzwischen sieben Jahre älter und natürlich entsprechend größer, aber noch immer war aus seinen Gesichtszügen der kleine Max Fliesinger zu erkennen, der damals an der Hand des groß gewachsenen Pädiaters aus dem Krankenwagen gesprungen war.

Aber dann musste ich an Karsten Weller, den toten Jungen, denken. Sein Name war erst einen Tag zuvor gefallen. Ich hatte mit einem seiner Altersgenossen ein Gespräch geführt. Der hatte sich zum wiederholten Male geweigert, an den gemeinsamen Waschtagen zu duschen. Einen Grund hatte er mir nicht nennen wollen, aber den erfuhr ich kurz darauf von einem der Kleineren. Karsten Weller hatte diesen Jungen beim gemeinsamen Duschen regelmäßig und bevorzugt im Beisein anderer verspottet und aufs Gemeinste vorgeführt. Dabei war es immer um die Kürze seines Penis gegangen und darum, dass er trotz seiner zwölf Jahre noch keine Schamhaare besaß – pikante Details, deren ständiges Breittreten nicht nur dazu führte, dass sich der Junge nicht mehr wusch, sondern auch, dass er sich von den anderen Kindern absonderte.

Jedenfalls stand ich, hinter einem Baum versteckt, nun mitten im Wald und fragte mich, warum ausgerechnet dieser Karsten Weller Opfer eines tödlichen Unfalls geworden war. Zufall? Aber hatte es damals, als Boris Tomzik mit aufgeschlagenem Kopf auf der Veranda gelegen hatte, nicht ebenfalls einen Aggressor getroffen? Auch unter ihm hatte ein Kind gelitten. Und hatte er, der noch immer regungslos an dem Findling gelehnt saß und vor sich hin stierte, da nicht ebenfalls eine dubiose Rolle gespielt?

Ich wusste nicht, was ich denken sollte, zumal mir auch noch eine Begebenheit durch den Kopf ging, die sich ein halbes Jahr zuvor zugetragen hatte. Auch da hatte sich eines der Kinder über einen Jungen beschwert. Der hatte ständig eine eherne Regel unserer Einrichtung verletzt, nämlich kein Kind vor anderen bloßzustellen, das ins Bett nässte.

An dem Tag hatte ich mich nicht um diese Sache kümmern können, da wir eine große Menge Brennholz und Kohle geliefert bekamen. Am darauffolgenden Tag wollte ich gleich morgens mit dem Denunzianten reden, fand ihn aber nirgends. Wir suchten daraufhin den ganzen Vormittag nach ihm. Irgendwann war klar, dass er aus dem Heim geflohen sein musste, zumal sein Koffer ebenfalls verschwunden war. Wir informierten die Polizei, aber der Junge wurde nie gefunden.

Einen Monat später fand eine Kollegin einen seiner Schuhe im Heizungskeller. Er lag unter einem Kokshaufen vergraben. Sie entdeckte ihn beim Befeuern des Brennofens.

»So«, meinte Kindlein, als Morgenthaler fertig gelesen hatte, »das war's auch diesmal wieder. Nur dass es etwas länger gedauert hat, uns mitzuteilen, dass man uns nichts mitteilen möchte. Allmählich habe ich den Eindruck, dass wir Opfer eines vereinsamten Menschen geworden sind, der einen Trick gefunden hat, uns zum Lesen seiner gesammelten Werke zu zwingen. Aber wie lange soll das noch gehen?«

»Wohl noch länger. Dieser Brief ist nicht unterschrieben worden und endet am unteren Papierrand. Offenbar geht er noch weiter. Aber der Absender will uns wohl bei Laune halten und den Rest später nachsenden.«

»Nur warum?«

»Keine Ahnung. Vielleicht möchte er uns eben doch was Wichtiges mitteilen, aber aus irgendeinem Grund möchte er das in Raten tun. Frag mich nicht. Ich weiß nur, dass es in dem Brief um einen im Grunde armen Jungen geht, den die Verfasserin seinerzeit offenbar mit dem Tod mehrerer Kinder in Verbindung brachte. Kann also sein, dass uns der Absender auf *ihn* aufmerksam machen will.«

»Wieso dann aber dieses komplizierte Prozedere? Er hätte ebenso gut alle Briefe auf einmal schicken oder sich persönlich bei uns melden können«, merkte Kindlein an.

»Hat er aber nun mal nicht. Ganz im Gegenteil: Er hat seinen Namen sogar jedes Mal rausgeschnitten.«

»Weil er selbst etwas zu verbergen hat? Weil er nicht als Denunziant erkannt werden will?«

»Gut möglich. Aber vielleicht will er auch einfach nicht, dass der Suche nach ihm allzu viel Aufmerksamkeit geschenkt wird, weil er befürchtet, dass die Auseinandersetzung mit dem Inhalt dieser Briefe dadurch in den Hintergrund rückt. In denen geht es immerhin um eine ausgesprochen tragische Familiengeschichte, in deren Folge das einzig überlebende Opfer später offenbar selbst zum Täter wurde.«

»Aber noch mal, Konrad: Warum erhalten wir diese Schreiben ausgerechnet jetzt? Warum nicht vor zehn, fünf oder zwei Jahren, sondern genau jetzt, wo wir in *diesen beiden* Mordfällen ermitteln?«

»Vielleicht, weil sie im Zusammenhang mit der Geschichte dieses Jungen stehen.«

»Hm. Soll das heißen, dass dieser Max Fliesinger von damals auch bei unseren aktuellen Fällen eine Rolle spielt? Aber welche sollte das dann sein? Etwa die des Mörders?«

»Ich weiß es nicht. Aber wenn es so wäre, hätten wir es mit einem inzwischen deutlich in die Jahre gekommenen Täter zu tun. Max Fliesinger würde, sollte er noch leben, am 11. Juli immerhin fünfundsechzig werden.«

Kindlein sah Morgenthaler fragend an.

»Mathematik, Frieder. In ihrem ersten Brief erwähnte Frau von der Weyden, dass der Sohn der Fliesingers im Sommer 1947 fünf geworden war, und zwar genau eine Woche vor dem Mord an seinen Eltern. Und der geschah am 18. Juli 1947.«

Kindlein schüttelte den Kopf. Hätte er nur annähernd solch ein Gedächtnis, wäre vieles erheblich weniger kompliziert. Morgenthaler war zu beneiden.

»Okay. Aber was würde uns das noch sagen?«, fragte Kindlein schließlich und beantwortete die Frage gleich selbst. »Es stünde dann doch zu befürchten, dass wir es nicht nur mit einem angegrauten, sondern wohl auch irren Mehrfachtäter zu tun hätten. Oder kannst du dir vorstellen, dass jemand, der schon in seiner Kindheit getötet hat und es jetzt wieder tut, dazwischen ein jahrzehntelanges Päuschen eingelegt hat?«

Morgenthaler zog die Schultern hoch. »Nein. Aber wir wissen bei Max Fliesinger doch noch gar nicht, ob er überhaupt ein Verbrechen begangen hat. Der Rest des Briefes fehlt schließlich. Und ich bezweifle, dass ›irre‹ selbst dann der richtige Ausdruck wäre, wenn aus ihm tatsächlich ein Mehrfachtäter geworden sein sollte. In ihren Briefen schildert diese Frau sehr genau, in welch schrecklicher Weise der kleine Max misshandelt worden ist. Er wurde von frühester Kindheit an regelmäßig auf einen dunklen Dachboden eingesperrt. Dort mussten er und seine Schwester jedes Mal endlose Stunden verharren, bis man sie wieder rausließ. Und dann geschah eines Tages der Wahnsinn: Niemand kam. Und im letzten Brief wird deutlich aufgezeigt, dass Max schon als Fünfjähriger starke Neurosen ausgebildet hatte. Die Beschreibungen seiner Förmlichkeit und Pedanterie lassen zumindest tief blicken. Und wenn ein Kind danach fragt, ob es lachen darf oder in welcher Weise man es schlagen würde, dann muss man sich hinsichtlich seines Elternhauses und der Art seiner Erziehung wohl kaum noch Fragen stellen. Man sollte also offenlassen, ob sein späteres Verhalten, egal in welche Richtung es ausschlug, als irre bezeichnet werden kann – zumindest bis man mehr darüber erfahren hat.«

»Was schlägst du also vor?«

»Wir müssen herausfinden, wo sich Max Fliesinger heute aufhält, ohne uns jedoch allzu stark auf ihn zu konzentrieren. Und dazu muss unser Paparazzo noch mal tätig werden. Wir kennen nicht nur den Namen des Jungen, sondern wir wissen auch, dass er in einem Heim aufgewachsen ist, und wir kennen sein Geburtsdatum. Außerdem wissen wir von zweien der damals drei Opfer die Namen. Und wir kennen den Vornamen eines Jungen, der unter einem dieser drei gelitten hat. Das war dieser Fabian. Und nun wissen wir, dass die Verfasserin der Briefe Leiterin dieses Heims war. Da müsste sich eigentlich was draus machen lassen. Inzwischen sollten wir unsere bisherigen Spuren weiterverfolgen.«

Kindlein nickte. »Und wir sollten uns bemühen, so schnell wie möglich den Beweis zu erbringen, dass der junge Kerl, den wir gestern verhaftet haben, *nicht schuldig* ist. Der macht mir nämlich den Eindruck, dass er seine Version so lange aufrechterhalten wird, bis wir den tatsächlichen Mörder präsentieren.«

»Weil er jemanden deckt«, ergänzte Morgenthaler.

»Genau. Aber wen?«, fragte Kindlein.

Morgenthaler zuckte mit den Schultern. »Ich tappe genauso im Dunkeln wie du. Die einzige Gestalt, die bislang etwas Licht aussendet, ist Viola Reil. Und mir geht Traugotts Bericht nicht aus dem Kopf. Du weißt: von dieser Frau, die damals mit ihr in einer Straße gewohnt hat.«

»Du meinst die, deren Mann verbrannt und mit einer Mistgabel verziert in seiner Scheune aufgefunden wurde?«

»Genau. Sie heißt Beate Loose. Die Parallelen zu den Verhältnissen in Scharhof sind wirklich bemerkenswert. Auch dort lebten zwei Frauen unweit voneinander. Sie waren miteinander befreundet, und ihr Leben änderte sich schlagartig zum Guten, nachdem nicht alltägliche Ereignisse eintraten. Zudem könnten wir diesen Besuch in Schwetzingen auch gleich mal dazu nutzen, ein paar Worte mit Sebastians Großvater zu wechseln. Sein Spielwarenladen liegt nicht weit von Frau Looses Haus entfernt. Vielleicht eröffnet uns sein Blick auf seine Tochter und seinen Enkel Perspektiven, die uns bislang verborgen blieben.«

Frau Looses Bauernhaus befand sich in einer engen Gasse unweit der Schwetzinger Innenstadt. Es war offensichtlich erst kürzlich frisch gestrichen worden. Das neu gedeckte Dach wirkte noch etwas steif, doch dank der alten Holz-Fensterläden und des mit Feingefühl und Bedacht restaurierten Fachwerks war der Charme des Hauses nicht zerstört worden. Von einem Hof war allerdings nichts zu erkennen. Dafür war das Grundstück nebenan vor nicht allzu langer Zeit bebaut worden. Kindlein vermutete deshalb, dass sich an dieser Stelle ehemals die Scheune befunden haben könnte. Nun stand dort jedenfalls ein großes Einfamilienhaus. Im Stil moderner Niedrigenergiehäuser gebaut, erinnerte es an einen Wellpappe-Karton, den man mit Luftlöchern versehen hatte.

Die klein gewachsene blonde Frau bot ihnen Plätze in der Wohnküche und sofort auch Kaffee an. Kindlein lehnte ab. Er bekam ein Glas Fanta mit Strohhalm.

»Haben Sie den Hof verkauft?«, fragte Morgenthaler.

»Nein, aber da wohnt jetzt mein Sohn. Er hat auf dem Grundstück gebaut. Das schöne Haus dort gehört ihm.« Sie deutete mit einem Kopfnicken zum Fenster hinaus. Morgenthaler warf einen kurzen Blick in die Richtung.

»Wirklich sehr schön«, kommentierte er knapp. »Der dürfte jetzt so Mitte zwanzig sein, oder?«

»Sechsundzwanzig.«

»Wie hat er das mit seinem Vater damals eigentlich aufgenommen?«

»Es ist schwer, in einen Sechsjährigen hineinzuschauen. Aber ich würde sagen, dass er gemerkt hat, dass es uns beiden danach erheblich besser ging. Mein Mann war ein brutaler Mensch. Ich möchte ungern an die Zeit mit ihm zurückdenken. Das einzig Gute, was er mit in die Ehe brachte, war der Hof, und den habe ich nach seinem Tod geerbt. Obendrein habe ich von der Feuerversicherung einen Haufen Geld für die Scheune bekommen. Ironie des Schicksals nennt man das wohl.«

»Was des einen Leid, ist des anderen Freud. Frau Reil wird vermutlich ähnlich empfunden haben, als sie Jahre später *ihren* Mann verlor, oder?«

Die Frau sah Morgenthaler irritiert an. »Viola? Keine Ahnung. Wieso?«

»Na ja, der war auch nicht gerade einfach, habe ich gehört.«

Ihre Gesichtszüge entspannten sich. »Ach so. Sie meinen die Gerüchte, dass er dem kleinen Florian absichtlich was angetan hat? Ist alles Quatsch, wenn Sie mich fragen.«

Nun blickte Morgenthaler erstaunt drein. »Also, ich weiß von solchen Gerüchten nichts. Aber Sie waren ja gut mit ihr befreundet. Klären Sie uns ruhig auf.«

Wieder sah sie Morgenthaler mit verdutztem Gesichtsausdruck an. »Ich glaube, wir reden gerade aneinander vorbei, Herr Kommissar. Ich war mit Viola niemals befreundet. Im Gegenteil: Ich mochte sie nicht mal besonders. Und ich bin sicher, dass das auf Gegenseitigkeit beruht hat.«

»Aha«, machte Morgenthaler. »Dann muss ich da was falsch verstanden haben. Ein Kollege hat mir nämlich erzählt, dass Ihr Sohn damals für die Zeit Ihrer Vernehmung bei Frau Reils Eltern untergebracht war.«

»War er auch. Denn zu denen hatte ich wiederum ein sehr herzliches Verhältnis. Violas Eltern sind unglaublich liebe Menschen. Es gibt niemanden, der mich damals mehr unterstützt hat als sie. Sie müssen wissen: Die eine Hälfte der Straße hielt mich damals für eine eiskalte Mörderin und die andere für eine besonders hintertriebene Erbschleicherin. Daran, dass mein Mann meinem Sohn und mir täglich die Hölle auf Erden bereitet hatte, konnten die sich natürlich erst wieder erinnern, als meine Unschuld längst bewiesen war. Die Einzigen, die von Anfang an zu mir gehalten haben, waren die beiden Andersens. Violas Vater hat mich, schon lange bevor das Unglück mit Siegbert geschah, auf meine Situation und das, was hier in diesen vier Wänden vor sich ging, angesprochen. Er hat mir mehrmals angeboten, jederzeit zu ihnen kommen zu können, falls mir die Schwierigkeiten hier über den Kopf wachsen sollten.«

»Verstehe. Aber Jahre später, als Frau Reils Mann verschwand, schien sich Ihr Verhältnis zu ihr gebessert zu haben, oder? Denn da haben Sie sich immerhin über einen Zeitraum von mehreren Monaten ihrer Söhne angenommen, während sie arbeiten ging.«

»Das ist wohl richtig. Aber das habe ich ausschließlich ihren Eltern zuliebe getan. Die hatten zu der Zeit ja schon viele Jahre in Mannheim gewohnt und konnten nicht ständig hierher nach Schwetzingen fahren, um auf Sebastian und Florian aufzupassen, während Viola ihren Schuldienst verrichtete. Nach einigen Monaten ist dann Violas Versetzungsantrag bewilligt worden, und sie ist zu ihnen nach Mannheim gezogen.«

»Haben Sie heute noch Kontakt zu jemandem aus der Familie?«

»Nein, eigentlich nicht. Hin und wieder besuche ich Herrn Anders in seinem Laden. Der liegt ja in mitten im Schwetzinger Zentrum, und manchmal braucht man selbst in meinem Alter noch ein Geschenk für ein Kind. Aber ich gehe auch so mal vorbei, weil ich ihn und sein Geschäft mag. Ich glaube, Herr Anders ist der einzige Spielwarenhändler, der mit seinen Kunden spielt und der ihnen zudem zeigt, was sie mit den Dingen, die es bei ihm zu kaufen gibt, ansonsten noch anstellen können. Am schönsten ist es dort am Nachmittag, wenn Kinder im Laden sind. Dann ist da richtig was los.«

Morgenthaler sah auf seine klotzige Armbanduhr. »Na, dann

werden wir wohl gerade zur rechten Zeit kommen. Zu ihm wollten wir nämlich auch noch.«

Beim Eintreten in das kleine Geschäft hatte Kindlein den Eindruck, einen Ort zu betreten, der mit dieser Welt nichts zu tun haben wollte. Während das geschäftige Treiben in der Carl-Theodor-Straße vom rastlosen Umherschwirren gehetzt wirkender Erwachsener und von den Folgen ihres zunehmenden Mobilitätswahns bestimmt wurde, machte beim Öffnen der Ladentür ein lieblich klingendes Glockenspiel mit einer fröhlich anmutenden Melodie darauf aufmerksam, dass von nun andere Regeln galten. Dies hier war eine Welt für Kinder; Erwachsene wurden geduldet – sofern sie mitspielten.

Der Laden war, wie schon das Schaufenster, vollgestellt mit Gegenständen aller erdenklichen Formen und Farben. Die Regale ächzten regelrecht unter ihrer kunterbunten Last, und der Inhalt einiger herumstehender Holztruhen quoll über den Rand. Beim Gang durch den Laden musste Kindlein den Kopf einziehen, weil er damit ständig an Flugzeugmodelle, Mobiles oder Marionetten anstieß, die von der Decke herabhingen. Auf den Boden zu schauen hielt er ebenfalls für ratsam. Zweimal hatte er mit der Schuhspitze schon etwas weggekickt, und er erinnerte sich noch gut an den kleinen Blechfrosch der Ortliebs. *Ein* zertretenes Spielzeug reichte.

Von der hinteren Ecke des Ladens her war lautes Gackern, Kichern und Quieken zu vernehmen. Es mussten mehrere Kinder sein, die sich lauthals und köstlich amüsierten. Außerdem war die Stimme einer Frau zu hören, die den Kleinen etwas vorzuführen schien, jedenfalls gab sie immer wieder Geräusche von sich, die an eine Dampflok erinnerten, was die Kinder erst recht zum Lachen brachte.

Als die beiden das letzte Regal passiert hatten, lüftete sich das Geheimnis. Eine junge Frau ließ vor einem berstend vollen Verkaufstresen ihre Hüften kreisen und demonstrierte vier Winzlingen soeben, wie ein Hula-Hoop-Reifen funktionierte. Jedes der Kinder hielt ebenfalls eines dieser bunten Dinger in Taillenhöhe, und einige von ihnen versuchten unermüdlich, es der jungen Frau gleichzutun.

Freudestrahlend, mit ausgestreckten Armen und hüpfendem Busen versicherte sie den Knirpsen während dieser Aktion, was für ein wunderbar kitzeliges Gefühl es doch sei, wenn der Reifen um die Taille surrte, und dass Hula-Hoop mit Musik eigentlich noch viel mehr Spaß machen würde, aber dass sie leider keine dahabe. Als sie Kindlein und Morgenthaler sah, unterbrach sie ihre Vorführung und wandte sich ihnen lächelnd zu.

»Guten Tag. Kann ich etwas für Sie tun?«

»Ja, Caroline«, meinte ein kleines Mädchen grinsend, »zeig dem Onkel mal, wie Hollahopp geht.«

»Nein, der hat doch einen viel zu dicken Bauch«, warf ein anderes leise ein.

Das erste Mädchen hielt sich die Hand vor den lachenden Mund. Ihr fehlte ein Milchzahn, das war trotz allem zu erkennen.

»He, ihr frechen Dinger«, meinte die junge Frau namens Caroline zu den beiden, »haltet euch mal schön zurück. Eure Papas haben auch einen Bauch. Das hab ich genau gesehen.« Dann nahm sie wieder Blickkontakt zu den beiden Ermittlern auf. »Entschuldigen Sie bitte.«

Morgenthaler winkte ab. »Keine Ursache. Wir wollten eigentlich nur fragen, ob Herr Anders da ist.«

»Ja, der ist hinten im Hof. Dazu müssen sie durch sein Büro gehen und von dort zur Hintertür raus«, antwortete sie und deutete auf eine Tür neben dem Verkaufstresen. »Ach, kommen Sie. Ich führe Sie besser hin.« Dann wandte sie sich einem kleinen sommersprossigen Jungen zu. »Ich bin gleich wieder da. Bis dahin wird Hula-Hoop geübt. Okay?«

»Okay.« Ihm fehlten *zwei* Milchzähne.

Als die junge Frau die Tür zum Hinterhof öffnete, bot sich den beiden Ermittlern ein Bild, das an eine Mischung aus Kinderspielplatz und Zirkusarena erinnerte. Etwa sieben oder acht Kinder verschiedener Altersgruppen hüpften, sprangen und fuhren dort auf irgendwelchen Gerätschaften umher. Zwei größere saßen an einem Tisch und spielten ein Brettspiel mit Holzfiguren. Der Lautstärkepegel hier draußen war mindestens so groß wie die

Freude der Kinder. Die, die auf gefederten Hüpfstangen über den Hof hoppelten, hatten rote Köpfe und schwitzten, während zwei Kinder mit weit ausgestreckten Armen auf Geräten namens »Pedalo« den Hof überquerten. Sie mussten sich konzentrieren, denn die Geräte besaßen nur zwei Trittbretter, die exzentrisch und beweglich zwischen sechs Holzrädern angebracht waren. Auf denen mussten sie freihändig stehen und das Gefährt allein durch Trittbewegungen vorwärtsbewegen. Dazu war ein gutes Balancegefühl notwendig. Das galt auch für das Einrad, mit dem ein Junge an einem langen Gestänge erste Aufsitzversuche machte.

Inmitten des Gewirrs saß ein kleiner alter Mann mit schütterem Haar und einer für seine Kopfform etwas zu groß geratenen Brille auf dem blanken Boden. Auch seine Hose war viel zu groß. Die Hosenträger hielten sie gerade so auf Bauchnabelhöhe, konnten aber nichts daran ändern, dass sie dort mehrere Zentimeter Abstand zum Körper hatte. Der Alte sortierte die Schnüre am Führungskreuz einer vor ihm liegenden Marionette.

»Gleich hab ich's, Rita. Dann können wir weiterprobieren«, rief er einem pausbackigen Mädchen zu, das versuchte, auf zwei hohen Stelzen zu gehen. Die Besucher schien er nicht zu bemerken.

»Herr Anders, hier sind Herrschaften, die Sie sprechen wollen«, rief die junge Verkäuferin deshalb. Sie musste ihre Stimme erheben, denn die Kinder waren gerade voll in ihrem Element.

Der alte Mann schaute kurz auf, gab der jungen Frau ein Handzeichen, legte die Marionette beiseite und erhob sich mühsam aus seiner Sitzhaltung. Schließlich kam er mit wackeligem Schritt und leichten O-Beinen auf die beiden Ermittler zu. Dabei sah er sie zunächst forschend an und dann so, als wenn er sie zu kennen schien.

»Ach, klar. Ich weiß, wer Sie sind«, sagte er schließlich.

Kindlein war erstaunt. Bisher kannten sie den Alten nur vom Hörensagen.

Dann sprach Anders die junge Frau an. »Danke, Caroline. Ich denke, ich gehe mit den Herren am besten ins Büro.«

Dort war es herrlich ruhig. Nachdem die Türen zum Verkaufsraum und zum Hinterhof geschlossen waren, war vom Kindergejubel kaum noch was zu hören. Kindlein sah sich im Büro um. Schon bald fiel sein Blick auf eine Wand, an der zwei mit Eichenlaubmotiven verzierte Urkunden hingen. Beide waren sie von der Handwerkskammer Mannheim abgestempelt und vom Innungsmeister unterzeichnet worden. Bei der einen handelte es sich um einen Gesellenbrief im Uhrmacherhandwerk, und die andere zeichnete Anders als Meister in diesem Fach aus. Kindlein bemerkte, dass Morgenthalers Blick ebenfalls auf dem Meisterbrief ruhte. Und er ahnte, was ihm dabei durch den Kopf ging: Wieder einer, der von einem ehemals goldenen Handwerk nicht mehr hatte leben können und sich deshalb in einer gänzlich anderen Branche verdingte.

Laut der Urkunden war der alte Herr am 7. November 1941 in Mannheim geboren und somit fast vom gleichen Jahrgang wie dieser Max Fliesinger. Hatte er demnach eine ähnlich bittere Kindheit gehabt? Wohl nicht. Selbst wenn man in Mannheim aufgewachsen war, das zu jener Zeit hauptsächlich aus Ruinen und Trümmerbergen bestanden hatte, so war dies vermutlich allemal besser gewesen, als seine Kindheit elternlos in einem Heim zu verbringen.

»Hier geht es nicht immer so turbulent zu, junger Mann«, meinte Anders nun, wobei er durch seine wirklich viel zu große Brille zu Kindlein aufsehen musste. Er war nur wenig größer als Morgenthaler, aber von erheblich schwächerer Statur. Seine blauen Augen hatten etwas außergewöhnlich Warmes und Freundliches, und hinter den fernsehschirmartigen Brillengläsern wirkten sie größer, als sie waren. Eigentlich gehörte der alte Herr in einen Ohrensessel, dachte Kindlein. Anders war *der* Opa aus den Bilderbüchern seiner Kindheit. Vielleicht waren es Assoziationen, die sein Name weckte, dass Kindlein sich den Alten als ausgezeichneten Märchenerzähler vorstellen konnte.

»Aber heute ist so schönes Wetter«, fuhr der Alte fort und holte Kindlein damit in die Realität zurück, »da zeige ich den Knirpsen am liebsten Spielgeräte, die mit Bewegung und Körperkontrolle zu tun haben und die sie im Freien einsetzen können.« Dann lächelte er in sich hinein und bot den beiden an, Platz zu nehmen.

Kindlein wusste nicht, wie er das Gespräch mit Anders beginnen sollte. Sie kamen ja nicht gerade mit fröhlichen Nachrichten im Gepäck.

»Ich war eben etwas erstaunt«, sagte er. »Sie scheinen uns von irgendwoher zu kennen. Darf ich fragen, woher?«

»Aber natürlich. Ich habe Sie gestern bei mir im Haus gesehen. Ich kam aus dem Keller, und als ich in den Korridor eintrat, zogen Sie gerade die Wohnzimmertür hinter sich zu. Einen kurzen Moment habe ich Sie beide aber noch sehen können. Sie haben sich mit meiner Tochter unterhalten. Das hat sie mir hinterher erzählt.«

»Hat Ihre Tochter erzählt, worüber wir mit ihr gesprochen haben?«

»Ja, das hat sie. Es ging um diese schrecklichen Morde an Frau Feldkamp und an einer ihrer Kolleginnen an der Schule.« Er schüttelte den Kopf. »Fürchterlich, was da passiert ist. Ich habe Frau Feldkamp ziemlich gut gekannt.«

»Und Frau Säler? Haben Sie die auch gekannt?«

»Nicht persönlich. Ich wusste nur, dass sie die Kunstlehrerin meines Enkels war.«

»Sebastians.«

»Genau.«

Dies war der Moment, wo über diesen jungen Mann geredet werden musste. Kindlein begann vorsichtig.

»Sebastian ist übrigens der Grund, weswegen wir heute bei Ihnen sind.«

Der alte Mann schluckte. Zudem veränderte sich etwas an seinem Blick. Kindlein bildete sich ein, dass seine Augen soeben auf einen Schlag ihren Glanz verloren hatten.

»Wieso wegen Sebastian?« Er räusperte sich. »Das verstehe ich nicht.«

»Sebastian hat sich heute Nacht gestellt und gestanden, diese beiden Morde begangen zu haben.«

»Sebastian? Gestanden?« Der Alte wiederholte die Worte, als wenn Kindlein in einer Sprache zu ihm gesprochen hätte, von der er nur Brocken verstand.

»Ja, das hat er. Und das Problem ist, dass er bei dieser Aussage bleibt, obwohl es viele gute Gründe gibt, an ihrer Richtigkeit zu zweifeln.«

»Das muss man auch«, platzte es aus Anders heraus. »Das müssen Sie. Glauben Sie dem Jungen kein Wort.« Seine Stimme versagte bei diesem Appell beinahe.

Kindlein hob beschwichtigend die Hand. »Bleiben Sie ganz ruhig, Herr Anders. *Unserer* Ansicht nach ist Sebastian kein Mörder, aber er verfügt über Detailkenntnisse, die derart frappierend sind, dass der Staatsanwalt auf jeden Fall Anklage gegen ihn erheben wird. Wir brauchen also irgendwas, das ihn von der Unschuld Sebastians überzeugt, und vor allem etwas, das Ihren Enkel davon abbringt, seine unseligen Behauptungen weiterhin aufrechtzuerhalten.«

Der Alte schüttelte den Kopf. »Mein Gott. Der Junge ist völlig durcheinander. Erst dieser monatelange Krieg mit Frau Säler und dann die schwere Erkrankung seiner Großmutter. Er hat nie was von Frau Feldkamp gehalten und die Verschlechterung ihres Zustandes von Anfang an ihren Therapien zugeschrieben. Gut möglich, dass er gern der Mörder dieser beiden Frauen wäre, aber er war es nicht. Nicht Sebastian. Niemals. Er ist ein guter Junge. Glauben Sie mir.«

»Das tun wir ja, Herr Anders. Aber Glaube allein hilft hier leider nicht. Wir brauchen Beweise für seine Unschuld. Wir zeigen Ihnen jetzt mal zwei Fotografien und möchten Sie bitten, uns einige Fragen dazu zu beantworten. In Ordnung?«

»Natürlich.«

Kindlein legte dem Mann die Fotografien vor.

»Die eine Aufnahme zeigt Sebastian. Er befindet sich darauf in Frau Feldkamps Wohnung«, erklärte Kindlein. »Auf der zweiten ist ein Messer abgebildet. Das Foto stammt aus unseren Ermittlungsunterlagen.«

Der alte Anders hielt beide Fotografien mit zitternden Händen fest und betrachtete sie einen Moment. Dann schüttelte er den Kopf. »Ich kann mit beidem nichts anfangen. Was soll das sein?« Er streckte Kindlein eine der Aufnahmen entgegen.

»Mit diesem Messer ist Frau Säler getötet worden. Sebastian behauptet, dass es aus Ihrem Haushalt stammt. Sie hätten es Ihrer Tochter vor Jahren zum Geburtstag geschenkt. Er hat sogar eine Erklärung für die Bissspuren an dem Griff abgegeben.«

»Was erzählt der Junge da nur? Das Messer ist mir völlig unbekannt.«

»Sind Sie sicher?«

»Ja. Solch ein Messer hat es in unserem Haus niemals gegeben.«

Das war interessant, dachte Kindlein. Aber warum hatte sich Sebastian eine derart abstruse Geschichte ausgedacht? Einen Tick weniger fantasievoll hätte es auch getan. Vor allem hätte er sich eine ausdenken sollen, die weniger schnell als Lüge enttarnt werden konnte.

Die Hände des alten Mannes zitterten immer mehr. Schließlich legte er die Fotos vor sich auf den Tisch. Dann nahm er ein Taschentuch aus seiner Hosentasche und rieb sich die Hände daran ab. Sie schwitzten. Kindlein fiel auf, dass der Alte auch keinen Blickkontakt mehr zu ihm aufnahm.

»Seltsam«, meinte er. »Ich frage mich, wie Ihr Enkel ausgerechnet auf solch eine hanebüchene Geschichte gekommen ist. Vor allem wundert uns, dass er dieses Messer zweifelsfrei als Tatwerkzeug identifizieren konnte. Demzufolge *muss* er es vorher schon einmal gesehen haben.«

»Na, in der Zeitung vermutlich.« Anders stand nun auf und ging zu einem Stapel Altpapier, den er neben einem alten Holzregal angehäuft hatte. Mit wenigen Griffen fand er, was er suchte, und kehrte mit einer Ausgabe des »Mannheimer Morgen« in der Hand an den Tisch zurück. »Sehen Sie«, er tippte mit dem Finger auf ein kleines Foto.

Kindlein warf einen Blick auf die Seite. Im Lokalteil war über den Mord an Frau Säler berichtet worden. Und das Foto unter dem Artikel war das gleiche, das er dem alten Mann soeben vorgelegt hatte.

»Hatten Sie nicht eben noch behauptet, dass Ihnen dieses Messer völlig unbekannt sei?«

»Hab ich das?« Er sah Kindlein irritiert an. »Ich meinte damit selbstverständlich das Original.«

Der alte Mann sagte nicht die Wahrheit. Kindlein schaute kurz zu Morgenthaler. An der Art und Weise, wie der die Augenbrauen hob, war zu erkennen, dass er das Gleiche dachte. Aber was hatten sie erwartet? Dass dieser gutmütige Mensch gegen seinen eigenen Enkel aussagen würde? Machte es demnach Sinn, ihn weiter zu befragen? Kindlein wollte es zumindest probieren.

»Auf dem zweiten Foto ist Sebastian zu sehen«, sagte er deshalb. »Er besteht darauf, dass es zum Tatzeitpunkt aufgenommen wurde. Das soll am Freitag, dem 30. März, gegen achtzehn Uhr gewesen sein.«

»Freitag, 30. März?«, wiederholte Anders. »So? Behauptet er das?«

»Ja.«

»Hm.« Der alte Herr schüttelte den Kopf, und es war zu erkennen, dass ihn irgendwas irritierte. »An dem Tag war was«, sagte er irgendwann. »Ich kriege es im Moment nur nicht zusammen.« Dann grübelte er weiter. »Irgendwas war da. Ich bin mir ganz sicher.« Schließlich sah er regelrecht verzweifelt aus und gab Kindlein das Foto zurück. »Nein, ich komme nicht drauf. Mein Gedächtnis – es wird immer schlimmer.«

Kindlein wusste nicht, ob es richtig war, aber ohne Unterstützung schien der Alte ganz offensichtlich nicht voranzukommen.

»An diesem Freitag wurde Ihre Frau ins Krankenhaus eingewiesen, Herr Anders. Frau Feldkamp wollte nicht zu Ihnen nach Hause kommen, und da haben Sie und Ihr Enkel den Notarzt gerufen. Erinnern Sie sich nun?«

»Mein Gott«, unterbrach Morgenthaler plötzlich harsch. Kindlein drehte sich verdutzt zu ihm um. Die Augen seines Kollegen waren weit aufgerissen. Er legte seine Hand auf Kindleins Arm. »Das ist es, Frieder.« Der alte Mann schaute nun ebenfalls verdattert drein.

»Was ist was?«, fragte Kindlein.

»Herr Anders«, sagte Morgenthaler, sich nun dem alten Herrn zuwendend, »ich kann mir nicht vorstellen, dass Sie und Ihr Enkel an diesem Tag zu Hause geblieben sind. Wenn *meine* Frau ins Krankenhaus eingeliefert werden würde, dann wäre ich bei ihr. Und so wie ich Ihre familiäre Situation einschätze, stelle ich mir vor, dass Sie und Ihr Enkel an dem Tag ebenfalls mit ins Krankenhaus gefahren sind.«

»Ja, natürlich.« Anders' Gesichtszüge entspannten sich von einer Sekunde auf die andere, und man konnte regelrecht zusehen, wie nach und nach Erinnerungen in ihm aufstiegen. »Sie haben völlig recht, Herr Kommissar. Sebastian und ich sind dem Krankenwagen sofort gefolgt. Und in der Klinik haben wir gemeinsam gewartet, bis die Ärzte meine Frau untersucht hatten. Das hat ewig gedauert. Bis sie in ihrem Zimmer lag, vergingen Stunden. Und Sebastian war die ganze Zeit über bei mir.«

»Wissen Sie noch, bis wann Sie beide im Krankenhaus geblieben sind?«, fragte Morgenthaler.

»Nein, das weiß ich nicht mehr. Aber lange.«

»Aber vielleicht wissen Sie ja noch, wann der Notarzt zu Ihnen nach Hause kam.«

»Ich glaube, so gegen dreizehn Uhr. Ja, so in etwa.«

»Und der Krankenwagen? Wann kam der?«

»Etwa eine Stunde später.«

»Gut. Und mit welchem Auto sind Sie in die Klinik gefahren?«

»Mit meinem. Sebastian hat ja noch keines.«

»Und Ihre Tochter war zu dem Zeitpunkt nicht zu Hause?«

»Nein. Viola war auf der Arbeit.«

»Mit dem eigenen Auto.«

»Ja, natürlich.«

»Danke, Herr Anders«, sagte Morgenthaler mit einem Mal und stand von seinem Platz auf. »Ich glaube, jetzt sind wir einen Schritt weiter.«

Kindlein verstand nicht ein Wort. Dem alten Mann schien es genauso zu gehen.

»Und was heißt das? Heißt das, dass Sebastian entlastet ist? Dass Sie ihn wieder freilassen?«, fragte er mit aufgeregter Stimme.

Morgenthaler wiegelte ab. »Zunächst müssen wir noch ein wenig recherchieren. Und dann müssen wir mit dem Staatsanwalt sprechen. Aber die Chancen stehen nun nicht mehr ganz so schlecht.«

Anders' Augen nahmen fast wieder ihren ursprünglichen

Glanz an, und über sein Gesicht ging ein Strahlen der Erleichterung. Aber so ganz konnte er sein Glück offenbar dennoch nicht fassen. Irgendwas sagte Kindlein, dass tief im Inneren des Mannes ein Zweifel nagte. Zweifel an den Fähigkeiten der beiden Ermittler? Zweifel an der Justiz? Oder Zweifel an der Unschuld seines Enkels?

Nach ihrem unerwartet schnellen Aufbruch aus dem Spielwarenladen begaben sich die beiden direkt zu ihrem Fahrzeug. Morgenthalers Ziel war das Mannheimer Theresienkrankenhaus. Kindlein konnte sich den Grund ihres hastigen Aufbruchs noch immer nicht erklären, und was Morgenthaler in dieser Klinik wollte, war ihm auch ein Rätsel. Erst auf der Mannheimer Landstraße, als sie Schwetzingen bereits hinter sich gelassen hatten, begann Morgenthaler ihn aufzuklären.

»Entschuldige bitte, dass ich dich eben bei dem alten Herrn so abrupt unterbrochen habe. Aber als du ihn daran erinnert hast, dass an diesem Freitag seine Frau ins Krankenhaus eingeliefert wurde, ist mir eine Aussage eingefallen, die seine Tochter gemacht hat. Die hat uns nämlich erzählt, dass sie an diesem Tag Lehrerkonferenz hatte. Sie kam deshalb erst nach Hause, als ihre Mutter längst in der Klinik war. Sebastian hat aber steif und fest behauptet, mit dem Auto seiner Mutter zu Frau Feldkamp gefahren zu sein. Was schlecht möglich ist, wenn die damit unterwegs war.«

»Stimmt«, antwortete Kindlein knapp. »Aber Sebastian behauptet auch, erst gegen achtzehn Uhr bei Frau Feldkamp gewesen zu sein. Wenn seine Mutter, sagen wir mal, um etwa siebzehn Uhr in die Klinik gekommen wäre, hätte er sich also noch gut und gern deren Auto nehmen und gemütlich nach Waldhof fahren können. Frau Reil wäre dann im Anschluss an ihren Krankenbesuch mit ihrem Vater nach Hause gefahren. Der war ja mit seinem Fahrzeug da.«

»Hm.«

»Dann lass uns jetzt doch einfach zu Frau Reil fahren und sie fragen, wann genau sie an diesem Tag im Krankenhaus war. Warum willst du unbedingt zuerst in diese Klinik?«

»Ganz einfach, Frieder. Weil wir uns auf die Aussagen von Sebastians Familienangehörigen nicht unbedingt verlassen können. In dieser Familie hält man zusammen. Das wurde uns eben anschaulich demonstriert. Was meinst du, was der alte Anders gerade in diesem Augenblick tut? Er wird mit seiner Tochter telefonieren. Und wenn es Sebastian nicht selbst schon längst getan hat, wird *er* sie über das ›Geständnis‹ ihres Sohnes informieren. Daraufhin wird er ihr von unserem Besuch und den Fotos erzählen. Und er wäre ein schlechter Großvater, wenn er ihr bei der Gelegenheit nicht auch Instruktionen mit auf den Weg geben würde, wie man Sebastians Behauptungen entkräften kann.«

»Verstehe. Du meinst, im Theresienkrankenhaus wird man uns möglicherweise verlässlichere Angaben machen können.«

»Richtig. Vorausgesetzt, es kann sich dort jemand an die Aufnahme von Frau Anders erinnern.«

22

Anders gingen traurige, fürchterlich deprimierende Gedanken durch den Kopf. Nichts war mehr in dem Zustand, in dem es sich einst befunden hatte. Noch vor einem halben Jahr waren er, Lydia, Viola und die beiden Enkel eine Familie gewesen, wie sie glücklicher und zufriedener nicht hätte sein können. Sie hatten Freude aneinander gehabt, sich geliebt und viel miteinander gelacht. Der Verlauf, den ihr Leben genommen hatte, war gerade, verlässlich und schön gewesen und ihr Zusammenhalt derart stabil, dass Erschütterungen keinen von ihnen ernsthaft aus dem Gleichgewicht gebracht hatten. Und nun? Nun schwankte alles. Der Boden unter den Füßen war weg und die Position jedes Einzelnen nicht mehr auszumachen. Hatten sie es zu leicht gehabt? Hatte es in ihrem Zusammenleben zu wenig Anlass für Auseinandersetzungen gegeben? Waren sie zu sehr darauf bedacht gewesen, immer möglichst sanft miteinander umzugehen? Und waren sie deshalb zu wenig auf Krisen, auf Probleme vorbereitet gewesen?

Anders fand keine Antwort. Sein Kopf schmerzte wie wahnsinnig, und sein Herz hing ihm wie ein Mühlstein in der Brust.

Lydia hatte ihm ein Zuhause, eine Familie geschenkt, und sie war zu allen Zeiten deren warmer und freundlich strahlender Stern gewesen. Aber dieser wunderbare Stern war nun dabei, zu erlöschen, und alles, was einst im Lichte seiner Strahlen hatte gedeihen können, verkümmerte zusehends oder zerfiel gar zu Asche. Aus Viola war ein Nervenbündel geworden und aus ihm ein von Kopf- und Seelenschmerz und Gedächtnislücken geplagter alter Mann. Und aus dem armen Sebastian hatte das Schicksal offenbar das Schlimmste – einen hinterhältigen Mörder – gemacht. Und der kleine Flori? Auch er würde nicht vom Kummer verschont bleiben, wenn sein über alles geliebter Bruder wegen Mordes ins Gefängnis käme.

Anders weinte. Endlich weinte er. Er hatte lange darauf gewartet. Seit seiner Kindheit hatte er keine Tränen mehr vergossen. Aber immer hatte er sich daran erinnert, wie gut es damals getan hatte, wenn sie die heißen Wangen kühlten und sich das Herz von allem befreite, was es umklammerte. So war es auch jetzt – schrecklich und befreiend gleichzeitig. Und ihm war zum ersten Mal alles egal – sie dürften ihn ruhig so sehen, die Kinder aus dem Laden, die vom Hof, selbst Caroline Zeisig. Verschwommen nahm er wahr, wie sie sich alle um seinen Schreibtisch versammelten und ihn mit aufeinandergepressten Lippen aus großen, feuchten Augen betrachteten.

»Was ist denn mit dem Opa Anders los?«, hörte er eines der Mädchen schließlich leise fragen.

»Der hat eben auch mal Kummer«, antwortete Caroline. Dann flüsterte sie den Kindern zu: »Kommt. Ich denke, es ist Zeit für euch, zu gehen.«

Ja, dachte Anders, heute müsst ihr mal gehen. Heute darf Opa Anders mal traurig sein.

23

Auf der Krankenstation hatte eigentlich niemand Zeit für sie. Ständig surrte irgendwo eine Klingel. Und je nachdem, ob gerade nach einer Schwester verlangt wurde oder ob schon eine am Krankenbett tätig war, leuchteten außen an den Türen zu den Krankenzimmern rote oder grüne Lämpchen auf. Zudem bimmelte das Telefon nahezu ununterbrochen, und einige Besucher stellten auch noch Ansprüche. Dennoch bemühte sich eine der Schwestern, ihnen Auskünfte zu geben. Sie hatte an Frau Anders' Aufnahmetag Dienst gehabt und war sogar diejenige, die sie aufgenommen hatte.

»Wie lange kann man so einen Job eigentlich machen?«, fragte Morgenthaler.

»So lange, bis man umfällt. Dann sucht sich das Krankenhaus Ersatz.«

»Aha.«

»Aber Sie wollten ja wissen, wer Frau Anders begleitet hat, als sie zu uns auf die Station kam. Es waren ihr Mann und ihr Enkel.«

»Sie können sich aber gut erinnern.«

»Tja. Da war es ruhiger als heute. Ich weiß auch noch, dass es Herrn Anders überhaupt nicht gut ging. Er war das reinste Nervenwrack und hat auf unsere Fragen nur wirre Antworten gegeben. Sein Enkel hat uns schließlich die notwendigen Auskünfte über seine Großmutter erteilt. Und später muss Herr Anders dann auch einfach gegangen sein, ohne seinem Enkel Bescheid gegeben zu haben. Der hat daraufhin die Station nach ihm absuchen lassen und ist sogar durchs ganze Haus gelaufen, um seinen Großvater zu finden.«

»Wie? Herr Anders ist einfach abgehauen?«, fragte Morgenthaler.

»Ja.«

»Und wann war das?«

»Das weiß ich nicht mehr genau.«

»Hm. Aber der Enkel kam nach dieser Suchaktion wieder zurück, oder?«

»Ja. Der hat dann von hier aus bei sich zu Hause angerufen und seine Mutter verständigt. Etwa eine halbe Stunde später kam die schließlich hier an. Die war, gelinde gesagt, ziemlich ungehalten. Warum, weiß ich nicht, aber ich hatte das Gefühl, als wenn sie was dagegen hätte, dass ihre Mutter hier *zu uns* eingewiesen wurde. Vielleicht hätte sie es lieber gehabt, wenn sie in der Uniklinik gelegen hätte. Was weiß ich.«

»Wissen Sie, wann Frau Anders' Tochter in etwa kam?«

»Ich würde sagen, so zwischen sechs und sieben. Gegangen sind die beiden jedenfalls erst zur Übergabezeit. Das weiß ich noch, weil meine Kollegin sie mit Nachdruck zum Gehen auffordern musste.«

»Und wann ist Übergabezeit?«

»Von halb neun bis neun.«

Dann surrte es wieder. Die Schwester drehte sich nervös um. Aber nirgendwo leuchtete ein rotes Licht. Es war Morgenthalers Handy. Die junge Frau atmete erleichtert auf.

»Ja, hier Morgenthaler?«

Irgendwer schien sofort auf ihn einzureden, und Kindlein konnte an Morgenthalers Gesicht ablesen, dass es keine freudigen Botschaften waren, die der Gesprächspartner übermittelte. Morgenthalers Reaktion bestätigte diese Vermutung.

»Was?«, schrie er fast. »Das kann doch nicht wahr sein. So ein Idiot. Und warum hast du ausgerechnet Werner und Johannes hingeschickt?«

Die Erklärung schien seine Stimmung ein wenig zu verbessern.

»Na, das ist ja wenigstens *eine* gute Nachricht. Aber dennoch: Driesmann hat nicht den Funken von Verstand.«

Wieder folgte eine Antwort, diesmal kürzer. Dann betätigte Morgenthaler die rote Taste und sah Kindlein kopfschüttelnd an.

»Driesmann, dieser Volltrottel, lässt gerade das Haus der Andersens durchsuchen. Er vermutet, dort zusätzliche Hinweise auf

Sebastian Reils Schuld zu finden. Ludwig hat Tielmann und Stein zu der Durchsuchung abberufen. Maren und Bücklein konnte er nicht einsetzen. Die haben vor zwei Stunden den ›Grapscher‹ geschnappt und nehmen den momentan im Verhörraum in den Schwitzkasten.«

Die Schwester sah beide verdattert an.

»Sie haben es mitgekriegt«, sagte Morgenthaler beinahe entschuldigend zu ihr. »Wir müssen sofort gehen.«

»Und wie lange macht man *Ihren* Job?«, fragte die junge Frau.

»Auch bis zum Umfallen. Außer man wird vorher erschossen.«

Sie seufzte. »Die Chance hätte ich auch gern.«

Ein kurzes, sofort wieder verebbendes Grinsen huschte über Morgenthalers Gesicht. »Apropos. Darf man eigentlich fragen, wie es Frau Anders geht?«

»Möglicherweise lebt sie noch zwei oder drei Tage.«

»Das heißt, unter Umständen auch weniger, richtig?«

Die Schwester nickte.

»Haben Sie schon ihren Mann verständigt?«

»Nein. Aber die Tochter war vorhin hier. Sie weiß Bescheid.«

Als sie in Scharhof angekommen und in die Kirschgartshäuser Straße eingebogen waren, sahen sie Driesmanns Saab am Straßenrand stehen. Sie kamen gerade rechtzeitig, denn der Staatsanwalt verließ soeben mit stolzgeschwellter Brust das Haus der Familie Anders. Kindlein stellte den BMW hastig hinter dessen Fahrzeug ab.

»Tag, Dr. Driesmann«, grüßte Morgenthaler, als sie einen Moment später das Gartentor passierten. »Gut, Sie noch zu sehen. Ich muss dringend mit Ihnen sprechen. Ich denke, Sie haben Zeit, oder?«

»Eigentlich wollte ich gerade gehen«, antwortete der Staatsanwalt und sah auf seine Uhr. »Aber bitte. Worum geht es?«

»Sie hätten mich über Ihre Pläne ruhig informieren können.«

Driesmann legte den Kopf leicht schräg. Dabei verzog er den Mund zu einem schmalen Strich, sodass er aussah wie eine pikierte englische Zofe. Entsprechend verschnupft klang seine Antwort.

»Ich informiere eben erst, wenn es relevante Erkenntnisse gibt, Herr Morgenthaler.«

»Und? Gibt's die?«

»Das will ich wohl meinen.«

»Prima. Dann kommen wir ja zur rechten Zeit. Legen Sie mal los.«

Driesmanns Blick hatte nun etwas Feindseliges. Er sah noch einmal demonstrativ auf seine Uhr, nickte aber schließlich und deutete mit ausgestrecktem Arm auf die Haustür. »Also gut. Folgen Sie mir in die gute Stube.« Dann setzte er sich in Bewegung und lief mit großen Schritten in Richtung Haus.

Im Korridor war das Wehklagen eines Kindes zu hören. Bisweilen wurde es von der beruhigend klingenden Stimme Frau Reils unterbrochen. Es musste der kleine Florian sein, dessen herzzerreißendes Schluchzen und Giemen durch die Ritzen der geschlossenen Wohnzimmertür drang. Hier draußen mischte es sich mit den Geräuschen, die Driesmanns Durchsuchungstrupp in den oberen Stockwerken erzeugte. Morgenthaler schüttelte den Kopf und warf einen vorwurfsvollen Blick auf den Staatsanwalt. Der nahm davon keine Notiz, und auf der Treppe nahm er jeweils zwei Stufen auf einmal.

Im zweiten Stockwerk angelangt, gebärdete sich Driesmann, als ob das Haus inzwischen in seinen persönlichen Besitz gefallen wäre. Zielstrebig betrat er eines der kleinen Mansardenzimmer und forderte die dort Anwesenden energisch auf, den Raum für einen Augenblick zu verlassen. Auch Werner Tielmann befand sich unter den Kollegen, die hier ihren Dienst verrichteten. Als der aus dem Zimmer trat, verdrehte er im Vorbeigehen die Augen, und wem sein hinter vorgehaltener Hand gestreckter Mittelfinger galt, war klar.

Driesmann drängte sich ohne Rücksicht auf die Entgegenkommenden sofort in das enge Zimmer und begab sich zu einem kleinen Schreibtisch in der hinteren Ecke. Dort tippte er mit dem Zeigefinger sogleich auf einen von zwei grauen Pappordnern und winkte Kindlein und Morgenthaler mit herrischer Geste herbei.

»Hier. Das sollten Sie sich mal ansehen. Welcher gesunde junge Mensch, so frage ich Sie, beschäftigt sich Ihrer Ansicht nach mit so etwas wie dem hier?« Er reichte Morgenthaler einen der Ordner.

Der öffnete ihn und übergab ihn nach kurzer Einsichtnahme Kindlein.

»Zum Beispiel einer, der später mal Oberstaatsanwalt werden möchte«, antwortete Morgenthaler lapidar.

»Hahaha«, meinte Driesmann. »Wenn ich Spaß haben will, dann suche ich mir den nicht im Zimmer eines Mörders. Aber vielleicht fällt Ihnen ja *hierzu* ein qualifizierter Kommentar ein.« Dabei drückte er Morgenthaler den zweiten Ordner in die Hand.

Morgenthaler klappte auch den auf, überschlug einige Seiten und zuckte dann mit den Achseln. »Ich kann nichts Verwerfliches daran finden, dass sich Sebastian Reil sowohl für juristische *als auch* medizinische Fragen interessiert.«

»Medizinisch ist gut. Psychiatrisch wäre die genauere Bezeichnung. In diesem Ordner geht's ausschließlich um Geisteskrankheiten. *Ich* interpretiere sein Interesse als Vorbereitung auf das, was er zu befürchten hatte, nämlich die Überführung durch die Justiz. Der junge Mann hat sich bis ins Detail damit auseinandergesetzt, mit welchen Mitteln er das zu erwartende Strafmaß reduzieren oder einer Haftstrafe möglicherweise völlig entkommen könnte. Das lässt tief blicken.«

»Aber nur, wenn es dem Betrachter an Wohlwollen fehlt«, entgegnete Morgenthaler. »Ich verstehe jedenfalls nicht, was diese ganze Aktion hier soll. Sie haben einen geständigen Täter, und nun suchen Sie nach Beweisen für seine Schuld. Das passt nicht zusammen. Oder sind Sie inzwischen doch ein wenig im Zweifel?«

Driesmann winkte verneinend ab. »Es hat nichts mit Zweifel zu tun, wenn man sich absichert. Der junge Mann kann sein Geständnis zurücknehmen. Und wenn er erst einen Anwalt hat, wird der Fragen stellen, die beantwortet werden müssen.«

»Klar. Wie zum Beispiel die nach der Tatzeit im Fall Feldkamp. Sie erinnern sich: Sebastian Reil hat behauptet, die Tat am Freitag, den 30. März, um etwa achtzehn Uhr begangen zu haben.«

»Und dabei ist er geblieben. Eine Aussage, die übrigens durch Professor Wesselins Gutachten gestützt wird. Demnach konnte der Todeszeitpunkt von Frau Feldkamp aufgrund des Leichenzustandes nicht auf den Tag genau bestimmt werden. Sie kann also ebenso gut schon an diesem Freitag ums Leben gekommen sein. Insgesamt weist also noch immer alles darauf hin, dass Ihre Datierung des Fotos falsch war. Daran lässt sich nichts ändern, auch wenn es Ihnen nicht gefällt.«

»Das ist nicht das Problem. In unserem Beruf ist der Irrtum Teil des Programms. Wichtig ist nur, dass man ihn aufdeckt. Und das haben wir getan. Sebastian Reil war an diesem Freitagabend um achtzehn Uhr bei seiner Mutter im Krankenhaus. Das ist uns dort soeben durch eine Krankenschwester bestätigt worden.«

»Was?«

»Ja, Sie haben richtig gehört.«

Driesmann war anzusehen, dass es in seinem Hirn ratterte. Nachdenklich starrte er vor sich hin und schwieg. Zum ersten Mal seit ihrer Ankunft hier oben war es im Zimmer von Sebastian Reil still.

Kindlein ließ seinen Blick umherschweifen. Das Zimmer erinnerte ihn an das seiner eigenen Jugendzeit: Poster an der Wand, eine kleine Musikanlage auf einer Ablage am Kopfende des Bettes und ein Regal voller Bücher. Dann schaute er aus dem Fenster, von der Straße her war ein dumpfes Klacken zu hören. Eine Autotür wurde zugeschlagen. Kindlein erkannte die Person, die um den dunkelblauen Citroën lief. Es war die junge Verkäuferin aus Anders' Spielwarengeschäft. Was machte die denn hier? Kindlein stieß Morgenthaler an und gab ihm ein Zeichen, aus dem Fenster zu schauen.

Die junge Frau öffnete die Beifahrertür und reichte jemandem zum Aussteigen die Hand. Es war der alte Anders. Mühsam stieg der aus dem Wagen und ging mit tief gebeugtem Rücken am Arm der jungen Frau in Richtung Haus. Er sah mitgenommen aus und um Jahre gealtert. Kindlein tat der alte Mann leid.

»Den Mann kenne ich«, meinte Driesmann plötzlich. Er stand nun neben ihnen und spähte mit gestrecktem Hals zum Fenster hinaus. »Das ist doch der, dem das Spielwarengeschäft in Schwetzingen gehört. Sagen Sie bloß, dass *er* Sebastian Reils Großvater ist.«

»Ja«, antwortete Morgenthaler, »was sonst?«

Driesmann schüttelte den Kopf. »Ich hab das nicht gewusst. Mit dem Namen Anders hier in Mannheim habe ich natürlich nicht den Spielwaren-Anders in Schwetzingen in Verbindung gebracht.«

»Sie kennen den Laden? Ich dachte immer, Sie hätten keine Kinder.«

»Aber Neffen und Nichten. Und wenn es *ein* Geschäft in der Region gibt, in dem man unbedingt mal Spielzeug gekauft haben muss, dann ist es das dieses alten Herrn da unten. Der Mann eröffnet einem einen völlig neuen Blick auf Spielwaren, sodass man selbst als Erwachsener Lust verspürt, sich noch mal mit ihnen zu umgeben. Er führt übrigens auch Reparaturen aus. Ich habe erst vor ein paar Tagen ein Spielgerät zu ihm gebracht.«

Morgenthaler sah Driesmann mit verwundertem Gesichtsausdruck an. »Nanu, Herr Dr. Driesmann. Sie sind ja ein richtiger Mensch.«

»Privat, Herr Morgenthaler, nur privat. Aber man muss sich nur vorstellen: Seit einem Besuch in Anders' kleinem Laden hilft einer meiner Neffen meiner Schwester im Haushalt, indem er an sein ferngesteuertes Auto einen Lappen hängt und damit unter den Schränken und Couchs den Staub entfernt. Der Junge ist gerade mal vier Jahre alt. Das ist doch erstaunlich, oder? Und meine sechsjährige Nichte lernt das kleine Einmaleins dadurch, dass sie leichte Aufgaben auf Zettel notiert, mit Schnur an gasgefüllte Ballons hängt und in ihrem Zimmer aufsteigen lässt. Die Zettel sieht sie sich im Vorbeigehen immer mal wieder an. Um ihr errechnetes Ergebnis zu überprüfen, braucht sie nur den entsprechenden Ballon runterzuziehen, denn auf seiner Oberseite steht die Lösung. Dann lässt sie ihn wieder los, und das Ergebnis zeigt gen Zimmerdecke. Kann sie eine Aufgabe ohne Ballon lösen, darf sie ihn mit einem Pfeil abschie…«

»Dr. Driesmann. Kommen Sie mal? Wir haben was gefunden«, unterbrach einer von Leibigs Spurenexperten plötzlich.

Driesmann setzte sich auf der Stelle und derart schnell in Bewegung, dass Kindlein und Morgenthaler Mühe hatten, ihm zu folgen.

Im hintersten Winkel des Gartens standen die Kollegen Tielmann und Stein neben einem Geräteschuppen und hielten ihren Blick nach unten gerichtet. Der Leiter der kriminaltechnischen Abteilung befand sich in der Hocke und inspizierte soeben ein frisch aufgegrabenes Loch im Gartenboden. Es befand sich dicht neben einem Komposthaufen. Kindlein genügte ein Blick, um zu erkennen, was sich darin befand. Die grünen Lederhandschuhe entsprachen genau der Beschreibung, die Leibig neulich abgegeben hatte, und der Baseballschläger konnte ohne viel Fantasie als jene Waffe interpretiert werden, mit der Frau Feldkamp erschlagen worden war.

»An allen Fundobjekten befindet sich Blut«, stellte Leibig nach einer ersten Begutachtung der Gegenstände fest.

Driesmann strahlte zufrieden. »Tja, Herr Morgenthaler. Ich denke, der junge Reil wird unsere Obhut doch noch eine Weile genießen müssen. Was meinen Sie?«

Morgenthaler schwieg.

Die Situation war vertrackt. Die Datumsbestimmung anhand der Fotos, die Zeitangaben des Hausmeisters und die Aussagen der jungen Krankenschwester – alles falsch? Das konnte nicht sein. Aber nun lagen hier eindeutig Tatwerkzeuge, und dass das Blut an dem Schläger von Frau Feldkamp und das an den Handschuhen zumindest von Leonore Säler stammte, war schon jetzt klar.

Driesmann wandte sich um und deutete mit gestrecktem Zeigefinger auf den Kollegen Stein. »Und von *Ihnen* erwarte ich, dass der *gesamte* Garten umgepflügt wird. Kein einziger Zentimeter wird ausgelassen.« Dann ging er mit großen Schritten in Richtung Haus zurück. Kindlein und Morgenthaler folgten ihm wie begossene Pudel.

Im Haus begegneten sie dem alten Anders. Er stand mit Caroline, seiner Verkäuferin, neben der Garderobe im Korridor und ließ sich von ihr aus dem Jackett helfen. Die junge Frau lächelte den beiden Ermittlern dünn zu und grüßte freundlich. Anders stierte nur apathisch vor sich hin.

Vom Wohnzimmer her war noch immer das Weinen des kleinen Florian zu hören. Es klang nicht mehr so kläglich wie vorhin, aber elend genug. Anders schien auch davon nichts mitzubekommen. Er hob nicht einmal den Arm, als Caroline ihn dazu aufforderte. Der alte Mann brauchte dringend einen Arzt, dachte Kindlein. Bei ihm war bald mit einem Zusammenbruch zu rechnen. Auf jeden Fall war es völlig undenkbar, ihn in dem Zustand mit Informationen zum letzten Stand der Dinge zu belasten.

Driesmann schien von der traurigen Atmosphäre nichts zu spüren. Er ging doch tatsächlich auf den Alten zu, streckte ihm die Hand entgegen und sprach ihn an.

»Guten Tag, Herr Anders. Ich weiß nicht, ob Sie sich an mich erinnern, aber ich war erst neulich bei Ihnen im Geschäft. Wegen der Reparatur des Schaufelbaggers. Sie wissen: des großen aus Holz.« Driesmann deutete die Größe mit in Hüfthöhe gehaltener Hand an. Anders beachtete ihn nicht. »Wir haben uns dabei ziemlich lange und ausführlich über mein Hobby unterhalten. Erinnern Sie sich jetzt? – Die Gestirne, die Planeten und so. Driesmann, Dr. Driesmann.« Peinliches Schweigen entstand. Dann fuhr er fort: »Nun ja. Jedenfalls bin ich der für diese unleidliche Untersuchung hier verantwortliche Staatsanwalt. Und ich wollte Ihnen nur sagen, dass wir uns alle redlich bemühen, den Schaden so gering wie möglich zu halten und die Situation für Ihren Enkel so erträglich wie möglich zu gestalten. Schließlich hat er beide Taten von sich aus gestanden, was sich in aller Regel positiv auf die Beurteilung und das Strafmaß auswirkt.«

Anders reagierte noch immer nicht.

Driesmann räusperte sich, lächelte verlegen, drehte sich dann auf dem Absatz um und verließ, ohne ein weiteres Wort zu verlieren, aufrechten Ganges das Haus.

Kurz darauf war ein leises Knarren zu vernehmen, und als sich Kindlein umsah, erkannte er, dass der kleine Florian in der geöffneten Wohnzimmertür stand. Sein Gesicht war rot, verquollen und nass von Rotz und Tränen.

»Opa«, rief er und humpelte auf seinen Großvater zu. »Opa. Die wollen Sebastian wegsperren. Das dürfen die nicht. Sag denen, dass sie das nicht dürfen.« Dann fiel er seinem Großvater in die Arme. Der streichelte dem Kleinen schweigend den Kopf, wobei ihm anzusehen war, dass er mühsam gegen Tränen ankämpfte.

»Was ist hier eigentlich los?«, fragte Kindlein Morgenthaler in flüsterndem Ton.

»Ich hab keine Ahnung. Ich weiß nur, dass Sebastian Reil lügt. Er ist kein Mörder. Aber wir sollten endlich mit seiner Mutter sprechen.« Dann ging Morgenthaler zur Wohnzimmertür und trat ohne Ankündigung ein.

Frau Reil saß in einem der wuchtigen Polstersessel. Über den Tisch gebeugt und den Kopf auf die Hände gestützt, starrte sie mit sorgenvoller Miene ins Leere.

»Frau Reil. Wir müssen dringend mit Ihnen reden.«

Die Frau drehte den Kopf zur Seite und sah Morgenthaler aus hasserfüllten Augen an.

»So? *Sie* wollen mit mir reden? Worüber denn? Darüber, dass Sie meinen Sohn für einen eiskalten Mörder halten? Bravo! Allerfeinste Ermittlungsarbeit. Sie können stolz auf sich sein.«

Morgenthaler hob beschwichtigend die Hand, ging auf sie zu und setzte sich ihr gegenüber. »Wir sind alles andere als stolz, Frau Reil«, sagte er in ruhigem Ton. »Im Gegenteil. Meine Kollege und ich sind über die momentane Situation in keiner Weise glücklich. Aber man muss fairerweise sagen, dass Sebastian selbst sie herbeigeführt hat. *Er* hat die Morde gestanden – von sich aus und ohne von irgendwem dazu angehalten worden zu sein.«

Die Frau verschränkte die Arme vor der Brust. »Mein Sohn hat diese Morde nicht begangen. Niemals, verstehen Sie – niemals!« Sie schrie nun fast.

Morgenthalers Gesicht nahm ernstere Züge an. »Dann sagen *Sie* uns, wer es war. Wir wissen es nicht. Wir ahnen nur, dass es Sebastian nicht gewesen sein kann.«

»Dann lassen Sie ihn frei.«

Nun wurde Morgenthaler ungehalten. »Das können wir nicht, Frau Reil. Hier geht es um zwei Frauen, die auf bestialische Weise ermordet wurden. Die eine war erst fünfunddreißig Jahre alt und die andere noch nicht einmal fünfzig. Da lässt man keinen frei, der angibt, der Schuldige zu sein, schon gar nicht, wenn in dessen Garten die Tatwaffen liegen.«

»Verstehe. Man locht lieber den Falschen ein als niemanden.«

»Nein, man sammelt weiterhin Informationen über Leute, die einem ebenfalls suspekt erscheinen«, gab Morgenthaler zur Antwort. »Wie Sie zum Beispiel, Frau Reil.«

»Ich? Na, das wird ja immer schöner.« Sie machte Anstalten, von ihrem Sessel aufzustehen.

Morgenthaler schüttelte den Kopf. »Das wird überhaupt nicht schön. Denn ich muss Sie fragen, wie es eigentlich kommt, dass sich ihr bisheriger Lebensweg überdurchschnittlich häufig und in auffälliger Weise mit äußerst mysteriösen Vorgängen gekreuzt hat.«

Viola Reil schluckte. Irgendeinen Nerv schien Morgenthaler getroffen zu haben. Für einen Moment war ihr Blick so starr wie der einer Leiche. Dann stand sie auf und ging wortlos zum Wohnzimmerfenster. Sie schien nach etwas Bestimmtem Ausschau halten zu wollen, denn sie schob die Gardine beiseite und spähte nach draußen.

»Wovon reden Sie eigentlich?«, fragte sie schließlich mit gebrochener Stimme.

»Von Toten und Verschollenen.« Morgenthaler stand auf und trat zu ihr ans Fenster. »Sollte Sebastian unschuldig ins Gefängnis gehen, dann wäre es bereits das fünfte Mal, dass sich jemand aus Ihrem direkten Umfeld auf unkonventionelle Weise von seinem bisherigen Leben verabschiedet.«

Er wartete einen Moment ab, aber als er erkannte, dass Frau Reil noch immer nicht sprechen wollte, deutete er mit dem Zeigefinger nach draußen und ergriff erneut das Wort. »Die Abenddämmerung setzt bald ein, Frau Reil. Und während Sebastian in einer einsamen Zelle sitzt, graben meine Kollegen unermüdlich Ihren Garten um. Mit Spitzhacke und Schaufel werden sie Zentimeter für Zentimeter des Bodens durchpflügen. Das machen sie notfalls die ganze Nacht. Sie werden Leuchten aufstellen, um nichts zu übersehen, und werden sich jedes Steinchen und jedes Würzelchen dreimal angucken, denn sie glauben fest daran, dass dort noch mehr vergraben liegt, was auf Ihren Sohn als Täter schließen lässt.«

Wieder schluckte sie. »Und wo genau haben Sie die Sachen gefunden?« Ihre Stimme klang nun leise.

»Neben dem Schuppen, direkt vor dem Komposthaufen.«

Viola Reil schloss die Augen. Dann nickte sie mehrmals fast unmerklich. »Ich möchte jetzt sofort zu ihm. Ich möchte, dass Sie mich auf der Stelle zu meinem Sohn bringen.«

Morgenthaler wollte etwas erwidern, aber als er dazu ansetzte, unterbrach sie ihn rüde. »Moment. Ich will, dass Sie mich richtig verstehen. *Sie* bringen mich zu Sebastian und lassen mich mit ihm reden, und *ich* werde Ihnen dafür den Namen des wirklichen Täters präsentieren.«

Morgenthaler schaute sie ungläubig und verdutzt an. »Wie? Sie kennen den Täter?«

Sie hob die Augenbrauen. »Ich weiß nicht, was Sie unter ›kennen‹ verstehen. Ich weiß nur, dass ich ihm nie persönlich begegnet bin. Aber ich kenne seinen Namen, weiß von seiner Existenz und weiß, wo er sich aufhält. Und ich weiß, dass *er* die Morde begangen hat. Reicht das?«

Morgenthaler blickte skeptisch drein. »Wie? Sie sind ihm niemals begegnet, wissen aber dennoch, wer er ist? Heißt das, dass es sich um einen Fremden handelt?«

»Ja. Ein Fremder. Wie gesagt: für mich. Aber wohl nicht für Sebastian. *Er* muss ihm begegnet sein.«

»Hm. Klingt sehr geheimnisvoll.«

»Ja. Aber so ist es nun mal«, antwortete Viola Reil mit nach innen gewandtem Blick. »Manches im Leben ist unfassbar und mit dem normalen Verstand nicht ergründbar. Kommt man dennoch dahinter, wird es nur noch unfassbarer. Also«, sagte sie schließlich, »fahren Sie mich nun zu ihm oder nicht?«

24

Als Sebastian Reil erkannte, dass seine Mutter im Verhörraum saß, wollte er auf der Stelle umkehren, aber die beiden Vollzugsbeamten konnten ihn ohne Mühe daran hindern. Mit festem Griff führten sie ihn zum Verhörtisch.

Nachdem er sich hingesetzt hatte, starrte er mit trotzigem Blick vor sich auf die Tischplatte.

»Sebastian, was soll das hier?«, fragte seine Mutter. »Was erzählst du diesen Männern für einen Unfug?«

Der Junge hob den Kopf, vermied aber Augenkontakt mit seiner Mutter. »Ich sage nur die Wahrheit.«

Frau Reil beugte sich zu ihm rüber. »So, die Wahrheit also. *Das* soll die Wahrheit sein?«, fragte sie und schaute ihn zornig an.

»Ja. Ich war's.«

Sie erhob sich von ihrem Stuhl, baute sich vor ihm auf und drückte die Hände in die Hüfte. »Sebastian, du hältst ab sofort den Mund. Ich verbiete dir, diesen Blödsinn noch weiter zu behaupten. Weißt du, dass dieser Quatsch deine ganze Zukunft, dein ganzes Leben zerstören wird? Das lasse ich nicht zu.«

Morgenthaler hob beschwichtigend die Hand. »Frau Reil, Moment mal. So kommen wir nicht …«

»Ich bin achtzehn, Mutter«, unterbrach ihn Sebastian.

Viola Reils Miene verfinsterte sich. »Ja, aber offensichtlich nicht erwachsen. Sonst würdest du vernünftiger sein und dich nicht in diese Situation bringen. Du bist doch kein Mörder, Sebastian. *Du* doch nicht.«

Sie fing jetzt an zu weinen, und Kindlein befürchtete, dass sie gleich zusammenbrechen würde.

Morgenthaler versuchte einen zweiten Anlauf. »Frau Reil. Bitte seien Sie vernünftig.« Er half ihr, sich in ihren Stuhl zurückzusetzen, und wandte sich dann Sebastian zu. »Deine Mutter sieht das völlig richtig. Willst du tatsächlich bei deiner Aussage bleiben?«

Sebastian Reil sah Morgenthaler mit festem Blick in die Augen. »Ja, ich bleibe dabei. *Ich* bin der Mörder von Frau Feldkamp und habe auch Frau Säler umgebracht.«

Frau Reil schluchzte. »Mein Gott. Du hast überhaupt keine Ahnung, was du da tust.« Sie sah ihn mit verweinten Augen an. »Du hilfst damit niemandem, Sebastian. *Niemandem*. Verstehst du? Es wird nur noch schlimmer.« Dann rückte sie näher an ihn heran. »Aber irgendwann muss das Ganze mal ein Ende haben, Sebastian. Wir wissen beide, wer es war, und wir dürfen nicht mehr länger schweigen.«

»Du weißt gar nichts«, sagte er. »Woher solltest ausgerechnet *du* was wissen?«

Viola Reil schwieg.

»Also halt einfach deinen Mund«, fügte er noch hinzu.

Dann schwiegen beide.

Schließlich ergriff Frau Reil wieder das Wort. »Soll ich seinen Namen nennen, damit du mir glaubst?«

»Nein. Keiner darf ihn verraten.«

»Doch«, antwortete sie. »Ich war heute im Krankenhaus, Sebastian. Die Oma wird nicht mehr lange leben. Aber ich habe in den letzten Tagen mit ihr reden können. Auch sie wünscht sich, dass Anton nicht noch mehr Unheil anrichtet und so fair wie möglich behandelt wird.«

Dem Jungen liefen nun Tränen die Nasenspitze herunter. »Man wird ihn einsperren.«

»Ja, Sebastian. Aber man wird ihm auch helfen. Und man wird vor allem verhindern, dass noch mehr Menschen sterben. Dieser Spuk muss irgendwann ein Ende haben.«

Morgenthaler hob an dieser Stelle die Hand, zum Zeichen, dass er sich unbedingt einmischen musste. »Moment. Einen Augenblick. Wer bitte ist *Anton*?«

In dem Moment öffnete sich die Tür zum Verhörraum, und einer der Vollzugsbediensteten trat in den Raum. Mit dem Hinweis, dass es äußerst dringlich sei, übergab er Morgenthaler einen Zettel. Der warf einen kurzen Blick darauf, gab ihn an Kindlein weiter und wandte sich daraufhin mit ernster Miene Frau Reil zu.

»Es wird langsam eng, Frau Reil. Unsere Kollegen haben in Ihrem Garten soeben das Skelett eines Mannes mittleren Alters gefunden. Momentan geschätzte Liegezeit: etwa fünf Jahre. Es ist in einer Tiefe von einem Meter unter dem Komposthaufen gefunden worden. Das heißt: Jemand hat diesen Mann an der Stelle beigesetzt. Ich wäre Ihnen sehr verbunden, wenn Sie allmählich Tacheles reden würden.«

Viola Reil schloss die Augen und atmete tief durch. »Es ist mein Mann, oder?«

Morgenthaler zuckte nur mit den Schultern.

»Ich habe es immer geahnt«, sagte sie. »Meine Mutter hat den alten Komposthaufen damals ganz urplötzlich und von einem Tag auf den anderen einfach umgesetzt. Mein Vater war mit diesem neuen Standort nie zufrieden gewesen, aber *sie* hat sich durchgesetzt. Das war kurz nachdem ich meinen Mann als vermisst gemeldet hatte.«

»Was sagst du da? Mein Vater? In unserem Garten? Tot?« Sebastian Reil war aufgebracht.

Seine Mutter nickte. »Ich war mir nie sicher, Sebastian. Und ich habe mich nie getraut nachzusehen.«

»Mein Gott«, brüllte Morgenthaler nun. Seine tiefe Stimme donnerte regelrecht. »Sie wollen anscheinend nicht verstehen. Das ist hier keine Sündenbekenner-Veranstaltung, Frau Reil. Hier geht es um Mord. Wir wollen endlich wissen, wer dieser Anton ist.«

Frau Reil ließ nun die Schultern fallen und stöhnte. »Ich habe es mir anders überlegt«, sagte sie schließlich leise.

»Was haben Sie sich anders überlegt?«

»Ich möchte nicht aussagen.«

»Wie bitte?«

»Sie haben richtig verstanden. Sie wissen jetzt den Namen. Machen Sie damit, was Sie wollen. Ich *darf* Ihnen nicht helfen.«

»Das kann doch alles nicht wahr sein«, sagte Kindlein, als sie den Untersuchungstrakt der Justizvollzugsanstalt hinter sich gelassen hatten und auf dem Weg zu ihrem Dienstfahrzeug waren. »So dicht waren wir dran.« Er deutete das Maß mit Daumen und

Zeigefinger an. »So dicht. Und dann kippt uns die Frau plötzlich um. Das kann doch alles nicht wahr sein.«

»Es wird nicht besser, wenn du es ständig wiederholst«, antwortete Morgenthaler genervt. »Lass uns lieber überlegen, wie es weitergeht. Wir müssen diesen Anton finden. Aus Frau Reil kriegen wir nichts mehr raus. Uns hilft jetzt also weder Gefluche noch der Hinweis, wie dicht wir an der Lösung dran waren.«

»Wir müssen Frau Anders verhören.«

»Die Frau liegt im Sterben, Frieder. Wenn sie uns was zu erzählen hätte, dann hätte sie das längst getan.«

»Na gut. Aber wir könnten zumindest den alten Anders fragen.«

Morgenthaler zog die Schultern hoch. »Ich weiß nicht, ob das Sinn macht. Ich glaube eher, dass wir selbst herausfinden müssen, wer dieser Anton ist. Du hast es ja mitbekommen. Es ist jemand, der sowohl Frau Reil als auch Sebastian nahesteht und somit vermutlich auch den beiden Großeltern. Und nun erinnere dich, was wir heute Mittag gemeinsam festgestellt haben: Diese Familie hält eng zusammen. Ich kann mir schon von daher nicht vorstellen, dass die Großeltern uns etwas verraten würden, was uns Tochter und Enkel vorenthalten. Außerdem ist der alte Anders momentan kaum vernehmbar.«

»Nun gut, aber wer käme denn infrage? Ein Freund des Hauses? Gibt es weitere Angehörige? Geschwister der beiden Alten vielleicht?«

»Keine Ahnung. Bis eben gab es noch keinen Anlass, irgendwen aus der Familie danach zu befragen.«

»Scheiße«, platzte es aus Kindlein raus. »Im Grunde können wir von vorn anfangen. Mit einem Mann namens Anton hatten wir es während unserer Ermittlungen nicht ein einziges Mal zu tun. Das heißt, wir dürfen noch mal mit allen reden: mit diesem Pietsch, dem Ortlieb und seiner roten Lola und womöglich sogar mit dem Seeräuber und dieser Frau Loose. Da kommt Freude auf.«

Morgenthaler schwieg.

»Sag mal, wie heißt eigentlich dieser Ex-Mann von Frau Feldkamp mit Vornamen?«, fragte Kindlein unvermittelt.

»Heinz.«

»Mist.«

Dann fiel Kindlein noch etwas ein. »Und was ist mit diesem Säufer, zwei Stockwerke über Frau Feldkamps Wohnung? Den haben wir neulich doch nicht mehr besucht.«

»Hütten?«, meinte Morgenthaler. Er wiederholte: »Hütten.« Dabei strich er sich durch den Bart. »Hm. Bei dem hat nur der Nachname an der Tür gestanden – kein Vorname.«

Kindlein hob die Augenbrauen. »Wäre das nicht ein guter Anlass, jetzt gleich mal nach Waldhof rauszufahren?«

Unten an der Haustürklingel hatten sie kein Glück. Schließlich drückte Morgenthaler den Knopf des Hausmeisters. Der öffnete prompt.

Oben vor der Tür zu seiner Wohnung grüßte er die beiden Ermittler wie erwartet auf seine unverwechselbar charmante Art. »Ach, der Kurpfalz-Sheriff und sein Deputy. Kommt ihr mal wieder auf 'n Schnack vorbei?«

»Nee, mein Jung«, gab Morgenthaler zur Antwort. »Diesmal nur wegen einer einzigen Frage. Wie heißt der Herr Hütten im Stockwerk über Ihnen mit Vornamen?«

»Karl. Warum?«

Verdammt, dachte Kindlein, das wäre ja auch zu schön gewesen.

»Ach, nur so«, antwortete Morgenthaler knapp. Auch ihm war die Enttäuschung anzusehen. »Wie gesagt: War nur eine Frage.«

»Den habt ihr ja ganz schon auf Trab gebracht.« Wieder hatte der Kerl dieses schwarze Zeug im Mund. Kindlein verdrehte es den Magen.

»Wieso?«

»Na ja, seit eurem Besuch neulich habe ich den schon zweimal die Treppe runterlaufen sehen. Ich glaube, das war mehr als in den letzten fünf Jahren zusammengerechnet.«

»Aha.«

»Gestern ist er sogar zur Post gegangen. Ein bisschen wackelig, aber immerhin. Wusste gar nicht, dass der überhaupt irgendwen kennt, dem er schreiben kann.«

»Vielleicht war's ja was Offizielles, was Dringendes.«

Der Mann schüttelte den Kopf. »Nee, sah eher privat aus. Oder verschicken Sie offizielle Schreiben etwa in altrosa …«

Morgenthaler ließ ihn gar nicht erst ausreden. Er stürmte sofort die Treppe hoch. Kindlein folgte ihm. Oben angelangt schlug Morgenthaler gleich mit den Fäusten gegen Hüttens Wohnungstür und forderte ihn zum sofortigen Öffnen auf. Aber es meldete sich niemand. Und nachdem er es noch weitere Male versucht hatte, griff er zum letzten Mittel: Er brach die Tür auf.

In der Wohnung stank es gottserbärmlich. Überall standen leere Weinflaschen herum, und der Aschenbecher auf dem Küchentisch quoll über. Ein Wellensittich begann in seinem Käfig zu zetern und das Kaninchen des Alten rannte panisch in seinem Stall umher. Dann gingen sie ein Zimmer weiter und entdeckten den Hausherrn. Schnarchend lag Hütten auf einem verdreckten und ungemachten Bett. Der Mann war zum Überlaufen voll.

Während sich Kindlein das Elend besah, begann Morgenthaler bereits, die Schubladen der Schlafzimmerkommode zu durchsuchen. Schon kurz darauf wurde er fündig. Er präsentierte Kindlein einen rosafarbenen Briefumschlag und forderte ihn auf, ihm in die Küche zu folgen.

Dort öffnete er das Kuvert.

»Das ist die Fortsetzung vom letzten Brief, Frieder. Hütten ist unser unbekannter Absender.«

Er begann sofort zu lesen.

Mir lag so viel an dem Jungen. Aber ich wusste, dass ich ihn zur Rede stellen musste. Also trat ich hinter dem Baum hervor und ging auf ihn zu. Dabei machte ich auf mich aufmerksam, aber er nahm keinerlei Notiz von mir. Deshalb erhob ich meine Stimme und sprach ihn laut mit Namen an.

Er reagierte noch immer nicht, sondern starrte weiter vor sich hin. Ich dachte zunächst an eine Art Absence, aber dann hob er plötzlich den Kopf und sah mich freundlich lächelnd an.

»Nach wem rufst du da?«, fragte er.

Ich antwortete, dass ich natürlich nach ihm gerufen hätte, da sich ja sonst niemand an diesem Ort befinde.

Er lachte.

Daraufhin fragte ich ihn, was es da zu lachen gebe.

»Na, weil ich doch ganz anders heiße.«

Ich verstand nicht, was er meinte. Plötzlich riss er jedoch Augen und Mund auf, und über sein Gesicht huschte ein seltsames Strahlen.

»Ach, ich verstehe. Das ist ein Spiel. Du willst mit Anton reden, nennst ihn aber bei einem anderen Namen. Und dann soll er sich einen für dich ausdenken, stimmt's?«

Ich wusste nicht, was ich dazu sagen sollte. Und mir war mit einem Mal nicht mehr wohl in meiner Haut, denn ich konnte nicht überblicken, was hier vorging. Ich merkte nur, dass sich der Junge höchst eigenartig benahm, und dass er mich duzte, stellte ich auch erst jetzt fest. Schließlich fragte ich ihn, wer in aller Welt Anton sei.

»Ha!«, schoss es da aus ihm heraus. »Durchschaut. Du willst mich prüfen.«

Die Situation nahm groteske Züge an. Ich war nun nicht mehr sicher, ob ein Gespräch mit dem Jungen Sinn hatte. Er wirkte irgendwie entrückt. Ich bekam sogar Angst vor ihm.

»Nein. Ich will nur wissen, wer Anton ist.«

»Na, ich doch«, antwortete er mit einer Selbstverständlichkeit, die mich noch mehr irritierte. Ich beschloss also, mich auf sein merkwürdiges Spiel einzulassen, indem ich ihn fragte, was er, Anton, denn hier so ganz allein und mitten im Wald treibe.

»Ich hab soeben einen Räuber zur Strecke gebracht.« Er sagte das mit sichtlichem Stolz und zeigte dabei in Richtung Waldesinnere. »Ich hab ihn da vorn in eine Pfütze geworfen und ihn einen ordentlichen Schluck davon nehmen lassen. Der gemeine Kerl hat es nicht anders verdient. Er hat einem kleinen Jungen doch tatsächlich all seine Freude gestohlen. Und das ist das schlimmste Verbrechen überhaupt. Hat einer nämlich keine Freude mehr, dann kann das ein böses Ende nehmen. Wusstest du das?«

Ich kann heute nicht mehr mit Bestimmtheit sagen, ob oder was ich darauf geantwortet habe. Aber ich erinnere mich, dass er mir erklärte, wie wichtig es sei, all die Finsterlinge aufzuspüren, die anderen das Lachen austrieben, den Frohsinn stahlen oder die Lebensfreude vernichteten, und dass ich derweil überlegte, was ich mit dem Jungen tun sollte.

Mir war bewusst, dass ich eine Sünde begehen würde, wenn ich ihn deckte, denn er hatte eindeutig den Verstand verloren. Aber wir schrieben das Jahr 1954. Welcher andere Weg blieb? Ihn in die Hände von Kinderpsychiatern zu geben? Es war noch nicht lange her, dass sich dieser Berufsstand durch Gräueltaten der grausamsten Art disqualifiziert hatte. Wie viele »Euthanasisten« waren wohl noch immer im Dienst? Nein, ich musste selbst herausfinden, wer dieser Mensch war, der da gerade zu mir sprach. Wer war dieser Anton? Ich spürte, dass er vollkommen anders, aber ebenso liebenswürdig, freundlich und voller Herzensgüte war wie jener Junge, den ich seit sieben Jahren kannte und liebte.

Dem begegnete ich aber erst am nächsten Morgen wieder. Froh gelaunt und ohne jede Erinnerung an den Vortag setzte er sich zu den anderen Kindern an den Frühstückstisch und erzählte ihnen eine seiner wundersamen Geschichten. Er war wieder derselbe, der er immer gewesen war. Er war noch immer – so anders.

Und ich? Ich begann an diesem Tag, jene Recherchearbeiten wiederaufzunehmen, die ich Jahre zuvor frühzeitig abgebrochen hatte, und belas mich in Fachbüchern.

Mit herzlichen Grüßen
Schwester Agnetha v. Weyden

»Ich schätze, es wird sich um Lehrbücher der Psychiatrie gehandelt haben«, meinte Kindlein lapidar. »Der Junge ist also doch verrückt geworden. Ich hab's dir ja gesagt. Außerdem wissen wir nun, wer Anton ist. Er ist Max Fliesingers Hirngespinst. Dumm nur, dass aus keiner Zeile des Briefes hervorgeht, wo er sich heute aufhält. Ich denke, wir sollten jetzt ganz dringend die umliegenden psychiatrischen Anstalten anrufen und fragen, ob dort kürzlich jemand entflohen ist.«

»Nein, Frieder. Das dauert mir zu lange. Ich versuche erst mal was anderes.«

Morgenthaler nahm zwei der herumstehenden Flaschen, ging an die Spüle und füllte sie dort mit Wasser. Dann lief er schnellen Schrittes in Richtung Schlafzimmer. Kindlein hörte kurz darauf ein tiefes Grunzen, und als er ins Zimmer trat, goss Morgenthaler dem sich windenden Hütten bereits den Inhalt der zweiten Flasche ins Gesicht. Dabei schrie er ihn an.

»Los, aufwachen. Wo ist Max Fliesinger? Wo ist er zu finden? Oder wo ist Anton? Los, antworten Sie.«

Aber der Alte lallte nur unverständliches Zeug. Also lief Morgenthaler noch mal in die Küche, um Wasser zu holen.

Als er zurückkam, schlief Hütten schon wieder tief und fest. Morgenthaler goss nun auch diese beiden Flaschen über seinem Kopf aus. Wieder wurde der Kerl für einen kurzen Moment wach, um dann sogleich wieder ins Bett zurückzusinken. Morgenthaler beugte sich daraufhin über ihn, zog ihn am Hemdkragen hoch und schüttelte den Mann kräftig durch.

»Auf geht's. Sagen Sie mir, wo ich ihn finden kann. Sie wissen es doch. Mein Gott, Sie können doch nicht so voll sein, dass Sie mich nicht verstehen. Geben Sie endlich Antwort.«

»Er kann nicht«, sagte plötzlich eine Stimme aus dem Hintergrund.

In der Schlafzimmertür stand eine ältere Frau. Kindlein erkannte sie. Es war Frau Welser, die Frau, die auf den Leichengeruch im Keller aufmerksam gemacht hatte.

»Er ist zu betrunken«, sagte sie. »Er wird Ihnen heute keine Auskunft mehr geben können.«

Morgenthaler nickte resigniert. »Verstehe. Aber uns läuft leider die Zeit davon. Wir suchen einen Mann, der möglicherweise geistig nicht zurechnungsfähig ist und schon mehrere Morde begangen hat.«

»Max Fliesinger.«

»Bitte?«

»Sie suchen Max Fliesinger, oder?«

»Wie, Sie kennen ihn?«

»Nein. Aber ich habe diese Briefe gelesen. Das hat mir neulich eine Ohrfeige eingebracht. Ich helfe Karl mitunter im ... Haushalt.« Dabei sah die Frau sich in dem Dreckstall um.

»Ich weiß«, antwortete Morgenthaler. »Und da haben Sie ...«

»... auch mal geschnüffelt. Na und? Ich wollte wissen, was Karl für ein Mensch war, als er noch einer war. Er ist eine ganz arme Sau, wissen Sie das eigentlich?«

»Das kann sein. Aber ich auch. Ich muss diesen Max finden, und zwar so schnell wie möglich. Können Sie mir irgendwas zu seinem momentanen Aufenthaltsort sagen?«

»Nein. Aber ich kann Ihnen vielleicht auf andere Weise helfen.«

»Versuchen Sie es.«

»Wie gesagt: Karl war nach meiner Schnüffelaktion ungeheuer aufgebracht. Er hat mich angefleht, niemals mit jemandem über den Inhalt dieser Briefe zu reden. Es fiel mir nicht schwer, ihm das zu versprechen, denn wen hätte diese Geschichte schon interessiert? Das muss ihm eingeleuchtet haben, und irgendwie schien er in mir fortan so etwas wie eine Verbündete gesehen zu haben. Jedenfalls bat er mich vorgestern plötzlich darum, einen Brief bei Ihnen einzuwerfen.«

»Bei uns?«

»Ja. Beim Polizeipräsidium. Aber auf dem Brief stand kein Absender, und da habe ich ihm gesagt, dass ich so was nicht mache. Ich werfe keine anonyme Post irgendwo ein, ohne zu wissen, worum es dabei geht. Er hat mich daraufhin regelrecht angebettelt. Aber ich blieb hart, sodass er das Kuvert schließlich öffnete und mir den Brief zeigte. Natürlich fragte ich ihn als Nächstes, was der denn bei der Polizei soll. Und dann behauptete er, dass Frau von Weydens Briefe den Ermittlern helfen könnten, den Mörder von Frau Feldkamp zu finden. Ich hielt ihn für verrückt und sagte ihm das auch. Da erzählte er mir, dass dieser Max Fliesinger heute in Mannheim lebe. Er sei 1961, im Alter von neunzehn Jahren, hierhergezogen, weil er gehofft habe, noch einen Teil seiner Familie zu finden. Aber bei den offiziellen Stellen habe er bald erfahren, dass alle seine Angehörigen im September 1943 beim Bombenangriff auf die Stadt umgekommen seien. Allerdings, so hat mir Karl erzählt, habe der junge Mann nicht wissen können, dass sämtliche Angaben, auf die er sich bei seiner Suche berief, Teile seiner schon im Kindesalter geänderten Identität waren. Daran, dass er gar nicht aus Mannheim stammte, sondern aus Bruchsal und dass er ursprünglich Max Fliesinger geheißen hatte, habe er sich nach all den Jahren im Heim nicht mehr erinnern können. Ich hab Karl selbstverständlich kein Wort davon gegl...«

»Moment mal«, unterbrach Morgenthaler sie an dieser Stelle. »Die Heimleiterin hat damals also nicht nur die Spuren in die Bruchsaler Vergangenheit des Jungen verwischen lassen, sondern auch dafür gesorgt, dass er eine vollkommen neu erdachte Biografie und Identität erhielt?«

»Das hat Karl zumindest behauptet. Angeblich war die komplette Familiengeschichte des kleinen Max Fliesinger damals neu erfunden worden. Er erhielt einen anderen Namen und ein neues Geburtsdatum. Und sein Geburtsort wurde ebenfalls geändert. Fortan stammte er von einer Mannheimer Familie ab, die den Bombenhagel auf die Stadt nicht überlebt hat. Frau von Weyden soll das alles veranlasst haben, um *sämtliche* Hinweise auf die frühe Kindheit des Jungen und das schreckliche Drama um seine wahre Familie für alle Zeiten zu vernichten.«

»Das hieße ja, dass Max Fliesinger bereits seit seinem fünften Lebensjahr einen anderen Namen trägt.«

»Ja. Wie gesagt: Wenn die Geschichte überhaupt stimmt.«

»Und kennen Sie diesen Namen?«, fragte Morgenthaler.

»Nein.«

»Aber Anton kann er nicht heißen«, sagte Morgenthaler mehr zu sich selbst, »da Frau von Weyden mit diesem Namen selbst nichts anfangen konnte.«

Frau Welser zuckte mit den Schultern.

»Karl wollte ihn mir nicht nennen«, meinte sie nach einer kurzen Pause. »Deshalb habe ich ihm diese Geschichte ja auch nicht geglaubt und meine Mithilfe weiterhin verweigert. Er hat die Briefe dann selbst zu Ihnen gebracht. Fragen Sie mich nicht, unter welchen Qualen. Haben Sie mal seine Beine gesehen?«

»Ja. Unglaublich. Und er hat nicht mal was angedeutet?«

»Er hat mir nur gesagt, dass er Ihnen den Namen erst im Anschluss an den letzten Brief verraten würde. Es gebe dafür wichtige Gründe, hat er behauptet.«

»Hm. Einer davon ist vermutlich, zu genießen, uns an der langen Leine zappeln zu sehen.«

»So ähnlich habe ich mich auch ausgedrückt. Daraufhin hat er gemeint, dass er Jahre gebraucht habe, um hinter all diese Dinge zu kommen. Da könne es der Polizei nun nicht auf ein paar Tage ankommen. Außerdem, so hat er beteuert, verberge er den Namen nicht, denn Frau von Weyden habe ihn in einem der Briefe erwähnt.«

»Äh? Tat sie das?«, fragte Morgenthaler nun in Kindleins Richtung.

»Nicht dass ich mich daran erinnern könnte«, antwortete der.

»Hm.«

Kindlein sah, dass sich Morgenthalers Blick veränderte. Er wusste: In den nächsten Minuten würde sein Kollege nichts anderes tun, als sich im Geiste noch einmal sämtliche Briefe Frau von Weydens zu vergegenwärtigen.

Er führte Frau Welser zur Tür und dankte ihr für ihre Unterstützung. Dann überlegte er, was *er* derweil tun könne. Er ging ins Schlafzimmer. In der Hoffnung, dass Karl Hütten inzwischen vielleicht ein bisschen wacher geworden sein könnte, trat er an dessen Bett und beugte sich über ihn. Aber der Kerl schlief nach wie vor wie ein Murmeltier. Er lag auf dem Rücken, und aus seinem Mund rann Speichel. Kindlein wandte sich angewidert ab. Dabei stieß er mit der rechten Fußspitze irgendwas um. Es klirrte. Morgenthaler hatte die Weinflaschen nach der Gießaktion einfach neben dem Bett abgestellt. Nun waren sie umgefallen, und Kindlein sah, dass neben ihnen etwas lag, das wie ein grüner Kronenkorken aussah, dafür aber zu groß erschien. Kindlein griff danach und betrachtete das kleine Objekt. Zunächst irritierte ihn der Anblick, denn der Gegenstand passte so gar nicht an diesen Ort. Aber dann wurde ihm mit einem Mal klar, welche Bedeutung sein Fund für den Ausgang ihrer Ermittlungen haben würde. Auf schnellstem Wege eilte er zu Morgenthaler in die Küche.

Der saß am Küchentisch – kopfschüttelnd und tief über den letzten Brief Frau von Weydens gebeugt. »Sie hat seinen Namen tatsächlich erwähnt.« Er sprach wie zu sich selbst. Dann sah er auf und deutete er auf den vorletzten Abschnitt des Briefes.

»Ja«, antwortete Kindlein, »ich weiß.« Er öffnete seine Hand, damit Morgenthaler den kleinen Blechfrosch erkennen konnte. »Er war von Anfang an – so anders, stimmt's?«

Morgenthaler nickte. »Ja. Und er blieb auch – S.O. Anders.«

Mit langsamen Bewegungen zog Morgenthaler sein Handy aus der Hosentasche. Dann wählte er Tielmanns Nummer. Als der sich meldete, bat er darum, darauf zu achten, dass niemand das Haus der Andersens verließ, bis er und Kindlein dort eintrafen.

Aber es war schon zu spät.

Wie ein Hai, der lautlos durch dunkles Gewässer gleitet und mit seinen trüben Augen nach Beute Ausschau hält, so war auch Anton ein Jäger, ein unbarmherziger und schauriger Geselle. Bei jedem Schritt darauf bedacht, jedwede überflüssige oder gar fahrige Bewegung zu vermeiden, schlich er vorsichtig und nahezu geräuschlos durch das Dickicht des Unterholzes. Und wie die Fratze des Hais, so war auch sein Gesicht vollkommen regungslos. Er war eine finstere Kreatur, die in dieser schwarzen Nacht nur ein einziges Ziel verfolgte: das erspähte Opfer zu fixieren, es zu umkreisen, dabei die Bahnen immer enger zu ziehen und es schließlich ohne Vorwarnung und von einem Augenblick auf den anderen zu stellen.

Er kannte die Gewohnheiten seines Opfers und somit seine Schwächen. Und gerade heute präsentierte der klare tiefschwarze Himmel mit ganz besonderer Freude, was dieser Halunke am meisten begehrte. Prachtvoll und wie Brillanten auf Samt glitzerte das Sechsergestirn an diesem späten Abend am Firmament: Aldebaran, Rigel, Sirius, Prokyon, Pollux und Capella – was für beeindruckende Namen. Sie alle hatten sich, wie um dem Schurken das letzte Geleit zu geben, am westlichen Himmel versammelt. Keiner von ihnen entging Antons messerscharfem Blick – so wenig wie Regulus im Süden, der hellste Stern im Löwen, und sogar die schwach strahlenden Sterne des Krebses. Ja, dachte Anton: In dieser Nacht *musste* der Kerl draußen erscheinen – es bestand nicht der geringste Zweifel. Er würde es nicht lassen können – schon allein der strahlenden Venus und der silbergrau schimmernden Ringe des Saturns halber.

Das war seine Schwäche.

25

Die Nachricht hatte Morgenthaler umgeworfen: Steffen Olaf Anders befand sich nicht mehr in seinem Haus.

Tielmann hatte noch während des Telefonates nach ihm gesehen, ihn aber nirgendwo finden können. Wie lange der alte Herr zu diesem Zeitpunkt schon weg war, hatte er nicht sagen können. Sein Auto war jedenfalls nicht mehr da gewesen, und persönlich begegnet war er ihm zwei Stunden zuvor das letzte Mal. Auch Caroline, die junge Verkäuferin, hatte ihm keine Auskunft geben können, da sie sich den ganzen Abend um den kleinen Florian gekümmert hatte.

Morgenthaler hatte daraufhin die sofortige Fahndung nach Anders angeordnet und Tielmann gebeten, dafür zu sorgen, dass Sebastian Reil so schnell wie möglich ins Haus der Andersens gebracht wurde.

Das war gute zwanzig Minuten her. Inzwischen waren er und Kindlein in dem Haus in Scharhof angekommen, und Morgenthaler tat erst einmal, was er sonst nie tat. Er stellte sich mitten in den Korridor und reagierte sich lautstark ab.

»Werner, wie konnte das passieren? Seid ihr von allen guten Geistern verlassen? Dieser Mann ist unser Täter.«

»Scheiße.«

»Allerdings. Was habt ihr euch nur gedacht?«

Tielmann war sichtlich bestürzt. »Wir haben einfach nicht auf ihn aufgepasst. Draußen im Garten war viel zu tun. Driesmann hat ausdrücklich verlangt, dass wir dort alles gründlich durchkämmen sollen. Und dann ist auch noch Wesselin mit einem Assistenten im Gepäck hinzugestoßen, und die haben ständig Fragen gestellt.«

»So, und nun? Ist Sebastian Reil schon da?«

»Nein. Das dauert. Die JVA liegt nicht gerade um die Ecke. Aber die Mutter ist da.«

»Okay. Hol sie her.«

Tielmann ging los und kam kurz darauf mit Viola Reil im Gefolge in den Treppenflur zurück. Sie sah Morgenthaler erschrocken an.

»Frau Reil, wir wissen Bescheid. Ihr Vater ist der Mann, den wir suchen«, sagte er kurz und sah auf seine Uhr. »Es ist jetzt kurz vor halb elf. Lassen Sie uns also gemeinsam überlegen, wo er hingefahren sein kann. Kennen Sie einen Ort, wo er sich jetzt aufhalten könnte?«

»Im Geschäft«, antwortete sie prompt.

»Dorthin sind die Schwetzinger Kollegen gleich als Erstes gefahren«, mischte sich Tielmann ein. »Da ist niemand.«

»Irgendwelche Freunde? Bekannte?«

»Um diese Zeit? Nein, da fällt mir niemand ein.«

Morgenthaler wandte sich Kindlein zu. »Hast du eine Idee?«

»Nein. Ich hab nur ein ganz mieses Gefühl«, sagte der. »Irgendwas sagt mir, dass es kein Zufall ist, dass er gerade heute Abend verschwunden ist.«

»Na, dem ging die Düse«, meinte Tielmann. »Bei dem Polizeiaufgebot im eigenen Haus wäre ich auch abgezischt.«

Kindlein schüttelte den Kopf. »Nein, er ist nicht geflohen. Das glaube ich nicht.«

»Was dann?«, fragte Morgenthaler.

»Keine Ahnung. Ich kann's dir nicht sagen.«

Dann trat Schweigen ein. Morgenthaler begann, stirnrunzelnd vor der Treppe auf und ab zu laufen.

»Tut gut, die Ruhe«, unterbrach Tielmann Kindleins und Morgenthalers Gedankengänge. »Der Kleine scheint tatsächlich eingeschlafen zu sein. Bis vor einer halben Stunde hat er noch geweint.« Dabei deutete er zum oberen Stockwerk hoch.

Morgenthaler ging plötzlich mit strammem Schritt auf Frau Reil zu. »Gut. Dann müssen wir das anders angehen, Frau Reil. Seit wann wissen Sie eigentlich, dass Ihr Vater ein Mörder ist?«

»Mein Vater ist kein Mörder.«

»So?«

»Nein. Anton ist einer. Das habe ich Ihnen schon mal gesagt.«

»Was aufs Gleiche hinausläuft.«

»Nicht für jemanden, der sich mit DIS auskennt.«

»Mit DIS? Was soll das sein?«

»Dissoziative Identitätsstörung«

»Hm«, meinte Morgenthaler. »Verstehe ich Sie richtig? Sie meinen Persönlichkeitsspaltung?«

Viola Reil verzog das Gesicht. »Dieser Begriff wird oft benutzt, stellt aber den Sachverhalt nicht richtig dar. Bei der DIS geht es nicht um Spaltung *einer* Persönlichkeit, sondern um das Nebeneinanderexistieren *mehrerer* Persönlichkeiten in einem Körper, welche sich jeweils durch das Vorhandensein einer ureigenen Erlebnis- und Empfindungswelt auszeichnen. Das heißt, jede von ihnen nimmt ihr Umfeld und sich selbst in unverwechselbarer Weise wahr und teilt sich diese Fähigkeit nicht etwa mit einer anderen Person. Demzufolge stecken hier mehrere vollständige Identitäten in einem Körper.«

»Wie bei Jekyll und Hyde, stimmt's?«, blökte Tielmann dazwischen.

Frau Reil sah ihn mit einem Gesichtsausdruck an, der verriet, dass sie ihn für diesen Einwand verachtete.

»Eine Antwort auf diese Frage gibt Ihnen möglicherweise die WHO, Herr ...«, entgegnete sie kühl. »Nachdem die Existenz der DIS selbst von Fachleuten jahrhundertelang angezweifelt wurde, ist sie 1980 von der Weltgesundheitsorganisation endlich als Krankheit anerkannt worden. Zu spät jedoch für die Opfer meines Vaters, der bis zu diesem Zeitpunkt mindestens einem Dutzend Fachärzte seine auffälligen Symptome beschrieben hatte. Aber das waren Ignoranten wie Sie. Seine zum Teil erheblichen Gedächtnislücken hatten sie als Ausdruck einer allgemeinen Konzentrationsschwäche verstanden, seine mitunter heftigen Kopfschmerzen als Migräne abgetan und wenn er angab, sich mitunter an Orten wiederzufinden, von denen, er nicht wusste, wie er dort hingeraten war, haben sie das nicht weiter ernst genommen.«

Tielmanns Kopf lief rot an. Und noch bevor er sich erklären konnte, stellte Morgenthaler bereits die nächste Frage. »Das heißt, Ihr Vater litt und leidet noch immer an ebendieser Erkrankung?«

»Ja.«

»Damit ich alles richtig verstehe: Muss man sich das so vorstellen, als wenn Sie und ich gleichberechtigt nebeneinander in einer gemeinsamen Hülle existieren würden?«

»So in etwa. Nur dass Sie mich nicht bemerken würden. Und ich würde von Ihnen nichts wissen. Denn während ich ›eingeschaltet‹ und Herrin über die Hülle bin, existieren Sie für mich nicht. Umgekehrt läuft es genauso. Sind Sie der Herr über unsere gemeinsame Hülle, bin ich für Sie nicht anwesend, und Sie sind überzeugt, ihr alleiniger Besitzer zu sein. Einer von uns beiden ist jedoch immer in Aktion und hat die Kontrolle über sich und die Hülle. Es stellt sich nur die Frage, *wann* und *zu welchem Zweck* wer von uns in Aktion tritt.«

Morgenthaler nickte, als wenn er verstünde.

»Anton übernimmt beispielsweise immer dann das Steuer, wenn mein Vater in eine Situation kommt, die er schon als kleines Kind nicht bewältigen konnte. Darum geht es nämlich. Es geht um dauerhafte Traumatisierung im Kindesalter, und zwar in einem Ausmaß, das ein Mensch allein nicht ertragen kann. Mein Vater wurde bis zu seinem fünften Lebensjahr von seinem Vater in übelster Militärmanier gezüchtigt und gedrillt. Und jeden Freitagabend wurde er zusammen mit seiner jüngeren Schwester bis in die späte Nacht hinein auf einen finsteren Dachboden gesperrt. Und während seine Eltern durch die Nachtlokale streiften, musste er eine Überlebensstrategie entwickeln, um seine Furcht vor der Dunkelheit und der Stille zu überwinden und die Tränen und Angstschreie seiner geliebten Schwester zu ertragen. Er dissoziierte, eine Fähigkeit, zu der vor allem ständig misshandelte und mit Todesängsten konfrontierte Kinder in ganz besonderem Maße fähig sind. Mein Vater schuf sich in diesen schrecklichen Stunden gewissermaßen eine neue Identität, eine Person, die mit dem traumatisierten kleinen Max nichts zu tun hatte und die völlig abgetrennt von ihm existieren konnte. Diese Figur musste sein Leid nicht durchleben und war mit allem ausgestattet, was Max nicht besaß, aber gebraucht hätte, um sein eigenes fürchterliches Dasein und die Not seiner kleinen Schwester zu ertragen. Diese Figur besaß Größe, Kraft, Intelligenz, Mut, Weisheit und Entschlossenheit, also Fähigkeiten und Eigenschaften, die vor allem Märchenfiguren und wilde Tiere auszeichneten – oder eben Anton Henseleit, jenen großen kräftigen Mann, der unten in der Werkstatt seines Vaters arbeitete.«

Kindlein lief eine Gänsehaut über den Rücken.

»Henseleits Vorname war Anton?«, fragte Morgenthaler. »Ich wusste bislang nur, dass er derjenige war, der die beiden Kinder auf dem Dachboden fand – Ihren Vater und dessen kleine Schwester, der er zuvor ein Lächeln ins Gesicht gemalt hatte.«

»Wie? Sie kennen diese Geschichte?«

»Ja.«

»Hm. Aber nicht *er* hat sie angemalt, sondern *Anton*.«

»Wie? Der Schreinermeister?«

»Nein. Sie verstehen noch immer nicht. Es war das Alter Ego von Max oder, um es anders auszudrücken: der *kleine* Anton. Seine Aufgabe war – und ist es noch heute –, Kindern, denen Leid widerfährt, zu ihrer Fröhlichkeit zurückzuverhelfen, ihnen also, wenn man so will, das verlorene Lächeln wiederzugeben.«

»Was im Klartext heißt: denen das Leben zu nehmen, die es ihnen gestohlen haben.«

»Ja, das ist leider so. Es ist tragisch – und Sie können mir glauben, dass ich das ernst meine. Aber Anton ist dennoch, so absurd es auch klingen mag, ein durch und durch guter Mensch. Er wurde von einem unschuldigen Knaben mit noch reinem Herzen nach einem hehren Vorbild kreiert, und noch heute lebt er in einer Fantasie- und Märchenwelt, in der er als guter Retter der Schwachen fungiert. Mein Vater hat damals den einzigen Menschen als Muster genommen, den er außer seinen Eltern kannte. Und da war Anton Henseleit natürlich eine Lichtgestalt, denn er liebte, achtete und förderte meinen Vater. Wann immer die Arbeit Zeit dazu ließ, hat er sich mit dem kleinen Max zusammengesetzt und ihm Märchen und Tiergeschichten aus aller Welt erzählt, denn er war vor dem Krieg viel herumgekommen.«

»Und woher wissen *Sie* das alles?«

»Von meiner Mutter. Sie hat mich aufgeklärt, nachdem es ihr das erste Mal richtig schlecht ging. Schon da ahnte sie bereits, dass sie nicht mehr lange leben würde, und machte sich Gedanken, was nach ihrem Tod aus meinem Vater werden sollte.«

Morgenthaler atmete tief durch.

»Und sie hat es immer gewusst? Von Anfang an?«

»Nein. Sie hat Anton erst kennengelernt, nachdem sie durch viele Täler gegangen ist. Irgendwann hatte sie festgestellt, dass im Umfeld ihrer Familie und des Bekanntenkreises außergewöhnlich viele Menschen gewaltsam aus dem Leben schieden. Als sie den Grund dafür erkannt hatte, begann sie systematisch in der Vergangenheit meines Vaters zu forschen. Dabei lernte sie die ehemalige Leiterin jenes Kinderheimes kennen, in dem er aufgewachsen war.«

Morgenthaler nickte.

»Wissen Sie«, fuhr Viola Reil fort, »meine Mutter liebt meinen Vater über alles, ebenso, wie er sie geradezu vergöttert. Die beiden sind ein Herz und eine Seele. Was also hätte sie machen sollen, als sie von seinem grauenhaften ›zweiten Ich‹ erfuhr? Hätte sie ihn verraten, ihn als Massenmörder ins Zuchthaus schicken sollen? Tut man das? Tut man das vor allem einem Menschen an, der diese Taten gar nicht selber begangen hat? Sie müssen sich das nur vorstellen: Mein Vater kennt Anton überhaupt nicht. Er *ahnt* nicht mal, dass er existiert.«

Morgenthaler schluckte. »Mein Gott, was soll ich da sagen? Er hätte eben doch in Behand… Ach, was weiß ich. Ich bin kein Richter. Ich bin nur …«

In dem Moment traten zwei Vollzugsbeamte durch die offen stehende Haustür und führten Sebastian Reil in den Korridor.

Frau Reil lief sofort zu ihm und umarmte ihn. »Sie wissen alles, Sebastian«, sprach sie. »Du kannst ab jetzt frei reden.«

»Ja, es stimmt, was deine Mutter sagt«, bestätigte Morgenthaler. »Und wir wissen es wirklich nicht von ihr. Ab jetzt solltest du also offen reden. Wir müssen verhindern, dass dein Großvater noch mehr Schaden anrichtet. Weißt du, wo wir ihn finden können?«

»Nein. Ich hab nicht die geringste Ahnung.«

Morgenthaler schüttelte den Kopf. Dann setzte er sich auf die unterste Stufe der Treppe und gab Kindlein ein Zeichen, die Befragung von nun an weiterzuführen.

Der wandte sich sofort dem jungen Mann zu.

»Dann reden wir vielleicht lieber von etwas, auf das du sicher eine Antwort geben kannst. Woher hast du gewusst, dass dein Großvater diese Taten begangen hat und wie er bei ihrer Ausführung vorging?«

»Anton, meinen Sie.«

»Gut. Von mir aus. Dann eben Anton.«

»Das ist mir wichtig. Ich habe gedacht, meine Mutter hätte Sie aufgeklärt. Sie sollten also bereits wissen, dass Anton nicht unser geliebter Vater und Großvater ist. Wie auch immer: An dem Tag, als meine Großmutter ins Krankenhaus eingewiesen wurde, kamen meine Mutter und ich abends so gegen halb zehn nach Hause. Einige Stunden später, mitten in der Nacht, hörte ich ein Geräusch, das mich irritierte. Es kam von unten. Ich ging die Treppe runter und sah meinen Großvater im Korridor stehen. Er war aus dem Garten gekommen. An seinen Schuhen befand sich frische Erde. Das war seltsam. Aber richtig eigenartig wurde es, als er mich ansprach. Er sagte: ›Ich hab der gemeinen Hexe ein Schnippchen geschlagen. Die vergreift sich nie wieder an deinem Lächeln.‹ Irgendwie habe ich in dem Moment geahnt, was los war – meine Mutter hatte mich zwei Wochen zuvor über das Schicksal meines Großvaters aufgeklärt. Ich bin dennoch wieder ins Bett gegangen, aber diese Begegnung hat mich noch den Rest der Nacht beschäftigt. Am Morgen bin ich deshalb sofort zu Frau Feldkamp gefahren. Nennen Sie es von mir aus siebter Sinn. Jedenfalls wollte ich Gewissheit. Die Haustür stand offen, weil der Hausmeister gerade das Treppenhaus putzte. Ich bin also rein ins Haus und habe an ihrer Wohnungstür geklingelt, aber da hat niemand aufgemacht. Daraufhin bin ich in den Hof. Eines ihrer Fenster stand offen. Der Hausmeister war nicht zu sehen, sodass ich hineinklettern konnte. Ich sag ja, dass ich ein komisches Gefühl hatte. Und das hat mich nicht getrogen. Frau Feldkamp lag auf der Schwelle zum Wohnzimmer. Neben ihrem rechten Ohr befand sich eine vertrocknete Blutpfütze. Ich war völlig geschockt, hab mich erst einmal auf die Couch von der Feldkamp gesetzt und überlegt, was ich nun tun sollte. In dem Moment muss mich dieser Typ fotografiert haben. Dann geschah was Blödes. Dieser Hausmeister hat plötzlich vom Hof aus nach der Feldkamp gerufen. Er hat sie in wüstem Ton aufgefordert, irgendeinen Kram aus den Mülltonnen zu holen. Und weil er keine Ruhe geben wollte, hab ich meine Stimme verstellt und zugesagt, es gleich zu tun. Den Rest kennen Sie: Ich hab die Kellerschlüssel an der Korridorwand entdeckt und bin runtergegangen, um nach einer Plane zu suchen. Ich wollte meinen Großvater einfach nur beschützen. Na ja, und im Keller habe ich dann die fast leere Gefriertruhe entdeckt. Ein besseres Versteck hätte ich nicht finden können – hab ich geglaubt. Tja, und dann kam alles anders.«

»Genau. Dann kam der Mord an Frau Säler.«

»Von dem erfuhr ich erst am Mittwochmorgen aus der Zeitung. Und da war auch die Tatwaffe abgebildet. Ich hab sofort erkannt, dass es haargenau das Messer war, das mir Großvater eine Woche zuvor gezeigt hatte. Ich bin gleich los und hab das ganze Haus auf den Kopf gestellt. Aber ich konnte es nicht finden. Also bin ich in den Schuppen. Da lag das Messer auch nicht, dafür aber ein paar blutverschmierte grüne Lederhandschuhe und mein ehemaliger Baseballschläger. An dem befand sich ebenfalls Blut und kurze schwarze Stoppelhaare. Ich brauchte nur eins und eins zusammenzuzählen, um zu erkennen, wessen Blut und Haare es waren, und habe alles sofort in der Nähe des Schuppens vergraben. Meine spätere Beschreibung vom Tathergang basierte im Grunde allein auf Wissen aus der Zeitung. Und meine Kenntnisse der Lokalität habe ich mir schon Wochen zuvor bei einem Besuch bei Frau Säler erworben. Da habe ich nämlich versucht, Abbitte wegen ein paar blöder Gemälde bei ihr zu leisten. Ich hatte Angst um mein Abizeugnis. Erfolglos übrigens.«

»Auf jeden Fall hast du irgendwann beschlossen, dich zu stellen.«

»Ja. Ich hatte Sie und Ihren Kollegen ja bereits am Dienstagnachmittag vor dem Haus der Ortliebs stehen sehen. Und nachdem ich am darauffolgenden Morgen den Fund im Schuppen gemacht hatte, war mir klar, dass mein Großvater diesmal in ernster Gefahr schwebte.«

»Das verstehe ich nicht.«

»Na ja, wegen dem Zusammenhang zu den beiden Kindern der Ortliebs. In Frau Sälers Fall waren *sie* schließlich das Tatmotiv. Ich dachte mir deshalb, dass Ihr Weg schon bald zu uns führen würde.«

»Moment. Die beiden Ortlieb-Kinder waren das Tatmotiv?«

»Ja. Frau Säler hatte ihnen ja, wenn man so will, den Vater stehlen wollen. Die beiden Mädchen litten wochenlang fürchterlich, denn es sah ständig so aus, als wenn die Familie jeden Moment zerbräche. Uns allen taten die Kleinen leid, weil sie so an ihrem Papa hingen. Meinem Großvater natürlich in besonderem Maße. Bei jeder Gelegenheit hat er sie besucht und mit kleinen Geschenken zu trösten versucht.«

»Aber hat denn keiner von Ihnen die Gefahr erkannt, in der Frau Säler die ganze Zeit schwebte?«

Nun mischte sich Frau Reil ein. »Ich bin die Einzige, die zu diesem Zeitpunkt irgendwas hätte erkennen können. Aber ich war durch unsere eigenen familiären Sorgen abgelenkt. Erst als ich durch Sie vom Mord an Frau Säler erfuhr, wurde mir klar, dass meine Kollegin in Antons Augen eine Aggressorin gewesen sein musste, eine Person, die in das intakte Gefüge der Familie Ortlieb eingedrungen war, es zu zerstören drohte und dadurch das Seelenheil der beiden Kinder gefährdete.«

Kindlein war fassungslos.

»Wie konnte Ihre Mutter es unter all diesen Bedingungen dann eigentlich zulassen, dass Ihr Vater ausgerechnet einen Spielzeugladen führte?«

»Weil sich gerade dies als ungefährlich erwies. Kinder, die sich in einem Spielzeugladen aufhalten, machen selten einen unglücklichen Eindruck, vor allem wenn man ihn so betreibt, wie er es tut.«

Stimmt im Grunde, dachte Kindlein. Er wandte sich wieder Sebastian Reil zu.

»Sag mal, du kennst dich inzwischen doch auch ein wenig mit der Krankheit deines Großvaters aus. Wann wird Anton eigentlich aktiv? Ich habe das Gefühl, dass es dazu eines bestimmten Auslösers bedarf und dass dieser auch eine gewisse Stärke haben muss. Ansonsten müsste er ja bei jeder Gelegenheit tätig werden.

Kinder leiden schließlich oft, und dass sie wegen irgendwas weinen und verzweifelt sind, gehört quasi zu ihrem Alltag.«

»Ja, das ist auch so«, antwortete der junge Mann. »Man nennt solche auslösenden Faktoren ›Trigger‹. Und ich denke, dass tatsächlich mehr dazu gehört, um Anton ›anzutriggern‹, als das bloße Weinen oder Traurigsein eines Kindes.«

»Hm. Wie steht es zum Beispiel mit dem Leid deines kleinen Bruders? Er hat meiner Ansicht nach fürchterliche Angst, dich für immer zu verlieren, weil er glaubt, dass du ins Gefängnis kommst. Heute Nachmittag ist das besonders deutlich geworden.«

»Na ja, so was könnte durchaus zu einem Auslöser werden. Es gibt Menschen, bei denen reichen schon einzelne Schlüsselwörter aus, die sie irgendwo aufschnappen oder lesen. Aber bei den meisten Betroffenen erzielt erst das Zusammentreffen eines Hauptfaktors mit mehreren Co-Faktoren eine solche Triggerwirkung.«

»Und wie sieht es mit Stress und *eigenem* Leid aus? Ich meine, dein Großvater hat im Moment schließlich selbst ein ordentliches Bündel zu tragen.«

»Das sind enorm starke Mitspieler in dem System.«

»Mein Gott. Natürlich«, schrie Morgenthaler plötzlich dazwischen, und alle Augen richteten sich schlagartig auf ihn. »Ich glaube, ich kenne einen weiteren wichtigen Faktor.«

»Äh?«

»Welchen Tag haben wir heute?«

»Freitag«, sagte Tielmann und sah auf seine Uhr. »Mist. Heute ist auch noch Freitag, der 13. April. Ein Pechtag.«

»Worauf willst du hinaus, Konrad?«, fragte Kindlein.

»Die beiden Fliesinger-Kinder wurden regelmäßig freitags auf den Dachboden gesperrt. Zwei der drei Unfälle in dem Heim fanden definitiv an einem Freitag statt. Erinnerst du dich? Der kleine Fabian hatte am Donnerstag, dem 7. September 1950, Geburtstag. Einen Tag später, an einem Freitag, starb sein Peiniger, dieser Boris Tomzik. Der nächste Junge, Karsten Weller, fand dreieinhalb Jahre später, am 9. April 1954, in dem Waldbach sein Ende. Der 9. April 1954 war ebenfalls ein Freitag. Und ich gehe davon aus, dass auch der dritte Junge an diesem Wochentag im Heizbrenner des Heimes landete. Auch *unsere* beiden Morde ereigneten sich freitags, genauso wie das Verschwinden von Sebastians Vater auf diesen Tag fiel. Und ich kann es natürlich nicht beweisen, vermute aber stark, dass auch der Mistgabelmord in der Schwetzinger Scheune an einem Freitag geschah.«

Kindlein stand der Mund offen.

»Das heißt«, fuhr Morgenthaler fort, »dass wir von nun an nicht mehr darüber nachdenken sollten, wo *Steffen Olaf Anders* hingefahren sein könnte, sondern wohin es *Anton* ziehen würde. Denn haltet euch eines vor Augen: Anders' über alles geliebte Frau liegt im Sterben, sein Haus wird auf den Kopf gestellt, der kleine Flori leidet fürchterlich und – es ist Freitag. Grund genug für Anton, um zu handeln. Und eines muss uns klar sein: Anton zieht es nicht raus, um mal eben frische Luft zu schnappen oder um vor der Polizei zu fliehen. Er denkt in anderen Kategorien als wir und hat dieses Haus aus Gründen verlassen, die ihm weit wichtiger sind.«

»Scheiße«, entfuhr es Tielmann. »Der ist zu jemandem gefahren, dessen Tun und Handeln irgendeinem Kind Schaden zufügt oder schon zugefügt hat.«

»So sieht's aus«, sagte Morgenthaler. »Nur welchem?«

»Florian?«, meinte nun Kindlein.

»Läge nahe.« Morgenthaler drehte sich um und sah Viola Reil an. »Gibt es da etwas, was wir wissen sollten?«

Die Frau schüttelte den Kopf. »Nein, mit Flori läuft es in letzter Zeit bestens. Er ist in der Schule und auch sonst ein fröhlicher Junge. Natürlich abgesehen von der Tatsache, dass seine Großmutter so krank ist, und dem, was sich heute hier abspielte.«

»Also ist er im Grunde guter Dinge gewesen, bis er erfuhr, dass Sebastian ins Gefängnis muss?«

»Ja, genau. Bis Ihr komischer Staatsanwalt mit seinem Trupp hier einfuhr und den ganzen Wirbel veranstaltete. Der Kerl war von Sebastians Schuld derart überzeugt, dass Flori sofort Angst bekam.«

»Driesmann«, platzte es aus Morgenthaler heraus. Seine Stimme dröhnte durch den Hausflur, und er schlug sich dabei mit Kraft an die Stirn. Sofort erteilte er Tielmann Order, mit dem Kollegen Stein so lange die Stellung im Haus zu halten, bis er sich bei ihnen melden würde. Dann packte er Kindlein am Arm und zerrte ihn zum Haus raus.

Erst im Dienstwagen erklärte er, was ihm durch den Kopf ging.

»Anders wusste, dass *wir beide* nicht an Sebastians Geständnis glaubten. Wir haben ihm aber dummerweise verraten, dass unser lieber Herr Oberstaatsanwalt die Sache völlig anders sieht. Und als wir gegangen sind, habe ich ihm sogar noch Hoffnung gemacht, dass wir Driesmann von Sebastians Unschuld überzeugen können. Ich bin nicht sicher, inwieweit ihn das beruhigt hat, aber als er nach Hause kam, musste er feststellen, dass sich dieser Staatsanwalt inzwischen eher noch mehr auf Sebastian eingeschossen hat. Für Anders stellen Driesmanns Anschuldigungen also eine ernsthafte Gefahr für Sebastians Zukunft dar – *Anton* jedoch sieht in Driesmann vor allem eine Person, deren Tun und Handeln in erster Linie auf *Florians* Seelenheil abzielt.«

»Stimmt. Somit lautet seine einfache Logik: Wenn es Driesmann nicht gäbe, würde Sebastian nicht mehr behelligt, und Flori könnte wieder der fröhliche Junge sein, der er bis dato war.«

»Und Driesmann hat ihn auch noch an den Bagger erinnert, den er bei ihm zur Reparatur gab. Anders, oder in diesem Fall Anton, muss also nur in seiner Kundenkartei nachsehen, um an Driesmanns Adresse zu kommen.«

Kindlein gab Gas. Mit quietschenden Reifen steuerte er den BMW aus Scharhof raus, nahm die Auffahrt zur A6 und bretterte auf dieser mit weit mehr als zweihundert Sachen in Richtung Viernheimer Dreieck dahin. Morgenthaler forderte derweil einen Einsatztrupp der Schutzpolizei an.

26

Wenn einer an diesem Tag Grund hatte, mit sich und seinen Leistungen rundum zufrieden zu sein, dann Oberstaatsanwalt Dr. Winfried Driesmann. Schon der Vormittag war genau nach seinem Geschmack verlaufen. Mit nur wenigen Handstreichen hatte er die völlig fadenscheinigen Theorien dieser beiden Kommissare in Asche gelegt. Und später, am Nachmittag, war ihm im Elternhaus des Tatverdächtigen auch noch der alles entscheidende Coup gelungen. So etwas stärkte, denn der Arroganz gewisser Personen, allen voran dieses schnodderigen Morgenthaler, konnte man nur erfolgreich begegnen, indem man hin und wieder ein Zeichen setzte.

Nach solch einem Tag hatte Driesmann durchaus das Recht, ein wenig über die Stränge zu schlagen, etwas, das er sonst nur ungern tat. Aber es war Freitagabend, wo er ohnehin ein oder zwei Stündchen überziehen durfte, ohne ein schlechtes Gewissen zu bekommen oder gar seine Mutter zu vergrätzen. Nun war es allerdings bereits kurz vor halb zwölf, und er war noch immer nicht zu Bett gegangen.

In dieser Nacht wäre das aber auch wirklich einer Sünde gleichgekommen, dachte er. Selten war der Himmel so klar, selten waren die Sterne derart deutlich zu erkennen. Er musste raus. Und da die Mutter längst schlief, brauchte er nicht einmal zu befürchten, dass ihn jemand erwischte, wenn er im Schlafanzug runter in den Garten schlich.

Driesmann warf noch einen Blick auf die drallen Möpse der Rothaarigen, schloss die XXX-Site, schaltete den PC aus und machte sich mit einer Wolldecke heimlich auf den Weg nach draußen.

Im Garten roch es angenehm nach Frühjahr, und dank des fast sommerlichen Wetters war es noch immer lauschig warm. Er machte es wie immer bei diesen seltenen Gelegenheiten: Er breitete seine Decke auf dem feuchten Rasen aus, strich sie so glatt wie irgend möglich und legte sich mit dem Rücken flach darauf nieder.

Dann betrachtete er den Himmel. Auch das machte er wie immer. Er begann im Osten und ließ den Blick alsbald langsam und im Uhrzeigersinn entlang des Horizontes wandern. Danach starrte er eine Zeit lang senkrecht nach oben und versuchte, möglichst viele Gestirne auf einmal zu erfassen. Dann erst blickte er in die Tiefe, in die Unendlichkeit des Weltalls. Dabei wurde ihm zunächst etwas schwummerig zumute, aber schon bald stellten sich wunderbarste Empfindungen ein. Auch dieses Mal konnte Driesmann sie wieder regelrecht spüren: die Festigkeit seiner Position innerhalb dieses gigantischen Universums. Ja, er fühlte, dass er ein gewichtiger Teil dieses kosmischen Komplexes war, und das war er, weil er zu denen gehörte, die in ihrem Leben von Anfang an alles richtig gemacht hatten: Gymnasialempfehlung, Hochglanz-Abi, Bester seines Studienganges, Promotion mit summa cum laude und dann Staatsanwaltslaufbahn mit raschem Aufstieg zum Oberstaatsanwalt. Nie war er auf Abwege geraten, nie hatte er enttäuscht. Er war ein Beispiel – ein Guter.

Mit einem Mal hörte Driesmann ein dumpfes Klopfen. Er setzte sich auf und schaute mit strengem Blick nach rechts.

»Hallo?« Mehr fiel ihm nicht ein. Einen Moment stutzte er noch, dann legte er sich wieder auf den Rücken und gab sich seinen großen Gedanken hin. Ja, er war ein Gu… Wieder klopfte es, diesmal lauter und aus Richtung des Nussbaumes kommend.

»Hallo?«

Wieder keine Antwort.

Nun stand Driesmann auf. Er war es nicht gewohnt, dass man ihn verarschte. Aber genau das versuchte gerade jemand. Tiere machten andere Geräusche. Mit energischen Schritten lief er auf den Baum zu. Zwei Meter davor machte er jedoch abrupt halt, denn er spürte plötzlich, dass sich hinter dem dicken Stamm eine Person aufhielt.

»Los, hervorkommen«, befahl er. Das wirkte immer.

Diesmal nicht. Wer auch immer hinter dem Baum stand, wollte seiner Aufforderung nicht nachkommen.

»Hopp. Auf geht's. Zeigen Sie sich.« Driesmann wurde ungehalten. Dann vernahm er wieder das Klopfen. Diesmal kam es aus allernächster Nähe. Da wagte es doch tatsächlich jemand, ihn zum Besten zu halten. Er beschloss, näher an den Baum heranzuschleichen. Aber dann hörte er von dort eine Stimme.

»Weißt du, warum ich so große Ohren habe?«

Driesmann musste lachen. Es war eine asthmatisch klingende Fistelstimme. Oder sollte sie nur besonders gruselig klingen? Jedenfalls gehörte sie zu einem Kind, wohl einem der Feger vom Nachbarhaus. Nun gut, dachte er, dem werde ich es zeigen.

»Damit man dich besser ohrfeigen kann, du nächtlicher Herumtreiber«, antwortete er mit tief gestellter Stimme und betont rollendem R. Leise setzte er dabei einen Fuß vor den anderen.

Hinter dem Baum herrschte für einen Moment Stille.

Schließlich vernahm er wieder die Stimme.

»Aber weißt du auch, warum ich so große Augen habe?«, fragte sie dieses Mal, und wieder klang sie betont schaurig.

»Damit du auf deiner Uhr erkennen kannst, dass es zu spät ist, um noch draußen herumzustreunen.« Driesmann gefiel das Spiel, und er ahnte bereits die nächste Frage. Diesmal ließ sich der kleine Besucher jedoch etwas mehr Zeit, und in der Stille wagte es Driesmann nicht, sich weiter auf den Baum zuzubewegen. Also verharrte er einen Augenblick.

Dann hielt es der Kleine offenbar nicht mehr aus. Er fragte:

»Und warum habe ich wohl so einen großen Mund?«

Driesmann schmunzelte. Langsam und möglichst geräuschlos schlich er weiter. Dabei antwortete er: »Damit du all diese dummen Fragen stellen kannst.«

Wieder herrschte für einen Moment Stille. Driesmann stand nun direkt am Baum. Leise atmend stützte er sich mit den Händen am Stamm ab und lauschte. Nach der nächsten Frage, so war sein Plan, würde er dem Jungen einen gehörigen Schrecken einjagen.

»Und was sucht wohl die große scharfe Axt in meinen Händen?«

Driesmann zuckte heftig zusammen. Er vernahm ein hässlich klingendes Ratschgeräusch. Und dann schien gleißend helles Licht auf ihn herab.

27

Kindlein war im Eiltempo über die leere Autobahn nach Neuostheim gerast. Als sie in der Feuerbachstraße ankamen, war von dem angeforderten Einsatztrupp noch nichts zu sehen.

Sofort begaben sie sich zum weiß getünchten Haus Driesmanns und warfen einen Blick durch die Fenster. Im Haus brannte kein Licht. Ihr nächster Weg führte sie deshalb direkt über den hüfthohen Zaun zur rechten Seitenwand des Hauses. Dort war ebenfalls alles dunkel. Also liefen sie rüber zur linken Hausseite. An dieser Stelle befand sich die Abfahrt zur Garage. Auch hier war nirgendwo Licht zu erkennen. Aber neben der Garage führte ein schmaler Weg zur Rückseite des Hauses. Schon nach wenigen Metern hielten sie inne. Von irgendwoher war eine Stimme zu vernehmen, leise, aber dennoch gut hörbar.

»Wer ist das?«, fragte Morgenthaler flüsternd.

»Keine Ahnung. Aber auf keinen Fall Driesmann.«

So leise sie konnten, liefen sie zum Ende der Hauswand. Dort befand sich der Garten. Sie zogen ihre Waffen. Dann spähte Kindlein vorsichtig um die Hausecke.

»Da steht Driesmann. Ich weiß nicht, was das soll, aber er steht im Schlafanzug vor einem Baum und starrt ihn an.«

Wieder war eine Stimme zu hören, diesmal war es eindeutig Driesmanns. Morgenthaler lugte nun ebenfalls um die Ecke.

»Da steht noch jemand«, wisperte er. »Auf der anderen Seite des Baumstamms. Und Driesmann schleicht langsam auf den Baum zu.«

Nun sah es auch Kindlein. »Tatsache. Da steht jemand. Anders?«

»Vermutlich.«

Mit einem Mal war wieder diese merkwürdige Stimme zu vernehmen. Sie klang fremd.

»Das ist nicht Anders«, sagte Morgenthaler bestimmt. »Es ist Anton. Und er hält eine mittelschwere Axt in den Händen.«

»Ach du Scheiße. Los, komm, wir müssen was tun.«

Kindlein war schon im Begriff, loszulaufen, aber Morgenthaler konnte ihn im letzten Moment davon abhalten.

»Bloß nicht, Frieder. Driesmann hat soeben den Baum erreicht und steht jetzt direkt am Stamm. Frag mich nicht, warum der Trottel überhaupt darauf zugegangen ist. Auf jeden Fall können wir ihn aus dieser Entfernung nicht durch einen Zuruf warnen. Die beiden würden nur erschrecken, und bis wir den Baum erreicht haben, hat Anton Driesmann längst erschlagen. Schießen entfällt auch. Oder traust du dir zu, in so kurzer Zeit, bei der Dunkelheit und aus unserer momentanen Entfernung, einen gezielten Schuss auf Anton abzufeuern?«

»Aber wir können Driesmann doch nicht seinem Schicksal überlassen.«

In dem Moment durchbrach ein lautes Ratschen die Stille. Beide fuhren vor Schreck zusammen, und der eben noch stockfinstere Garten war auf einmal hell beleuchtet. Das Licht kam von oben, und in seinem Schein waren sowohl der Baum, Driesmann als auch der alte Anders deutlich zu erkennen. Anders hielt sich die Hand vors Gesicht und wandte sich vom Licht ab, während Driesmann mit weit geöffneten Augen hoch zu einem Fenster starrte, dessen Rollladen soeben mit übermäßigem Schwung hochgezogen worden war. Dort lugte der Kopf einer alten Frau heraus.

»Was machst du denn noch da unten, Winnie?«, rief sie. »Solltest du nicht längst im Bett sein? Los, Abmarsch.«

Dann geschah alles auf einmal. Im selben Augenblick, da Oberstaatsanwalt Dr. Winfried Driesmann seiner Mutter seine Ergebenheit durch Zunicken bekundete, mischte sich aufflackerndes Blaulicht in die beleuchtete Szenerie, und vom Krach mehrerer laut aufjohlender Martinshörner aufgeschreckt, ließ der alte Mann auf der anderen Seite des Baumes die Axt zu Boden fallen und eilte von Panik ergriffen davon.

Er schien jedoch keine Orientierung zu haben, denn er lief erst in die eine und dann in eine völlig andere Richtung. Schließlich erkannte er, dass es nur einen Weg gab, und rannte auf die linke Seitenwand des Hauses zu – nicht ahnend, dass dort zwei Häscher des Königs auf der Lauer lagen.

28

Montag, 16. April 2007
Drei Tage nach Ermittlungsende

»Guten Morgen«, grüßte Morgenthaler. »Ich weiß nicht, ob Sie sich an mich erinnern? Ich war neulich schon mal hier. Komme ich heute zur rechten Zeit?«

Der Mann musterte ihn mit skeptischer Miene.

»Versicherung?«, fragte er.

Morgenthaler sah an sich herab. Er sah tatsächlich aus wie ein Versicherungsheini. Wie einer von der AOK, hätte Kindlein wohl gespottet, denn der verstand was von Kleidung. Aber Morgenthaler war froh, dass Nora den Anzug überhaupt aufgehoben hatte – ihre Hochzeit war schon eine Weile her. Sechsundzwanzig Jahre!

»Nein, Kriminalpolizei. Ich war das letzte Mal mit einem Kollegen hier. Und da haben Sie gemeint, wir sollten am besten morgens zwischen sieben und acht kommen. Es ist sieben, Herr Hütten.«

»Wenn Sie's sagen. Kommen Sie rein.«

In der Wohnung hatte sich nichts verändert. Nur Hütten selbst war in besserer Form. Und es roch diesmal nach Kaffee.

»Sie kommen wegen der Briefe, oder?«

»Richtig.« Morgenthaler griff in die Brusttasche seines Jacketts und legte vier altrosa Kuverts auf den Tisch. »Wir brauchen Sie nicht mehr. Trotzdem: vielen Dank.«

»Wie sind Sie dahintergekommen?«

»Das spielt keine Rolle mehr. Wir haben den Täter, und wir haben einen Tag nach seiner Festnahme den zweiten Teil des letzten Briefes von Ihnen erhalten. Besten Dank. Aber ich denke, es gibt noch einen, und den haben wir nicht bekommen, oder?«

Der Alte nickte.

»Ich vermute, darin erwähnte Frau von Weyden endlich Max Fliesingers spätere Identität.«

»Ja.«

»Aber ausgerechnet diesen Brief haben Sie uns bislang vorenthalten. Warum?«

»Ich war noch nicht so weit.«

»Hm.«

»Ich habe Ihnen die Briefe schließlich aus guten Gründen von Anfang an auf Raten zukommen lassen wollen.«

»Und was waren das für Gründe?«

»Ich wollte, dass Sie Herrn Anders erst einmal kennenlernen – dass Sie ihn *gut* kennenlernen. Ich wollte, dass Sie ihn verstehen, bevor Sie ihn an die Justizbehörden übergeben. Denn Frau Anders stirbt bald. Das weiß ich, weil ich zufällig Zeuge eines Gesprächs zwischen ihrer Tochter und Frau Feldkamp wurde. Ich stand unten im Hof, und die Feldkamp hat die Fenster ihrer Praxisräume häufig offen stehen gehabt. Jedenfalls wurde mir da klar, dass man Anders nun über kurz oder lang fassen würde, denn wenn seine Frau nicht mehr lebte, würde ihn niemand mehr beschützen können. Man würde ihn ergreifen und anschließend wie einen irren Massenmörder behandeln. Er wäre Freiwild für Staatsanwalt und Richter.«

»Warum waren Sie sich da so sicher?

»Weil es meiner Frau so erging. Und was ihr geschah, hat niemand verdient. Erst recht nicht Herr Anders.«

»Aha. Was ist Ihrer Frau denn zugestoßen, wenn man fragen darf?«

»Da müsste ich weiter ausholen«.

»Tun Sie das.«

»Ich habe Lisa 1965 kennengelernt. Drei Jahre später haben wir geheiratet. Wir hätten uns ein schönes Leben machen können. Als Bauingenieur habe ich gutes Geld verdient, und unsere Liebe war so frisch wie am ersten Tag. Aber ich hatte beruflich viel auf Baustellen zu tun und war auch sonst viel unterwegs. Und irgendwann begann das Drama. Lisa wurde argwöhnisch und verdächtigte mich, Verhältnisse zu anderen Frauen zu haben. Ich liebte meine Frau, also wechselte ich den Job und begann in einem Planungsbüro. Aber es dauerte nicht lange, da wiederholten sich ihre Verdächtigungen, und sie überwachte auf einmal jeden meiner Schritte. Es war zum Verzweifeln. Ich konnte mir ihr Misstrauen nicht erklären. Schließlich wollte sie, dass ich zu Hause bleibe, meinen Job kündigte. Das war natürlich nicht möglich, weshalb sie fortan Heulkrämpfe und heftigste Angstattacken bis hin zu Asthmaanfällen bekam, wenn ich aus dem Haus ging. Wir suchten einen Psychologen auf. Der diagnostizierte einen übermäßigen Hang zur Hysterie – das war's. Dann kam der Exzess. Ich hatte mich in meiner Mittagspause in ein Café begeben und mich an den Tisch eines jungen Pärchens gesetzt, da ansonsten kein Platz mehr frei war. Irgendwann ging der junge Mann auf die Toilette. Einen kurzen Moment später trat Lisa in das Café, sah mich mit entsetztem Blick an und rannte laut schreiend auf meinen Tisch zu. Erst als sie sich auf das junge Ding an meinem Tisch stürzte, erkannte ich, dass sie ein Messer in der Hand hielt. In unfassbarer Rage stach sie siebzehn Mal zu. Das Mädchen war auf der Stelle tot. Lisa wurde daraufhin zu lebenslanger Haft verurteilt. Allein die Tatsache, dass sie das Messer schon bei Eintritt in das Café mit sich geführt hatte, reichte dem Staatsanwalt, um ihr eiskalte Tötungsabsichten zu unterstellen. Und der Richter stimmte dieser Einschätzung durch Verhängen des höchsten Strafmaßes zu. Keiner dieser Herrschaften hat auch nur einmal nach Lisas inneren Beweggründen gefragt, nach ihrer seelischen Befindlichkeit zur Tatzeit. Sie war eine Mörderin – das reichte. Macht es Ihnen was aus, wenn ich jetzt was trinke?«

»Wie?«, Morgenthaler begriff nicht gleich.

»Ich glaube, ich brauch langsam was.«

Morgenthaler sah, dass Hüttens Hände zitterten. Er verstand.

»Kein Problem. Aber erzählen Sie bitte weiter.«

Hütten entfernte den Korken von einer Weinflasche und nahm einen kräftigen Schluck. Dann fuhr er fort.

»Ich habe mir nach Verkündung dieses Schandurteils geschworen, fortan alles zu tun, damit es eines Tages aufgehoben würde. Als Erstes habe ich mit meinen Schwiegereltern gesprochen. Ich war sicher, dass irgendein Trauma in Lisas früher Kindheit die Ursache für ihr späteres Verhalten und diese unfassbare Tat war. Aber die beiden konnten nur wiederholen, was ich längst wusste: dass sie Lisas Pflegeeltern waren, dass sie sie im Alter von vier Jahren adoptiert hatten und dass sie anfangs zwar ein zur Melancholie neigendes, später aber unauffälliges und im Grunde fröhliches Kind gewesen war. Ich begann also zu recherchieren. Es dauerte nahezu zwei Jahre, bis ich mithilfe einer ehemaligen Mitarbeiterin des Landeswohlfahrtsverbandes an die nötigen Informationen gelangte. Lisa war demnach mit zweieinhalb Jahren in eine Kinderklinik eingeliefert worden. Den Angaben dieser Klinik zufolge hatte ihr Vater, wohl in einem Anfall von Eifersucht, erst die Mutter und dann sich selbst erschossen, und Lisa, das einzige Kind der Eheleute, war in der verschlossenen Wohnung zurückgelassen und dort erst Tage später gefunden worden. Ihr Zustand war bei der Einlieferung äußerst prekär gewesen. Der einweisende Arzt hatte am Fundort nur spärlich vorhandene Lebenszeichen bei ihr feststellen können, woran die Maßnahmen, die er später im Krankenwagen fortführte, nicht viel änderten. Erst in der Klinik konnte man Lisa, wie durch ein Wunder, ins Leben zurückholen. Danach hatte sie jedoch monatelang darniedergelegen, kein Wort geredet und immerzu mit starrem Blick an die Decke gestiert, sodass man von einem hypoxischen Hirnschaden ausgehen musste. Aber dann, eines Tages, hat sie, für alle unerwartet, zu sprechen begonnen. Es hat jedoch noch viele Monate gedauert, bis man sie zur Adoption freigeben konnte, denn sie litt nun unter heftigsten Angstträumen und wurde tagsüber immer wieder von anfallartigen Weinattacken heimgesucht. Für mich war damit endgültig klar, dass der Schlüssel für Lisas abnorme Verlust- und Trennungsängste im gewaltsamen Tod ihrer leiblichen Eltern verborgen lag. Um ihr davon zu berichten und in der Hoffnung, mit diesen neuen Erkenntnissen und einem fähigen Psychiater an der Seite ihren Fall noch einmal aufrollen zu können, fuhr ich tags darauf nach Schwäbisch Gmünd. Das war am 24. Februar 1974. Ich werde diesen Tag nie vergessen, denn als ich im dortigen Frauengefängnis ›Gotteszell‹ ankam, erfuhr ich, dass Lisa in der zurückliegenden Nacht in ihrer Zelle Selbstmord begangen hatte. Für mich brach alles zusammen. Ich kündigte meinen Job und begann zu trinken.«

Hütten prostete Morgenthaler wortlos zu, hob an und ließ die Hälfte des Flascheninhalts in seinen Hals gluckern.

»Nach etwa einem Jahr fasste ich den Entschluss, Lisas Fall noch mal vor Gericht zu tragen. Ich wollte, dass die skandalösen Vorgänge beim ersten Prozess aufgedeckt und die Verantwortlichen zur Rechenschaft gezogen würden. Aber dazu brauchte ich mehr Fakten. Ich musste mehr über Lisas leibliche Eltern in Erfahrung bringen. Aber ich stieß schon bald auf unüberwindbar erscheinende Hindernisse. Erst zehn Jahre später, als ich Frau von Weyden kennenlernte, gelang es mir mit ihrer Hilfe, sämtliche Puzzleteile zu einem Bild zusammenzufügen.«

»Sie reden von den Briefen. Richtig?«

»Ja. Aber wie gesagt: Bis dahin war es ein weiter Weg. Zunächst wandte ich mich wieder an diese Klinik. Aber dort besaß man längst keine Dokumente mehr von Lisas einstmaligem Aufenthalt. Immerhin erfuhr ich dort, dass das Rote Kreuz damals Lisas Krankentransport übernommen haben musste. Und hier konnte man mir tatsächlich weiterhelfen. Man fand nämlich heraus, von wo aus man sie damals ins Krankenhaus gefahren hatte und wer der einweisende Arzt gewesen war. Den zu finden sollte sich jedoch als schwierig und zeitraubend erweisen, da er Mitte der Fünfziger nach Schweden ausgewandert war. Dort, in seiner Göteborger Praxis, erfuhr ich schließlich, was in Lisas Elternhaus wirklich geschehen war. Dabei stellte sich außerdem heraus, dass sämtliche Angaben, die diese Kinderklinik damals an die Adoptionsstelle übermittelt hatte, fingiert gewesen waren. Lisas Eltern waren zwar tatsächlich auf schreckliche Weise ums Leben gekommen, allerdings nicht durch die Hand des Vaters, sondern durch die eines gewalttätigen Dritten. Die Leichen der Eheleute waren erst Tage nach der Tat auf ihrem Anwesen entdeckt worden. Und einer der Männer, die die beiden gefunden hatten, hatte auf dem zugesperrten Dachboden ihres Wohnhauses noch eine weitere schockierende Entdeckung gemacht. Er fand dort ein kleines Mädchen. Die Kleine lag in den Armen ihres völlig entkräfteten älteren Bruders, dem Tode bereits nahe und – mit bunt bemaltem Gesicht.«

29

Kindlein sah auf die Uhr. Eigentlich sollte die Probe längst beendet sein. Normalerweise gehörte Ester zu den Ersten, die aus der Tür des Künstlereingangs traten. Egal, dachte er, dadurch hatte er Zeit, den Text noch mal im Geiste zu überfliegen.

Dies Bildnis ist bezaubernd schön,
wie noch kein Auge je gesehn!
Ich fühl es, wie dies Götterbild
mein Herz mit neuer Regung füllt.

Bis dahin lief's fehlerfrei. Kindlein räusperte sich. Die komischen Pastillen schmeckten grauenerregend, und dass sie halfen, bezweifelte er. Morgenthaler hatte sie ihm empfohlen. Vor Jahren war mal ein Tenor des Nationaltheaters erschlagen aufgefunden worden. In seiner Hosentasche hatte man mehrere Tüten dieser Dinger gefunden. Morgenthaler war seither der Ansicht, dass Sänger so was brauchten, um bei Stimme zu bleiben.

Dies Etwas kann ich zwar nicht nennen,
doch fühl ich's hier wie Feuer brennen.
Soll die Empfindung Liebe sein?
Ja, ja! Die Liebe ist's allein.

Der Text war tatsächlich nicht das Problem. Kindlein räusperte sich noch mal und sah wieder auf die Uhr. Zehn Minuten war viel bei Musikern – die hatten tariflich festgelegte Arbeitszeiten. Eine Besprechung vielleicht? War eigentlich auch Arbeitszeit. Außerdem hatte Ester eindeutig elf Uhr dreißig notiert. Kindlein befühlte seinen Kehlkopf. Einer der Luftröhrenknorpel ließ sich hin und her bewegen. War das immer so? Oder kam das vom Üben? Er griff in seine Jacketttasche und holte den Zettel hervor.

Mein lieber Frieder,
solltest du wirklich bei deinem Vorhaben bleiben wollen, dann komm doch bitte morgen um halb zwölf zum Theater und hol mich dort vom Dienst ab.
Ich kann dich gut leiden!
Ester

Kindlein atmete tief durch. Sein Herz begann wild zu pochen, und in Zwerchfellhöhe kribbelte es. Das war ein herrliches, ein wunderbares Gefühl. *Soll die Empfindung Liebe sein? Ja, ja! Die Liebe ist's allein.*

Eigentlich ein schöner Text, dachte er. Und er war auch gar nicht so verkehrt. Wie oft hatte er allein in den letzten Tagen an Ester denken müssen und dabei jedes Mal vor Augen gehabt, wie sie neulich Abend vor ihm gestanden hatte und sich vor Lachen fast ins Hemd gemacht hätte. Ja, *dies Bildnis war bezaubernd schön, wie noch kein Auge je gesehn!*

Ester war an diesem Abend wirklich umwerfend gewesen. Sie war überhaupt eine außergewöhnlich schöne Frau, dachte er, weil ihr Humor und ihr Geist ebenso wie ihre Neigungen und ihr Tun und Handeln in wunderbarster Weise zu ihrem äußeren Erscheinungsbild passten – *Ich fühl es, wie dies Götterbild mein Herz mit neuer Regung füllt.* Auf diesen Text eine Arie zu schreiben musste diesem Mozart ordentlich Spaß gemacht haben.

Kindlein warf noch mal einen Blick auf seine Uhr. Irgendwas war hier faul. Er entschied, etwas zu unternehmen. Vielleicht saß ja schon jemand vorn an der Abendkasse? Möglich, dass man dort in Erfahrung bringen konnte, wie weit das Orchester inzwischen mit seiner Probe war.

Als er einige Meter an der Fensterwand des Foyers entlang in Richtung Abendkasse gelaufen war, bemerkte er, dass sich auf dem freien Platz vor dem Theater eine mittelgroße Menschenmenge angesammelt hatte. Eine Handvoll Instrumentalmusiker schien sich zu einer öffentlichen Darbietung postiert zu haben, und ein kleiner Herrenchor stand auch dabei.

Eines der Chormitglieder winkte in seine Richtung, und Kindlein hatte für einen Moment das Gefühl, dass er gemeint war. Aber er kannte den Mann nicht, weshalb er weiterlief. Aber dann winkte der Kerl ein weiteres Mal und rief diesmal sogar seinen Namen. Kindlein hielt an und spähte zu der Meute rüber. Erst da fiel ihm der Kontrabass auf. Ihm wurde schlagartig flau im Magen. Hinter dem gewaltigen Instrument stand – Ester. Nein, das konnte nicht wahr sein, fuhr es ihm durch den Kopf. Hatte sie sich das etwa *so* vorgestellt? Scheiße! Doch nicht hier – in aller Öffentlichkeit.

Zaghaft, weil ihm die Knie mit einem Mal weich zu werden begannen, schritt er schließlich auf den Menschenpulk zu. Hatte er ernsthaft angenommen, Ester dieses Lied in irgendeinem einsamen Keller und womöglich hinter vorgehaltener Hand vorträllern zu dürfen?

Ihm lief der Schweiß. Vor dem kleinen Orchester war doch tatsächlich ein Podest aufgebaut worden. Und dann war da dieses Mikro. Sie hatten extra ein Stativ aufgestellt.

Er blieb stehen. Sein Hals war mit einem Mal elend trocken, aber um eines dieser Bonbons zu nehmen, war es zu spät. Dann spürte er, dass seine Beine im Stehen schrecklich zitterten, sodass er weiter auf die Menschenansammlung zuging.

Dort erwartete ihn die nächste Überraschung. Was sich direkt neben dem Orchester postiert hatte, war gar kein Herrenchor. Erstens befand sich darunter auch eine Frau, und zweitens stammten sämtliche »Mitglieder« – aus dem Polizeipräsidium. In der ungewohnten Garderobe hatte er sie nicht gleich erkannt: Petzold, Tielmann, Bücklein, Maren Lemcke, Stein und Seiters. Selbst Morgenthaler trug so etwas Ähnliches wie einen Anzug.

»Frie-der, Frie-der«, johlten sie.

Nur Ester konnte jetzt noch helfen. Er suchte Blickkontakt zu ihr. Aber die warf ihm von ihrem Notenpult aus nur ein liebevoll strahlendes Lächeln zu. Sie wirkte durch und durch glücklich. Und mit einem Mal begannen sie und ihre Kollegen zu spielen.

Kindlein kannte die Musik. Es waren die Einführungstakte zu der »Bildnis«-Arie – schon bald würde sein Einsatz kommen. Er stand kurz vor dem Zusammenbruch. Sein Herz raste jetzt in wildem Galopp, und er wusste nur eins: Es würde nicht gehen. Das hier war einfach nicht sein Ding, so offiziell und vor all diesen Menschen. Und dann waren da auch noch all die Kollegen. Beschämt ließ er den Kopf hängen und warf einen verstohlenen Blick zu Ester rüber.

Die schaute aufs Notenpult, aber zwischendrin sah sie immer mal wieder zu ihm rüber und lächelte ihm zu, und dann – begann plötzlich jemand zu singen. Kindlein blickte verwundert auf. Oben auf dem Podest stand ein groß gewachsener Mann, der mit geschulter und kraftvoller Stimme die ersten Töne der Arie intonierte.

Kindlein konnte es nicht fassen. Die hatten ihn alle reingelegt – Ester, die anderen Musiker und seine Kollegen aus dem Präsidium. Und er war doch tatsächlich auf diese elende Bagage reingefallen. Aber das war nun egal; ihm fiel ein tonnenschwerer Stein vom Herzen.

Und der Kerl auf dem Podest sang wirklich blendend – der brauchte nicht mal das Mikro. Nur schade, dachte Kindlein, dass er diesen schrecklichen Bierbauch hatte. Der passte nicht recht, genau wie die blöde Schmalztolle, die ihn nicht einen Monat jünger machte. Und dass er ausgerechnet *diese* Arie, zumal auch noch in Esters Richtung, vortrug, war einigermaßen dreist, fand er. Es war schließlich *sein* Lied – was hatte dieser Fatzke damit zu tun? Außerdem: Tenor hin, Tenor her – der Kerl sang diese wunderschöne Arie völlig falsch. Er sang, als wenn er mit dem »Bildnis« eines von sich selbst meinte. Und er bewegte sich auch so. Eine seiner Hände klebte die ganze Zeit an seiner Brust, während er die andere geöffnet dem Publikum entgegenstreckte, als wenn er für seine Darbietung Geld kassieren wollte. Und dabei ging er auch noch in die Knie, aber nur so weit, wie es selbst einem an Arthrose Erkrankten möglich wäre.

Nein, so ging das nicht, dachte Kindlein – besser mit Herz gewinselt als ohne Herz gesungen. Empört stieg er auf das Podest und wedelte dort so lange mit den Armen, bis der Herr Sangeskünstler abbrach und auch der letzte Instrumentalist zu spielen aufhörte. Dann sah er zu Ester hinab. Das glückselige Funkeln ihrer Augen und ihr entzückend süßes Schmunzeln verrieten, wie arg sie sich in diesem Augenblick freute.

Kindlein nahm das Mikro in die Hand und gab der ersten Geige ein Zeichen, noch mal ganz von vorn zu beginnen.

Danksagung

Dieses Mal richtet sich mein Dankeschön zuerst an *Sie*, liebe Leserin, lieber Leser. Ja, ich meine *Sie*. Sie haben soeben etwa zwölf Stunden ihrer kostbaren Zeit darauf verwendet, dem Lauf einer Geschichte zu folgen, die ich mir erdacht habe. Dafür danke ich Ihnen vielmals.

Natürlich hoffe ich, dass Sie »Der Fröhlichmann« auch gut unterhalten hat, denn ich wüsste sonst nicht, wie ich es wiedergutmachen könnte. Ich könnte allenfalls versuchen, Sie damit zu trösten, dass sich meine Frau vor Kurzem einen Kinofilm angesehen hat, der grottenschlecht war und für den sie immerhin sieben Euro Eintritt zahlen musste. Nach anderthalb Stunden war alles rum, und sie war nicht nur verärgert, sondern hielt nicht mal was in der Hand, auf das sie hätte verweisen können, wenn sie jemand nach den Gründen ihres Grolls gefragt hätte. Da ginge es Ihnen definitiv besser. Sie könnten Seite 143 aufschlagen und sagen: »Lies doch bloß mal diesen Rotz hier.« Dann könnten Sie das Buch im Internet verkloppen – brächte Ihnen vier Euro fünfzig – und anschließend ein bitterböses Pamphlet verfassen, das Sie umgehend an r.m.mittl@arcor.de senden dürften. Ihr Schaden hielte sich also in Grenzen, und dem Verursacher hätten Sie die Meinung gegeigt. Meiner armen Frau hingegen bleibt nur, zukünftig den Ratschlag unserer weisen Tochter zu beherzigen: Geh in den nächsten schlechten Film einfach nicht rein!

Nun bin ich natürlich nicht unbedingt auf Schelte aus, weshalb ich explizit betone, dass mir wohlwollende Zuschriften mindestens genauso willkommen sind. Das kann ich inzwischen beurteilen, denn von denen habe ich in der Vergangenheit ziemlich viele bekommen. Danke noch einmal an alle Absender.

Und mein Dank gilt noch jemandem: dem Illustrator Heribert Stragholz. Ihn greife ich diesmal aus dem Kreis all der freundlichen Menschen heraus, die außer mir an der Entstehung dieses Buches beteiligt waren, denn ihm ist es bereits zum dritten Mal gelungen, mich zu begeistern.